# Amor profano

# ZOE X

# Amor profano

## NÃO CONTE AO SEU PAI

FARO
Editorial

Diretor editorial **PEDRO ALMEIDA**
Coordenação editorial **CARLA SACRATO**
Assistente editorial **LETÍCIA CANEVER**
Revisão **CRIS NEGRÃO E GABRIELA DE AVILA**
Capa **ASYLUM DESIGN**
Imagem de capa **FREEPIK PREMIUM**
Diagramação **OSMANE GARCIA FILHO**

Dados Internacionais de Catalogação na Publicação (CIP)
Jéssica de Oliveira Molinari CRB-8/9852

X, Zoe
     Amor profano: Não conte ao seu pai / Zoe X. — São
Paulo : Faro Editorial, 2025.
     320 p. p. il.

     ISBN 978-65-5957-720-0

     1. Ficção romântica I. Título

24-5242                                        CDD-B869.3

Índice para catálogo sistemático:
1. Ficção romântica

 **FARO EDITORIAL**

1ª edição brasileira: 2025
Direitos de edição em língua portuguesa, para o Brasil,
adquiridos por FARO EDITORIAL

Avenida Andrômeda, 885 — Sala 310
Alphaville — Barueri — SP — Brasil
CEP: 06473-000
www.faroeditorial.com.br

*Ela nunca entendeu que as algemas eram só metáfora. Aquilo que a deixava presa era forjado por algo ainda mais forte que o aço.*

@fernandomachadoescritor

*para cada pessoa que deixou minha palavra*
*entrar e fazer morada.*
*somos lar.*
*somos muitos.*
*seremos mais.*
*obrigada.*

## GATILHOS

abandono parental (daddy e mommy issues aqui, amores), anorexia, bulimia, disformia corporal, consumo exagerado de álcool, uso de substância indevida por menor de idade, e abuso não gráfico.

# Carta ao leitor

**OLÁ, QUERIDA LEITORA,**

Possivelmente esta seja nossa primeira conversa. Se for, seja muito bem-vinda a esta pequena dose de caos que vive na minha cabeça. Ela não foi feita para perfeição, mas para conforto, entrega e, quem sabe, um pouco de cura.

Sobre mim, eu poderia começar esta carta te contando quem sou e por onde andei até chegar aqui, mas acredito que, se você for uma das minhas pessoas perdidas neste mundo, você irá traçar o caminho até mim. Afinal, agora você já sabe meu nome.

Se você já me conhece e é uma das razões pelas quais comecei a ser vista além do mercado independente, além das histórias sobre o que Zoe X escreve, sobre quem Zoe X é, preciso te pedir um favor:

Feche os olhos e imagine que estou na sua frente, segurando suas mãos antes do abraço mais apertado que você já recebeu na vida, cheio da mais profunda gratidão, com a certeza absoluta de que realizamos sonhos juntas.

Isso aqui é um sonho.

Este momento é um sonho.

E sonhos sonhados em companhia raramente morrem. É por isso que te peço: sonhe junto comigo, de novo, e de novo, e de novo.

Prometo nunca te entregar menos do que o meu melhor.

Com todo o amor e respeito que meu corpo pode carregar,
Zoe X

**PLAYLIST**

# Prólogo

**MINHA MENTE ESTAVA LONGE QUANDO O DESPERTADOR DO CELU-**lar me chamou a atenção. Já era quase meia-noite e eu tinha passado as horas pós-expediente com as mãos em volta de mais uma garrafa de *Ballantine's*. Bebi pelo menos um terço dela em uma única dose. Aquele ato foi o suficiente para deixar minha cabeça mais leve, assim como para dissipar o peso da culpa nos meus ombros.

Jamais admitiria que era um bêbado moribundo, fracassado e vazio.

Não.

Eu era o grande cirurgião plástico que meu pai se orgulhava de exibir para a alta sociedade do país. O pai legal que meu filho tinha prazer em não esconder dos amigos. Útil até o limite ao único amigo que consegui manter.

Contudo, o que eu era além da minha profissão e do cuidado com os que eu amava?

Ergui a garrafa novamente até a boca, tentando afogar o momento de reflexão que não queria ter, não queria sentir, não queria enxergar.

Conferi na tela a localização de Nate.

Nathan era um ótimo filho. O melhor que eu poderia pedir. Pelas minhas contas, ele tinha saído do trabalho direto para a academia e estava em casa, estudando, jantando e dormindo.

Provavelmente estaria roncando quando eu chegasse.

Mais um gole da bebida acariciou minha língua.

No dia seguinte eu seria um bom pai.

Um bom amigo.

Um bom médico.

Um bom ator.

Mas, naqueles minutos sozinho, esperando o relógio anunciar meia-noite e mais uma volta ao sol do meu corpo vivo naquela terra, ouvi o som do elevador.

Desci os pés da mesa e me inclinei para frente, meio que escondendo a garrafa embaixo da mesa, tentando entender o que acontecia. Como o interfone não tinha tocado? Era a equipe de limpeza?

Levantei-me, não ligando muito para a camisa meio aberta e para fora da calça social, e parei na porta de vidro, achando aquilo tudo até um pouco engraçado.

Esforcei-me para parecer sóbrio e, apoiando o ombro no vidro da divisória, encarei os dois carregadores que pareciam saídos de um desenho animado e perguntei:

— O que fazem aqui?

Quando um deles me olhou de canto de olho e riu, endireitei ainda mais a postura.

— Nós trouxemos seu presente de aniversário, doutor — um deles disse enquanto tiravam a caixa de cima do carrinho.

Só então prestei atenção no embrulho.

Era grande e branco, maior do que uma caixa de máquina de lavar roupas. Mais alta também, e com um laço vermelho bem espalhafatoso sobre ela. Franzi as sobrancelhas e pisquei forte algumas vezes, buscando ter certeza de que não estava alucinando.

Bom, não estava.

Os dois colocaram a caixa no chão à minha frente e se viraram para mim com sorrisinhos cúmplices no rosto. Enfiei a mão no bolso procurando notas soltas para a gorjeta e consegui formar a frase que parecia fazer meu cérebro doer.

— Quem mandou?

— Parece que é um presente do seu melhor amigo.

— Sam? — O que aquele maluco estava aprontando?

— Não sei, senhor. Pode assinar aqui?

Peguei o dinheiro amassado no bolso sem nem contar as notas e soltei na mão do homem antes de pegar sua caneta e rabiscar a tela do tablet dele.

— O que é? — tentei arrancar mais alguma informação, mas tudo o que ganhei foram mais risadinhas espertas.

— Acho que é melhor o senhor descobrir sozinho, mas acredito que vá gostar muito. Feliz aniversário, doutor. Tenha uma boa-noite.

Os entregadores voltaram para o elevador, e eu esperei até eles sumirem de vista para me mexer. Encarei a caixa quase da minha altura e tomei um pouco mais da minha coragem líquida. Dois terços da garrafa estavam no meu sistema e, sem muita escolha, me aproximei do presente.

Ergui a mão, acariciando o tecido vermelho do laço e, curioso, puxei-o.

No segundo seguinte, a voz inconfundível de Marilyn Monroe começou a cantar seu famoso parabéns para você ao presidente Kennedy.

Dei um passo para trás, vendo as laterais da caixa caindo, e segurei a respiração quando percebi a pegadinha que fazia os homens da entrega rirem tanto.

Olhos verdes bem pintados se ergueram para o meu rosto, curiosos como os meus. A boca volumosa e bem desenhada, pintada de vermelho, se abriu em um sorriso devasso e orgulhoso quando percebeu que tinha toda a minha atenção.

Algo dentro de mim estremeceu por inteiro ao vê-la sorrir.

A garota se ergueu e jogou o cabelo loiro e comprido para trás, parecendo não querer se esconder de jeito nenhum.

Engoli em seco vendo o corpo perfeitamente esculpido, abraçado por uma lingerie vermelha cheia de amarrações, enquanto segurava um cupcake nas mãos.

Minha revista foi feita sem pudor algum.

Medi cada centímetro de pele exposto e me corroí com a vontade de descobrir os pedaços que o tecido cobria porcamente.

Ela deu um passo para frente, exibindo o bolinho, trazendo-o para mais perto do meu rosto.

As velas com minha idade revelada estavam queimando.

O hino de Marilyn parou de tocar.

— Faça um pedido. — A voz sedutora, macia e muito feminina me atingiu. Mantive os olhos nos dela.

— Qual o seu nome? — perguntei sem me mover, com a voz mais baixa, como se nossa conversa fosse privada demais mesmo para o andar vazio. Não me sentia nada embriagado naquele momento.

— Isso importa?

— Preciso fazer o pedido...

— Então peça algo que você ainda não tem, ou ainda não fez... — Ela entendia muito bem o ponto.

Com os olhos presos aos dela, dei um meio-sorriso e declarei:

— Maldita vela de aniversário, faça com que eu me enterre a noite inteira nos lábios molhados dessa garota de vermelho, amém.

Ela riu antes que eu assoprasse, e, quando o fogo se apagou, o bolinho foi para o chão no segundo seguinte. Suas mãos vieram para os meus ombros, e minha mão direita, livre, para sua nuca.

Eu a beijei em um encaixe perigoso.

Achei que a dominaria, mas havia um fogo vivo e consumidor naquela mulher. Sua língua demorou dois segundos sobre a minha e, como se soubesse exatamente o que fazer, ela ditou a ordem de tudo. Me senti em uma coleira e quis rir daquele fato, mas não pude. Não quando suas mãos estavam abrindo o resto da minha camisa, suas unhas arranhando meu peito, seu corpo quente se encaixando contra o meu.

Agarrei sua nuca com força, tentando controlá-la, mas mesmo ela sendo menor, mais magra e muito mais frágil, ela não se dobrou.

Ganhei uma mordida no lábio inferior meio raivosa quando ela terminou de abrir minha camisa e sua mão parou aberta no meio do meu peito.

Ela acariciou a chave que ficava presa na corrente em meu pescoço, mas não fez perguntas sobre aquilo.

— Para trás. — Era uma ordem, e ela me empurrou enquanto pegava a garrafa quase vazia da minha mão.

A loira me fez sentar sobre minha mesa e se afastou, ainda com a mão contra meu peito, virando a garrafa em sua boca.

Ver a bebida escorrendo por seu queixo e pescoço, acompanhando a linha fina de líquido sumir entre seus seios, me fez perceber o quão duro eu estava. Começava a doer a pressão da cueca e da calça. Deslizei as mãos sobre seu braço e trouxe seu corpo para perto, colocando-a entre minhas pernas. Tomei a garrafa de suas mãos e a larguei de lado quando notei que ela ainda tinha bebida em sua boca.

Peguei em seu pescoço com firmeza, adorando o quão pequena ela parecia contra minha mão, e a puxei para mim, beijando sua boca, mergulhando em bebida e tesão. Brigamos pelo whisky. Suguei sua língua para sorver até a última gota. Ela arranhou minha nuca em protesto e me fez afogar em seu gosto doce dentro do amargor da bebida, em seu cheiro floral e intenso, dominando o pouco da minha mente que parecia ainda funcionar.

Quem era ela? Não fazia ideia. Mas não seria a primeira vez que transaria com uma completa estranha. Parei de me preocupar com isso quando ela soltou minha boca para beijar meu pescoço.

A desgraçada me sugou de propósito.

Aquilo ficaria marcado, mas eu daria um jeito depois.

Sinceramente, o modo como minha pele queimava sob seus beijos molhados não permitia nenhuma reclamação.

Ela deslizou para baixo, seus olhos nunca deixando os meus em uma promessa silenciosa de prazer. Meus músculos estavam tensos e apoiei as mãos para trás, dando livre acesso à garota à minha frente, ansioso por todo o prenúncio do que viria ao vê-la se ajoelhar.

Gentilmente, suas mãos pousaram em meus joelhos e subiram por minha coxa. E, esperta, querendo conferir o que a aguardava, ela tocou o volume do meu pau contra o tecido. Vi quando ela mordeu o lábio inferior e deu um suspiro baixo.

— Algum problema? — perguntei, rompendo o silêncio, com a respiração pesada graças à tensão do ar à nossa volta.

Ela não me respondeu. A garota era direta, talvez cobrasse por hora, e abriu o botão, descendo o zíper, assim como fez logo depois com todo o tecido que me cobria. Ajudei erguendo os quadris, e, habilmente, ela me livrou das peças de roupa, me deixando completamente duro, erguido e molhado, bem em frente ao seu rosto.

Seus olhos brilhavam em uma devoção estranha, tanto que, por um segundo, eu suspeitei que havia algo de errado, mas antes de qualquer protesto decente se formar na minha mente, ela não perdeu tempo. Se inclinando na minha direção, os lábios úmidos se juntaram à cabeça do meu pau e deslizaram lentamente para baixo. Ainda com os olhos nos meus, ver meu cacete ser engolido por aquela boca tingida de vermelho me causou uma sensação tão forte de poder que eu quase gozei em sua boca. A pulsação tomou todo meu corpo e não me segurei, jogando a cabeça para trás, em um gemido animalesco, prolongado por aquela maldita gulosa, que me forçou o quanto pôde contra sua garganta. Senti o limite, a língua ao meu redor, a saliva quente no primeiro movimento de vaivém mais lento. Cada parte do meu corpo pareceu superaquecer, e, quando ela me sugou, mamando forte, junto de suas mãos tomando minhas bolas em uma carícia cuidadosa, me voltei para assistir à cena e a peguei pelos cabelos. Parecia ser isso o que ela queria. Vi quando ela me tirou de sua boca e, com a língua para fora, me encarando, começou a provocar. Não era hora de conversa. Agarrando seus cabelos com alguma brutalidade, segurei na base do meu pau e o forcei contra sua boca. Ela ficou parada no lugar, com as mãos no joelho, parecendo uma maldita submissa enquanto eu a fodia em um ritmo nada cuidadoso.

— Você. É. Como. Um. Demônio — falei entre dentes em cada estocada, com a respiração começando a ficar falha, e ganhei suas mãos de volta à minha coxa, me empurrando para trás.

Voltei a me encostar na mesa, mas não tirei os olhos dela. A loira segurou meu pau com uma das mãos e cuspiu nele antes de se erguer.

— Você acha mesmo que eu sou um demônio? — Ela riu.

O modo como veio para cima de mim, me obrigando a sentar mais para trás conforme ela me montava me assustou.

Como uma mulher tão nova e desconhecida podia me deixar tão...

— Talvez eu realmente seja um demônio, quer desistir agora? — Aprisionado por seus olhos, seu corpo e seu cheiro, neguei com a cabeça.

Não consegui achar a palavra para o que ela fazia comigo.

Não quando ela se ergueu nos joelhos, com o rosto próximo ao meu e, enquanto eu segurava em sua cintura, sentindo sua mão no meu pau, vi-a afastar a lingerie para o lado.

O despertador tocou em algum lugar.

Meia-noite.

Ela me encarou.

Olhou dentro dos meus olhos.

Despiu minha alma por meio segundo e me encaixou em sua entrada.

— Feliz aniversário, Alexander.

Quando ela deslizou para baixo, perdi o rumo, a consciência, e mal sabia eu: o controle que tinha da minha vida.

# *Capítulo 1*

## ALEXANDER

*Eu tentei ser outra pessoa, mas nada pareceu mudar.*

THE KILL, 30STM

**TENTEI ME CONVENCER DE QUE A FALTA DE MEMÓRIA ERA CULPA**
da idade.

Não podia, nem queria, culpar o álcool. Com tantos anos de consumo, era besteira achar que era culpa dele.

*Mas você bebeu a porra de uma garrafa em menos de três horas.*

Minha consciência berrou, mas eu era bom em ignorá-la.

Respirei fundo, lembrando-me de como acordei com o sol batendo na minha cara, pelado, no chão do meu consultório, com uma calcinha vermelha largada perto do meu rosto e o celular sem bateria.

Se eu estivesse me olhando de fora, teria rido da cena.

Estava tudo bagunçado. Os flashes que foram ganhando vida na minha mente sobre a noite anterior justificavam isso.

Eu e a diabinha que havia aparecido como meu presente de aniversário trepamos na minha mesa, na cadeira, no armário, na maca e no chão.

Por um segundo, ri orgulhoso da minha performance, mas, de repente, achando que algo estava errado, me levantei e procurei minha carteira.

Quando tateei os bolsos da calça largada e conferi que o dinheiro e meus documentos estavam todos lá, suspirei aliviado.

Parecia mesmo que aquele tinha sido só um presente do Sam, e não uma golpista com o corpo perfeito e uma boceta que parecia esculpida em perfeição para mim.

Disso eu me lembrava.

Lembrava-me bem.

Só não conseguia lembrar do seu rosto, apesar de saber que seus olhos eram verdes.

Esfreguei o rosto, vesti a cueca e as calças e agradeci por ser inteligente o bastante para ter uma troca de roupa no carro.

Definitivamente, eu não teria tempo de ir para casa antes da primeira consulta do dia, e, felizmente, com uma agenda cheia até o final da semana, minha secretária fez o papel de responder por mim as felicitações e distribuir os malditos convites da comemoração que meu pai e Sam insistiram que eu deveria ter.

Com três garrafas vazias guardadas no porta-malas do meu Volvo, depois da última cirurgia de sexta, com o sol esquentando as ruas de Los Angeles como se estivéssemos no deserto, decidi ir para casa.

Daria tempo de relaxar um pouco antes de me arrumar para a noite agitada.

Odiava pensar na minha sala de casa lotada, mas era um pequeno esforço. Nate gostava desses eventos sociais, Sam e sua família ficariam felizes por me verem conversando com mais gente além deles, e meu pai poderia falar aos quatro ventos sobre como seu filho era um sucesso.

Minha cabeça montou mil e um cenários diferentes no trajeto de casa.

Em um deles, os trigêmeos de cabeça vermelha de Sam com sua esposa 10 anos mais nova, Evelyn, subiam nas cortinas e causavam uma grande confusão.

Imaginei meu pai bebendo meio dedo de whisky e, como não tem costume de beber, chorar em um discurso de saudade da minha mãe.

Pensei em Nate passando por qualquer uma dessas situações com os amigos da faculdade.

Definitivamente, eu precisava ficar alerta para que todos se sentissem bem. Nada de beber. Nada de relaxar, até que todos tenham ido embora satisfeitos e felizes para suas casas.

Estava tão imerso nos meus pensamentos sobre as possibilidades de o caos acontecer que, quando ouvi o som do corpo caindo na água, parei no lugar.

A porta de entrada da casa dava acesso ao primeiro andar completo. Ali, um único ambiente grande se dividia entre sala de estar, de jantar e uma cozinha bem equipada com uma bela ilha no meio.

Essa sala dava para o quintal. E com as portas de vidro completamente abertas, tudo se transformava em uma coisa só.

Por isso foi fácil ver o corpo feminino na água, mergulhando de uma ponta à outra na piscina, me deixando sem fôlego quando a garota se ergueu.

Aproximei-me para ver melhor.

O cabelo era naturalmente loiro, comprido e cheio, passando um pouco do meio das costas. A calcinha do biquíni definitivamente era um problema. Eu nunca tinha visto algo tão pequeno, mas o pior ainda estava por vir.

Ela saiu da piscina, se ergueu e escorreu a água do cabelo, então virou na minha direção e eu precisei engolir em seco.

O par de seios mais perfeitos que eu já tinha visto na vida surgiram bem diante dos meus olhos.

Respirei fundo.

*É alguma amiga de Nate* — pensei.

*Nathan deve estar dormindo com ela.* — Me recriminei, sentindo meu sangue esquentar nas veias.

*Não é para você, não é para você, não é para...* — tentei me convencer a correr dali, mas ela me viu e sorriu, e eu caí.

Sorri de volta e coloquei as mãos no bolso da calça, tentando disfarçar qualquer mínima excitação ao vê-la andar até os sapatos de salto transparentes e vir na minha direção.

Ela não andou.

A desgraçada veio desfilando.

Seus olhos pareciam felinos sobre mim, e eu absorvi a visão dos seios arrepiados balançando levemente conforme ela caminhava.

Meu coração bateu acelerado.

A loira entrou e parou bem na minha frente.

Indiscriminadamente, eu revistei seu corpo de cima a baixo.

*Porra, se ela era caso amoroso de Nate, aquilo não ia prestar.*

— Oi, tio... — Sua voz era suave. — Pode me passar a toalha? Não quero continuar molhando o chão.

Só então me dei conta de que ela apontava para o pedaço de pano em cima da ilha da cozinha.

Não demorei a me esticar e pegar o que ela pedia, oferecendo a toalha para que ela se secasse.

— Como você entrou aqui? — Minha pergunta não foi a mais certeira.

— Nathan pediu para eu liberar o pessoal do buffet, mas como eles ainda não chegaram e estava muito calor, eu resolvi mergulhar... Não podia? — Seus olhos eram muito espertos, seu tom de voz macio me dizia que ela não era aquela santa toda.

— Você é amiga de Nate?

Ela tombou a cabeça, começando a secar o cabelo e deu uma risadinha.

— Acho que sim.

— Está dormindo com meu filho? — A pergunta precisava ser feita, ou mais tarde aquilo pesaria demais na minha consciência, ainda mais se aquela menina começasse a frequentar minha casa.

Sua risada virou deboche e ela revirou os olhos.

— Não, titio. Não estou dormindo com seu filhinho, mas... — ela suspirou, tomando coragem para sua pergunta — gostou do que viu? — Ela abaixou a toalha de novo, descobrindo os seios.

*Porra...*

Respirei fundo, erguendo uma das mãos para soltar um pouco o nó da gravata.

— Quem foi o cirurgião? — Foi a pergunta mais idiota que eu poderia ter feito.

Ela entreabriu a boca quase ofendida.

— Cirurgião? — A risada fez seu peito tremer. — Não fiz nenhuma cirurgia, são naturais... Quer conferir? — Quase não me movi quando ela veio até mim, mas o interfone tocou me tirando daquela enrascada.

— Deve ser o buffet — anunciei, assistindo seus olhos mudando e uma tempestade irritadiça surgindo ali.

Ela suspirou, claramente desapontada.

— Não se preocupe, titio. *Te vejo mais tarde.*

Foi ela quem me deu as costas e eu me virei para atender o interfone maldito.

Se ela era amiga de Nate, eu precisava tomar duas vezes mais distância.

Ou, no mínimo, garantir que ela não era alguém importante para ele.

Do mesmo jeito que tinha aparecido, ela sumiu logo depois que desliguei com a portaria. Busquei o rastro da garota dentro de casa com o telefone na mão e desisti de procurá-la quando, finalmente, Samuel atendeu minha ligação.

— Onde você está? Desci no seu andar hoje e não te encontrei. Você marcou uma festa na minha casa e não me deu nem um alô direito essa semana... — reclamei, fechando a porta do quarto de Nathan sem sombra da dona dos seios perfeitos.

— Eu te avisei na semana passada que Tóri vinha passar uma temporada comigo, se esqueceu?

— Tóri? — Parei, tentando forçar a memória.

— Minha filha, Victória, lembra dela?

— Ah, sim. — Esfreguei entre os olhos, parando no bar do corredor. Não me lembrava muito da menina além de uma foto infantil no aparador da sala de Samuel. — E o que está fazendo agora?

— Ela não gostou do carro que lhe dei de presente quando chegou, então estou procurando um outro carro.

Senti-me um pouco ofendido enquanto me servia de conhaque.

— Por que não pediu minha ajuda? Você sabe que gosto de carros.

— Você gosta dessa sua lata velha.

— Meu Volvo tem estilo — reclamei antes de beber um pouco.

— Seu Volvo tem um cartão de aposentadoria — ele debochou. — Dei um Porsche para ela, mas parece que não gostou porque é parecido com o carro de Evelyn.

— E qual o problema? — perguntei, indo para meu quarto e me livrando dos sapatos.

— Tóri não é a maior fã da madrasta, é uma relação complicada...

Pensei em uma garotinha mimada. Pelo que me lembrava da mãe dela, a filha devia ser um terror.

— E quando ela vai embora? — Dei um grande gole no meu copo e comecei a arrancar a roupa.

— Não vai. — Ouvi o suspiro pesado do outro lado. — Pelo menos, ir embora não está nos planos. Como ela acabou o colégio, me disse que queria descobrir o que fazer na faculdade e ter um tempo junto da família antes de se trancar nos estudos.

— Justo... Ela vem hoje?

— Vai. Já se encontrou com Nate e ele mesmo a convidou.

— Hm, ele não me disse nada, mas eu mal parei em casa essa semana. — Odiei perceber que estava perdendo Nate. De repente, algo surgiu na minha cabeça. — Ei, nossos filhos já não ficaram?

— Acho que Tóri deu uns beijos em Nate há uns dois anos. Naquelas férias que você, para variar, não foi.

— Eu precisava trabalhar.

— Você fala isso como se não fosse milionário.

— Gosto de manter o status. — Ri do fato. — Acha que isso pode evoluir com os dois se vendo agora?

— Podemos não pensar nisso? Apesar de ter entendido que eles dois tiveram alguma coisa, não quero pensar no seu filho comendo minha filha. Na verdade, não quero pensar em *ninguém* comendo minha filha.

Segurei-me para não fazer uma piada.

— Ei, o vendedor está voltando, mais tarde estou aí, vê se espera cortar o bolo antes de ficar bêbado, ok? — Sam zombou.

— Acho que agora você tem outros problemas, não é mesmo? — devolvi.

— Até mais tarde.

— Até. — Desliguei, rindo do fato de que, provavelmente, acabaríamos em família. Seria legal se Nate e a filha mais velha de Samuel acabassem juntos.

Entrei no banho pensando naquela linha do tempo: Samuel Blackwood, filho único, assim como eu, herdeiro de um dos maiores escritórios de direito da América. Meu conhecido desde a época do ensino fundamental. Meu salvador na época do ensino médio.

Eu era alto, desengonçado, e não muito popular.

Os garotos gostavam de me perturbar, e ele, genuinamente bom, me deu um lugar no time de futebol.

Ganhei alguns músculos, parei de ser um alvo fácil, comecei a parecer interessante e logo aprendi a como me misturar.

Sam, esse tempo todo, foi meu melhor amigo.

Ele foi meu parceiro mesmo quando me apaixonei pela mãe de Nathan, quando decidi seguir um caminho parecido com o seu, guiados pelas carreiras dos nossos pais.

Eu na Medicina.

Ele no Direito.

E mesmo durante a faculdade, estávamos lá um pelo outro.

Conheci e convivi com sua ex-mulher esquisita e alegre demais.

Ele conviveu com minha ex e segurou as pontas do que pôde, de toda a minha depressão, quando as coisas deram errado.

Samuel era família.

E era o único que permanecia ali, independentemente do quão ruim eu fosse.

Do quanto eu não merecesse.

Terminei o banho e finalizei minha bebida, largando o copo na pia do banheiro. Voltei para o quarto, vendo a cama perfeitamente posta, e não pensei muito, deitando ainda meio molhado.

Eu só ia descansar os olhos, só um pouco, e com um braço largado sobre o rosto, me escondendo da claridade que ainda brilhava lá fora, adormeci.

— Pai? — Senti um empurrão no ombro. — Você dormiu, pai? — A voz de Nathan era quase uma bronca.

Respirei fundo e abri os olhos.

— O que foi? — Tive a visão do meu filho em pé ao meu lado, e ele parecia irritado, vestindo um terno cinza-escuro e o relógio que eu havia dado no seu último aniversário.

— Pai, a sala está cheia de gente... Você não está ouvindo a música?

Movi a cabeça para o lado e entendi...

— Que horas são? — perguntei, esfregando o rosto e me erguendo.

— Tarde. Tio Sam quase veio aqui, mas os trigêmeos estão doidos para pular na piscina.

— Merda — xinguei baixo, pulando da cama. — Eu já vou... Vá na frente e enrole mais um pouco. Aposto que a festa não vai mudar absolutamente nada comigo lá.

— Você é o aniversariante, pai. Não tem festa sem você. — O modo como Nate disse aquilo me fez parar por um segundo e colocar a mão na lateral de seu rosto.

— Você sabe que pouco me importo com essa gente, não é? Você é a minha dupla imbatível. — Acariciei a bochecha de meu filho com o polegar e vi a irritação deixar seus olhos.

Nate sorriu.

— É, eu sei. — Ele ergueu a mão fechada para mim e bati o punho contra o dele. — Vou lá, mas não demore, por favor. Finja surpresa, vamos cantar parabéns logo que você descer.

— Ótimo modo de mandar os convidados embora.

Ele riu.

— Duvido...

Meu filho saiu do quarto e eu me senti um pouco idiota.

Deveria tê-lo esperado acordado, conversado antes da festa, planejado algo legal para o final de semana de pai e filho que, desde que a rotina no escritório começou a ser séria, nós não tínhamos mais tempo de ter.

Vesti-me o melhor possível, só deixando a gravata de fora.

Não precisava ser tão formal na sala de casa, ainda assim, conferi minha aparência no espelho, ajeitando a camisa preta, o terno bem-cortado, e treinei um sorriso suave e acolhedor aos rostos que eu não via há algum tempo.

Respirei fundo depois de três tentativas.

Aquilo que via no espelho precisava bastar.

E enchendo o peito de ar saí pela porta, sendo abraçado pelo som de conversas e música alta no andar de baixo.

A meia-luz do andar de baixo não conseguiu me esconder enquanto descia as escadas tentando me manter invisível.

— Olha ele aí! — alguém comemorou e eu mantive o sorriso discreto no rosto, junto de uma mão no bolso, enquanto, com a mão livre, recebia os cumprimentos e dava meios-abraços em todos na minha sala de estar.

Era um tanto de gente considerável, e de idades muito variadas.

Em um canto os amigos de Nate, do outro, os do meu pai.

Ainda tinha o pessoal da faculdade que era interessante manter contato, e os filhos das pessoas que meu pai achava proveitoso manter por perto.

Sam chamou alguns nomes do colégio, e eu fiz bem o meu papel de fingir lembrar de todos.

Quando cheguei ao meio da sala, senti o impacto forte de algo contra mim e olhei para baixo, encontrando um dos trigêmeos grudado na minha perna. Esperei-o erguer a cabeça ruiva para cima e, vendo seu rosto, com o sorriso aberto faltando dois dentes, sorri de volta.

— Pequeno Alex, como vai? Fiquei sabendo que você e seus irmãos queriam nadar, é verdade? — Um dos filhos de Sam levava meu nome.

— Eu queria, mas papai disse que se a gente se comportar vai poder comer muito bolo. — Ele pulou feliz agarrado às minhas calças.

Ter cinco anos nunca pareceu tão divertido.

Eu o peguei no colo antes de os irmãos aparecerem, mas, de repente, quando vi outras duas cabeças ruivas, a luz diminuiu ainda mais, velas começaram a brilhar por todo o canto e o coro do parabéns começou.

Sam, orgulhoso, veio na frente com seu péssimo hábito de bater palmas durante aquela música mórbida.

O resto do salão o imitou.

Evelyn parecia encolhida ao seu lado, tentando segurar seus dois filhos livres pelas camisetas e evitar alguma tragédia.

Nathan apareceu logo atrás, o mundo pareceu correr em câmera lenta.

Minha pequena família abriu espaço.

Atrás de Nate apareceu meu pai.

E, atrás de meu velho pai, de cabeça branca, orgulhoso de seu filho mentiroso, estava a garota daquela tarde.

Seu cabelo loiro tinha ondas pesadas, a maquiagem nos olhos era intensa, os lábios brilhavam. As velas em cima do bolo queimando com minha nova idade fizeram tudo ser pior.

Achei que estava tendo um ataque cardíaco quando me dei conta de que era *ela. ERA ELA.*

Meu sangue congelou nas veias.

Todos continuaram a comemoração sem notar nada, mas ela sabia.

Seus olhos nos meus eram incriminadores.

Ela parecia muito orgulhosa naquele momento.

Se me perguntassem naquele instante qual era a aparência do diabo, eu a descreveria, ainda mais quando chegou até mim, me olhando de baixo, graças a nossa diferença de tamanho, e disse na mesma voz macia e quase inocente de algumas noites atrás:

— Faça um pedido. — Eu me lembrei de tudo.

Naquele instante, a memória dos gemidos dela invadiram minha cabeça, soprei as velas de qualquer jeito, não conseguindo desviar os olhos dos dela nem mesmo quando tiraram o bolo de suas mãos.

Isso só piorou tudo.

A garota usava um vestido dourado, de pequenas moedas bem espaçadas, presas em uma malha de correntes... Seus seios perfeitos só com os mamilos, que eu já sabia bem a cor, tapados.

Eu a medi de cima a baixo.

Lentamente.

Não queria acreditar.

Não podia acreditar.

Mas tudo piorou quando Samuel a abraçou completamente feliz e com um dos braços em seus ombros se virou para mim e anunciou:

— Eu não te disse que minha filha tinha crescido?

# Capítulo 2

## ALEXANDER

*Acabei de matar um homem, ela é meu álibi.*

*ALIBI*, SEVDALIZA (FEAT. PABLLO VITTAR & YSEULT)

ENCAREI O ROSTO DE SAMUEL, MEDINDO OS TRAÇOS SEMELHANTES, completamente perdido, descrente daquela informação.

— Sua filha? — Minha voz saiu baixa, quase inaudível, mas precisava que Sam me dissesse que aquilo era um erro, que era uma pegadinha.

— É, minha filha. Faz o quê, uns quatro anos que você não a vê?

A garota cínica sorriu, apertando os olhos como Sam fazia.

— Não está feliz em me ver, tio?

Encarei seu rosto de novo, não acreditando em como ela era falsa.

— O que veio fazer aqui? — Meu amigo não notou o tom acusatório na minha voz.

— Ah, você sabe — ela se encolheu, sorridente, olhando para o pai por um segundo —, vim descobrir se levo jeito para o Direito como papai, para a Medicina, como você. — Seus olhos voltaram aos meus. — Ou talvez meu futuro seja como uma mãe que fica em casa...

— E quando você vai embora? — Soei um pouco rude e os olhos dela esfriaram. Seu sorriso foi quase maligno.

— Só quando conseguir o que eu quero.

Samuel não estava realmente prestando atenção em nossa conversa, mas notou o incômodo no ar e franziu as sobrancelhas, olhando de sua filha para mim.

— Está tudo bem?

Respirei fundo e passei seu filho, que estava em meu colo, para ele, ignorando completamente a loira bombshell ao seu lado.

— Desculpa, preciso de um momento... Tem muita gente aqui — indiquei o ambiente com a cabeça — e meu pai já vai me arrastar para falar com os velhos daqui a pouco, então me dê um minuto.

— Eu te cubro. — Sam foi gentil.

Doeu-me receber sua filha daquela forma, mas... Porra, ele ia acabar comigo se soubesse o que tinha feito com aquela menina.

Saí dali sem olhar para trás, sem olhar para ela, mesmo sentindo seu olhar em mim queimando meu corpo. Aquilo não ajudou em nada enquanto eu subia as escadas com o peso da mentira, que precisaria sustentar nos ombros, mais e mais insuportável.

Foi só chegar ao topo da escada, escondido do resto dos convidados, que vi meu pequeno bar.

Um ponto de equilíbrio.

Parei bem em frente a ele, pousando as mãos no espelho, pouco me importando que minhas digitais ficariam marcadas lá, e me encarei quando soltei a respiração.

Aquilo me atingiu em cheio.

Parecia que o ar estava impedindo a culpa em formato de lança de alcançar meu coração.

Meus olhos cinzentos encheram-se d'água quando senti a dor excruciante.

Mordi a língua tentando não chorar.

*Você fodeu a filha do seu melhor amigo.*

*Você fodeu a filha do seu melhor amigo e gostou muito.*

*Você é a porra de um traidor.*

Queria gritar.

Queria quebrar tudo.

Porém, a única coisa que fiz foi abrir uma garrafa e me servir de uma dose generosa da primeira bebida que achei, com as mãos trêmulas pelo nervoso.

Acabei com o copo em 3 goles grandes e dei um passo para trás, com as mãos na cintura, sentindo meu estômago reclamar do álcool descendo daquele jeito.

Soltei a respiração, abafando a verdade matadora, e então ouvi o som de saltos contra o piso. Meus olhos miraram automaticamente nas sandálias douradas, e eu quis me encolher como um garotinho diante daquele demônio.

Ergui o olhar aos poucos.

O par de pernas bonitas ganharam minha vista.

O vestido era realmente provocante.

O corpo dela era verdadeiramente divino.

Sua falsidade era um dos piores venenos a que já tive acesso escorrendo por meus ouvidos.

— Oi, titio... Estou procurando o banheiro, sabe onde... — Eu não a deixei terminar de falar.

Fui até ela, furioso, e com a coragem do álcool nas veias, abri a porta do banheiro do andar de cima e a joguei lá para dentro me trancando junto dela.

Mal acendi a luz e me virei para vê-la rir.

Cheia de malícia, parecendo adorar o jogo, ela já estava sentada sobre a pia de pedra escura, me encarando como se fosse uma gata de raça e eu, seu brinquedo favorito.

— Que porra você fez, seu demônio? — cuspi as palavras, ficando de frente para ela. O banheiro do corredor não era o maior cômodo da casa.

Na pouca distância, o cheiro dela inundou meus pulmões.

Sua risada continuou a encher o ar e o modo como os olhos felinos me mediam era de uma sabedoria imensa.

— Fala de uma vez, que porra você está fazendo aqui? — Me irritei, pegando em seus braços quando ela não respondeu.

— Ai, calma. Ainda estou dolorida graças a nossa última vez, titio. Você foi um pouco selvagem... — a desgraçada disse, encolhendo os ombros, mas aproveitando da proximidade, ergueu o rosto em direção ao meu. — Por que você está tão bravo? Achei que tinha se divertido... — Sua língua lambeu os lábios pintados de vermelho e me lembrei daquela boca bem no meu... Porra!

— Caralho, garota, você tem ideia do que fez?

Muito calmamente ela concordou com a cabeça.

— Tenho.

Ela só podia ser maluca.

— Você é filha do meu melhor amigo. — Ela confirmou com a cabeça. — E é mais nova que meu filho, você tem noção disso? Em que porra de problema você quer me meter?

— Problema? — Ela riu. — Acho que você está entendendo tudo errado.

Tentei manter o tom de voz controlado, mas parecia impossível.

Tão perto, queimando, minha vontade era mesmo de virar aquela garota e bater em sua bunda até marcar toda sua pele.

— Então, me explique, antes que eu conte para o seu pai a porra da louca que é a filha dele. — Minha ameaça foi feita com nossos rostos quase colados.

Ela encarou o desafio.

— Ah, é? Vai contar para o meu pai que me fodeu em cada cantinho daquele seu escritório mal decorado? — Ela brincou com o indicador e o dedo médio, andando com os dois dedos sobre meu braço, subindo por meu ombro. — Vai falar *pra* ele que gozou nos meus peitos? Na minha boca?

Flashes que tinham sumido daquela noite apareceram.

A mão dela acertou minha nuca, ela puxou meu rosto para o seu com mais força do que eu julgava que ela tivesse e com a boca contra a minha, me deixando sentir o cheiro de cereja que vinha do seu hálito, ela continuou:

— Vai contar que quer me foder aqui nesse banheiro, enquanto a festa acontece lá embaixo? — Me pegando desprevenido, a mão livre veio direto para o volume entre minhas pernas.

— Você é maluca! Porra! — Eu a empurrei, conseguindo alguma distância.

Ela se dobrou, rindo de mim.

— O que você quer? — perguntei o mais direto possível.

— Um bilhão de dólares — brincou, se erguendo e ajeitando o cabelo.

— Estou falando sério, Victória. Que porra você quer?

E, dessa vez, eu sabia que era sério.

Que era verdade.

Ela olhou dentro do meu olho e honestamente disse:

— Você.

Foi minha vez de rir.

— Pelo amor de Deus, fala sério. — Passei a mão pelos cabelos, desacreditado.

— Estou dizendo: eu quero você — ela continuou muito séria.

— Você é maluca. — Não era mais uma dúvida.

— Maluca ou o demônio?

— Os dois! — falei mais alto, mas ela cruzou os braços, como se o doido fosse eu. — Você tem idade para ser minha filha, porra! — reforcei.

— Mas não sou. Inclusive, você me fodeu muito bem, e por isso eu agradeço por não sermos parentes. — Ela juntou as mãos como em prece, em um modo de agradecer, quase me fazendo rir.

— Você quer atrapalhar minha amizade com seu pai? Tem algum plano por trás disso?

Ela revirou os olhos.

— Você é um pouco paranoico, né? Não, Alex. Eu não quero estragar seu romance com meu pai, quero fazer com que você fique feliz ao chamá-lo de sogro, já pensou? Vamos ser uma família de verdade. — Ela parecia entediada, então desceu da pia e se ajeitou. As moedas tilintaram, e eu respirei fundo, me contendo.

— Falei sério, e você sabe — Victória chamou minha atenção. — Eu quero você.

— Não vai acontecer. — Cruzei os braços, tentando mantê-la afastada.

— Já aconteceu e vai acontecer de novo — ela rebateu.

— Você é uma criança — tentei mais uma vez.

— Você é o meu alvo — ela aceitou o desafio.

— Você é maluca — insisti.

— Não. Não sou. Você tinha razão, estou mais para o diabo. E eu compreendo o seu choque, é normal para gente da sua idade fingir que é amigo da moral e dos bons costumes... Mas admita, Alex, se eu não fosse filha do meu pai, nesse momento, você estaria dentro de mim, não é mesmo?

Encarei os olhos verdes orgulhosos e vencedores.

— Diaba — soprei o xingamento.

Ela sorriu e respirou fundo.

— Agora que você sabe, não adianta fugir de mim. Quero você, e vou ter. — Ela girou a chave da porta. — E, agora, se não se incomoda, vou descer e fazer seu filho roubar alguma bebida para mim, sendo bem discreta para ninguém sonhar que você me conhece bem demais sem roupas.

O modo como Victória me deixou para trás me assustou.

Ela tinha razão.

Eu tinha encontrado o capeta de saia.

Aquela menina poderia acabar com a minha vida.

# *Capítulo 3*

## VICTÓRIA

*Está ficando tarde para desistir de você,*
*eu bebi da fonte do meu diabo.*

*TOXIC*, BRITNEY SPEARS

**ME MOSTRAR DE VERDADE ERA ALGO TÃO RARO QUE, EU SABIA,** Alex levaria algum tempo para absorver a realidade e sair dali.

Conferi meu batom no espelho do bar e, sem ninguém olhar, me servi de uma dose pequena da última coisa que ele havia bebido.

Era meu jeito de brindar com meu verdadeiro amor.

Eu e ele ficaríamos juntos. Não tinha outra possibilidade.

Ele era meu desde o dia em que o escolhi como meu futuro marido.

Virei a bebida nos lábios e estremeci por inteiro enquanto engolia, sabendo que faria de tudo, qualquer que fosse a loucura ou a atrocidade, para que no futuro houvesse uma aliança de brilhantes no meu dedo vindo diretamente de boa parte da conta bancária dele.

Respirei fundo antes de voltar ao público.

O rosto de boa menina precisava estar impecável.

Meu pai não podia sonhar com o meu real plano.

Desci as escadas sabendo que era a mulher mais gostosa daquele lugar.

De cabeça erguida, o olhar calculadamente distante.

Propositalmente encarei minha madrasta, medindo as roupas de Evelyn com uma breve torcidinha do canto da boca, desaprovando sua combinação péssima de saia e camisa; não parei para falar com ela, a atravessei como se fosse uma porta de vidro, ignorando seu sorriso forçado. Ela tentou se aproximar, mas eu a cortei com um olhar frio, dirigindo-me diretamente ao meu pai.

— Papai! — Abracei-o com força, sentindo seu corpo rígido. Ele retribuiu o abraço com uma hesitação que só eu podia perceber.

Mas éramos bons atores.

Eu e ele.

E ele foi rápido em corresponder.

— Tóri, querida. — Sua voz soava calorosa, mas havia uma distância, um espaço, um abismo, que mesmo com os braços dele em volta de mim, tudo parecia frio.

Papai beijou o topo da minha cabeça, e eu suspirei.

— Está feliz de ter voltado? — A pergunta foi feita mais baixa, como se ele procurasse minha aprovação para toda a encenação.

— Muito. — Mal sabia ele o quanto.

Era muito ruim não conseguir sentir a profundidade daquilo.

Não era mesmo como as relações de pais e filhos deveriam ser.

Foi por isso que não teve conversa depois, mas não nos largamos.

Nós nos esforçávamos em nosso teatro.

Ele para me convencer de seu amor e, para o resto do salão, de que era um ótimo pai, e eu só pelo prazer de provocar minha madrasta.

Algum tempo se passou, pessoas chegaram para me conhecer, e fiz questão de ficar entre meu pai e minha madrasta, ignorando a existência dela, sabendo o quanto ela se sentia desconfortável.

— E sua mãe? Faz anos que não a encontro, a última vez foi em uma viagem, não? — uma mulher loira de cabelo curto e sorriso predador me perguntou.

— Mamãe vai passar uma temporada na Itália. Ela diz que só os italianos sabem como viver — respondi, querendo que Evelyn percebesse o quão pequena ela era.

— E você não foi junto? — A mulher parecia realmente interessada.

— Meu passaporte já tem carimbos demais… Não que eu não adore viajar, mas preciso começar a pensar no futuro e nada melhor do que estar ao lado do meu pai para isso. — Deitei a cabeça contra o braço de meu pai, fazendo questão de que Evelyn fosse um fantasma na conversa.

O papo da roda virou o escritório do meu pai, em um futuro meu lá dentro, e fingi estar animada para isso, mesmo que o meu plano fosse bem diferente.

Eu não seria uma burra encostada como Evelyn, mas desde muito cedo eu sabia que não queria trabalhar.

Mamãe vivia de investimentos da sua herança.

Eu herdaria um bom dinheiro dela e de papai, mas, de tudo, não via a hora de carregar o sobrenome Hastings e gastar o cartão ilimitado do melhor amigo do meu pai.

Perdi-me por um momento e meus olhos buscaram automaticamente Alex. Lá estava ele, conversando com alguns amigos e colegas, fingindo que eu não existia.

Eu o observei como uma leoa observa sua presa, e um sorriso malicioso brincou em meus lábios. Ele estava tenso. Claramente me evitando e, consequentemente, completamente ciente da minha presença.

Parecia ser de propósito que ele falava com outras pessoas, mulheres em sua maioria. Em nada me afetava.

Nenhuma mulher naquele salão se comparava a mim.

Eu era mais bonita, mais jovem, mais confiante.

Alex vacilou por um segundo.

Seus olhos vieram até mim e me encontraram encarando-o.

Cansada daquele tédio de festa, resolvi agir.

Nathan, o filho de Alex, estava em um canto da sala próximo ao bar, com seus amigos do trabalho e da faculdade. Ele trabalhava no escritório do meu pai, o viu mais dias do que eu na vida, e, quando aos meus dezesseis, Alex não foi a mais uma viagem anual onde eu poderia vê-lo, me vinguei dando minha virgindade ao seu filho.

Caminhei até Nathan com um sorriso amigável no rosto, e interrompi a conversa da roda, me esticando nos saltos para beijar sua bochecha.

Todos os amigos olharam.

Alex também olhou.

— Essa é a filha do meu chefe, caso não saibam — Nate me apresentou antes que eu pudesse me virar para encarar seus amigos.

— Ele está falando besteira. — Segurei em seus ombros e só virei o rosto, sendo amigável com a pequena plateia curiosa. — Nathan é filho do melhor amigo do meu pai, crescemos juntos, eu o adoro. — Dei uma piscadinha e fiquei ao lado dele, ignorando sua mão em minha cintura.

A conversa deles acabou e se repartiu.

— Seus amigos não gostaram muito de mim — sussurrei para Nate, e ele riu.

— Estão intimidados.

— Intimidados? — perguntei, franzindo as sobrancelhas.

— Essas garotas estão vestidas para a festa, mas você... — Nate me deu a olhada mais brutal que podia. — Está vestida para matar.

Eu gargalhei, sabendo que seu pai assistia, fingindo que Nate era o cara mais engraçado do mundo.

— Você deveria me tratar como sua irmãzinha, você sabe, não é?

— Isso é impossível. — Encarei seu rosto buscando os traços de seu pai.

Havia lá alguma coisa, um sorriso, o canto dos olhos, as sobrancelhas, mas... Nathan era só um menino.

Ele nunca poderia me dar o que eu tanto queria.

Nunca.

— Acho que essa conversa precisa de um pouquinho de álcool para ficar mais interessante. — Fiz a cara mais pidona do mundo.

— Darei um jeito, mas não conte ao seu pai, nem ao meu, ou eles vão me matar. Coloquei o dedo indicador sobre os lábios.

— Ninguém vai saber.

Esperei em silêncio, ignorando todo mundo em volta, até Nate voltar com minha taça. Meu estômago vazio já aquecido pela bebida que roubei do andar de cima só ficou ainda mais dolorido quando experimentei o moscatel docinho e gostoso.

Bebi a primeira taça tão rápido, que quando trouxeram a segunda, precisei ficar atenta com o quão acessível eu seria.

— E aí, você acha que fica no Direito? — Nathan me perguntou.

Neguei com a cabeça.

— Ainda é cedo para dizer... Talvez eu descubra que gosto de cozinhar e me torne uma chef famosa.

Nathan gargalhou.

— O que é? — Me incomodou um pouco.

— Você? Em uma cozinha? Não consigo imaginar.

— Eu cozinho bem, ok? Precisei aprender, ou ia morrer de fome. Minha mãe não cozinha e... — procurei meu pai com os olhos, Evelyn já tinha as mãos nele — odeio a comida dela.

— Você ainda a odeia? — Nate viu como tudo mudou desde que aquela mulherzinha tinha chegado.

— É um sentimento que só cresce — confessei mais por mim do que pelo álcool. — O que você sentiria se alguém roubasse seu pai de você?

— Ah, agora? Não acho que seria de todo mal. Meu pai está... envelhecendo? É, envelhecendo. Esta é a palavra certa. E cada dia que passa eu o vejo mais e mais louco por controle, focado em suas coisas, ausente naquilo que não percebe que precisa estar...

— Por exemplo? — indaguei cheia de curiosidade.

— Ele se importa muito comigo. Todos os dias ele me obriga a subir para dar um bom-dia em seu consultório e, quando saio do escritório do seu pai, preciso subir para me despedir, mas moramos na mesma porra de casa, por que ele não pode sair meia hora mais tarde? Ou por que não posso esperar por ele? — Eu entendia o que Nate queria dizer.

Respirei fundo.

— Sinto muito. — fui sincera.

— Não, não sinta. Meu pai é um ótimo pai. Ele é um pouco desligado, e poderia ser melhor, assim como eu poderia ser um filho melhor, mas ele se importa. Ele me leva para esquiar todo ano, ou pegamos onda quando o tempo fica firme, e ele... — De repente, a mágoa tomou meu coração.

Doeu sentir o esforço de controlar o choro na garganta.

Rasgou minha fibra pelas beiradas perceber que Nate tinha algo que eu nunca teria. Alex era um pai maravilhoso, mesmo com defeitos, afinal de contas, era humano.

E eu seria esperta o bastante para ser presente nas rachaduras dos muros dele. No final das contas, seria fácil sermos nós.

— Você está bem? — Nate perguntou, e eu pisquei duas vezes, rindo.

— Estou. Me desculpa, você começou a falar dessas coisas, mas me bateu uma curiosidade... Seu pai nunca te apresentou ninguém?

Nathan suspirou.

— Nunca. Acho que ele nunca namorou sério com ninguém depois da minha mãe.

— E sua mãe, nunca... — Não queria ser indelicada.

— Não, nunca. — ele me cortou e entendi o limite.

— Bom, se meu pai encontrou alguém, mesmo odiosa, vamos ter esperanças. — Ergui minha taça para Nathan.

Brindamos.

— Vamos ter esperança.

— Nathan, foi você quem arranjou bebida para Victória? — A voz do meu pai soou mais alta que o resto da conversa na sala e eu e Nathan rimos, correndo para a área externa.

Senti-me uma adolescente de novo.

E, pela conversa, um pouco mais conectada com Alex.


No final da festa, nossa família foi a última a sair.

Fiz questão de abraçar Nathan bem apertado na frente de Alex, um abraço que durou mais tempo do que o necessário.

— Foi ótimo te ver, Nate — sussurrei em seu ouvido antes de me virar para Alex. — Tio Alex, foi bom te ver de novo. — Abracei-o, sentindo seu corpo tenso contra o meu. Beijei seu rosto, deixando meus lábios sobre sua bochecha um pouco mais do que o apropriado. — Até mais — murmurei.

# Capítulo 4

## VICTÓRIA

*Pra fazer carinho, eu mordo. Pra te amar, eu viro o olho.*
*Pra aguentar, eu meto o louco. Vivo na base do soco. Teu*
*tudo pra mim é pouco. Quer pular no meu pescoço, se*
*tentar brigar comigo, morre no fundo do poço.*

CARNIFICINA, LUÍSA SONZA

**ODIAVA ACORDAR ANTES DO DESPERTADOR TOCAR, MAS QUANDO** rolei na cama e o sono não me impediu de abrir os olhos, quis jogar a merda do iPhone longe. Suspirei alto e esfreguei o rosto contra o travesseiro, tentando ignorar completamente meu estômago que roncava alto.

Ergui a mão, tateando o armário embutido daquela cama de solteiro que eu odiava com todas as minhas forças e acertei o interruptor das leds roxas que, quando eu tinha doze anos, achava demais.

O resto do quarto ganhou luz.

Meus pôsteres velhos de uma One Direction que não existia mais me acertaram quando ergui o rosto de novo, querendo fugir daquele pequeno pesadelo. Eles estavam lá desde os meus, o quê, sete anos?

Quis xingar meu pai.

Quis trucidar a madrasvaca.

Contudo, engoli aquela sensação de abandono apertando meu peito e acentuando minha raiva. Não ia deixar aquilo tirar o crédito da minha vitória na noite passada.

Foi tudo tão bom que cheguei a sonhar com a reação de Alex me descobrindo. Seus olhos tomados pelo choque, sua expressão de completo terror, a sua boa moral querendo brigar comigo apesar de, claramente, seu corpo não ter um pingo de arrependimento nas veias...

Tirei meu vape debaixo do travesseiro e dei uma bela tragada, sorrindo, me sentindo uma adolescente apaixonada. Encarei o teto, lembrando da genialidade do meu primeiro golpe.

Ele nem sonhava que eu era eu.

Pela primeira vez, eu precisei agradecer por meu pai não ter nenhuma foto atualizada minha em canto nenhum daquela casa e do seu escritório.

No final das contas, aquilo mais me ajudou do que atrapalhou, mesmo que minha vontade fosse de quebrar todos os porta-retratos de sua nova família.

Pulei da cama, entrei no banho e escovei os dentes.

Vesti um conjunto de shorts e top para a academia e, escondendo meu vape na mochila, saí para fingir ser um ser humano comum dentro daquele teto.

— Tóri, você quer uma panquequinha? — Fui recepcionada por Elijah, um dos trigêmeos com sua comida favorita na mão, e, pela sua cara de quem ia aprontar, sabia que se eu dissesse que sim, ele arremessaria o pedaço de massa molhada de xarope em mim.

— Não. Carboidrato de manhã me incha e se isso voar na minha cara ninguém vai te salvar da minha loucura matinal. — Sorri ameaçadoramente para ele, desencorajando a brincadeira que me faria arrancar um tufo do seu cabelo caso ele insistisse. Amava meus irmãos, mas minha tolerância para qualquer coisa que me deixasse desconfortável era quase zero.

Parei em pé, medindo o que tinha em cima da mesa e analisando o resto da sala de jantar.

Tudo parecia uma confusão.

Duas das três crianças corriam com um pedaço de pano na mão, Evelyn corria atrás desses dois e meu pai fingia que não via, concentrado em algo enquanto tomava sua xícara de café e discutia com alguém em seu fone de ouvido.

— O que está acontecendo? — Com menos de uma semana debaixo daquele teto, algumas coisas ainda eram novidade.

— Alex achou uma calcinha da mamãe. — Elijah riu. — Calcinha. Uma calça bem pequenininha. — A gargalhada inocente dele, que encarava sua panqueca, apaixonado, me fez rir.

Não havia nada ali em cima da mesa que eu *pudesse* comer, com isso, fui até a geladeira e só então meu pai me viu.

Vi seu dedo indo até o celular, desligando seu microfone.

— Bom dia, filha.

— Oi... — Procurei alguma coisa diet ou light, mas sem encontrar, respirei fundo e me virei para ele. — Podemos ir ao mercado para eu comprar coisas que eu como?

— Eu fiz panquecas — Evelyn se intrometeu e com a cara mais desinteressante do mundo, eu a respondi:

— Não como... Muito carboidrato, sabe? Dá culote. — Indiquei minha bunda no shorts colado fazendo-a engolir em seco.

Meu pai não viu, já tinha se voltado ao celular e estava respondendo ao cliente.

Respirei fundo e me virei para conseguir beber um pouco de água gelada.

— Está assim porque vai treinar? — meu pai me chamou alguns minutos depois e eu só confirmei com a cabeça.

— Eu também vou... Podemos ir juntos? — Era tão estranho não saber falar com ele. Não devia ser assim.

— Você demora? — Larguei o copo vazio na pia.

— Não. Preciso fazer uma ligação do carro se você não se importar.

Senti-me ganhando em um jogo sem pontuação.

Papai sairia comigo, não ficaria em casa.

Era um momento nosso.

Um a zero no meu jogo contra a madrasvaca.

— Sem problemas.

Em dez minutos eu estava na porta, esperando meu pai se despedir de todo mundo e conversar em sussurros com Evelyn antes de chamar o elevador.

Ficamos em silêncio esperando a caixa metálica chegar até a cobertura, e, descendo, cruzei os braços, encarando-o fixamente, esperando algo.

— Você... dormiu bem? — papai perguntou quando chegamos ao décimo quinto andar.

Ele não soube o que dizer por outros quinze andares.

Isso me magoou, mas engoli e respondi um pouco frustrada:

— Odeio minha cama ainda ser de solteiro. Acho que só dormi em cama de solteiro na sua casa, de resto, sempre foi maior.

— Sua mãe te acostumou ao luxo.

— Não — neguei. — Mamãe sempre deixou isso claro, ela sempre me deu tudo de bom do que pôde...

— Ou seja, luxo.

Soprei uma risada, encarando-o com os olhos apertados.

— Dormir em uma cama de casal é luxo para você, pai? — Pesei o título dele.

— Tecnicamente, você dorme melhor do que eu em uma cama king já que seus três irmãos sempre acabam escapando para o meu quarto no meio da noite, então uma cama de solteiro não é algo totalmente ruim, mas...

O elevador se abriu, e eu saí na frente.

Não queria chorar.

Esforcei-me para as lágrimas voltarem para dentro com muito rancor.

Lembrava-me bem que mamãe e papai fechavam a porta do quarto deles quando eu era pequena. Era deitar sozinha com meu paninho ou esperar a babá chegar para deitar um pouco comigo.

Naquele momento fui o ser mais invejoso do universo.

Invejava minha madrasta.

Invejava meus irmãos.

E não podia reclamar da porra da cama de solteiro em um quarto parado no tempo.

Entrei no carro dele batendo a porta um pouco mais forte, travando a raiva na garganta.

— Você ficou brava?

— Não. — neguei, tentando o meu melhor.

— Olha, eu não disse que você não pode trocar sua cama...

*Cala a boca, cala a boca, cala a boca!* — pensei, mas ele continuou falando.

— Pai! — chamei sua atenção, um tanto quanto furiosa, falando entre dentes. — Você não entende, não é? Sua mulher não faz porra nenhuma o dia inteiro, você sabia que eu vinha há seis meses, e meu quarto continua exatamente o mesmo de quando eu era criança. Você não se preocupou em mudar *nada*.

Ele pareceu aflito.

— Você ainda é minha menina, Tóri, é que... — Eu tinha a resposta na ponta da língua.

Nunca fui sua menina. Nunca.

Mas seu telefone tocou.

Era mais uma ligação de milhões.

Cruzei os braços e me joguei contra o banco, olhando pela janela.

Ele suspirou e atendeu. Mais uma vez, qualquer outra coisa era mais importante do que resolver as coisas comigo.

Meu estômago retorceu.

Prometi para mim mesma que não ia mais chorar.

Prometi que não ia mais discutir.

Não valia a pena.

Não adiantava.

Estar embaixo do teto do meu pai estava com os dias contados.

A conversa dele com o cliente foi toda em volta de uma briga sobre fusão empresarial. A empresa nova não queria passar por audição fiscal com o pessoal contratado pelo cliente do meu pai.

Papai era inteligente, conseguiu acolher seu cliente e acalmá-lo, dando opções do que fazer no contrato com uma segurança invejável.

Não era o mesmo homem que, minutos atrás, tinha se enrolado com a filha mais velha por causa da merda de uma cama pequena.

Talvez, se eu fosse um contrato, ele soubesse lidar comigo.

O papel sempre era mais fácil.

O papel aceitava tudo.

A chamada terminou, mas ele não tentou falar comigo.

Na verdade, colocou música para tocar e continuou dirigindo.

Dei um suspiro profundo, tentando chamar sua atenção, mas antes de ele virar para mim, o telefone tocou de novo no som do carro.

— Você está atrasado, porra. — Era Alexander do outro lado.

Meu coração acelerou como se ele estivesse na minha frente e me remexi no banco, me mantendo em silêncio, esquecendo da existência de qualquer outra coisa.

— Tive um contratempo, mas estou a caminho. Chego em cinco minutos.

— Vou te esperar antes de subir. Aquela mulher maluca que traz o cachorro para a academia está lá em cima, e toda vez que me encontra sozinho, ela quer conversar sobre as próteses dela.

Meu pai riu.

— Ela quer uma consulta 0800?

— Ela quer outra coisa, e eu me recuso. Não quero atendê-la, e ela já tentou marcar algumas vezes.

— Você vai morrer solteiro.

— Solteiro, não, seco. — Percebi que meu pai me olhou de canto de olho, se contendo para não brincar com Alex na minha frente.

— Escute, eu já estou chegando. Me espere aí.

— Acelera — meu futuro marido disse antes de desligar.

— Você sempre treina com o tio Alex? — perguntei, despreocupada.

— Nós tentamos fechar a agenda para os horários baterem. Nem sempre dá certo, mas pelo menos três vezes na semana nós nos vemos aqui já que a agenda de cirurgia dele é diferente da minha com as visitas aos clientes e tudo mais… Por quê?

— É que eu também gosto de me exercitar. Meio que o meu lugar favorito dos hotéis são as academias… Nunca tive alguém para treinar comigo já que você sabe, mamãe é mais amiga da plástica, mas achei legal isso de vocês terem compromisso um com o outro.

— Nós tentamos. Seu tio vive muito sozinho... Se eu não abrir as portas, Alex não entra, entende? E ele é o meu melhor amigo. Essa é minha maneira de cuidar dele.

Engoli em seco.

Papai era paternal até mesmo com seu melhor amigo, e não comigo.

Era quase amargo o gosto que surgiu na minha boca, mas eu ignorei tudo isso quando entramos no estacionamento da academia.

— Posso treinar com vocês mais vezes? — perguntei, já procurando por Alexander.

— Claro. Se você ficar mesmo esse ano aqui, eu gosto de correr em uma maratona de rua, nós podemos ir juntos, pai e filha, uma equipe, o que acha? — Parei minha obsessão por meio segundo e o encarei piscando os olhos.

— Está falando sério?

— Claro. Você é minha filha, meu material genético com toda a certeza te fez uma ótima corredora. E os vinte e cinco por cento que me cabe do seu temperamento, você gosta de competir e vencer. — Ele piscou para mim, e a garotinha de cinco anos brilhou.

— Eu só aceito se chegarmos em primeiro. — Meu pai sorriu.

— Esse é o espírito.

— Quando é a corrida?

— Em algumas semanas, dá tempo de você treinar com afinco.

— Eu? — debochei um pouquinho dele. — Pai, definitivamente, é você quem precisa melhorar para me acompanhar. Mas, quando a gente ganhar, o que é que *eu* vou ganhar?

Ele parou na vaga e olhou para mim, achando graça.

— A medalha? — ele sugeriu e neguei com a cabeça.

— Quero reformar meu quarto para caber uma cama de casal.

Ele respirou fundo e acenou com a cabeça.

— Justo. — Ele me ofereceu a mão. — Vamos selar o acordo.

Mais do que satisfeita, apertei a mão do meu pai e sorri tão abertamente que me senti o Gato de Cheshire.

Foi quando, de repente, bateram no meu vidro e eu tomei um susto.

Olhei para o lado.

O insulfilme escuro não permitia que Alexander, do lado de fora da janela, me visse, mas papai abaixou o vidro e, conforme ele me via surgir, seu sorriso começou a sumir junto do choque em seus olhos cada vez mais aparente.

Meu pai pareceu não notar.

— Bom dia, titio. Dormiu bem? — Me recuperei tão rápido que ele não notou minha surpresa.

Seus olhos passaram do meu rosto para o meu colo e o vi engolir em seco.

— Victória... — Meu nome saiu baixo na voz grave, e ele se voltou para meu pai. — Você não me avisou que ela vinha.

— Ah, nem pensei nisso. — Papai abriu a porta e desceu.

Alex, por algum reflexo, abriu minha porta.

Sorri cheia de satisfação perigosa.

*Cavalheiro* — pensei.

Quando se deu conta do ato, ele me deu as costas, mas foi o suficiente para mim. Segui a dois passos de distância dele e de meu pai, só ouvindo a conversa.

Nenhum dos dois falou muito, mas eu notava como Alexander andava com a postura ereta, tensa. As mãos fechadas em punho, os braços cruzados, o esforço para não olhar para trás, para não trocar olhares comigo.

Achei graça.

Quanto tempo mais ele ia tentar fingir que não me conhecia?

Que não tinha gostado de me encontrar?

*Meninos são sempre tão bobos...* — pensei, dando um suspiro ao chegar ao topo da escada onde ficava a porta de entrada da academia. — *Ele mal percebe que isso só faz ficar mais e mais interessante. Quanto mais ele corre, mais eu sei que ele me quer...*

Era como uma cobra brincando com a comida antes de dar o bote final.

No meu tédio completo, Alex só fazia ocupar meu tempo livre, sendo assim, meu único alvo, dono de toda a minha atenção e disposição.

Por um segundo, enquanto eu largava minha bolsa em um armário qualquer, reparei que ele me olhava.

Nossos olhos se encontraram, e ele não virou o rosto de imediato.

Sabendo que meu pai não via, dei uma piscadela para ele e o vi respirar fundo, virando o rosto sem saber disfarçar direito.

Aquele homem era meu. Apenas meu.

Para sempre meu.

Não importava o quanto ele tentasse correr, eu chegaria na frente e o pegaria na curva.

Propositalmente, com os fones de ouvido tocando minhas músicas favoritas para treinar, peguei um colchonete e o posicionei onde toda a academia pudesse me ver.

Queria que Alexander me enxergasse de qualquer lugar, mas mais do que isso, que visse outras pessoas me olhando.

O conjunto lilás de shorts e top era pequeno, marcado, e chamava a atenção que eu tanto gostava de receber.

Era um pequeno vício saber que todos os olhos estavam em mim, mesmo que, naquele minuto, só um par azul acinzentado me interessava.

Alonguei-me por longos vinte minutos, observando meu pai e Alex nas frestas do que podia enxergar do espelho, sabendo que vez ou outra, ele não conseguia disfarçar e puxava uma sessão inteira de peso olhando para mim.

Ele parecia com raiva.

Eu adorei.

Quando terminei de me aquecer, passei para as máquinas, fazendo meu treino de pernas eficiente. Eu gostava de ser maior embaixo e ganhei minha bunda com uma sessão intensa de agachamentos. Mantê-la era meu maior propósito e, mexendo no celular enquanto Alex não me olhava, tomava cuidado para o meu pai, distraído, não me ver provocando seu melhor amigo.

Por um segundo, quando ele me viu na primeira sessão, achei que teria um infarto. Alexander apareceu contra o espelho, a língua contra os lábios, os olhos meio arregalados, fixos em mim.

Suado, naquela regata, com um boné e bermudas escuras, ele parecia uma delícia. Eu adoraria lambê-lo de cima a baixo, e, pelo modo que ele me encarava, faria o mesmo.

Quando ele percebeu que eu o encarava, mandei um beijo pelo espelho, mas ele só olhou para outro lado e deu um passo para trás, virando de costas, tentando me evitar, mas falhando miseravelmente.

Ali em cima todas as paredes tinham espelho, como ele ia me evitar?

Feliz com a minha conquista, mal percebi meu pai se erguendo do nada do aparelho que revezava com Alex.

— Calma, amor. Respira fundo e me fala devagar, o que aconteceu? — Parei de erguer a barra e tirei um fone de ouvido tentando entender o que ele dizia.

— Você está bem? Ele está bem? Eu estou indo. — Meu pai parecia preocupado, mas ele só me olhou de longe e virou para seu melhor amigo. — Um dos meninos se machucou, parece que foi feio, preciso ir. Você leva ela depois para mim?

— Não quer que a gente vá junto? Eu posso ajudar. — O bom médico se ofereceu.

Papai negou com a cabeça.

— Evelyn te adora, mas ela é maluca com médicos em relação aos trigêmeos… Você pode levar Tóri depois?

Alex não queria, estava estampado em sua cara, mas sua lealdade com meu pai o impediu de negar.

— É claro, eu levo.

— Ótimo. Obrigado, te devo mais uma. — E batendo no ombro dele, papai deu as costas sem nem falar comigo e correu para fora.

Por um minuto eu esqueci de Alex e fiquei encarando a porta por onde ele havia passado.

Nem um tchau, nem um aviso, nem uma satisfação... Como sempre, ele só delegou o meu cuidado a outra pessoa mais uma vez.

Meu coração começou a acelerar e não foi culpa do pré-treino que tomei em jejum. Era raiva. Mágoa. A certeza de que porra nenhuma ia mudar.

Virei as costas, contendo meu ódio com os dentes travados, a mandíbula tensa quase a ponto de se quebrar, segurando as lágrimas cheias de dor.

Era só aquela vaca ligar que tudo mudava.

Ele não era meu pai.

Ele era marido daquela desgraçada.

Subi na esteira e, sem pensar duas vezes, coloquei na velocidade treze.

Meu ódio alimentou meu corpo. Minhas veias arderam.

Suor molhou minha testa e ardeu meus olhos.

Continuei a correr.

Minhas coxas formigaram, mas não parei.

Meu coração parecia que ia sair pela boca, mas pensando em meu pai me dando as costas repetidas vezes só me fez querer ir mais rápido.

Foi quando respirar ficou difícil.

De repente, meu corpo não acompanhou minha vontade.

Algo estava errado.

Muito errado.

Pensei se era mesmo necessário parar a esteira. Eu só estava correndo há poucos minutos, mas um calafrio tomou minha coluna e, quando dei por mim, tudo ficou escuro.

# Capítulo 5

## ALEXANDER

*O mundo que amo, as lágrimas que derramo. Para fazer
parte da onda, não consigo parar. Já se perguntou se
tudo isso é para você?*

CAN'T STOP, RED HOT CHILI PEPPERS

**NAQUELE SÁBADO PÓS-FESTA, COM UMA RESSACA DO CARALHO,**
ensaiei mil e uma vezes como contaria ao meu melhor amigo sobre o que sua filha tinha feito. Imaginei todas as possibilidades, inclusive a de ele me dar um soco na cara. Se essa versão das coisas acontecesse, esperava que Samuel soubesse e considerasse o fato de que eu não tinha a intenção, de que era inocente naquela história toda, e que me perdoasse alguma hora.

Esse plano foi por água abaixo quando eu a vi dentro do carro, sorrindo, pronta para estragar um pouco mais a minha vida, e só piorou quando Samuel, em sua versão pai, odiou vê-la sendo o centro das atenções enquanto se alongava.

Será que ele me mataria a facadas ou com um tiro se desconfiasse que ela estava tentando chamar a minha atenção?

A desgraçada estava lá, sorrindo secretamente para mim, ou piscando, ou mandando beijos pelo espelho.

E eu não era um santo.

Precisei pensar em todas as coisas mais absurdas e broxantes toda vez que esquecia e acabava com os olhos presos a ela.

*Diaba do caralho. Desgraçada. Maldita.*

Nunca xinguei tanto alguém mentalmente como xinguei aquela menina até perceber a mudança dela vendo Samuel indo embora.

Foi uma pequena quebra, como o rachar de uma taça de cristal.

Algo muito fino que só contra a luz e com olhos atentos você poderia ver.

Victória ficou desolada ao ver o pai sair sem dar nenhuma satisfação.

Engoli em seco. Eu não faria algo assim com Nathan, mas ela não era minha filha.

Assisti quieto, puxando peso, enquanto ela se recuperava.

A ira dela era algo muito escondido, mas percebi como o seu pisar ficou mais duro, a mandíbula marcada.

Ela nem olhou para mim quando caminhou até a esteira mais próxima.

Foi aí, vendo-a fora da garota que gostava de me provocar, que não consegui tirar os olhos dela.

Victória nem se aqueceu. Começou a correr como um profissional de curtas distâncias. Mas aquilo durou muito e a cada minuto que meu relógio de pulso marcou, eu esperei pela merda.

Com seis minutos daquela corrida insana, vendo-a toda suada e o rosto em uma máscara de fúria, eu parei de puxar peso.

Com sete minutos, eu decidi ir até ela.

Com oito minutos, parei atrás de sua esteira, mas ela não me viu.

— Victória — chamei, mas ela também não me ouviu. — Victória, para — falei mais alto, mas não adiantou.

Estava pronto para esticar a mão e apertar o botão de pausa quando, com a esteira ainda em movimento, ela caiu.

Se eu não estivesse atrás dela, seu corpo pequeno teria sido jogado para trás e facilmente ela bateria a cabeça.

— Um médico, um médico! — a mulher que caminhava ao lado dela gritou.

— Eu sou médico, está tudo bem. — Mesmo que eu tremesse pra caralho enquanto a deitava no chão e elevava suas pernas.

O pessoal da academia veio ajudar.

Medi seu pulso enquanto ela ainda estava desacordada e, quando vi alguma reação dela apertar os olhos, comecei a ficar mais calmo.

— Tem uma enfermaria, vamos levá-la até lá.

— Eu estou bem... — ela murmurou baixinho, acordando, levando uma das mãos ao rosto.

Por algum motivo esquisito, não permiti que ninguém a segurasse.

Peguei Victória no colo, e ela encostou propositalmente contra meu peito. Mesmo que ela estivesse suada, sentia sua pele fria e me perguntei se tudo aquilo era só por conta da raiva.

Caminhei com ela como se não pesasse nada e adentrei a sala escura com uma maca e uma cadeira.

*Grande merda de enfermaria* — pensei vendo um kit de primeiros socorros em uma prateleira solitária.

— Não acenda a luz — ela pediu, mas ignorei. — Merda. — Ouvi o xingamento e a vi fechar os olhos com mais força.

— Você não bateu a cabeça.

— Mesmo assim, prefiro as luzes apagadas quando estou com você. — Mesmo não se aguentando, ela queria provocar?

— Victória — a repreendi enquanto deitava seu corpo com cuidado na maca sem nenhuma cobertura.

— Estou brincando, titio. É só que minha cabeça parece que vai explodir. — Suas mãos foram para as têmporas.

— Você comeu alguma coisa hoje?

— Só pré-treino.

Passei a mão no rosto, engolindo o palavrão enquanto respirava fundo. *Burra* — xinguei internamente.

— Faz isso com frequência?

— Quase sempre.

— Qual a última vez que fez um check-up?

Ela riu, e logo parou, fazendo careta pela dor.

— O que foi, titio? Quer brincar de médico comigo? — Ignorei a investida. — Me arranja uma aspirina e um copo d'água. Isso vai passar e eu vou voltar para terminar meu treino.

— Nem fodendo. Não comece com graça ou eu vou levá-la direto ao hospital e deixar outra pessoa te examinar, entendido?

Ela me mostrou a língua, mas confirmou com a mão em um positivo.

Em vinte minutos eu a examinei, desconfiei de uma ou duas coisas, e realmente a mediquei com o melhor remédio que encontrei na caixa, além de comprar um chocolate na máquina ao lado da recepção.

— O que é isso? — Ela pareceu recuar quando viu a embalagem na minha mão.

— Em que caverna você estava morando que não conhece um chocolate?

— Eu não quero. — Victória tentou virar o rosto, mas coloquei o pedaço do doce em frente ao seu rosto e mandei:

— Coma. Agora.

Ela me encarou de baixo, uma menina.

— Eu... — Assim que ela abriu a boca, enfiei o pedaço de doce entre seus lábios. Seus olhos brilharam com raiva, mas ela aceitou, mastigando o doce quase que com lágrimas nos olhos.

Percebi que havia algo errado.

O silêncio tenso daquele momento me deixou com os ombros doloridos.

— Coma tudo — mandei, colocando o resto do pacote em sua mão. — Eu já volto para te pegar e levar embora.

Ela não me respondeu.

Virei as costas e fingi me afastar, mas parei um pouco para frente, com as costas contra a parede, virei um pouco a cabeça para cima e fechei os olhos, tentando respirar fundo e aliviar a pressão.

Meu corpo ainda estava cheio da adrenalina do momento em que a vi cair.

O medo de ela se machucar, a responsabilidade que me seria cobrada por parte de Sam...

Queria não ter visto o que vi.

Queria não ter reparado em uma fraqueza dela.

Queria não sentir vontade de pegá-la pelos cabelos, ou de abraçá-la.

Bati com a mão fechada contra meu peito.

Que porra era aquela?

Eu só podia estar enlouquecendo. Era isso.

Finalmente os anos de abuso com álcool estavam apodrecendo meu cérebro.

Respirei fundo algumas vezes até ter certeza de que meu corpo estava sob controle e voltei até a enfermaria ridícula.

— Consegue andar? — perguntei da porta e a vi se levantar.

Victória tentou pular da maca, mas se desequilibrou e com um passo eu a peguei. Seu rosto se ergueu para o meu. Os olhos verdes despertos pareciam cansados. Medi sua boca e vi o canto direito do lábio sujo de chocolate.

Aquele minuto durou uma eternidade, principalmente quando limpei sua boca.

— Preciso pegar minha mochila — ela avisou, e eu me endireitei junto dela. — Mas ainda me sinto tonta...

Não continuei a conversa, a peguei no colo, pedi ajuda na recepção para pegar suas coisas e fomos até o carro. Rápido, sem enrolar. Eu só queria largá-la logo e parar de sentir aquela coisa confusa na cabeça.

Victória pareceu bem confortável no carro, mas deitou um pouco o banco depois de colocar o cinto de segurança e fechou os olhos.

— Ainda está com dor?

— Está melhorando, amanhã aceitarei uma das panquecas dos meus irmãos e isso não vai acontecer. Que horas você vem?

— Não venho amanhã — foi tudo o que disse.

Minha vontade de provocá-la sobre a reação dela perante seu pai e entender o que acontecia entre eles foi engolida por uma voz imperativa na minha cabeça.

*Você NÃO quer se envolver nisso mais do que já se envolveu. Cala a porra da boca.*

Repeti aquela ordem o tempo todo no silêncio do trajeto até o apartamento de Sam. Quando consegui estacionar na vaga de visitantes, e ela percebeu que o carro tinha parado de vez, Victória abaixou o braço, descobrindo os olhos e soltou um gemido de horror.

— O que é, ainda não consegue andar?

Ela riu, ainda lenta.

— Amor, eu já podia estar andando há algum tempo, mas dessa última vez eu só disse que não pelo prazer de você me carregar. — Assisti-a tirando o cinto enquanto dizia aquilo e apertei o volante como apertaria seu pescoço.

— Victória… — Ela não me ouviu, se ajeitando para descer, mas eu a segurei pelo braço com força ganhando sua completa atenção. — Victória, porra, me escuta!

— Você vai me machucar. — Ela olhou para minha mão em seu braço antes de me encarar. — E você sabe que eu gosto.

— Meu Deus… — A soltei como se sua pele pegasse fogo. — Olha que porra você está fazendo comigo. — Passei as mãos pelo rosto e depois pelo cabelo.

— Sabe o que é isso? Acho que você precisa me comer de novo. Hoje não. Suada e tonta eu realmente não quero, mas… Completamente sóbrio, sabe? Sem desculpas de que fez por isso ou por aquilo além de porque você realmente quis me foder.

— Menina, há menos de uma hora você estava estirada no chão da academia, desacordada, e agora… Tem ideia da sandice que está falando?

— Ok, passei mal, levantei, e estou pronta para outra. Depois de um banho e de um cochilo, juro que estarei nova em folha. Mas antes, durante e depois de tudo isso, eu preciso resolver o meu problema, titio… E sabe qual é ele? — Ela avançou para perto de mim, e me olhando no fundo dos olhos, ela soltou do jeito mais ordinário possível. — Ser fodida por você.

— Porra — xinguei, olhando para frente, sofrendo a pior das reações por isso. — Desce. — mandei, e ela riu.

— Por que você fica negando que me quer quando é bem visível?

Seus olhos estavam na minha bermuda.

Filha da puta.

— Desce do meu carro. Agora.

Ela se recolheu.

— Você quem sabe… Mas não se esqueça, eu sou como uma cobra… — Abrindo a porta, ela colocou um pé para fora e voltou o rosto para mim. — E répteis precisam de calor. Se você não me esquentar, talvez seu filho faça... — Meus olhos se arregalaram um pouco.

— Sua desgraçada, você não...

— Ah, titio, você sabe, não sabe? — ela me interrompeu. — Minha virgindade era para ser sua, mas você não apareceu como eu planejei... Ai, ai... Até mais.

Ela desceu e bateu a porta.

— Desgraçada! — xinguei ainda mais alto e ouvi a risada dela conforme passava da porta de entrada do condomínio.

Ela não podia ter fodido meu filho também.

Nathan não.

Porra. Porra!

Arranquei o carro da vaga com uma fúria que não sentia há anos, indo para casa xingando aquela menina de todos os nomes possíveis.

Nem o diabo seria tão sujo.

Nem o diabo! Mas, quem sabe, a mulher dele seria.

# Capítulo 6

## ALEXANDER

*Esta não é uma canção para quem tem o coração
partido. Não é uma oração para quem perdeu a fé.*
IT'S MY LIFE, BON JOVI

— FILHA DA PUTA, COMO QUE ELA... — ENTREI EM CASA FALANDO
sozinho, ainda revoltado, ainda mastigando o gosto amargo do que aquela maldita tinha me dito.

— Oi pra você também, pai. — Nate parou, me encarando, com o prato
de comida na mão. — Está tudo bem? — Suas sobrancelhas juntas, desconfiado, me fizeram respirar fundo.

— Tudo, uma idiota me fechou no trânsito e ainda quis brigar.

— Ah, mexeu no seu carro? Ela saiu viva? — Meu filho tirou sarro, relaxando e indo para o balcão. — Tem comida no fogão, a garota nova da cozinha
manda bem.

— Eu deixei ela falando sozinha... — falei um pouco perdido, olhando em
volta.

— E o que aconteceu com seu celular? — meu filho perguntou, enchendo
a boca de comida logo depois.

— O que tem? — Bati nos bolsos e conferi o aparelho. — Ah, entrou no
modo avião sozinho.

— Bom, tio Sam estava tentando falar com você. Agradeceu que você deixou Tóri em casa, e mandou avisar que as crianças estão bem. Acho que ele te
liga mais tarde, até porque eu aceitei um convite para jantarmos lá amanhã.

Pisquei com força e sacudi de leve a cabeça.

— Como é?

— Você tem compromisso? — Nate não parecia incomodado. — Não,
mas...

— Então é isso. Nós vamos jantar no tio Sam amanhã.

— Ele é seu chefe. Você deveria odiar encontrá-lo fora do trabalho.

Nate riu.

— Nós sabemos nossos limites, e eu realmente não tenho nenhum problema com isso. — Ele engoliu a comida com um pouco de dificuldade e entregou o motivo da sua insistência. — Victória vai estar lá.

— Victória, é? E agora vocês são amigos?

— Não exatamente... — Nate desviou o olhar, e eu sabia que ele estava mentindo.

— O que está acontecendo? — Me aproximei dele e me apoiei no balcão, tentando fingir naturalidade.

*Por favor, filho, não me diga que fodeu com ela. Não me diga que fodeu com ela. Por favor* — implorei mentalmente.

— Tem uma coisa que não te contei — ele começou.

— Hm... — tentei parecer tranquilo mesmo que algo no meu estômago pesasse feito concreto.

— Lembra quando eu te disse que perdi a virgindade, naquela viagem em família que você não foi, com uma garota que conheci na praia? Então... — ele inflou as bochechas e, tomando coragem, botou para fora: — ... não foi uma desconhecida, foi Victória.

Respirei fundo, tentando me conter, guardando as mãos em punho nos meus bolsos.

— Por que você escondeu isso de mim? — Fiquei decepcionado como pai.

Mas fiquei ainda mais furioso porque sabia que aquela peste tinha feito de propósito.

— Achei que você ficaria bravo... E que tio Sam me odiaria por isso.

Lambi os lábios e o encarei seriamente.

— Filho, eu nunca ficaria bravo com você por causa disso. Você foi irresponsável, Victória é da família. — Dizer aquilo ardeu as minhas veias. — Sam e eu somos irmãos, é como se você ficasse com uma prima.

Nate estava encolhendo os ombros e evitando meu olhar.

— É que... ela é gata. E apareceu no meu quarto, e... — Odiava vê-lo daquele jeito.

— Não precisa se justificar, mas não precisava me esconder. Já te disse, antes de tudo e de todos, você é o meu melhor amigo, e eu sempre vou estar aqui para você.

— Eu sei — ele admitiu, voltando a me encarar. — Me desculpa por mentir.

— Não tem problema, só não faça de novo, ok? — Estiquei a mão para ele, pegando em sua nuca, vendo-o piscar em confirmação. — Você é o meu orgulho, filho.

— Amo você, pai.

Sorri, satisfeito pela reafirmação.

— Amo você, garoto. — Respirei profundamente, um pouco mais calmo e continuei: — Mas, sobre Victória, tente não se iludir com ela.

— Como assim? — ele tentou entender.

— Entre nós? Mesmo sendo filha do meu melhor amigo, aquela menina... Tem algo errado com ela. Se você se lembrasse da mãe dela, ia entender.

— Tóri é legal. Você devia conhecê-la um pouco.

Neguei com a cabeça.

— Não tenho tempo, e, além do mais, você deveria focar em uma gostosa da faculdade. Mulheres com diploma e cérebro pensante são melhores do que adolescentes preguiçosas, acredite em mim. — Pisquei, me erguendo.

— Ah, claro, porque o senhor é um exemplo. Quando é que namorou alguém? No tempo dos dinossauros?

— Não preciso de um relacionamento amoroso. Você já é toda a família de que preciso.

E encerrando nossa conversa fui fazer meu prato com a esperança de que meu filho compreendesse a situação.

Ele não podia ficar com aquela menina.

Ela não era para Nate.

E eu faria de tudo para impedir que ela o usasse em sua vingança sem sentido.

# *Capítulo 7*

## VICTÓRIA

*Sou sua maior fã, vou te seguir até você me amar.*

**PAPARAZZI, LADY GAGA**

**DESCONFIAVA QUE, DE IDIOTA, EU NÃO TINHA NEM A CARA, MESMO** que soubesse muito bem fingir ser a garota legal e receptiva para Nathan.

Queria gastar toda aquela disposição com seu pai, mas já que o caminho precisava fazer uma pequena curva, por que não me divertir?

Nate era gostoso, inteligente, engraçado e ficava o tempo todo me mandando coisas engraçadas por mensagem, além de vídeos de restaurantes da cidade onde ele queria me levar.

Respirei fundo, em um riso triste.

Eu nunca sairia para jantar com ele.

"Estamos saindo de casa, ok?" — A mensagem do garoto de olhos bonitos brilhou no meu celular. Respondi apenas curtindo a mensagem e larguei o aparelho de lado.

Encarei-me no espelho do banheiro pensando se não tinha exagerado.

Minha maquiagem era simples daquela vez.

Nada de batom vermelho ou delineador forte.

Lábios brilhantes, cílios bem curvados, bochechas coradas e brincos de pérolas herdadas de minha avó materna.

Aquele era o disfarce perfeito para que o resto do que eu apresentaria naquela noite não fosse um problema.

O vestido dourado era tomara que caia, acinturado, delicadamente coberto por uma renda preta, toda trabalhada em detalhes florais.

Junto disso, uma meia fina escura, sete oitavos, junto de um salto baixo, de bico fino, preto e envernizado.

Passei mais um pouco de perfume e contei os minutos em pé, sabendo aproximadamente que, em vinte minutos, o interfone tocaria.

Queria ser eu a abrir a porta e, pensando nisso, fui até a sala de brinquedos.

Alexander, Elijah e Christian estavam com os olhos grudados na televisão, e eu os chamei baixinho.

— Você vai sair? — Elijah me perguntou, parecendo não gostar de como eu parecia.

— Não. Vou jantar com vocês — isso o tranquilizou —, mas vim pedir uma coisa...

Os olhinhos endiabrados dos três cabeças de fogo me atingiram.

— O que é? — Ouvi em uníssono.

— Quando a campainha tocar, fiquem aqui. Deixem que eu abra, ok? Se vocês prometerem que vão fazer o que pedi, juro que roubo aquele bolo de chocolate inteirinho e deixo vocês comerem sem a mãe de vocês perceber.

— E se ela perceber? — Alex foi mais astuto.

— Se ela perceber eu digo que esqueci fora da geladeira e aí, bom, vocês são crianças...

Os três sorriram para mim.

Tínhamos um acordo.

Apressei-me para beijar o topo das três cabeças cheirosas de shampoo infantil e, bem quando Chris erguia a cabeça para roçar o nariz no meu, a campainha tocou.

O instinto deles foi olhar para a porta.

— Não! Nosso combinado! — falei baixo, saindo dali o mais rápido possível, sabendo que os três riam de mim.

Com o coração na boca, sabendo que meu pai estava muito ocupado na cobertura junto de sua mulherzinha de quinta, me olhei mais uma vez no espelho perto da entrada, ajeitei o vestido, o cabelo e abri a porta me esforçando muito para que meu teatro funcionasse.

Naquele momento, eu quis muito olhar para Alexander.

Mesmo sem encará-lo diretamente, eu via sua calça, sua camisa, sua corrente, seu cabelo, seus olhos e tudo, tudo o mais que o envolvia.

Cada detalhe dele. Cada onda, cada cheiro, cada mísera mudança em sua reação quando me viu ignorá-lo completamente e só recepcionar seu filho como uma dona de casa luxuosa e namoradeira.

— Oi, Tóri — Nathan disse, já avançando para me abraçar com força e cheirar meu pescoço.

De olhos bem abertos, fitei seu pai, que me encarava indignado, fervendo de raiva, enquanto eu acariciava a nuca de seu precioso filho.

— Oi, Nate — soprei na minha voz mais sensual.

Demorou meio segundo para ele me soltar.

Troquei olhares com o menino iludido e sorri, dando um segundo de pausa dos olhos no chão antes de me virar para Alexander.

Ele estava estático, a mandíbula tensa, as mãos no bolso.

— Oi, titio. Você não vai entrar? — o mais doce possível, me dirigi a ele girando um pouco o corpo para um lado e para o outro.

Nada amigável, ele passou por mim como uma tempestade.

— Onde está seu pai?

— Lá em cima. O jantar será na cobertura. — Indiquei com a mão.

Eles já conheciam a casa. Passaram pela sala dos trigêmeos, e ali eu percebi um pequeno embate. Nathan queria que o pai passasse na frente para ficar mais para trás comigo, mas Alex não queria deixar.

— Sobe, Nate — ele disse mais frio e vi uma troca de olhares esquisita entre os dois.

Segurei o riso.

Aquilo seria mais divertido do que eu tinha pensado.

# Capítulo 8

## VICTÓRIA

*Eu quero o seu drama, o toque da sua mão, eu quero o seu beijo agressivo e delicado. Eu quero o seu amor.*

*BAD ROMANCE*, LADY GAGA

**NATE REALMENTE FOI NA FRENTE, MAS EU PAREI E ME DIRIGI ATÉ A** geladeira.

Pagaria minha dívida, sabendo que meus irmãos, cheios de açúcar no sangue, causariam um pandemônio.

Era tudo bem calculado para que, cedo ou tarde, eu tivesse meu momento a sós com ele. Não que eu precisasse pensar muito, já que, quando me virei para colocar o bolo no balcão, Alexander estava lá, próximo à escada, me encarando fixamente.

Dei um sorriso gentil a ele.

— Não acho que você seja muito de doce, mas... quer um pedaço?

Mergulhei o dedo no chocolate da cobertura e levei até a boca, lambendo-o de forma obscena, com os olhos fixos nos dele.

Meu futuro marido encheu o peito de ar e me encarou como se eu fosse o pior ser humano na terra.

— Não tenho tempo para essa besteira.

Dei de ombros e passei por ele, fazendo questão de segurar na barra do vestido enquanto subia as escadas, deixando parte da minha bunda à mostra.

Antes de chegar ao topo, espiei sobre o ombro e o vi me observando.

Quando ele percebeu que eu o tinha pegado no flagra, pisquei e soltei o vestido, finalmente chegando ao topo do triplex.

— O que estavam fazendo? — papai perguntou.

— Parei para beber água, tio Alex me esperou. — E, esperta, medindo os espaços na mesa, com papai na ponta, Evelyn de um lado e Nathan do outro, dei uma corridinha para pegar o lugar ao lado do garoto que parecia ansioso pela minha presença.

Alexander odiou o que eu fiz.

Foi um pouco desconfortável vê-lo cumprimentar meu pai e Evelyn tão bravo comigo, mas era temporário.

Ódio e amor seriam duas faces da mesma moeda.

Em breve ele me amaria.

O modo como ele arrastou a cadeira na minha frente só me deixou mais e mais ansiosa para tirá-lo do sério quando percebi que sua nova tática seria me ignorar.

Alex ficou com o rosto completamente virado para o lado, para o papai.

A conversa da mesa também não me incluía.

Era sobre a festa de aniversário de Alex, sobre os amigos do colégio e suas vidas. Gente que eu não conhecia e não fazia muita questão de conhecer.

Uma das funcionárias que Evelyn tinha pedido para preparar e servir o jantar veio trazer as entradas e já tinha o jantar pronto. Eu nem olhei para meu prato.

Não era dia de comer.

Quando percebi que tinha minha taça cheia, dei um gole corajoso no espumante doce e, suavemente, apoiei o braço no encosto da cadeira de Nate e comecei a acariciar sua nuca com as pontas das unhas.

Foi imediato.

Ele se arrepiou todinho contra minha mão, e eu ri, encarando-o, flertando abertamente, sem me importar muito com a opinião de ninguém naquela mesa.

— Você sabe do que estão falando? — Comecei uma conversa paralela.

— Sei. De um pessoal das antigas, você deve tê-los visto em casa.

— Hm, não conheço ninguém... Essa é a droga de ser nova na cidade.

— São amigos do seu pai também, não é como se não soubessem quem você é.

Tombei a cabeça, gargalhando.

— Ah, Nate... Como você é engraçado.

Parei para dar mais um gole na minha bebida e olhei para os outros da mesa, curiosos pelo motivo do meu riso.

Em uma ordem específica, olhei para meu pai, para a madrasvaca e para Alexander.

— Conversa privada, com licença — comentei, erguendo uma das sobrancelhas e me ajeitando para ficar mais próxima do meu par.

Alex bufou e negou com a cabeça, mas quanto mais ele desaprovava, mais feliz eu ficava.

Meu pai se dirigiu a ele naquele segundo:

— Você está esquisito. O que foi?

Tirei meu pé do sapato e toquei sua perna por baixo da mesa.

Ele tomou um susto, arregalando os olhos, mirando a mim antes de pigarrear e apoiar os cotovelos na mesa e responder ao meu pai:

— O trabalho está particularmente... — subi o pé até seu joelho — está...
— segui por sua coxa — eu vou ficar maluco. — Alex cobriu os olhos com as mãos e respirou fundo.

— O que aconteceu? — Evelyn o tocou no ombro, com carinho e intimidade.

Minha raiva daquilo quebrou minha máscara.

Por sorte, ninguém prestava atenção em mim.

Brincando com a pressão dos dedos contra ele, movi pouco a pouco meu pé para cima, para o centro, e fui surpreendida pelo volume já endurecido nas calças de Alexander.

Sob a toalha, ninguém sonhava, e com os olhos todos em cima dele, ele não podia simplesmente me fazer parar.

— É só a pressão... — E tomando aquele conselho dele, brinquei com ele contra minha sola do pé, massageando-o com certo vigor, sentindo seu calor e a forma como ele continuava a endurecer.

Se minha calcinha já estava molhada só de vê-lo, naquele segundo, havia uma poça embaixo de mim.

Lembrava-me da forma, do cheiro, do gosto.

De como ele entrou, grosso a ponto de me fazer arder, longo a ponto de ir o mais fundo possível.

Será que aquele desgraçado não entendia que eu era o encaixe perfeito dele?

— Precisamos viajar. — meu pai decidiu. — Uma viagem em família, agora que Tóri está de volta, e que você precisa parar. Há três anos você não tira férias. Não dá para viver em função do trabalho.

— Tirei férias em... — ele tentou responder, mas estava tão tenso que mal concluiu sua linha de raciocínio.

Era extremamente prazeroso vê-lo daquela forma, com os olhos queimando em mim vez ou outra, assistindo enquanto eu acariciava os cabelos de seu filho.

— Férias de verdade, não essa merda amarrada no telefone que você faz. Sério, passou da hora de você tirar férias. Nós vamos, Evelyn vai organizar.

— Não, eu...

— Ah, papai, pare de ser inconveniente. Você não vê que o titio não quer ir? — fingi ser advogada do diabo e, o mais gentilmente possível, me dirigi a Alex, provocando seu pau embaixo da mesa enquanto dizia: — Tio, não se preocupe. Você pode ficar e trabalhar já que é tão importante, levaremos Nathan conosco e eu prometo para você que cuidarei dele.

Os olhos dele queimaram em mim.

Uma mão escapou para baixo da mesa e segurou meu pé.

Burro.

Eu o apertei com mais força e o vi ficando vermelho.

— Victória tem razão, Nate é como um filho para nós, podemos levá-lo sem problema algum.

— Gente, eu tenho a faculdade e o trabalho, não é tão simples. — O menino ao meu lado tentou alguma atenção, mas dispensei isso para meu pai e sua mulher.

Meus olhos queimavam sob os de Alex em uma guerra silenciosa.

Nenhum de nós cederia.

O jantar estava acontecendo no meio de tudo aquilo.

Eles já estavam terminando seus pratos.

Eu só tinha dado uma garfada para disfarçar.

Alex também mal tinha conseguido comer, mas já tinha bebido dois copos de whisky.

— Vamos fazer o seguinte: sexta nós conversamos sobre isso, pode ser? — Evelyn tentou.

— Sexta? — perguntei sem entender. — O que tem sexta?

— No final da tarde, teremos um evento beneficente organizado pelas esposas dos sócios do escritório do seu pai. É para ajudar crianças que nasceram em lares disfuncionais, com pais adictos... Bebês que já nascem dependentes químicos. É algo muito sério e... — ela começou a explicar para Alex.

Nate tocou minha mão e eu o encarei, meu pé ainda provocando Alex sob a mesa, e a mão firme dele, revoltado, apertando meu pé, quase me machucando.

Eu não ia ceder.

— Ei, quer sair na sexta? — Nate tentou. — Depois desse negócio... Eu posso te levar a um lugar bacana e...

Mordisquei o lábio antes de dar um sorriso, sabendo que Alex assistia a tudo com atenção.

— Acho que sim... Posso confirmar no dia? Minha agenda ainda é uma pequena bagunça.

— Claro, sem pressão, é que...

Antes que ele pudesse terminar sua frase, o som de algo grande quebrando no andar de baixo fez meu pai, sua mulher e Nathan, junto das funcionárias, correrem para o local.

Ninguém notou Alex e eu ali, parados, um encarando o outro como se fôssemos jogadores de xadrez.

## ALEXANDER

**FINALMENTE, SEM NINGUÉM POR PERTO, EU PUDE ME AFASTAR.**

— Para com essa merda, garota! — Empurrei a cadeira para trás, me erguendo e alisando meu pau traidor.

Estava tão duro que seria impossível disfarçar logo, e ela não facilitava.

Sem esperar, me dirigi para o parapeito da varanda, querendo tomar um ar, tentando tirar o perfume dela dos meus pulmões.

Aquela coisinha doce e irritante era extremamente potente.

Apertei o detalhe de ferro do parapeito e me esforcei para me acalmar, mas, parecendo completamente decidida a me foder, ela veio atrás.

Sua mão nas minhas costas me atingiram antes de sua voz suave.

— Está... — Não permiti que Victória terminasse sua frase.

Em um instinto perigoso, eu me ergui, a peguei pelo pescoço e trouxe seu corpo para minha frente como se ela fosse uma boneca de pano, travando-a contra a divisa entre a varanda e o nada.

Meus quadris contra o seu.

Meu corpo imenso contra a sua miudeza frágil.

Era para ela ter medo dos meus dedos se fechando em volta da sua garganta. Era para ela ter medo da altura que poderia cair conforme curvei seu corpo para trás e me pressionei contra ela.

Mas sua pele quente e sua respiração difícil não eram provas de nada quando os olhos verdes me encaravam sóbrios, cheios de uma calma assustadora, de uma confiança cega que não deveria existir.

— Não toque no meu filho, entendido? — Minha ameaça em voz baixa a fez sorrir, mesmo que ela mal pudesse respirar.

— Só se o papai dele quiser brincar comigo. — Sua voz saiu estrangulada e eu a liberei só um pouco. — Eu te avisei, Alex. Sou uma cobra, lembra? Se você não me aquecer, vou usar alguém para isso.

— Victória, por favor, pare com isso — implorei, soltando seu pescoço e pegando seus ombros, sacudindo um pouco seu corpo em um apelo desesperado.

— Sinto muito, amor. Quero você. E se você não quer que seu filho seja meu brinquedo, você tem até sexta-feira para decidir o que vai ser.

— Garota, você não consegue perceber que isso é errado? — quase gritei.

— E você não consegue entender que, por isso, é mais gostoso? — O sorriso diabólico que ela me deu me desmontou. — Pare de chorar, Alex. Você não é mais um menino. E, caso tenha esquecido, aqui vai um lembrete. — Atrevida, ela colocou um pedaço de pano preto no meu bolso. — Já que não devolveu minha outra calcinha, leve essa também. Veja por si o quão molhada eu fico só de pensar em você.

Fiquei paralisado, e ela aproveitou.

— Agora, se não se importa, preciso ver o que meus irmãos fizeram, mas não se esqueça, sexta, até meio-dia, espero sua ligação. — E se esticando na ponta dos pés e se aproveitando da minha curvatura, ela selou os lábios nos meus e se foi.

Eu não tinha a mínima condição de descer.

Meu pau parecia feito de pedra, marcado na calça de uma forma absurda.

E, quando me vi sozinho, precisei conferir o que ela tinha dito.

Peguei o pequeno tecido que ela não podia chamar de calcinha e notei o quão úmido estava. Pior que aquilo, eu o aproximei do rosto e o cheirei.

Fechei os olhos no ato.

Vergonha e prazer queimavam em minhas veias.

Eu queria mesmo foder aquela desgraçada de novo, mas nunca admitiria aquilo em voz alta. Nunca trairia meu melhor amigo daquela forma.

Definitivamente, Victória precisava ir embora, ou seria um perigo para mim.

# *Capítulo 9*

## ALEXANDER

*Há algum Ás na sua manga? Você não faz ideia de que é minha obsessão? Sonhei com você quase todas as noites essa semana. Quantos segredos você consegue guardar?*

DO I WANNA KNOW?, ARTIC MONKEYS

**NÃO SABIA O QUE ZUMBIA MAIS: MEU CELULAR OU MINHA CABEÇA.** Tateei o chão, encontrando o aparelho e tentei desligar o despertador.

Abri os olhos, me arrependendo cinco segundos depois graças à claridade. Consegui enxergar que não era o despertador.

Era minha secretária.

Eram dez da manhã.

Eu estava atrasado pra caralho.

— Alô — soltei quase que em um xingamento ao telefone.

— Graças a Deus você atendeu. Doutor, está tudo bem? — A voz de Tereza era puro desespero.

— Eu... Tive uma crise de enxaqueca.

— Quer que desmarque sua agenda de hoje?

— Não... Eu vou...

— Tem certeza?

— Tenho. Não se preocupe. Até daqui a pouco.

Apertei o botão vermelho três vezes até conseguir desligar e fiquei no chão, com as costas contra o tapete, me lembrando da noite anterior.

Depois de os trigêmeos derrubarem uma estante de vidro e comerem o bolo que, tecnicamente, era para comemorar mais uma vez meu aniversário, Evelyn se acabou de chorar, Samuel ficou um pouco desconcertado e a diaba de saia se aninhou com os irmãos, defendendo-os e tirando-os de perto dos destroços.

Só coube a mim e meu filho ajudarmos a colocar as coisas no lugar e encerrarmos a noite.

Não houve conversa no carro.

Eu tinha falado sobre o quanto não queria que Nate se envolvesse com Victória e, na primeira oportunidade, lá estava ele.

E, meu Deus, como ninguém enxergava o perigo que ela exalava?

Entrei em casa e fui direto para o meu quarto secreto.

Adormeci bebendo e pensando no que fazer. Não tinha nenhuma solução decente.

Ou eu contava ao meu melhor amigo o que tinha acontecido e o perdia para sempre, ou via meu filho ser machucado, ou seria obrigado a ceder.

Nenhuma opção era boa, e procurar brechas entre elas foi minha missão da madrugada, mesmo que sempre acabasse em um beco sem saída.

Foi por isso que acabei bêbado demais, dormindo no chão duro, todo fodido.

Parecia não haver solução.

Pensei mais sobre isso enquanto tomava uma aspirina e me preparava para poder trabalhar decentemente, e continuei bitolado nisso até chegar ao escritório.

— Doutor, bom dia. — Faltavam dois minutos para o meio-dia. — Sua paciente para avaliação está lá dentro te esperando. — Eu odiava quando Tereza fazia isso, mas, pelo dia corrido, eu não me atrevi a reclamar.

— Obrigado. — Segui pelo corredor até abrir a porta de vidro preto, e foi entrando na minha sala que notei a armadilha.

Sentada sobre a minha mesa, de costas para mim, olhando lá para fora, estava Victória.

Tudo o que podia ver era seu cabelo loiro caindo pelas costas com ondas perfeitas nas pontas e sua camisa branca de mangas compridas erguidas até os cotovelos.

Respirei fundo.

— Victória, hoje não é um bom dia... — avisei, evitando olhar para ela, mas indo até minha cadeira. Apoiei minha maleta, dei mais uma olhada no celular e a ouvi suspirar.

— Pensei que você ficaria feliz em me ver hoje.

Ri, amargo.

— E pensou isso por... — Quando ergui os olhos para ela, entendi qual era o ponto.

Seus pés estavam descalços.

Os sapatos largados no chão, mas as pernas cruzadas sobre a mesa, envoltas em uma meia calça, presa em ligas que sumiam dentro da pequena saia que ela vestia.

A camisa estava aberta, e agora que eu a via, ela removia a peça de roupa, deixando o sutiã à mostra.

Tudo em vermelho.

O diabo estava sobre minha mesa, literalmente vestindo saia.

Respirei fundo.

— Fora — mandei da forma mais rude que poderia.

— Não... eu paguei pela consulta. Tenho meus direitos aqui também. — Muito esperta, ela endireitou a postura e moveu as mãos para trás, sem tirar os olhos dos meus. — Outra que, foi meu pai quem conseguiu o horário, e imagine a decepção dele sabendo que você se recusou a me atender e analisar o meu problema.

— Que porra de problema... — comecei a falar, até vê-la tirando o sutiã pelos ombros. — Porra, não. — Eu estava quase me ajoelhando e rezando para que ela me deixasse em paz.

Orgulhosa, jogando o cabelo para trás e apoiando as mãos de novo na mesa, ela empinou os seios e me encarou provocando de propósito.

— Você disse que meus seios não eram naturais, lembra? Então vim conferir com você se há algo errado com eles.

Fechei os olhos e mordisquei a ponta da língua.

A visão dela ali, o cheiro da desgraçada impregnado no ar do meu escritório, as memórias todas que envolviam Victória rodando minha mente...

— Victória, por favor, é a última vez que peço, me deixe em paz.

Ela riu.

— Ainda bem que é a última vez, Alex. Já estou ficando sem paciência.

Quando dei por mim, ela estava de pé, na minha frente, uma mão na minha nuca, a outra em minha mão livre, puxando-a contra um dos seus seios.

Seus seios perfeitamente arredondados, com as linhas das aréolas rosadas perfeitamente desenhadas, com o bico endurecido, arrepiado, visivelmente sensível...

— Vai ser nosso segredinho sujo, eu prometo — ela soprou contra minha boca baixinho de um modo que senti o gosto do seu gloss de cereja. — Só me pegue como fez ontem. — Seus dedos forçaram minha mão a apertar seu seio com força. — Quem sabe uma foda dura me assuste e eu não queira mais? — O modo divertido como ela disse só me fez acreditar que, se eu a fodesse como planejava, ela voltaria o tempo todo.

— Você é o diabo de saia, garota — soprei de volta para ela, me esforçando muito para pensar enquanto a tocava.

— Tenho outra teoria, mas você não está pronto para ela. — Victória me dobrou. Minha testa tocou na dela. Meu coração parecia que ia sair pela boca, mas meu pau estava prestes a rasgar minhas calças. — Quer que eu implore de joelhos para que você me foda? Te garanto que, se eu estivesse usando uma calcinha agora, ela estaria ainda mais molhada que a de ontem...

*Foda-se.* — pensei.

Foda-se.

Nada impediria aquela menina de foder comigo.

E, infelizmente, naquele momento, nada me impediria de foder com ela.

Respirei fundo, tomando seu ar, e não precisei mais de ajuda alguma do seu toque para me direcionar.

Meu celular caiu no chão.

Minha mão livre foi para o seu pescoço e eu nos girei.

Bati com suas costas contra a parede e a ergui um pouco, obrigando Victória a ficar na ponta dos pés. Ela quase sufocou, mas antes que pudesse reclamar, eu a beijei.

Devorei sua boca, sóbrio, irritado, sedento.

O gosto doce me acertou e, junto da culpa por gostar, apalpei seu seio com muita força, ganhando dela um gemido estrangulado e uma mordida no lábio.

— Cala a boca — mandei, dando um tapa ardido em seu seio antes de voltar a massageá-lo com mais intensidade, ainda sufocando Victória, voltando para beijá-la tão feroz quanto antes.

Ela não desistiu de acompanhar o ritmo.

Sua língua buscava redenção na minha, mas não dei espaço.

Ela me mordeu, e eu a mordi de volta.

Ouvi seu riso e senti suas mãos na minha roupa.

— Não — rosnei, afastando nossos rostos, olhando para ela o mais sério possível. — Você não merece a porra de uma foda completa. — Os olhos verdes brilharam nos meus, e ela se assustou quando soltei seu corpo.

Sem deixá-la pensar muito, peguei seus pulsos, envolvendo-os com apenas uma das mãos e ergui acima de sua cabeça.

Se eu tivesse qualquer chance de fugir, aquele segundo mudou tudo.

Inspecionei Victória.

Primeiro seu rosto, a beleza harmoniosa, os cílios cheios e curvados, o verde abrasador em suas íris, o nariz perfeitamente empinado, os lábios cheios, desenhados, inchados e marcados por minha culpa.

Seu pescoço com a sombra avermelhada dos meus dedos.

Os seios realmente perfeitos, arrepiados, com tiras de pele avermelhadas pela minha provocação.

O abdômen vincado, o corpo magro, pequeno, quase frágil.

Perto dos meus 1,98, Victória não chegava a 1,60 direito.

E naquelas saias, com aquelas meias...

Dei um meio-sorriso descarado.

Com meu sapato, afastei seus pés, obrigando-a a afastar suas pernas e a encarei como um carrasco.

— Me conte. — Avancei com o rosto contra o dela, mas não deixei que ela me beijasse —, era isso que tanto precisava me mostrar?

Subi a mão livre pela parte interna de suas coxas e não demorou para que a sentisse quente, pulsando, extremamente escorregadia.

A boceta de Victória era macia, e, lentamente, em um toque firme, primeiro desenhei seus lábios externos, vendo sua respiração ficar mais acelerada enquanto ela lambia e mordiscava o lábio inferior.

A ansiedade dela era sentida no ar. Mesmo com os braços imobilizados, seus quadris estavam entregues. Victória dançava contra minha mão, mas eu não cedi. Não acariciei seu clitóris, não dei nenhum alívio a ela, e não daria.

Não era uma foda por prazer.

Era uma foda para que ela não voltasse mais.

Sem pensar, a invadi com dois dedos, e ela arfou.

Seu corpo amoleceu por um segundo, assim como seus olhos se fecharam.

Ela engoliu em seco e, respirando mais profundamente, sorriu para mim.

— Abra a boca. — Mandei, e ela, muito obediente, o fez.

Meus dedos saíram de sua boceta completamente melados, e eu os enfiei em sua boca, esfregando em sua língua, indo até o limite de sua garganta.

Ela tossiu, e eu ri.

Segurei seu rosto com todo o sentimento ruim que aquela garota tinha me gerado por aqueles dias. O cheiro dela no ar, em seu rosto, em sua saliva, na minha mão.

Ela tentou lutar, soltando-se do meu aperto, mas fui um pouco mais cruel.

— Me escute, sua filha da puta. — Por um segundo, vi raiva em seus olhos também. — Essa é a última vez que provo da sua boceta já que você vai sair tão inchada daqui que, só de pensar em mim, vai querer correr para o outro lado.

Acertei sua boca com a minha.

Beijei o diabo que havia dentro dela, provando do paraíso que existia entre suas pernas, sugando todo o gosto, todo o sumo, cada mísera gota.

Soltei seus braços quando ela relaxou.

Suas mãos caíram leves em meus ombros e contra sua boca, eu avisei:

— Segure em mim.

Com uma única mão abri o zíper da minha calça e afastei a cueca.

Meu pau pesou para fora, completamente duro, molhado, sedento pela promessa que aquela vigarista tinha feito.

Eu podia ter esquecido de detalhes, mas ele parecia se lembrar muito bem.

— Achei que ia ser mais difícil. — Ela riu.

Ergui sua saia, peguei Victória no colo como se fosse uma boneca. Suas pernas quase ficaram na altura do meu ombro.

— Quieta. — Era uma ordem que ela vacilou em obedecer.

Meu caralho entrou de uma vez, sendo engolido até o fundo pela boceta quente e melada. Ela gritou quando me sentiu no fundo e consegui, com algum custo, tapar sua boca com a mão.

Aquela primeira investida me arrepiou dos pés à cabeça.

Foi como tomar uma dose de adrenalina.

Parei com a testa contra a dela, apreciando o momento.

Meu corpo parecia vivo.

Minha alma parecia desperta.

O corpo de Victória me comprimia, tentando me expulsar, mas eu a segurei forçando os quadris ao máximo, tocando corpo com corpo, pele contra pele, sem brecha alguma.

Ela sacudiu a cabeça, precisando de ar.

Liberei sua boca e segurei em sua bunda, mantendo-a o mais aberta possível para que ela me sentisse até o fundo.

Sua respiração curta quebrou o silêncio.

Comecei a me movimentar.

— Alex, eu quero... — Ela ia dizer, mas fiz o primeiro vaivém, fazendo Victória deitar a cabeça para trás e choramingar alguma coisa inaudível.

— Cala — uma investida — A Porra — saí quase que completamente dela — Da Boca. — Me enterrei em Victória com força, batendo nossos corpos.

Ela gemeu mais alto.

Eu a desmontei.

Fodi Victória com tanta força que havia som entre ela e a parede, e ela e eu. Era de corpo contra corpo. Era da sua boceta encharcada de tesão, recebendo meu pau tomado de raiva e desejo.

Talvez se ouvisse o som da recepção.

Talvez, do andar de cima.

Talvez, da sala de Samuel.

Seu melhor amigo fodendo sua filhinha como se fosse uma vagabunda.

Mas eu parei? Não.

Eu só a segurei com mais força e a fodi com mais raiva.

Ela gritou. Eu calei sua boca de novo e a desci para o chão.

Segurei seus cabelos, colocando-a de costas para mim e fiz com que ela fosse para a mesa.

Uma braçada e tudo foi ao chão.

Victória estava completamente entregue. Me obedeceu direitinho quando arranquei sua saia, mantendo a liga e as meias.

Parei em sua frente, pegando em seus cabelos mais uma vez, dando mais um beijo nela.

— Achei que você quisesse me afastar — ela provocou com a boca na minha.

— Garotinha estúpida… Eu ainda não terminei com você — respondi da mesma forma que ela e a virei de costas, empurrando-a para ficar com o tronco no tampo da minha mesa. — *Abre pra mim.* — Ela entendeu muito bem.

Suas mãos seguraram cada uma um lado da bunda perfeita.

A pele branca parecia imaculada.

Não era meu plano que continuasse daquele jeito.

Foi encaixar só a cabeça do meu cacete nela que dei o primeiro tapa.

Aberto.

Ardido.

Forte.

Ela ergueu a cabeça tomando ar para gritar.

Curvei-me, tapando sua boca e me enterrando de vez nela.

Senti o impacto em seu corpo.

Ela se arrepiou inteira. E ali, para o seu azar, o meu demônio acordou.

Uma mão em sua boca, a outra em seu quadril.

Meus dedos enterrados em sua carne.

Nosso sexo exalando no ambiente, ardendo na pele, um encaixe desgraçado de bom. Perdi o rumo.

Fodi Victória como se não a conhecesse.

Fodi Victória querendo machucá-la.

Fodi Victória desesperado para odiar o ato, para ter nojo dela.

Mas, no final das contas, a cada vez que a penetrava, eu só pensava que queria mais e mais dela.

Macia e suave de um modo absurdo, quente como nunca antes. Ela claramente sofria com minha grossura, mas recebia tão bem cada centímetro... Porra, tão molhada, tão apertada, tão gostosa.

Eu a castiguei por isso.

Marquei suas costas com minha boca.

Sua bunda estava tão vermelha que eu tinha certeza de que sentar não seria a coisa mais confortável do mundo.

Ela mordeu a palma da minha mão.

Recuei apertando seus quadris.

Nessa hora, eu já gemia junto dela, não tinha mais o que esconder.

— Eu... E-eu... — Victória tentou avisar, mas enquanto eu a tomava intensamente daquele jeito, em um nível que a mesa começava a se mover, vi suas mãos se agarrando na madeira e a senti ficar mais e mais apertada.

Eu sabia o que vinha.

Ajeitei seu quadril um pouco para baixo e, em segundos, mesmo me esforçando muito, fui expulso dela pela enxurrada de água que ela esguichou.

Ela mesma tentou conter seu grito de prazer e espanto, e se eu não estivesse segurando, ela teria caído no chão com as pernas moles.

— Que porra... — Victória me olhou por cima do ombro, mas eu a virei ao contrário e, o mais rápido que pude, finalmente vendo seu corpo completamente trêmulo e disponível para mim, me enfiei nela, aproveitando do final do efeito do orgasmo.

Ela negou com a cabeça no começo, não sabendo processar o que sentia, mas me curvei contra ela, segurando em sua nuca.

Surpreendendo-me, ela me beijou como se buscasse me acalmar, mas não havia paz. Não até eu ganhar aquele jogo.

Sua boceta parecia menor, mais apertada.

Eu fui ainda mais voraz, mais firme, mais intenso.

Ela soprou contra minha boca.

— Não vou aguentar.

Mas deixei seus lábios para acertar as contas com seus seios.

Eu a suguei como se estivesse faminto.

Brinquei com a língua nos mamilos, marquei meus dentes na pele perfeita.

Victória me puxou pelos cabelos e voltou a me beijar, me abraçar, passar as mãos pelo meu corpo.

Aquilo não deveria ter nenhum efeito em mim, mas teve.

Minhas veias arderam. Senti quando a queimação se espalhou por minhas coxas, pesando minhas bolas.

Se eu continuasse, gozaria dentro dela.

Porra. Eu realmente queria gozar dentro dela.

Mas, sem camisinha, ela sendo quem era, eu nunca cometeria aquele erro.

No último segundo, me enterrei nela e afastei o quadril, me masturbando, gemendo em um rosnado de raiva, gozando em jatos pesados em cima do seu ventre.

Paramos os dois nos olhando.

A loucura de tudo aquilo caindo sobre meus ombros.

— Porra... — Cambaleei para trás, ajeitando o pau para dentro da calça e me apoiando nos joelhos em seguida. — Que merda...

Ela começou a rir, ainda deitada na mesa, sem se mover.

— Merda? Ah, Alex, cala a boca... — Vi seus dedos descendo para sua boceta. Ela se tocou cuidadosamente e continuou a rir. — Nunca estive tão inchada, nunca esguichei e... Definitivamente, nunca tinha transado sem camisinha. Acho que é quase uma perda de virgindade, não?

Fechei os olhos. Não suportava mais.

Peguei minhas coisas, mas ela se ergueu.

— Aonde você vai? — Seus olhos eram inquisidores.

— Embora. Você é louca, e, aparentemente, eu também... — Encarei Victória como se estivesse pedindo desculpas. — Não consigo. Não dá.

A máscara dela havia sumido de novo.

Mesmo com meu gozo em seu corpo, ela cruzou as pernas e me encarou como se fosse a dona de tudo ali, inclusive de mim.

— Vou deixar você processar que me comer foi uma delícia e que você e eu somos uma *ótima* dupla. Isso foi só uma amostra grátis para que você se lembre do seu prazo. — Meu estômago se apertou. — Espero sua ligação até meio-dia de sexta-feira, ou precisarei me distrair com sua versão não tão legal.

Estava pronto para sair no corredor e mandar minha secretária não entrar no consultório e desmarcar toda a agenda do dia, quando ela me chamou de volta:

— E, Alex, enquanto você não goza dentro de mim, acho que vou deixar isso aqui secar no meu corpo. Dizem que os machos sentem o cheiro dos outros, será que vão sentir o seu em mim?

Estarrecido e decepcionado comigo mesmo, saí pela porta.

Eu era um grande filho da puta.

E ela era outra pior.

# *Capítulo 10*

## VICTÓRIA

*Eu acho que fiz isso de novo. Fiz você acreditar que
somos mais do que apenas amigos. Oh, querido,
pode até parecer uma quedinha. Mas isso não
significa que eu esteja falando sério.*

*OOPS!... I DID IT AGAIN*, BRITNEY SPEARS

**A PORTA DA FRENTE SE FECHOU COM UM CLIQUE SUAVE ATRÁS DE** mim, e o som foi como um sinal de encerramento da primeira missão daquela nova fase.

Meu corpo ainda estava em chamas, cada nervo vibrando com a intensidade do que havia acontecido dentro daquele consultório.

Era perigoso que aquele lugar se tornasse o meu favorito em toda a cidade. Quando estivéssemos casados, eu apareceria no meio do dia só para desorganizar a agenda apertada do meu futuro marido e deixá-lo inspirado para mais.

Não conseguia tirar o sorriso do rosto.

Uma satisfação sombria e triunfante que se estendia em meus lábios enquanto subia as escadas para meu quarto, indo direto para o meu banheiro, com as pernas ainda bambas.

Coloquei minha playlist para tocar, não me importando com nada daquela porta para fora, e comecei a me despir.

*Diaba de saia.*

Por algum motivo bobo, eu gostei do apelido.

Pensei sobre ele enquanto analisava meu corpo nu no espelho do banheiro. As marcas das mãos de Alexander, do seu ódio, da sua raiva, do seu desejo, tudo aquilo gravado em minha pele, provando que ele também me queria.

Encarei-me, vitoriosa.

Além de todos aqueles vergões, lembrar-me dele gozando no meu corpo foi a confirmação de que eu estava no controle. Foi brutal, foi intenso, foi... divertido.

Não pude evitar a risada silenciosa que escapou enquanto me lembrava de cada detalhe.

Alex podia mesmo me odiar por enquanto, mas era um fato: ele havia me fodido uma segunda vez, completamente consciente, e ele havia adorado.

Saboreei aquele momento com meu vape com sabor de melancia, deixando o vapor acalmar meus nervos ainda pulsantes enquanto tirava fotos daquele troféu.

Amava tirar fotos minhas nua.

Talvez mandasse aquela para Alexander mais tarde.

Entrei no banho como se pisasse em nuvens.

Cada vez que fechava os olhos ensaboando meu corpo, via o rosto dele, sentia o gosto da sua boca, o calor de seu corpo pressionado contra o meu.

A diferença de idade? Insignificante.

O que importava era que eu o queria. E eu iria tê-lo.

Não importava o que fosse necessário.

Aquela boa foda só tinha me inspirado a ser ainda mais determinada.

Quatro dias.

Eu lhe daria quatro dias até que ele estivesse rastejando aos meus pés.

Ele estava caindo, lentamente, mas caindo. E eu seria a única mão estendida para segurá-lo.

Quando terminei, vesti uma calça de moletom e uma camiseta mais larga.

Ninguém daquela casa poderia desconfiar do estado do meu corpo e, pensando sobre isso, estava pronta para tirar o resto do dia na cama já que tinha gastado toda a minha energia, porém, antes que pudesse me deitar, ouvi uma batida leve à porta do meu quarto.

— Tóri? — Era Alexander, o mais sério dos trigêmeos, com seu copinho de suco azul na mão, me olhando de baixo. Seus grandes olhos me observando com um misto de curiosidade e carinho. Os pontos na cabeça dele lembravam o pequeno acidente no final de semana.

— Oi, Alex, o que foi? — perguntei, ajoelhando-me para ficar à sua altura.

— A gente vai ver um filme. — Sua mãozinha tocou a minha com firmeza. — Pode ficar com a gente?

Por um momento, pensei em recusar. Eu realmente precisava poupar energia, mas quando vi o brilho de expectativa nos olhos dele, não consegui.

— Claro, vamos lá. — Sorri, permitindo que ele me guiasse para fora do quarto.

Chegando à sala de brinquedos, encontrei Christian e Elijah já acomodados no chão, rodeados por brinquedos e almofadas. Eles levantaram os braços assim que me viram, e eu me sentei no meio deles, com cada um se agarrando em cada braço meu, enquanto Alexander se aconchegava no meu colo.

De repente, algo fez minha garganta doer.

Uma sensação esquisita, como se meu nariz estivesse sendo atingido enquanto eu fazia força para não chorar, cresceu.

Meus irmãos estavam me acolhendo.

Meus irmãos me reconheciam mesmo como família.

Fiquei feliz por ninguém poder me ver naquele segundo. Odiava ser pega com a guarda baixa, e sem eles esperarem, beijei o topo ruivo de cada uma das cabeças deles.

Quando me senti segura, peguei o controle e perguntei:

— O que vocês querem ver? — Os três se viraram e sorriram para mim.

— O filme novo do cachorro espião! — Christian gritou, seus olhos brilhando de excitação.

— Esse filme é muito legal, Tóri! — Alexander acrescentou, apertando minha mão.

Eu ri da sua empolgação, ajeitando-me entre eles, coloquei o filme para rodar e à medida que as primeiras cenas surgiam na tela, comecei a relaxar.

Eles eram inocentes, puros, e o amor que sentiam por mim era genuíno, sem segundas intenções, sem joguinhos. Meus irmãos só me achavam incrível por ser a irmã mais velha e ponto-final. Eu não tinha nenhuma régua de perfeição a seguir. Era só… amor. Sem dificuldade, sem pisar em ovos, imutável mesmo com a distância que colocavam entre nós.

Desde o nascimento deles, aquele vínculo nunca havia mudado.

E ali, entre risadas e histórias sobre a escola, eu me permiti esquecer por um momento quem eu realmente era.

— O bolo estava tão gostoso, Tóri! — Elijah disse, lambendo os lábios como se ainda pudesse sentir o gosto.

— Eu comi dois pedaços! — Alexander confessou, rindo.

— Eu comi três! — Chris se gabou, fazendo uma cara de vencedor.

— Vocês estão virando formigas? — brinquei, rindo com eles.

— Só se for formiga gigante! — Alexander respondeu, se esticando no meu colo para parecer maior.

Eu ri, balançando a cabeça, e beijei o topo da cabeça dele.

— Vocês sabem que não podem exagerar, certo? — falei, mas eles apenas assentiram com um sorriso, claramente satisfeitos com o excesso.

O filme continuou, e por um tempo, eu me perdi na simplicidade daquelas risadas e no calor dos seus pequenos corpos. Era fácil esquecer da raiva que sentia por Evelyn, fácil esquecer de quem eu era quando estava ali, cercada por eles. Talvez fosse por isso que, apesar de tudo, eu suportava a presença dela. Porque, no final das contas, eram eles que importavam, mas eu fui tomada daquele sentimento de um jeito muito baixo.

Uma das funcionárias entrou na sala com uma bandeja cheia de comida. Meus olhos imediatamente pousaram nos sanduíches e sucos, e meu estômago roncou em resposta.

*Merda.*

*Quando é que eu tinha comido mesmo?*

*Quantas calorias tinha aquele pão? E o recheio?*

Fiquei tão tensa que não consegui disfarçar, mas felizmente meus irmãos não notaram, pulando em volta da mesinha próxima, animados pelo lanchinho.

— Tóri, come com a gente! — Elijah pediu, segurando um sanduíche e me oferecendo.

Hesitei, mas o olhar nos olhos dele, a inocência do pedido, era impossível resistir.

E eu estava com fome.

— Claro, vou comer um pouquinho — menti, pegando o sanduíche com um sorriso falso.

O primeiro pedaço desceu com dificuldade, meu estômago se revoltando instantaneamente. Continuei comendo, cada mordida me levando mais para o fundo de um abismo que eu conhecia bem. Era um círculo vicioso, um que eu odiava, mas não conseguia parar. Meus pensamentos se tornaram uma tempestade, cada mastigada acompanhada por uma crítica, uma voz dentro de mim que gritava que eu era fraca, que eu estava destruindo todo o esforço.

— *Tá* gostoso? — Alexander perguntou, com um sorriso grande, sem perceber a luta interna que eu travava.

— Está sim, querido. — Forcei um sorriso, mas, por dentro, tudo o que queria era fugir.

Quando terminei o sanduíche, me senti cheia, inchada, como se tivesse engolido uma bomba que ameaçava explodir a qualquer momento. A dor no estômago começou a crescer, e eu sabia o que precisava fazer.

Esperei que o filme continuasse, que eles se perdessem na animação das cenas, antes de me levantar lentamente.

— Preciso ir ao banheiro, volto já — murmurei, beijando a testa de cada um.

Eles nem perceberam, estavam concentrados no filme. Caminhei até o banheiro, cada passo mais difícil do que o anterior. Quando finalmente cheguei, fechei a porta atrás de mim e me ajoelhei diante do vaso sanitário.

Eu sabia o que viria a seguir, e odiava cada segundo disso, mas era como se não tivesse escolha.

E, enquanto meu corpo rejeitava tudo o que havia ingerido, eu pensava em Alexander, no seu rosto quando me tocou, no seu ódio e desejo misturados.

Eu precisava ser perfeita para ele, para mim, para o mundo.

E, naquela perfeição distorcida que eu buscava, só havia lugar para controle e sacrifício.

Subi as escadas lentamente, cada passo mais pesado que o anterior.

Tudo o que eu queria era me trancar no meu quarto, longe das vozes, longe da pressão constante que sentia ao estar com minha família, mas, assim que meu pai me chamou para o jantar, eu soube que não tinha como fugir.

*Merda* — pensei.

A última coisa de que eu precisava era me sentar à mesa, fingir que estava bem e, pior ainda, lidar com a comida. Depois do episódio no banheiro, o desconforto ainda reverberava no meu corpo.

Minha garganta doía, meu estômago estava sensível.

Comer novamente estava fora de questão.

A mesa estava impecavelmente posta como sempre.

O cheiro da comida quente me deu água na boca, provocando uma sensação de náusea misturada com fome. Forcei-me a não olhar diretamente para a comida, focando minha atenção no jarro de suco zero calorias que Evelyn havia colocado estrategicamente à minha frente, já que era um pedido meu, como se quisesse validação por me ouvir.

Sentei-me e enchi o copo até a borda, quase como se pudesse enganar a fome enchendo o estômago com líquido. Enquanto os outros começavam a comer, eu bebia grandes goles de suco, tentando ignorar o olhar preocupado do meu pai.

— Victória, não quer comer um pouco? — A voz de Evelyn era suave, mas carregava um tom de insistência que me irritava profundamente.

— Não estou com muita fome — respondi de forma seca, sem erguer os olhos do copo.

O silêncio que se seguiu foi desconfortável, mas meu pai o quebrou com uma conversa que eu preferia não ter ouvido.

— Fui visitar o Alex hoje à tarde — ele disse casualmente, cortando um pedaço de carne em seu prato. — Ele não estava no consultório. Achei estranho.

Mantive a expressão neutra, mas meu interesse foi imediatamente capturado.

— Ele anda muito tenso, especialmente nos últimos dias — continuou, agora com um leve tom de preocupação. — Estou começando a me preocupar com ele.

— Talvez ele precise de companhia — Evelyn sugeriu, sua voz doce como mel, mas para mim soava como veneno. Me vi levantando e dando com sua cabeça contra a mesa. — Ele precisa de um lar com amor, recomeçar. Ele é um homem incrível, mas está se perdendo...

Cada palavra que saía da boca dela aumentava meu ódio.

*Quem ela pensava que era?*

*Ela não sabia absolutamente nada sobre Alexander.*

*Ele não era problema dela.*

O veneno fervia em minhas veias, mas me forcei a permanecer calma.

— Sabe, talvez eu devesse apresentar alguém para ele — Evelyn continuou, como se estivesse discutindo o tempo.

Apertei o copo de suco com tanta força que meus dedos ficaram brancos. A ideia de Evelyn tentando empurrar alguma mulher sem graça para Alex era insuportável.

Ele era meu. E apenas meu.

Meu pai pegou o celular do bolso e, sem pensar duas vezes, discou para Alex. Observei atentamente, meus olhos fixos nele, aguardando ansiosamente a resposta do outro lado da linha.

Demorou, mas finalmente Alex atendeu.

Sua voz foi abafada por um som de música alta, risadas e conversas.

— Onde você está? — meu pai perguntou, erguendo uma sobrancelha.

— Me divertindo. Não foi você que falou que eu precisava? — A voz de Alex soou distante, mas havia um tom de sarcasmo ali.

— Está tudo bem? — meu pai indagou, mas havia um sorriso em seu rosto, como se não esperasse uma resposta séria.

— Estou meio ocupado, te ligo depois, ok?

A ligação terminou, e meu pai riu, satisfeito.

— Parece que ele está se virando bem sozinho — comentou, colocando o telefone de volta no bolso.

— Talvez não precise apresentar ninguém, afinal — Evelyn disse com um sorriso, claramente satisfeita com a ideia de que Alex estava se divertindo.

Fiquei ali, sentada, assistindo a tudo, mas, por dentro, o ódio me consumia. Onde é que aquele filho da puta estava?

O pensamento dele com as mãos em outra mulher me deixou em um estado de nervos que precisei me levantar. Terminei o suco de uma só vez e, antes que perdesse o controle, saí da mesa.

— Com licença, não estou me sentindo bem — disse rapidamente, sem esperar por uma resposta, e saí da sala de jantar, ignorando os olhares curiosos do meu pai e da madrasvaca.

De volta ao meu quarto, trancando a porta, me joguei na cama, o coração martelando no peito.

A ideia de Evelyn querer apresentar outra mulher para Alex era ridícula, mas ouvi-lo se divertindo daquele jeito? Eu sabia o que ele estava tentando fazer. Estava tentando me limpar do seu sistema.

Ah, mas não ia.

Não ia mesmo.

Peguei o vape e dei uma longa tragada tentando acalmar os nervos. Precisava pensar, precisava agir. Alexander não tinha a menor ideia do que estava prestes a acontecer. Mas logo, muito em breve, ele entenderia.

Se ele achava que podia escapar, estava muito enganado.

Eu sabia como trazê-lo de volta, sabia exatamente como fazer.

E isso teria gosto de vingança.

Levantei-me e fui até o espelho.

O reflexo que me encarava mostrava uma mulher determinada, uma mulher que sabia o que queria e que não pararia por nada.

Se Alex pensava que podia se afastar, estava muito enganado.

— Vamos ver quem ganha essa, Alex — murmurei para o espelho, um sorriso frio curvando meus lábios e peguei meu celular, digitando rápido.

*"Estou entediada, o que tem para fazer nessa cidade?"*

Nathan logo respondeu.

*"Estou em um bar com alguns amigos da faculdade, mas posso ir te buscar."*

*"Não. Eu vou até você. Me mande o endereço."*

Sorri, diabólica.

Comeria os ossos do filho para chegar até o pai.

# *Capítulo 11*

## ALEXANDER

*Eu sinto algo tão certo, fazendo a coisa errada. E eu sinto algo tão errado, fazendo a coisa certa. Eu não poderia mentir, tudo que me mata faz eu me sentir vivo.*

**COUNTING STARS**, ONEREPUBLIC

**O EQUINOX ERA UM CLUBE, OU BALADA PARA OS MAIS NOVOS,** que eu frequentava com certa assiduidade. Naquela noite, sentado em uma das poltronas de couro na minha pequena área exclusiva, isolado do resto do mundo, de frente para a pista de dança do segundo andar, eu só queria me distrair.

A música alta, as luzes pulsantes, o cheiro de álcool e perfume caro no ar era envolvente, mas nada daquilo conseguia me distrair do turbilhão de pensamentos que tomavam conta da minha mente.

Eu tinha bebido demais.

Muito mais do que normalmente bebia. Perdi a conta de quantos copos de whisky passei pelos lábios, e de quantas garrafas teria que pedir para levarem até meu carro, mas, ainda assim, continuava lúcido.

Lúcido o suficiente para saber que eu estava destruído por dentro.

*Victória.*

O nome dela reverberava em minha cabeça como uma maldição.

Eu não conseguia apagar a cena da minha mente, não conseguia esquecer o que tinha feito, como tinha gostado...

O gosto dela ainda estava na minha boca, o toque dela ainda queimava na minha pele. Ela realmente era uma cobra, seu veneno, uma toxina que se infiltrou em mim e que agora me corroía lentamente.

Eu a odiava.

Odiava com cada fibra do meu ser.

Ela parecia ser minha inimiga, uma presença maligna que estava se infiltrando na minha vida, tentando roubar meu melhor amigo, meu filho, meu próprio senso de realidade. Mas, ao mesmo tempo, era um fato: eu a desejava.

E isso estava acabando comigo.

Passei a mão pelo cabelo, tentando encontrar alguma forma de clareza, mas não havia isso. Nada fazia sentido. Eu estava preso em um ciclo interminável de desejo e ódio, e cada gole de whisky só piorava as coisas.

— Senhor Hastings, está tudo bem? — Uma voz feminina soou ao meu lado. Olhei para a garçonete que me encarava, seus olhos cheios de preocupação.

— Estou bem — respondi de forma seca, sem realmente acreditar nas palavras. Ela hesitou por um momento, mas acabou se afastando, entendendo que eu não queria ser incomodado.

Olhei ao redor.

Várias mulheres se aproximavam tentando chamar minha atenção, mas eu as rejeitava uma a uma. Não havia ninguém ali que pudesse me dar o que eu precisava. Mesmo sem querer, estava procurando olhos verdes, cabelos loiros e o corpo de um demônio.

Ela não estava ali.

Porra, ela ainda era menor de idade. Não poderia nem mesmo colocar os pés ali.

Isso me quebrou ainda mais.

Seus dezoito anos eram um tiro no meio do meu estômago.

Sua forma física, no meu peito.

O peso do que aquela garota queria tomar era um tiro certeiro no meio da minha testa.

Eu não sobreviveria.

Precisava impedi-la.

Precisava vencê-la.

Mas como?

A noite já estava avançada. Eu me sentia mal, o álcool começava a pesar e meu corpo reagia com um desconforto crescente. Me afundei ainda mais na poltrona, fechando os olhos e tentando afastar os pensamentos de Victória.

Foi então que meu telefone tocou.

O som irritante vibrava no bolso do meu paletó arrancando-me do breve alívio do torpor alcoólico.

Peguei o aparelho, meus olhos demorando a focar na tela. Era Nathan.

Desliguei a chamada antes que pudesse pensar duas vezes.

Não estava em condições de falar com ele agora, não com a mente tão perturbada, tão presa a pensamentos que eu não conseguia controlar.

Tinha medo de, assim que ouvisse a voz de meu filho, acabasse confessando e acabando com tudo.

No entanto, minha tentativa de afastar a realidade durou pouco. O telefone voltou a vibrar em minha mão, mas dessa vez, não era uma ligação. Eram mensagens. Relutante, abri a conversa e minha visão foi imediatamente bombardeada por fotos e vídeos.

Fotos de Nathan junto de Victória.

Meu coração acelerou, o sangue latejando nas minhas têmporas. Eles estavam sorrindo, rindo juntos, dançando. Cada foto era como uma facada, um golpe que me deixava ainda mais sem fôlego. Então, um vídeo apareceu. Eles estavam próximos demais, quase se beijando. E, por fim, a última foto: Victória mandando um beijo direto para a câmera.

Meu estômago se revirou.

Uma raiva primitiva se acendeu dentro de mim.

Eu não podia permitir isso.

Não com Nathan.

Não com meu filho.

Liguei de volta para Nathan, os dedos trêmulos mal conseguindo segurar o telefone. Uma, duas, três... dez vezes, e finalmente alguém atendeu.

— Oi, titio. Achei que não pudesse atender. — Ela parecia animada por um segundo.

— Eu mandei você ficar longe dele, Nate não merece que...

— Ah, pelo amor de Deus, é só para isso que você ligou? Para proteger seu bom menino? — A voz de Victória mudou do outro lado, fria e controlada.

Respirei fundo, me obrigando a parecer sóbrio.

— Eu quero falar com o meu filho. — Minha voz saiu dura, cheia de autoridade.

— Ele está ocupado — ela respondeu, o tom desdenhoso que fazia meu sangue ferver. — Mas eu passo o recado.

— Onde vocês estão? — perguntei, tentando manter a calma, mas a tensão na minha voz era impossível de esconder.

— Onde *você* está? — ela retrucou, sua voz tingida de um desafio que me enfureceu ainda mais.

— Não é da sua conta — eu rosnei, minha paciência chegando no limite.

— Resposta errada, tchau. — E, com isso, a linha ficou muda.

— Não! Espera... — gritei no telefone, mas era tarde demais. Ela havia desligado.

Olhei para a tela do celular, o número ainda brilhando na minha frente, mas as fotos, os vídeos... tudo desapareceu da conversa como se nunca tivesse existido. Porém, a memória das imagens ainda estava fresca, queimando a minha mente, como se tivessem sido marcadas a ferro.

Victória estava jogando um jogo perigoso, e eu já sabia onde ela estava atacando. Mas o problema era que, sinceramente, eu não sabia como me defender. Eu não sabia como lidar com essa tempestade que ela havia desencadeado dentro de mim. Nem como proceder diante daquilo tudo.

Que pai eu seria, transando com o interesse amoroso do filho?

Que amigo eu seria, fazendo isso com a filha do meu melhor amigo?

Que tipo de pessoa eu era, ao admitir que eu gostava de estar com ela?

De me sentir vivo?

Definitivamente, eu estava perdendo...

Perdendo o controle, perdendo o equilíbrio, perdendo a minha sanidade.

Levei o copo de whisky aos lábios, mas parei no meio do movimento.

Não, beber mais não resolveria nada.

Eu precisava pensar.

Precisava encontrar uma maneira de deter Victória antes que ela destruísse tudo o que me restava.

Mas como eu faria isso?

Como combater alguém que parecia ter planejado cada movimento, que sabia exatamente onde atacar, que conhecia todas as minhas fraquezas?

A música alta do clube continuava a pulsar ao meu redor, mas tudo o que eu conseguia ouvir era a risada fria de Victória ecoando na minha mente.

Eu estava preso em sua armadilha e enquanto eu tentava desesperadamente encontrar uma saída, tudo o que ela fazia era se apertar ao meu redor, fazendo com que respirar fosse mais e mais difícil.

Coloquei o copo na mesa ao meu lado, desistindo de encontrar uma solução lógica. *Victória*. O nome dela era como uma sentença. E eu sabia, no fundo do meu ser, que se eu não encontrasse uma maneira de acabar com isso, ela iria me destruir.

O pior de tudo? Uma parte de mim queria que ela o fizesse.

# Capítulo 12

## VICTÓRIA

*Me mostre como você quer que as coisas sejam. Me diga, amor, porque eu preciso saber agora, porque minha solidão está me matando.*

*BABY ONE MORE TIME*, BRITNEY SPEARS

**NATHAN ERA UM BRINQUEDO FÁCIL DE MANIPULAR.**

Ele tinha aquele jeito meio desajeitado e fofo, um pouco fraco para o álcool, e, se eu jogasse as cartas certas, fazia exatamente o que eu queria. A noite anterior tinha sido uma jogada arriscada e sinceramente eu não esperava que precisasse apelar daquela forma, mas lá estava eu, assistindo Nathan beber mais do que aguentava só para me impressionar.

Sem muito esforço, consegui ter acesso ao celular dele.

Produzir o material que eu queria foi muito mais fácil do que imaginava. E, no final da noite, quando deixei Nathan em casa, me senti quase magoada quando vi que o carro de Alex não estava na garagem.

Ele deveria estar lá esperando para me confrontar.

Meus planos não incluíam ser ignorada.

Minha terça-feira foi regada a ansiedade.

Alex não apareceu na academia. Não teve ligação dele e do meu pai no carro. Não vi seu carro no estacionamento do prédio em que eles trabalhavam.

Alexander não deu sinal de vida, nem uma mensagem, nada.

A cada minuto que passava, minha paciência se esgotava um pouco mais.

Minha vontade era de descer em seu andar, de provocá-lo, de fazer um escândalo por me sentir ignorada.

*E se ele realmente não fizesse nada?*

Não, isso não era uma possibilidade.

Alex não era do tipo que ignorava um desafio, e eu estava pronta.

Tinha me arrumado com cuidado, colocando uma roupa que sabia que ele não resistiria, mas fingindo que era para trabalhar com meu pai. Saias apertadas, blusas acinturadas e decotadas, meias calças presas em cintas-ligas. Nos meus saltos agulha, estava pronta para pisar nele inteirinho se precisasse.

Estava tentando me concentrar na ordem que papai havia me dado no dia, e tentei executar tudo direito, mesmo com minha cabeça em completo estado de alerta.

Ilustrando meu plano de fingir que poderia me interessar pelo Direito, até que o escritório luxuoso, com paredes de vidro e uma vista panorâmica da cidade, não era o pior lugar do mundo. Sendo meu pai dono do sobrenome emoldurado na entrada, eu tinha ganhado uma salinha privada para mim, um espaço confortável e isolado onde eu poderia enganá-lo, fingindo que estava trabalhando enquanto traçava meus próximos passos.

E, para o meu alívio, foi ali que Alexander me encontrou.

Estava sentada, conferindo se tinha compilado todas as atas de reunião que pediram para poder montar um caso e, de repente, vestido à perfeição, com a barba feita, o cabelo perfeitamente arrumado e aquela postura de homem enorme, ele entrou na minha sala como uma tempestade, o rosto tenso e os olhos cinzentos fervendo de raiva.

Todo o ambiente se aqueceu.

Fiquei arrepiada e precisei segurar meu sorriso ao vê-lo ali, parado, com apenas minha mesa nos separando.

— Está perdido, titio? — Fingi não me importar com ele ali e voltei os olhos para os papéis, mas ele apoiou as mãos na mesa e soprou ameaçadoramente para mim.

— Eu não mandei você ficar longe do meu filho? — Sua voz era grave, cortante.

Não aguentei.

Sorri, dando uma risada suave, e ergui o rosto para ele.

— Oh, Alexander, eu não tenho tempo para essas tolices. Estou aqui para trabalhar, sabia? — Me ergui e, por reflexo, ele endireitou a postura.

— É essa mentira que vem contando ao seu pai?

Parei de prestar atenção nele, vasculhando minha bolsa por um segundo, pegando uma pequena lembrança para meu futuro marido.

— Qual verdade você quer que eu conte a ele? — Ergui os olhos para Alex e me aproximei dele. — Podemos começar pelo seu presente de aniversário, ou pela surra de pau que você me deu ontem...

— Garota... — Ele engoliu o palavrão e bateu as mãos na minha mesa com força. — Se você não parar, eu serei obrigado a contar.

Minha gargalhada escapou antes que eu pudesse contê-la.

— Alexander, meu amor, você acha mesmo que eu vou acreditar nisso?

— Eu sou capaz de contar, Victória.

Coloquei as mãos na cintura e me aproximei dele como se fosse a melhor jogadora de toda a história do mundo.

— Até acredito que seja — falei com o rosto mais complacente, medindo seus olhos com seriedade. — Mas, veja bem, você acha que meu pai vai acreditar que a filhinha dele seduziu você? Você pensou direito quando, me conhecendo bem, sabe que vou chorar — comecei a mudar meu rosto — e dizer que você me iludiu e disse que me amava?

— Você é o diabo de saia — ele xingou baixo, e eu sorri.

— Eu adoro esse apelido.

— Não deveria. Eu te odeio. Ele não é um elogio.

Fiquei na ponta dos pés e me curvei para chegar mais perto do ouvido dele.

— Então ensaie outros apelidos para me xingar e gastar todo esse ódio com seu pau bem enterrado em mim. — Vi suas narinas se inflando, suas pupilas dilatando e aproveitei do choque para erguer meu presentinho devagar, com a ponta dos dedos, e coloquei a polaroid no bolso de sua calça. Ele não se afastou. — Isso é uma lembrança para caso, na sexta, você não faça a escolha certa. Não posso impedir outros homens de se aproximarem de mim enquanto estou tão livre, sabe? Inclusive, seu filho... Qual a desculpa para dizer não a um encontro com ele?

Eu sabia que estava provocando uma fera.

Pude sentir a tensão em seus músculos antes mesmo de ele estourar.

Movido pela raiva, Alexander agarrou meu braço com força, puxando-me para mais perto. Nossos rostos estavam tão próximos que sentia sua respiração bater contra minha pele. E ainda que sua pegada fosse bruta, que ele estivesse fervendo de ódio, ele também me queria, e isso o desconcertava por inteiro.

— Você está brincando com fogo, Victória — ele sussurrou, a voz pingando ameaça.

— Talvez eu goste de me queimar, Alexander. — Minha voz era um sussurro malicioso carregado de flerte.

Ele inclinou a cabeça, nossos lábios quase se tocando. Podia sentir seu hálito quente, o cheiro amadeirado que vinha dele, a tensão pulsando entre nós como uma corda prestes a arrebentar.

Meu coração acelerou, não por medo, mas pela excitação do controle que eu exercia sobre o homem que era o amor da minha vida.

Porém, estávamos em um lugar proibido.

Minha máscara não podia cair.

E por não atender minha expectativa na noite passada, ele merecia punição. Respirei fundo, olhando sua boca e seus olhos em seguida, e, usando cada fibra do meu ser, me afastei, sorrindo, vendo a frustração tomar conta de seus olhos.

Ajeitei os papéis que precisava levar para o estagiário e o encarei.

— Até sexta, Alexander — soprei as palavras como uma promessa, vendo-o lutar contra o impulso de me agarrar de novo.

Saí da sala, deixando para trás um homem que estava prestes a perder o controle.

# Capítulo 13

## VICTÓRIA

*Se eu conseguisse achar um jeito de ver isso
melhor, eu fugiria pra algum destino que eu já
deveria ter encontrado. Eu estou esperando esse
xarope pra tosse fazer efeito.*

COUGH SYRUP, GLEE

**A SENSAÇÃO DO QUASE BEIJO DE ALEXANDER AINDA QUEIMAVA EM**
minha mente. A proximidade, a tensão entre nós, aquilo quase fugiu do meu
controle e eu não podia deixar passar a oportunidade de dar mais um empurrão
nesse jogo.

*Não*, eu tinha que dar uma investida definitiva.

Mostrar a ele que o controle estava em minhas mãos.

Estava pensando nisso naquela terça à noite, durante o jantar, e papai me
puxou dos meus pensamentos do pior jeito possível.

— Tóri, você está com algum problema?

Pisquei duas vezes e o encarei.

— O quê?

— Você está há vinte minutos arranhando o prato com o garfo e com os
olhos perdidos. Tem algum problema acontecendo? É sua mãe?

Papai jogou uma pedra na minha cabeça sem saber.

Larguei o garfo, fazendo barulho com a louça.

— Mamãe?

Parei para pensar.

Todos os dias eu mandava mensagem. Ela me respondia a cada dois.

Até agora, ela não tinha atendido nenhuma ligação.

Sempre estava cansada, ocupada…

Era só minha mãe sendo ela mesma, ainda que me machucasse.

— Não. Não era sobre ela... Você? — Não terminei a frase. Não precisava. Papai negou.

Ela também não ligou para ele. Não perguntou sobre mim.

Ri amarga e afastei a cadeira da mesa, ignorando Evelyn que analisava cada movimento meu.

— Victória, o que foi? — Papai parecia realmente interessado, mas eu não queria falar. Não naquele momento.

— Não é nada.

— Claro que é, você está visivelmente chateada.

— E isso importa agora? — rebati, raivosa, sentindo meu coração disparar e a raiva me dando vontade de quebrar aquele prato na parede.

— Filha, eu só quero te ajudar...

— Ah, Samuel, não. — Chamá-lo pelo nome foi como esbofeteá-lo. — Não agora. Não tente. — Me ergui e, antes que aquilo pudesse crescer, fugi.

Corri para meu quarto, tranquei a porta e caí de cara no travesseiro, gritando alto até aquela raiva toda parar de me sufocar.

A tristeza aproveitou a brecha.

Conferi meu celular.

Nenhuma mensagem.

Não tinha um amigo.

Não tinha Alexander.

Não tinha minha mãe.

Eu era sozinha.

Solitária.

E aquilo doía.

Fiquei abraçada ao travesseiro, chorando o mais silenciosamente possível.

Ninguém tentou falar comigo. Ninguém bateu à minha porta.

Ninguém se importou.

Adormeci com dores na garganta e no peito.

Lembranças queriam fugir da jaula em que eu as mantinha e foi uma luta imensa deixar aqueles monstros escondidos.

Eu só não escapei dos pesadelos.

*— Você é tão bonita. Tão madura para sua idade... É uma versão mais bonita e legal da sua mãe.*

Abri os olhos assustada, o coração disparado e o medo me fazendo tremer.

As mãos dele estavam vindo na minha direção.

*Foi só um sonho ruim* — tentei me convencer, mas a verdade era outra.

O abismo cresceu dentro de mim, sob meus pés.

A sensação de abandono, de insuficiência, de culpa e a de ser violada surgiram, cada uma em uma ponta do meu corpo, me fazendo fraca, me fazendo pequena, me fazendo ridiculamente medrosa.

Aquela era uma versão minha da qual eu tinha pavor. E ela nunca ia embora, só estava bem escondida. Aprendi do pior modo que se não tiverem medo de você, se você não for capaz de assustá-los, eles te engolirão.

Naquela quarta não tive coragem de sair do quarto.

Não atendi nenhum chamado, nem dos meus irmãos, nem das funcionárias, nem do meu pai, quando o dia acabou e ele queria minha presença na mesa de jantar.

Prometi a mim mesma que o dia seguinte seria diferente.

No dia seguinte eu levantaria e continuaria meu plano.

Quando ele desse certo, eu nunca mais precisaria chorar.

Eu nunca mais me sentiria insegura.

Eu nunca mais ficaria sozinha.

Acordei cedo naquela quinta-feira e não perdi tempo.

Tomei um bom banho para despertar, mesmo sentindo meu corpo fraco, faminto, e saí de casa enquanto a cidade começava a despertar.

O sol mal tinha nascido, e eu não me senti nem um pouco mal por afundar o acelerador do meu novo presente. Papai finalmente tinha acertado em cheio na escolha, mesmo que tenha precisado de uma segunda chance e, por causa disso, enquanto uma parte de mim adorava o carro, outra parte, mais profunda, sabia que aquilo era apenas mais uma peça para compor a imagem perfeita que eu insistia em manter, que ele queria mostrar.

Ri daquilo, amarga demais para uma garota de dezoito anos enquanto entrava na fila do drive-thru, com raiva de mim, do mundo, da atendente e da comida que joguei de qualquer jeito no banco do carona e dirigi ensandecida até o estacionamento da academia.

Estava exausta.

Ajeitei o carro na vaga, desliguei o motor e apoiei a testa no volante.

Queria gritar, mas não tinha força. O espelho do banheiro naquela manhã havia me revelado uma garota pálida, com olheiras profundas, completamente vazia.

Eu quase não me reconheci.

Há mais de uma semana que eu estava sem comer direito.

A fome era uma presença constante, quase como um obsessor se dobrando sobre meus ombros, um peso na consciência que eu ignorava.

A rotina era simples: nicotina, água, balas de menta, mastigar e cuspir, escovar os dentes, mais nicotina, fome, dor de cabeça, mais água, analgésicos, exercícios…

Meu vape estava o tempo todo em minhas mãos quando não tinha olhos perseguidores por perto. E quando ele não era o suficiente, sempre dei meu jeito de conseguir cigarros.

Não era saudável, mas ninguém se importava com isso.

Não de verdade.

Não desde que minha cintura continuasse pequena.

Não desde que eu parecesse feminina, e perfeita, e… Alguém que eu nem sabia quem era.

Tudo isso estava chegando ao limite, e eu sabia.

No banco do carona, o lanche do *McDonald's* parecia uma maldição. O cheiro do hambúrguer e das batatas fritas enchiam o carro, fazendo minha boca salivar e meu estômago se contorcer.

Era injusto que um pedaço de pão com carne me deixasse tão mal. Queria comer. Queria jogar fora. Tinha medo dele e o amava também.

*Vamos lá, você pode comer se sua mãe te atender.* — Minha consciência encontrou uma brecha.

Afastei-me do volante e peguei o celular.

O contato de minha mãe apareceu em destaque e, mesmo cedo, eu liguei.

A primeira chamada não deu em nada. A voz da caixa postal me deu um soco no rosto. Segurei o choro e, teimosa, tentei de novo.

Uma, duas, três chamadas.

— Quem morreu? — A voz dela meio embriagada de sono e talvez da bebedeira de alguma festa da noite passada me fez soltar o ar em um riso sem graça.

Meu coração se afundou.

— Oi, mamãe. Tudo bem?

— Tóri? Meu Deus, o que aconteceu para você me ligar a essa hora da manhã? — Ela parecia irritada.

— Eu... — respirei fundo — sinto sua falta.

— Eu te avisei que tentar trabalhar com seu pai era difícil. Você deveria ter esperado aqui e, depois do intercâmbio, ir para a faculdade.

Um nó se formava na minha garganta.

— O papai não é tão horrível...

— Hm... Se você acha. — Ela bocejou. — O que você quer falar? Preciso dormir.

Meu coração afundou.

— Nada... Não queria nada.

— Então vou deitar de novo. Volte logo, acho que vamos procurar algum lugar na América do Sul para esquiar, você poderia ir.

— Vamos?

— Eu e Richard, Tóri. Nós voltamos na semana passada.

Espinhos apareceram na minha garganta.

— Você e... — Minha voz foi desaparecendo.

— É, filha. Nos encontramos em uma festa, uma coisa levou à outra, ele até perguntou de você.

O nojo daquilo quase me fez vomitar.

— Divirta-se.

Desliguei antes mesmo de ela poder se despedir.

A dor da traição e da insegurança me fizeram jogar o celular em qualquer canto e enfiar os dedos na raiz do cabelo, puxando os fios, enquanto as lágrimas vinham quentes, quase ferventes sobre minhas bochechas.

Bati minha testa algumas vezes no volante, cansada de segurar os soluços, de me sentir andando sobre a corda bamba.

Aquele sonho não era só uma memória, era o prenúncio de uma merda gigantesca.

Mamãe estava... Como ela podia?

Como ela podia fazer isso depois de tudo?

Era exatamente por aquilo que eu estava ali.

Era por aquela merda de sentimento ruim que eu não podia perder.

Não podia ir embora.

Não podia ficar sem meu prêmio.

Sem minha garantia de um futuro feliz.

Por dois segundos parei de ter pena de mim mesma e, com os dedos trêmulos, como prometido, peguei o saco de papel no banco do carona.

Eu não queria, mas precisava.

No fundo, uma parte de mim sabia que não aguentaria muito mais.

Abri a embalagem com cuidado, sentindo o aroma gorduroso que me fazia odiar a mim mesma e peguei o lanche.

Respirei fundo e fechei os olhos. A raiva de tudo tomou conta e a primeira pequena mordida foi um alívio, enchendo minha boca de um prazer que há muito tempo eu havia negado a mim mesma.

Engoli depois da comida se desfazer na minha boca.

Repeti de novo e de novo.

Cada pedaço que engolia vinha carregado de satisfação, mas quando meu estômago começou a doer, franzi as sobrancelhas, ainda de olhos fechados, e ouvi o sussurro desgraçado dentro da minha cabeça.

A voz em uníssono das amigas da minha mãe.

Dos amigos da alta-costura que diziam que eu nunca poderia ser modelo por causa da altura.

Da minha própria genitora.

*Não coma demais, se você engordar, ninguém vai te amar.*

Mais uma lágrima caiu.

Minha boca ganhou um outro sabor. Úmido, triste.

Funguei e continuei a comer.

*Estou engordando* — repetia para mim mesma a cada mastigada —, *uma mordida, um quilo a mais.*

Eu não era burra.

Sabia que aquela era uma falsa crença, mas, apesar de tudo, era a minha verdade. Se eu não fosse bonita, se eu não fosse aceita, o que restava?

Se não gostassem da minha aparência, como eu sobreviveria?

A magreza era meu único caminho para ser amada, para ser admirada, e terminei o lanche chorando ainda mais do que antes de começar a comê-lo, porém, daquela vez a raiva era só minha, de mim, para mim.

Respirei fundo, ainda de olhos fechados, e me concentrei.

Meu estômago estava pesado, doendo, pronto para colocar tudo para fora com um simples aperto, mas precisei engolir o amargo da culpa.

Não podia vomitar, não aqui.

Não queria arriscar perder o controle.

Revirei minha bolsa atrás do pote de chicletes e mastiguei compulsivamente até aquela sensação horrível passar.

Eu odiava comer.

Odiava.

Mas, como qualquer ser humano, precisava daquilo para sobreviver.

Quando o pior passou, prendi o cabelo mais uma vez, passei um pouco de maquiagem para disfarçar o rosto abatido e subi para a academia com um único objetivo: treinar até não aguentar mais.

O suor, a dor, a exaustão, tudo isso era um alívio perto da dor interna que eu carregava. Precisava queimar cada caloria daquela maldita refeição.

Cada pequena dor daquele sentimento de impotência.

Mas foi logo que subi para os aparelhos aeróbicos que tive uma surpresa.

Pela primeira vez nosso encontro aconteceu sem eu ter planejado.

Ele estava lá, vestido para o treino, mas seu olhar fugiu do meu assim que me viu.

Um sorriso diabólico surgiu em meus lábios.

Eu realmente precisava de uma distração.

Ele podia fugir, mas não tinha como se esconder de mim.

# Capítulo 14

## ALEXANDER

*Então, o que você está tentando fazer comigo? É como se
não pudéssemos parar, somos inimigos, mas nos damos
bem quando estou dentro de você.*

*ANIMALS*, MAROON 5

**NATHAN NUNCA ME DEU TRABALHO.**

Sempre tentei ser amigo do meu filho, mostrar o caminho mais fácil, estar lá para os dias difíceis e todo o resto. Era muito, mas muito difícil brigarmos. Quase sempre o diálogo era a maior ferramenta em casa, porém, ele parecia estar me tratando feito inimigo.

O tempo todo de cara fechada, me evitando, deixando claro que o problema era comigo. Minha vontade era de pegar seu celular toda vez que o via digitando mensagem atrás de mensagem.

Era com Victória? Era sobre Victória?

Aquela desgraçada não iria parar até destruir minha vida.

Mas Nathan agora não era mais o meu moleque que gostava de jogar futebol e tomar sorvete com batata frita. Ele era um homem, com trabalho, obrigações e uma vida. E, para ele, naquele momento, eu estava estragando seu possível relacionamento com uma gostosa difícil demais de ignorar, já que ela tinha todas as porras de requisitos de namorada perfeita para ele e ainda tinha a porra do pedigree no nome.

Ela era filha de alguém que conhecíamos a vida toda.

Eles ficariam em família. Seria só a oficialização.

Nathan já tinha todo o seu plano formado na cabeça, o que faltava era o fato de que, enquanto ele sonhava com a garota loira de olhos espertos, eu estava fodendo com ela e sendo coagido a foder mais.

Meu ódio por ela só cresceu ainda mais quando a vi subindo as escadas da academia. Parei por um segundo, limpando o suor da testa, pensando se não era hora de mudar meu lugar de treino também.

Ela sorriu.

Eu a ignorei.

E continuei a me exercitar com a música explodindo nos fones de ouvido, gritando comigo mesmo por estar quase duro só de vê-la por perto.

Ela estava acabando com a porra da minha paz.

Se eu não tivesse ido à academia, acabaria mais bêbado do que o permitido. Ninguém me via enquanto eu me derrubava no meu vício, sempre tomava cuidado de estar sozinho com minhas garrafas, cheias e vazias, mas ela? Ela estava quase me empurrando para a beirada.

Estava a um passo de perder tudo e só me dei conta disso quando, no automático, entrei no vestiário da academia para a porra de uma ducha fria.

O som abafado dos chuveiros ainda pingando e o leve zumbido do ar-condicionado eram os únicos ruídos. As paredes revestidas de madeira escura e os armários de metal polido refletiam a luz suave.

Tudo era feito para um momento de tranquilidade, mas eu estava longe de me sentir assim, mesmo depois da água gelada.

Com uma toalha enrolada na cintura, sequei e penteei o cabelo ainda sentindo a adrenalina nas minhas veias. Talvez eu devesse começar a usar uma banheira de gelo, ou alguma dose cavalar de calmante. Talvez isso ajudasse a controlar as coisas, talvez facilitasse apagar da mente as imagens que se recusavam a sair.

Victória, de roupas e sem elas. Comportada e provocante.

Sua presença, suas palavras, o toque dela.

A porra do seu cheiro doce.

Tudo isso vinha me assombrando de uma forma que eu não conseguia controlar, como se eu fosse a porra de um garoto assustado e não um homem feito.

Amaldiçoei-me por deixar que ela me afetasse tanto, mas era impossível voltar no tempo, assim como não dava mais para ignorar o desejo e a raiva que ela despertava em mim.

Era como uma tempestade que se formava no horizonte, crescendo a cada momento que passava, pronta para explodir.

E, então, como se materializada pelos meus próprios pensamentos, a porta do vestiário se abriu silenciosamente. Olhei para o reflexo no espelho e, por um momento, meu coração quase parou.

Victória estava ali.

Ela fechou a porta atrás de si com um clique suave, mas o impacto de sua presença era intensa e quente como a porra da lava de um vulcão.

Seu olhar percorreu o ambiente, como se fosse dona do lugar, até que seus olhos encontraram os meus.

— Eu não sabia que você tinha esse hábito, Alexander — ela disse, um sorriso provocador brincando nos lábios. — Vem sempre aqui para... relaxar? — Sua indicação foi para o volume a mais debaixo da toalha.

*Porra.*

— Errou o vestiário? Esse não é o feminino — perguntei, minha voz carregada de uma calma forçada.

— Não gosto dessa distinção de gêneros, sabe? Menino, menina? Foda-se. Talvez eu queira tomar banho aqui, com você... — Ela veio se aproximando com a voz mais baixa, provocante, os olhos brilhando em desafio.

Ela queria me testar.

— Regras existem para serem seguidas — falei entre dentes, vendo-a parar na minha frente.

— Discordo disso também, amor. — Ela tocou meu peito e me confidenciou: — Elas existem para ser quebradas.

— Victória... — chamei seu nome em alerta, mas ela não se afastou.

Seus olhos examinaram meu corpo de cima a baixo. Suas bochechas avermelhadas não eram de vergonha. Era desejo e provocação, sabia disso por sua mão boba começar a se mover, desenhando os músculos do meu abdômen.

— Eu estava curiosa — ela começou, sua voz baixa e cheia de insinuação. — Queria ver se você estava realmente se cuidando... ou se estava apenas se escondendo de mim.

Senti-la tão perto, quente, provocante, fez minha respiração pesar.

Tentei manter o controle, mas o desejo e a raiva estavam se misturando de uma maneira perigosa.

— Saia, Victória. Agora. — Minha voz saiu mais firme do que eu esperava.

Ela ignorou o comando, claro. Era o que ela fazia de melhor.

Seus olhos brilhavam com uma malícia que me provocava e desafiava.

Seus dedos frios tocando levemente a pele quente do meu corpo, deslizando até a borda da toalha.

— Você está sobrecarregado, Alex — ela sussurrou, aproximando-se mais, até que sua respiração quente roçou em minha pele. — Posso ajudar a aliviar essa tensão toda, como na última vez.

Sua mão ia descer mais, mas antes que ela pudesse continuar, agarrei seu pulso com firmeza, finalmente fazendo com que ela parasse.

Minha voz saiu como um rosnado baixo:

— Eu mandei você sair.

Victória não se intimidou, ao contrário, seu sorriso apenas se alargou, como se estivesse se divertindo com minha reação.

— É uma pena que você queira ser meu sogro e não meu... — ela murmurou, inclinando-se um pouco mais, seus lábios quase tocando os meus — você sabe. Caso você continue pensando assim, amanhã, tudo isso pode ser de quem quiser, e sabemos quem está bem interessado, não é mesmo? — Seu riso antes de se virar lentamente me arrepiou todo.

Para piorar, antes de sair sua mão passou pela toalha que cobria minha cintura, dando um leve puxão que quase me fez perder o controle.

Ela achou tudo divertido e se afastou, mas seus olhos encontraram os meus mais uma vez antes de sair pela porta.

— Até mais, amor.

Fiquei parado ali, perturbado, olhando para a porta que ela acabara de fechar, os punhos cerrados ao meu lado. A frustração e o desejo colidiam dentro de mim, uma mistura explosiva que me deixava à beira de perder o controle.

O que diabos eu estava fazendo?

O que ela estava fazendo comigo?

A cada encontro, a cada palavra, Victória me arrastava mais fundo em seu jogo perigoso. E, por mais que eu quisesse escapar, uma parte de mim — a parte mais sombria e desesperada — não conseguia se afastar.

# *Capítulo 15*

## ALEXANDER

*Estou acordando. Eu sinto isso em meus ossos o
suficiente para fazer meu sistema explodir.
Bem-vindo à nova era.*

RADIOACTIVE, IMAGINE DRAGONS

### SAÍ DA ACADEMIA DIRIGINDO E COMETENDO MAIS UM ERRO.

De cabeça quente, decidi cancelar toda a minha agenda mais uma vez.

Aquilo estava fora de qualquer padrão.

Eu *nunca* abandonava o trabalho, mas meus nervos estavam em frangalhos e minha cabeça ansiosa não renderia nada. Dentro do meu cérebro um cronômetro marcava que a cada segundo que passava eu estava mais perto de cometer uma loucura.

Tereza, que trabalhava comigo há anos, notou algo errado.

Ela sempre notava, mas, dessa vez, sua preocupação foi explícita.

— Doutor, tem certeza de que quer cancelar todas as consultas de hoje? — A voz dela estava cheia de cautela, quase maternal do outro lado da linha. Ela sabia que algo estava errado, mas respeitosamente não ousou perguntar.

— Sim, Tereza. Cancele tudo — respondi um tanto seco, talvez rude, na intenção de não mostrar a fraqueza que sentia por dentro.

Ela hesitou por um momento, talvez esperando que eu mudasse de ideia, mas logo em seguida ouvi o clique suave do telefone sendo recolocado no gancho.

O bom dela era que, inteligente e sagaz, Tereza sabia quando não adiantava insistir. Porém, eu ainda conseguia visualizar o olhar que ela teria me lançado caso estivesse na minha frente, cheio de compaixão e preocupação velada.

Isso me irritou profundamente, mas mais do que isso, me fez perceber que meu prazo estava, de fato, no limite.

Eu odiava Victória.

Eu a odiava com todas as minhas forças.

Odiava o jeito como ela invadia minha vida, como ela se infiltrava nos meus pensamentos, como ela fazia meu corpo reagir de uma forma que eu desprezava. Mas, ao mesmo tempo, o tesão que sentia por ela era avassalador. Era como um veneno que eu não conseguia expelir, uma febre que me consumia.

Aquilo piorou quando meu celular vibrou e sua mensagem apareceu no visor do carro, atrapalhando o GPS.

Só de ver o nome, meu coração disparou e meus punhos se fecharam de raiva em volta do volante.

**"Faltam 12 horas."**

Essas três palavras.

Apenas isso, e meu autocontrole desmoronou.

Desliguei o telefone e fui para casa.

Passei a tarde sentado na sala, bebendo.

O whisky descia queimando pela minha garganta, mas não trazia o alívio que eu procurava.

Mais uma garrafa para a coleção. Mais frustração que o álcool não conseguia diluir. E a cada maldito gole meus pensamentos voltavam para ela. Para aquela maldita provocação, aquela promessa implícita que pairava sobre minha cabeça como uma espada afiada.

Um jogo de gato e rato onde eu nunca tive a chance de estar do lado vencedor.

Como eu podia desejar tanto alguém que era a personificação de tudo que eu deveria evitar? Ela tinha dezoito anos, apenas uma garota, e ainda por cima, filha do meu melhor amigo. E como se isso já não fosse traição o suficiente, agora ela estava amarrando Nathan aos seus jogos. Porra, eu havia virado adversário do meu próprio filho... Imaginá-los juntos me dava dor de estômago. Lembrar-me de que ele tirou sua virgindade fazia meu sangue ferver.

E pensando exatamente nisso fiquei tão perdido em minhas teorias da conspiração que não percebi Nathan entrar em casa.

Quando ouvi sua voz, ele estava no telefone, falando com ela.

— Não, Tóri. O evento deve terminar cedo, mas você não gostou do bar que fomos da última vez? — Ele estava risonho até me ver.

Ouvir o apelido de Victória me azedou.

Minha cara fechada pegou Nathan de surpresa.

— P-pai? — O choque na voz de Nathan era claro quando ele me viu sentado lá, a garrafa de whisky quase vazia ao meu lado. Eu não costumava beber assim na vista de ninguém, principalmente na dele, e ele sabia disso.

— Com quem você está falando, Nathan? — perguntei, minha voz saindo mais áspera do que eu pretendia.

Meu filho hesitou por um momento, mas então tomou coragem, encheu o peito e disse com a boca cheia de orgulho:

— Com a Victória.

Aquilo me atingiu como um soco no meio do rosto.

O modo como ele confirmou, como parecia disposto a brigar comigo... Caralho, eu não merecia aquele golpe de misericórdia.

— Victória? — repeti, como se precisasse processar a informação.

— Tóri, te ligo depois. Tenho que resolver algo aqui. — E, dispensando-a, parecendo ofendido, ele abaixou o celular e me encarou de homem para homem. — Sim, pai. Victória. Qual é o seu problema?

— Não gosto dela.

— Mas EU gosto. E acho que você deveria torcer por nós.

A audácia daquilo me fez levantar do sofá, a raiva queimando meu peito.

— Você está louco, Nathan? Ela é a filha do meu melhor amigo! Deveria vê-la como uma irmã, não como... — As palavras travaram na minha garganta, porque a ideia de Nathan desejando Victória como eu a desejava era insuportável.

— Mas eu não a vejo como uma irmã, pai! — Nathan me interrompeu, sua voz cheia de frustração. — Nunca vi. Nós já dormimos juntos uma vez e provavelmente vai acontecer de novo, então, supera, porque, definitivamente, isso não é problema seu.

Aquela declaração me desestabilizou.

Ele não estava apenas defendendo seu direito de gostar de alguém; ele estava defendendo Victória. Ele estava me dizendo que minha opinião não importava.

— É sim problema meu! — eu gritei de volta, a fúria misturada com o álcool tornando minha voz mais alta e mais dura. — Você não entende o que está fazendo. Você não conhece essa cobra!

Nathan balançou a cabeça como se eu fosse o único irracional ali.

— E você conhece? A garota mal pisou aqui nos últimos seis anos, pai. Você não a conhece e está sendo injusto. Por que não dá uma chance? Ela é filha do seu melhor amigo, não seria o máximo nós finalmente sermos uma família de verdade?

Aquelas palavras ressoaram dentro de mim com uma ironia cruel.

*Eu conhecia Victória melhor do que qualquer um.*

Eu sabia o quanto ela era manipuladora, o quanto ela gostava de brincar com as pessoas. Mas Nathan não enxergava isso.

Ele só via a fachada que ela mostrava, a mesma que havia me envenenado.

Sem conseguir aguentar mais aquela conversa, eu virei de costas para Nathan, tentando controlar a raiva que queimava dentro de mim.

— Vá para o seu quarto, Nathan. Agora.

Ele hesitou por um segundo, como se fosse retrucar, mas então deu de ombros e saiu da sala, murmurando algo que não consegui ouvir.

Quando fiquei sozinho de novo, terminei o restante do whisky em um único gole, sentindo o líquido amargo queimando enquanto descia.

Minha mente estava em um caos absoluto, dividida entre a necessidade de proteger meu filho e a necessidade de sucumbir ao que eu mais desejava.

A casa estava silenciosa, a noite estava avançando, e o relógio na parede parecia marcar as horas com um peso opressivo.

Victória tinha dito que faltavam 12 horas.

Agora, faltavam menos de dez minutos.

Com a cabeça latejando de raiva, peguei o celular de novo.

Não sabia exatamente o que pretendia fazer, mas antes que pudesse pensar, minhas mãos já estavam digitando uma mensagem:

**"Como isso vai ser?"** — escrevi, sem pensar muito nas palavras.

Era como um acordo com o diabo. E eu sabia que não havia volta.

Enviei a mensagem e fechei os olhos, tentando bloquear todos os pensamentos que me atormentavam. Mas o rosto dela continuava a surgir, seus olhos verdes, seu sorriso malicioso, a sensação de seus lábios contra os meus.

Eu estava prestes a mergulhar em algo que sabia que me destruiria.

Mas, naquele momento, eu não conseguia parar.

Eu não queria parar.

# Capítulo 16

## VICTÓRIA

*Não me culpe, o amor me deixou louca. Se você também não fica, não está fazendo direito.*

DON'T BLAME ME, TAYLOR SWIFT

**UMA PAZ ESTRANHA TOMOU CONTA NAQUELE FINAL DE NOITE.**

O ato de me alimentar teve efeito no meu corpo. Parte da energia tinha voltado e, depois do encontro da academia com Alex, minha mente se voltou completamente ao meu alvo novamente.

Ele era a certeza de que eu nunca mais estaria desprotegida de novo, e quando me sentei depois do jantar na área da cobertura, assistindo à noite escurecer cada vez mais o céu, lembrando de como foi quando Nathan me ligou, do que pude ouvir da conversa tensa deles, me sentia a única peça em pé no jogo.

Era só a primeira partida, mas, ainda assim, o placar seria meu.

Aquela certeza me deixou estranhamente serena.

Estava balançando levemente na rede enquanto passava os dedos pelo celular, distraída, quando a mensagem de Alex chegou, foi como se tivesse tomado um choque.

As palavras dele apareceram na tela como uma vitória pessoal, e eu não consegui evitar um sorriso que se espalhou pelo meu rosto antes mesmo de ler completamente.

**"Como isso vai ser?"**

Eu tinha conseguido.

Porra, eu realmente tinha dobrado Alexander!

Ele finalmente estava se rendendo, cedendo ao desejo que eu sabia que ele tinha por mim, mesmo que tentasse lutar contra isso. Segurei o celular com força, comemorando internamente, quase como uma criança que acabara de ganhar um presente. No entanto, não fiz barulho algum, mantendo minha euforia contida.

Foi nesse momento que percebi a presença da madrasvaca na cozinha da área superior com a porta de vidro aberta bem atrás de mim. Ela estava sentada no balcão de mármore, segurando uma taça de vinho na mão, enquanto falava ao telefone com uma amiga.

Ela não tinha me visto, mas de repente comecei a prestar atenção nela.

A conversa, como sempre, parecia casual, mas algo no tom de voz dela me alertou.

— Ah, Francesca, você não tem ideia. Ele é simplesmente perfeito! — Ouvi Evelyn dizer, sua voz doce e cheia de uma admiração que me fez revirar os olhos. — Solteiro, ótimo pai, um dos melhores cirurgiões plásticos do país e, além disso, é lindo! Como ele ainda está sozinho, eu realmente não entendo.

Por meio segundo, quase ignorei a conversa e voltei minha atenção para a mensagem, mas as palavras de Evelyn começaram a me irritar. Algo no modo como ela falava de Alex com tanto entusiasmo e fascínio me deu uma pontada de ciúme.

Ele era meu, mesmo que ele ainda não entendesse isso.

Eu não o deixaria cair nas mãos de alguém como Evelyn ou suas amiguinhas velhas, interesseiras e sebosas.

— Sim, é verdade — Evelyn continuou, rindo suavemente, ao telefone. — Ele precisa de alguém que o faça feliz, que esteja ao lado dele. E eu pensei... por que não apresentar vocês dois? Ele precisa de uma boa companhia, e você, Francesca, seria perfeita para ele.

Senti uma onda de raiva crescendo dentro de mim.

Arregalei os olhos antes de franzir a testa, inconformada.

Francesca?

Evelyn estava realmente tentando empurrar uma de suas amigas para Alex? O simples pensamento dele com outra mulher, ainda mais alguém que ela julgasse adequada, era insuportável.

Eu estava tão perdida na minha raiva que meus olhos encontraram um vaso de cerâmica enorme e lindo. Segurei o sorriso e me ergui, indo na direção da obra de arte.

O som do vaso se quebrando no chão foi alto o suficiente para interromper a conversa de Evelyn, que olhou na minha direção, surpresa.

— Victória? O que... — Ela se deu conta do que eu havia feito, ainda segurando o telefone.

Eu dei de ombros, forçando um sorriso falso enquanto olhava para os cacos espalhados pelo chão.

— Ops, foi sem querer. — Minha voz era doce, mas carregada de sarcasmo. Eu não me incomodei em limpar a bagunça. Em vez disso, apenas saí de perto, deixando a vadia maldita lidar com as consequências.

Enquanto descia as escadas em direção ao meu quarto xingando aquela mulherzinha horrorosa de todos os nomes, passei pelo quarto de brincar dos meus irmãos e vi as tintas guache espalhadas sobre a mesinha.

Um anjo cantou no meu ouvido.

Uma ideia brilhante começou a se formar na minha mente, algo que arruinaria o plano da madrasvaca de aproximar qualquer mulher de Alexander.

Peguei três potinhos cheios e corri para meu quarto.

Fechei minha porta passando a chave, sentei na cama, satisfeita por saber que Evelyn estaria desolada no andar de cima, e peguei meu celular.

Tirei a blusa e o sutiã, deitei na cama e ajustei a câmera para tirar uma foto. Ajeitei meu corpo, inclinando-me levemente, de forma que a curva do meu quadril fosse bem destacada e meus seios ficassem bem-marcados. O corte era do meu sorriso para baixo.

Medi cada centímetro da foto, procurando por defeitos, e quando não encontrei, abri a conversa com Alex e a enviei, junto com a mensagem:

**"Encontre-me amanhã no estacionamento descoberto do shopping perto do salão. Estacione ao meu lado. Até lá."**

Eu sabia que ele não resistiria. E, amanhã, Alex entenderia de uma vez por todas que não havia espaço para mais ninguém em sua vida.

Nem Francesca, nem Evelyn.

Somente eu.

# Capítulo 17

## ALEXANDER

*Eu acho que beberei meu uísque puro, meu café preto e*
*dormirei às três. Você é doce demais para mim.*
TOO SWEET, HOZIER

**EU NÃO ACREDITAVA NO QUE ESTAVA FAZENDO.**

A sensação era a de estar vivendo um *déjà-vu* adolescente, como se o tempo tivesse retrocedido e, de repente, todas as certezas que acumulei ao longo dos anos fossem desfeitas.

Desde que Victória entrou na minha vida, vinte e três garrafas vazias tinham sido adicionadas à coleção.

Aquilo era insano.

Aquilo me mataria alguma hora, mas eu não podia recuar.

Não mais.

Quando avistei o Porsche vermelho estacionado, algo dentro de mim se retesou. O carro dela se parecia com ela, era difícil de ignorar.

Cada célula do meu corpo sabia que eu estava prestes a mergulhar em um abismo, mas eu ignorei os alertas.

Estacionei o Volvo ao lado esquerdo, sem desligar o motor, com o coração batendo acelerado, ansioso, ridiculamente apreensivo.

Era um pouco tarde para me arrepender.

Não dava para dar ré. Não dava para fugir.

Não quando, enquanto eu encarava a parede à minha frente, no silêncio ensurdecedor dentro do carro, ela entrou como se fosse a coisa mais natural do mundo a se fazer.

Fechei os olhos e respirei fundo.

*O primeiro erro.*

*Merda.*

Encarei a parede de novo com o cheiro do perfume dela, doce e envolvente, preenchendo o ambiente de forma quase opressora.

Senti-me cercado, encurralado. Completamente preso.

Tentei não olhar para ela, focando em um ponto imaginário à minha frente, ainda que pela visão periférica conseguisse ver sua figura impecável. O vestido curto e decotado delineava cada curva do seu corpo.

Victória havia se armado. Ela sabia exatamente o que estava fazendo.

E estava linda.

Ela era linda.

E, quando ela riu, foi como se algo dentro de mim se despedaçasse.

Talvez minha honestidade.

Talvez meu preconceito.

Talvez minha vergonha.

Não importando qual das opções, ela avançou depois de se ajustar no banco do carona, tornando o espaço quente, mesmo que o ar-condicionado estivesse no mínimo.

— Não vai me dar boa-noite, titio? — A voz dela era melódica, carregada de uma provocação descabida, que parecia ser usada no único propósito de desafiar minha sanidade.

Engoli em seco, lutando para manter a voz firme.

— Boa noite, Victória. — Minhas palavras saíram quase como um sussurro profundo. — O que posso fazer por você?

Ela inclinou a cabeça, observando-me como se estivesse examinando algo frágil, fascinante... arriscaria dizer: raro.

Vi sua língua lamber os lábios vermelhos depois de um sorriso descrente e, com um movimento lento e calculado, ela estendeu a mão e segurou meu rosto, forçando-me a encará-la.

Seus olhos verdes brilhavam com malícia e algo mais sombrio.

Como eu nunca pensei que o diabo apareceria na forma de uma ninfeta para mim? Achei que meu problema era o álcool, mas, aparentemente, eu conseguia ser pior do que pensava para receber tal punição.

Um lampejo nos olhos dela me entregou o orgulho que sentia do controle que eu sabia que ela estava adorando exercer sobre mim.

— Você sentiu minha falta, Alex? — A pergunta era direta, mas o tom suave, quase gentil, era como se ela estivesse se divertindo às minhas custas.

Seus dedos acariciaram minha bochecha. As unhas roçaram gentilmente contra minha pele enquanto ela procurava algo em meu rosto.

Eu hesitei, tentando encontrar as palavras certas.

— Victória — desviei o olhar para baixo. Não foi uma boa ideia, seus seios no decote acentuado me acertaram com memórias sujas demais —, não tenho tempo para isso. — Minha voz saiu mais áspera do que eu pretendia conforme tentava me afastar, mas ela apenas sorriu, inclinando-se ainda mais perto, colocando seu rosto na visão dos meus olhos de novo.

— Não minta para mim, amor. — O sorriso diabólico se ampliou, os lábios vermelhos contrastando com a pele pálida, os olhos bem pintados, a perfeição em tela. — Eu posso ver nos seus olhos... — Ela deixou a frase no ar, esperando que eu a completasse.

Permaneci em silêncio.

A humilhação de me sentir perdendo naquele jogo maldito dela era demais e cada vez que ela abria a boca, cada palavra que vinha, era um golpe nas minhas proteções já tão frágeis.

— Você acha que estou bonita hoje? — Sua voz era doce, como o veneno mais letal e viscoso, enquanto seus dedos deslizavam suavemente pela minha mandíbula, provocando arrepios que eu lutei para conter.

— Victória... — tentei protestar, mas ela não permitiu que eu terminasse.

— Admita, Alex. Você está feliz que isso está acontecendo. Você me quer desde a primeira vez que me viu no seu consultório, fantasiada de presente, mas principalmente depois, quando me viu na sua casa, sendo eu, sem máscaras. Sem fingimento... — A confiança na voz dela me desarmava, e antes que eu pudesse responder, ela riu de novo, dessa vez mais suavemente. — Sabe, eu estava pensando... Você é tão teimoso... — Ela se inclinou até nossos rostos estarem a centímetros de distância. — O que foi que te fez ceder? Foi o medo do meu pai descobrir, do seu filho me querer, ou... foi outra coisa?

— Não interessa — tentei cortá-la, me segurando no volante com mais força ainda. — Eu estou aqui. Era o que você queria, não era? — tentei parecer mais distante, mas ela não parecia se importar.

Victória sorriu novamente, um sorriso esperto, ainda mais venenoso, completamente lindo e perigosamente irresistível.

— Exatamente — ela sussurrou de uma maneira sensual, sua voz lambeu minha pele, minha carne e enquanto ela se movia no banco, abandonando os saltos finos e altos, uma agonia tomou conta do meu peito à medida que assistia.

Victória não pareceu perceber.

— E como eu adoro ver você se contradizendo. — Inclinando-se ainda mais para perto, ela continuou: — Farei você pagar com a língua, literalmente.

Eu franzi o cenho, confuso, mas antes que pudesse questioná-la, ela se moveu com uma agilidade que parecia contradizer sua figura delicada. Sem hesitar, ela montou no meu colo, os olhos fixos nos meus enquanto suas mãos desciam pelo meu peito, como se me testasse, procurando a fraqueza que sabia que existia em algum lugar.

Com um gesto experiente, ela desceu o banco do motorista, fazendo o encosto ir todo para trás. Meu corpo reagiu automaticamente, o coração disparando enquanto eu lutava contra a maré de emoções que ameaçavam me dominar.

— Victória... — tentei, mais uma vez, mas ela apenas balançou a cabeça, silenciando-me.

— Não precisa dizer nada, querido. No final das contas, sua boca ficará ocupada com outra coisa — ela sussurrou, os lábios tão próximos dos meus que eu podia sentir o calor da sua respiração. — Como é que você tinha dito? Que não ia mais sentir o gosto da minha boceta? — A risada dela fez meu peito tremer.

Minhas mãos que, de alguma forma, estavam em sua cintura, estranharam quando ela levantou o tronco.

Prestei atenção no conjunto.

Victória de lábios vermelhos, olhos delineados, e cabelos presos; usava um vestido minúsculo, de alças finas que mal sustentavam seus seios perfeitos.

Ironicamente, ele era de lantejoulas vermelhas.

Suspirei quando vi suas mãos subindo a barra do tecido e a calcinha branca, minúscula, aparecendo.

*Eu tô fodido* — pensei, fechando os olhos conforme o efeito de seu veneno acordava meu corpo por completo.

— Victória, vamos nos atrasar e...

— Shiu. Olhe para mim. — Era uma ordem.

Ela abaixou as alças.

Os seios dela surgiram, arredondados, excitados, os mais bonitos que eu já tinha visto.

Engoli em seco conforme ela passava uma das mãos, provocando a si mesma, beliscando o mamilo esquerdo.

— Você realmente gosta deles, não é? — O riso orgulhoso dela me desmontou. Meu silêncio confirmou. — É uma pena que você não vai tocar neles, pelo menos por agora.

Franzi as sobrancelhas.

Ela não queria que eu a fodesse ali?

— Você vai pagar com a língua, não entendeu ainda?

A mão de Victória desceu para a calcinha branca, quase transparente, e do modo mais canalha possível, ela afastou o pouco tecido para o lado.

— Beije-me como se me odiasse — foi a única ordem que ela deu antes de vir para cima do meu rosto, e sem me dar opção, apenas uma missão, aquela desgraçada sentou na minha cara.

Como o pobre coitado, coagido e obrigado que era, apalpei sua bunda com força, posicionando-a da melhor forma. Seu cheiro me deixou com água na boca e quando eu a devorei, arranquei um grito de Victória.

Ela não queria que fosse com raiva? Que eu a odiasse?

Suas mãos se embrenharam no meu cabelo, e ela puxou os fios antes de tentar erguer o quadril, mas enquanto sugava seu clitóris com força, sentindo seu gosto se espalhando pela minha língua, eu a segurei no lugar.

Aquele era um jogo que os dois podiam jogar.

Segurei-a entre os lábios e brinquei com a língua maleável contra seu prazer, tomando o juízo dela de uma vez.

Só quando ela relaxou, sem tentar fugir, foi que diminuí o ritmo, sendo mais lento, mais intenso, mais detalhista.

O tanto que ela estava inchada entregava o quanto ela queria aquilo.

O modo como eu chupava sua boceta denunciava o quanto eu precisava daquilo.

Mordisquei os grandes lábios e me aproveitei quando ela remexeu os quadris, dançando na minha língua, contra minha boca, me deixando cheio de rastros do nosso ato insano, da minha condenação.

Eu era um traidor.

Um traidor que começava a amar o som dos gemidos da garota de dezoito anos que pedia por mais enquanto roçava a boceta contra minha língua.

Um falso que adorava ouvi-la balbuciar meu nome.

Um Judas que queria sentir o gozo dela na minha boca, nos meus dedos, no meu pau.

E eu não queria parar.

Lambi Victória de cima a baixo.

Suguei, bebendo da fonte, enfiando minha língua em sua entrada tão sedenta.

Traguei seu gosto. Devorei sua carne e, quando ela puxou meu rosto contra si, em um grito agudo e intenso, com o corpo todo tremendo, explodindo em minha boca, sendo a filha da puta que era, tomei cada gota dela.

— Porra... — ela choramingou entre um riso enquanto o corpo estava trêmulo. — Isso é tão gostoso.

Victória tombou para o banco do passageiro, como a menina que era, e fechou os olhos depois de se arrumar.

— Minhas pernas estão tremendo. — Ouvi-a dizer entre a respiração irregular. — Você merece um presente.

Ergui o tronco para encará-la.

Duro como eu estava, comecei a abrir a calça, mas com os olhos semiabertos, ela me encarou com um sorriso desconfiado.

— O que é isso?

— Quer mesmo uma explicação? — Ergui as sobrancelhas.

Victória tombou a cabeça para trás e ergueu os quadris enquanto ria como a adolescente que era.

Sua calcinha saiu, parando em sua mão.

— Tome — ela me ofereceu. — Esse é o seu presente. Estamos atrasados, se quiser bater uma, pode gozar nela. Uma lembrança de segunda à tarde.

Era o quê?

Vendo minha cara de choque, ela bateu no meu ombro, como se eu fosse uma puta, e disse:

— Obrigada pelo orgasmo. Você nunca decepciona, titio.

A filha da puta saiu do carro com a confiança de alguém que sabe exatamente o que está fazendo, deixando-me ali, com o gosto dela ainda na minha boca, o corpo em chamas e a mente a mil.

Minha vontade era ir atrás dela, arrastá-la de volta, foder até não conseguir andar, mas algo me deteve.

Eu precisava entender que ela era minha inimiga, não minha amante, mas quanto mais eu tentava me convencer disso, mais perdido eu me sentia.

# *Capítulo 18*

## VICTÓRIA

*Olha o que você me fez fazer.*

**LOOK WHAT YOU MAKE ME DO**, TAYLOR SWIFT

**NÃO LEMBRAVA QUANDO HAVIA ME SENTIDO TÃO BEM.**

De um modo absurdo, me sentia brilhante, radiante.

Queria poder escrever na testa que estava daquele jeito porque sentei na cara de Alexander, porque gozei em sua boca e, principalmente, porque o deixei na mão em uma vingancinha sadia e brincalhona, só para ele entender o quão angustiante era pensar nele cada segundo do meu dia.

A euforia do orgasmo não ajudava em nada na minha humildade.

Sentia-me mais viva, apaixonada, e muito mais poderosa.

Determinada até os ossos a ter Alexander inteiramente para mim.

Ele já era meu em corpo; agora, conquistaria seu coração, e então, teria o nosso felizes para sempre, seguro e perfeito.

Deixei o carro com o manobrista da festa e caminhei para dentro em meus saltos enormes, completamente arrumada e impecável.

Minha aparência estava, de novo, irrepreensível.

Cada detalhe cuidadosamente orquestrado para refletir a mulher que eu queria que todos vissem: confiante, sedutora e intocável.

Por um segundo, abri minha bolsa de mão e antes de pegar uma bala de menta, senti o peso dos guaches que havia levado comigo, um lembrete do plano que eu já estava prestes a colocar em ação caso precisasse.

E, sinceramente, eu esperava precisar.

Arruinar o plano da madrasvaca e, de brinde, causar confusão em seu evento seria maravilhoso. Esse sentimento só se fortaleceu quando entrei no salão e avistei as amigas de Evelyn, rindo e conversando como se fossem donas do mundo.

Elas não significavam nada para mim, mas a simples visão delas me fez apertar os dentes.

Aquela sensação só piorou quando elas me viram também e, pelo peso de seus olhares, sabia que Evelyn já tinha falado algo sobre mim e que aquelas mulheres me odiavam.

Isso não seria um problema, mas completamente sozinha, não achando para onde ir, senti meu coração pesar enquanto batia mais rápido.

Por sorte, isso durou pouco quando vi meu pai sentado em uma fileira com os trigêmeos e a babá.

A palestra do evento já tinha começado, então me sentei em um lugar vago e puxei o celular para fora da bolsa. Uma mensagem brilhou na tela, e eu quase ri em voz alta ao ler o conteúdo furioso.

**"Achei que íamos conversar."**

Era de Alexander.

**"Conversamos, uma conversa física. Uma conversa intensa e deliciosamente reveladora, não acha?"**

Respondi, sabendo exatamente o que aquilo iria provocar nele.

**"Estou falando sério."**

**"Isso tudo é porque não resolvi seu lado?"**

Provoquei mais uma vez, saboreando cada palavra.

**"Isso é porque meu filho está indo até você agora mesmo, sua cobra mentirosa."**

Levantei a cabeça e olhei para trás, e lá estava Nathan, vindo em minha direção. Por um segundo, senti uma pontada de desconforto, mas logo me recompus. Ainda não tinha dispensado o garoto por falta de tempo, contudo, faria isso.

Ele não tinha mais utilidade, pelo menos por enquanto, ainda que isso não significasse que eu não poderia usá-lo para provocar mais ciúmes em Alexander. Se ele fosse a arma mais acessível, bem... Eu não teria outra opção.

Quando a palestra terminou, levantei-me e me dirigi a Nathan, oferecendo-lhe um sorriso doce, mas calculado.

Seus olhos me mediram de cima a baixo e, sem disfarçar, com os olhos brilhantes nos meus, ele soltou:

— Uau. — Um garotinho impressionado.

— Oi, Nate. — Evitei abraçá-lo, ainda que ele tentasse me segurar junto de si.

— Você está linda... Isso é para o nosso depois? — Sua aposta me fez ter um pouco de pena.

— Precisamos conversar, Nate — comecei, usando um tom de voz quase maternal, como se ele fosse uma criança que precisava ser guiada. — Não vou sair daqui com você, e, sinceramente, acho que não estou pronta para uma relação assim agora. Além de que, minha relação com meu pai e com Evelyn não anda das melhores. Isso anda me deixando de cabeça cheia...

— Entendo, mas... eu posso ser uma boa distração, sabe? Você não precisa passar por isso sozinha. — Sua oferta me acertou, e, por um breve momento, quase senti pena de sua insistência.

— Eu vou pensar com carinho, mas... — suspirei — acho que você deveria sair com quem quiser nesse tempo. Talvez te faça bem.

— Mas você é a única que me interessa agora — respondeu com uma sinceridade que me fez sentir uma pontada de irritação. Ele realmente era um menininho bobo.

Antes que eu pudesse responder, vi uma roda se formando no salão.

Meu coração quase parou.

Era a madrasvaca, a tal Francesca, meu pai e... Alexander. Não era possível que aqueles dois estivessem flertando na minha frente. Era inaceitável.

— Nate, vá até lá e converse com eles. Vou ao banheiro e já te encontro — despachei-o, a mente já fervilhando com um novo plano.

Dei meia-volta, achando meus irmãos correndo do lado de fora do salão e os chamei enquanto a babá conversava com um dos seguranças parecendo bem interessada. Ela até olhou para nós, mas vendo que era eu e não havia problemas, continuou o papo.

Era a oportunidade de ouro.

Peguei as tintas na bolsa e abaixei-me até ficar ao nível deles.

— Meninos, preciso de uma ajudinha de vocês... Mas, precisamos guardar segredo, ok? — comecei, usando meu tom mais persuasivo. — Se daqui a pouquinho vocês forem lá dentro fazer uma guerra de tinta e sujarem bastante aquela amiga da mamãe que está de branco perto do tio Alex, prometo que levo vocês ao parque de diversões. Vocês aceitam? — Seus olhos brilharam com a promessa, e eles concordaram imediatamente.

Elijah colocou o dedinho indicador na boca, garantindo o segredo, e os outros dois sorriram animados.

Sabia que podia contar com eles, eram cúmplices perfeitos.

De volta ao salão, ainda irritada, peguei uma taça de champanhe pelo caminho. Quando cheguei perto da roda, pude ouvir o final da conversa de Francesca, que estava falando sobre como era filantropa. Viúva de um magnata, morava em Nova Iorque, mas havia se mudado para Los Angeles para recomeçar. A mulher flertava abertamente com Alexander, e, para meu desgosto, ele correspondia, tomando um gole do seu copo enquanto olhava diretamente para mim.

Era de propósito.

Quis vomitar.

Meu sangue ferveu.

Sem pensar duas vezes, virei a taça de champanhe de uma só vez.

— Victória, o que pensa que está fazendo? — Meu pai me repreendeu tão de repente que, por um segundo, o encarei como se fosse um desconhecido.

Quem ele achava que era para falar comigo daquele jeito, ainda mais em público?

— É, você ainda é uma criança. Não deveria fazer isso — Alexander se intrometeu, o sarcasmo escorrendo de sua boca.

Eu não ia deixar barato.

Direcionei-me a ele, sabendo que o desafiava em público.

— Faço muitas coisas que garotas da minha idade não fazem, mas é segredo, tio — provoquei, minha voz baixa e insinuante.

Meu pai ficou vermelho.

Alexander, por sua vez, visivelmente irritado, me ignorou completamente e voltou sua atenção para Francesca.

— O que está acontecendo, Victória? — Meu pai tentou me chamar de canto, mas fingi que não era comigo.

— Não quero conversar agora...

No mesmo momento, meus irmãos entraram correndo e gritando justamente na direção de Francesca e jogaram tinta guache em seu vestido branco impecável.

A confusão que se seguiu foi imediata.

A mulher gritou, tentando limpar o vestido manchado, e Alexander, como o idiota que era, tentou ajudá-la.

Eu queria matá-lo com minhas próprias mãos quando o vi se afastar com aquela velha ridícula.

A única coisa que salvou o momento foi ver Evelyn e papai tentando controlar os meninos. Quando falharam e todos estavam olhando para eles, começaram a discutir entre si, com as crianças e com a babá.

Assisti ao caos quase sorridente, ainda mais quando meu celular vibrou discretamente.

**"Saindo daqui, volte ao estacionamento."**

Eu sabia que era uma ordem e por um breve momento saboreei a antecipação do que estava por vir.

Seria punida, e mal podia esperar por isso.

# Capítulo 19

## ALEXANDER

ESPERANDO DE BRAÇOS CRUZADOS JÁ DO LADO DE FORA DO MEU carro, sentia meu sangue fervendo em minhas veias. Era tanta raiva que me sentia quente. Era capaz de sair vapor da minha pele naquele segundo.

Lembrando-me de como Nathan olhava para aquela desgraçada, sabendo que ela estava sem calcinha quando virava de costas e ele olhava seu corpo... Porra, eu estava com ciúme dela com ele, ou dele com ela?

Minha vontade era marcar toda aquela bunda.

De fazê-la implorar para eu ter misericórdia enquanto a fodia com toda aquela raiva, com todo o meu ódio, mas era capaz daquela desgraçada pedir por mais.

Foda-se.

Eu não queria pensar. Precisava resolver.

Desde o momento em que Victória entrou na minha vida, tudo estava fora de controle. Naquele maldito segundo, à beira do colapso, pensei que aquela filha da puta só pararia quando conseguisse me causar um infarto.

Estava cansado de esperar, mas finalmente seu carro apareceu.

O rosto dela era uma máscara de puro orgulho.

Meu coração disparou por vê-la daquele jeito, achando que tinha ganhado.

Ela mal encostou o carro na vaga e eu entrei pelo lado do carona, batendo a porta com mais força que o necessário.

— O que foi, titio? Está bravo? Não precisa descontar no meu carro — ela tentou me dar uma bronca com um sorriso malicioso nos lábios, o tom de voz carregado de provocação.

Seu cheiro, ali dentro, era absurdo.

Senti-me como uma besta.

Sem pensar duas vezes, estendi a mão e a agarrei pela nuca, puxando-a para perto. Ela não recuou, não resistiu. Pelo contrário, seus olhos brilharam de prazer diante da minha reação.

Por dois segundos, pensei que nós dois éramos loucos.

Como eu podia querer esganá-la e, ao mesmo tempo, possuí-la?

Quando sua respiração intensa soprou contra meu rosto e percebi que ela inflou o peito, engoli em seco, sentindo o peso do ar na pele, a tensão, o tesão, a loucura, a raiva...

— Pegue o celular. — Minha voz saiu grave, quase um rosnado. — Ligue para Nathan e dispense-o de verdade.

Ela riu suavemente como se tudo isso fosse um jogo divertido.

— Eu tentei, sabia? Mas o seu filho só deu um beijinho em mim e está encantado. — A forma como ela falou aquilo, como se fosse uma vitória pessoal, me irritou ainda mais.

— Ligue para ele agora — exigi, apertando ainda mais sua nuca. — Seja a porra da diabinha desagradável que você sabe ser e faça ele entender que não quero ele perto de você.

Victória me olhou com aqueles malditos olhos verdes, brilhando de malícia, mas depois deu de ombros, concordando.

— Tudo bem, desde que você não se aproxime de nenhuma outra mulher. — Ela me encarou ansiosa, um sorriso vitorioso curvando seus lábios pintados de vermelho.

— Isso faz parte do acordo? — perguntei, sabendo exatamente qual seria a resposta.

Ela riu, me olhando como se eu fosse um tolo.

— Você não é burro, Alexander. É óbvio que não vou dividir você com ninguém.

Eu não discuti.

Francesca, a amiga de Evelyn, não significava nada para mim.

Minha interação recente não foi por interesse, foi apenas uma provocação merecida a Victória.

— Faça logo. — Minha ordem era a confirmação que ela queria.

Victória pegou o celular e ligou para Nathan, e enquanto esperava, me lançou um olhar rápido, como se estivesse calculando a situação.

Quando ele atendeu, foi assustador assistir, ela assumiu um tom falsamente preocupado, manipulando cada palavra.

— Nate, tudo bem?

— Claro. E você? Mudou de ideia? Posso ir te buscar...

— Não. Se acalme. — Sua voz era doce, mas seus olhos, entediados. — Eu não fui honesta como deveria, e você merece saber. O que eu disse hoje sobre não achar nós dois saindo uma boa ideia...

— Hm... Não me diga que meu pai falou algo para você. — O tom dele me magoou.

— Seu pai? Não, eu nem falo com o seu pai. Na verdade, o problema é o meu. Ele não nos quer desse modo, e sinceramente, eu não sei o que quero da vida. Pensando que essa minha incerteza possa te prejudicar profissionalmente e atrasar sua vida pessoal, resolvi dizer tudo de uma vez. — Victória era a porra de uma mentirosa muito convincente.

Meu filho demorou para responder.

— Tóri, você gosta de mim?

Ela suspirou, fingindo pesar.

— Não como namorado, Nate. Acho que o que sinto por você hoje é mais como se fôssemos da mesma família...

Meu filho riu, amargo.

— É uma merda isso, sabia?

— É, eu sei, mas você merece alguém melhor do que eu.

— Não sei se vou encontrar. — Ah, ele ia. Com certeza, ele ia. — Podemos ser amigos ainda?

Victória olhou para mim enquanto ele falava, e eu neguei com a cabeça, sem querer que ela concordasse. Mas ela ignorou meu gesto e respondeu com doçura:

— Claro, Nate. Ainda podemos ser amigos.

— Certo...

— Bom, preciso ir.

— Ok, até mais, Tóri.

— Até mais, Nate. Desculpe por isso.

— Ninguém controla o coração — meu filho disse, machucado, antes de desligar.

Assim que a chamada acabou, Victória se virou para mim, os olhos brilhando com uma malícia cruel.

— Satisfeito?

Fitei seus olhos pensando no que ela tinha aprontado comigo mais cedo, em seu corpo, em sua atitude, na forma como ela me encarava, parecendo capaz de me mastigar e cuspir os ossos.

Victória me irritou, provocou, dispensou, controlou e aquilo não seria de graça.

— Não, Victória — respondi, minha voz baixa e carregada de tensão. — Se você quer realmente estar comigo, vai entender como as coisas vão funcionar.

Antes que ela pudesse responder, avancei, agarrando-a com força e a beijando com fúria. O beijo foi rude, bruto, e eu a senti derreter em meus braços, sua resistência desmoronando enquanto eu a pressionava contra o banco.

Victória gemeu contra minha boca, e quando se afastou ligeiramente, eu não dei a ela tempo para respirar ou pensar.

— Acha mesmo que vai sentar na minha cara, me deixar de pau duro e sair assim? Sua vez de pagar a conta, diaba.

Com uma mão ainda em sua nuca, mantendo seu tronco contra o banco, subi a mão livre entre suas coxas, os dedos marcando a pele no toque desesperado, acertando sua boceta que parecia tão molhada quanto mais cedo.

Resvalei em seu clitóris só para provocá-la.

Victória choramingou e mordisquei sua boca.

Ela havia entendido que não deveria me tocar naquela hora e suas mãos estavam agarradas ao banco, as unhas marcando o couro do estofado.

Suas coxas se afastaram. Eu a acariciei com mais precisão, e tão melada, meus dedos deslizavam, fácil demais.

— Alex... — ela soprou meu nome contra minha boca e a devorei de novo.

O gosto forte de menta em sua língua me acertou.

Por que tudo naquela desgraçada era tão bom?

Maldita, vagabunda, piranha.

Queria xingá-la de todos os nomes.

Queria tatuar meu nome em seu corpo.

Queria trancá-la em um lugar longe e nunca mais colocar os olhos nela.

Beijei-a com toda essa bagagem.

Sua língua demorou a se render contra a minha, mas, quando seu corpo começou a ficar mais e mais excitado, soube que era a hora.

Acelerei meu toque, sua respiração ficou mais profunda, seu quadril estava mais para frente e eu afastei a boca da sua, rindo.

Medi seus olhos.

— Acha mesmo que você vai gozar agora, depois de tudo isso? Não. Você não tem mais esse direito.

Eu a soltei e percebi, conforme ela entendia o que acontecia, a frustração borbulhando em sua pele, ganhando seus olhos, e foi divino ver Victória me observar à medida que eu abria as calças e colocava meu caralho para fora.

Ela entendeu muito bem quando a peguei pela nuca e, enquanto eu queria vê-la louca de raiva, ela me deu uma mulher decidida, fatal, pronta para me colocar de joelhos e não o contrário.

Antes que eu pegasse em sua nuca e a puxasse para me chupar, ela veio sedenta.

Sua mão envolveu a base do meu pau e sua boca não fez cerimônia.

Ela não passou a língua pela cabeça.

Ela não me provocou por fora.

Ela abriu a porra daquela boca quente e macia e me enfiou até o talo, até o fundo da garganta, e me sugou com uma pressão desgraçada.

Segurei em seu cabelo, deitando a cabeça para trás e gemendo rouco.

— Filha da puta, mama gostoso assim que eu vou gozar na sua boca — mandei com a voz mais baixa, puxando seu cabelo para o vai e vem.

A resposta dela foi começar a me masturbar enquanto sua língua acariciava cada centímetro que ela colocava para dentro dos lábios.

A desgraçada era uma deusa do boquete e, com raiva, forcei sua cabeça para baixo e ergui os quadris querendo sufocá-la.

Como se levasse aquilo como um desafio, ela aguentou por alguns bons segundos. A sensação de estar no fundo da garganta dela me arrepiou o corpo todo.

Minhas bolas pesaram.

Tudo formigou.

Mas ela me deu um tapa e ergueu o rosto, tossindo.

Victória me encarou, o queixo cheio de saliva, o batom borrado, a maquiagem dos olhos um pouco borrada nos cantos.

*Linda pra caralho.*

Puxei seu rosto para o meu, beijando sua boca, sentindo o meu gosto em sua língua. Ganhei uma mordida raivosa na boca e ela mesmo se afastou, olhando nos meus olhos e segurando meu cacete, masturbando-o lentamente.

— Você não ia gozar na minha boca? Estou esperando...

Ela não precisou pedir de novo.

Empurrei sua cabeça para baixo, mas Victória era esperta.

Ela me chupou com vontade, sua boca descendo molhada e quente, subindo sugando firme. Era a junção dos lábios, da língua, das mãos.

— Desgraçada — xinguei entre dentes, tentando me segurar, mas ela me levou mais para o fundo. — Diabo de saia do caralho... Porra, eu vou gozar.

Segurei sua cabeça comigo no fundo e senti o primeiro jato de porra vir tão forte que me desnorteou.

Com tanta pressão, com todo o tesão acumulado, com toda aquela porra de provocação, eu enchi a boca de Victória no nível de que, quando ela ergueu o rosto depois de me sugar a última gota, havia porra no canto da sua boca.

Minha respiração estava fora de controle. Meu corpo estava passando por um vórtice absurdo do prazer. E o pior é que, olhando nos olhos dela, por mais que aquilo tivesse sido do caralho, se ela me beijasse, eu estaria pronto para fodê-la a noite toda.

Ela tentou avançar, e eu a impedi com a mão.

— Não — soltei com dificuldade. — Você não merece.

E, antes de vacilar, me ajeitei e desci do carro, fazendo o meu melhor para parecer composto e entrar no meu Volvo.

Saí do estacionamento a jato.

Precisava de um pouco de distância dela.

Precisava respirar ar puro.

Precisava me livrar do seu cheiro, do seu gosto, do seu toque.

Muito tempo perto de Victória e todo o meu esforço de odiá-la seria arruinado.

# *Capítulo 20*

## ALEXANDER

*Os hematomas nas suas coxas parecem com as minhas digitais e isso deveria corresponder com a escuridão que você sentiu.*

CENTURIES, FALL OUT BOY

**EU ESTAVA INDO PARA UM RESTAURANTE, PRECISANDO DE UM CAFÉ** da manhã decente e de um pouco de espaço para pensar. Nathan havia saído cedo, magoado depois do pé na bunda da noite anterior.

Ele não ia admitir que havia levado um fora.

Eu nunca contaria que fui a causa.

Por isso, o silêncio pesado em casa ficou insuportável.

A fuga para a academia também não ia funcionar. Encarar Sam depois de tudo parecia um pesadelo.

Eu sabia que ele já tinha ligado, mas eu não estava pronto para falar com ele. Não depois da cena da filha dele engolindo minha porra brilhar na minha mente.

Eu era um amigo de merda.

Mas, mesmo assim, precisava comer.

Assim que me sentei para começar a refeição, tentando apagar os pensamentos turbulentos, a porta do restaurante se abriu, e Victória entrou.

A comida virou um bloco de areia na minha boca.

Os olhos dela brilhando com aquele misto de malícia e determinação que eu já conhecia tão bem só pareceu mais forte conforme ela se aproximava. A garota caminhou diretamente até minha mesa, como se tivesse todo o direito de se sentar ali.

Eu tranquei a mandíbula, tentando manter a calma.

Seu cabelo solto, liso. Seu rosto quase sem nenhuma maquiagem. Vestindo uma blusa branca que não cobria nem seu umbigo, sem sutiã e uma calça de cós baixo que atraiu cada olhar maldito naquele restaurante me desconcertaram.

— Está me perseguindo? — perguntei, sem levantar os olhos do prato.

Ela deu de ombros, um sorriso divertido brincando nos lábios.

— Claro, vim desde a sua casa até aqui. — Ergui os olhos para encará-la, incrédulo. Mas assim que viu minha reação caiu no riso. — Não, bobinho, eu estava passando e vi seu carro.

Observei seu rosto atentamente por um momento, tentando decifrar se havia alguma verdade naquelas palavras, mas ela parecia se divertir demais com a situação.

— E o que te faz achar que pode me perturbar aqui? — indaguei, tentando manter o tom frio.

— Perturbar? — Ela fingiu considerar a palavra, os lábios curvando-se em um sorriso mais largo. — Eu não diria que eu te perturbo.

Victória tamborilou as unhas pintadas com um esmalte claro na mesa.

— E qual é a definição disso então?

Ela inclinou a cabeça, fingindo pensar seriamente na questão.

— Não sei, me diz você. É normal você encher de porra a boca de quem te perturba como fez comigo ontem?

Meu estômago se contraiu. Eu não estava acostumado com aquilo.

— Você não presta — soltei, tentando manter alguma autoridade.

— Nem você, mas não se preocupe, eu não ligo muito para moral e bons costumes.

O telefone tocou de novo, e o nome "Sam" apareceu na tela.

Eu sabia que ele estava preocupado, mas a última coisa que eu queria era lidar com isso agora, especialmente com Victória bem na minha frente.

— Não vai atender? — ela perguntou, inclinando-se levemente para ver a tela.

— Não — respondi, rapidamente, desligando o celular.

— Ele vai achar que fez algo de errado...

— Depois eu ligo — falei, com firmeza, tentando encerrar o assunto. — Mas, vamos logo, o que você quer?

O diabo na minha frente sorriu como se me ver naquela posição fosse a coisa mais divertida do mundo.

— Lembrei que não te contei as regras disso — ela disse, gesticulando entre nós dois.

— Isso — repeti seu gesto, imitando-a com os dedos —, não se resume só a eu apagar seu fogo quando você precisar?

Ela riu, uma risada solta e sincera, como se eu tivesse acabado de contar a piada mais engraçada do mundo.

Aquilo me irritou ainda mais.

— Se eu quisesse só alguém para me comer gostoso talvez seu filho bastasse. — A provocação me deu um gosto amargo na boca.

Fechei a cara, meu sangue ferveu, e antes que eu pudesse responder, ela continuou:

— Estou brincando, relaxa, vai. — Ela se jogou contra a cadeira, completamente à vontade. — Não é só isso. Eu quero tudo. Quero encontros, flores e chocolates. Tudo a que um romance tem direito.

Foi minha vez de insultá-la.

Comecei a rir, um riso amargo e incrédulo.

Ela realmente acreditava que eu iria me submeter a isso?

— Não vai rolar — disse com firmeza.

— Não? — Victória levantou uma das sobrancelhas me desafiando.

— É óbvio que não, garota. Eu não te amo.

— Ainda. Mas vai — ela afirmou com uma certeza perturbadora.

— Já te disse que você é maluca? — perguntei, tentando manter o tom de zombaria, mas algo na maneira como ela me olhava fez minha confiança vacilar.

— Já. E isso não muda nada — ela respondeu, inclinando-se ligeiramente para frente, como se me contasse um segredo. — Ou você entra no jogo, ou quem liga para o meu pai sou eu. Ou você acha que eu não sei que você está com medo de ele descobrir sobre nós?

Cerrei os dentes, o coração batendo mais forte.

— Você não tem provas, e eu conheço seu pai a vida toda — falei, tentando manter o controle da situação.

Ela sorriu, um sorriso lento e cruel.

— Você acha mesmo que eu não filmei nós dois no meu carro ontem à noite?

Meu sangue gelou.

— Como é?

— Ah, Alex... você é difícil, teimoso. Pensei em garantir o esforço todo, então, ou você planeja um bom primeiro encontro comigo e segue direitinho o combinado, ou meu pai e seu filho vão ouvir seu pedido inusitado para mim.

Minha mente corria a mil por hora tentando processar o que ela havia dito.

Aquilo era um jogo?

Uma ameaça?

Como ela conseguia ser tão implacável?

— Vão descobrir que você é uma vadia — cuspi as palavras, o ódio crescendo dentro de mim.

— Toda mulher é, segundo um homem frustrado, ou assustado. Qual o seu tipo? — Engoli em seco sua provocação, e ela deu de ombros, como se aquilo não tivesse importância. — E, outra, eu posso ir embora, voltar para a minha mãe. Já você... Como seu filho vai reagir ao descobrir que você mandou eu afastá-lo? Ou meu pai, vendo o que você aprontou com a menininha dele? — ela zombou, seus olhos brilhando com malícia. — Não me faça te obrigar a me odiar por mais tempo. Não quero fazer nada disso.

— Então por que não me deixa em paz? — Minha voz saiu baixa, carregada de frustração, quase magoada.

— Porque eu quero você. — A voz suave, mas cheia de determinação, queimou nas minhas orelhas, assim como seus olhos verdes prendiam o meu olhar também.

Ficamos nos encarando por um longo minuto tenso.

O silêncio entre nós era quase palpável.

Queria acabar com aquilo, sair dali e esquecer que Victória existia, mas ao mesmo tempo havia algo nela que me prendia, que me impedia de simplesmente virar as costas e ir embora.

— Espero instruções por mensagem mais tarde. E, não se esqueça, quero dormir de conchinha com você na sua cama — ela disse, levantando-se e se inclinando para me dar um beijo na bochecha.

Como um idiota, fiquei ali parado, sentindo a marca dos seus lábios queimando na minha pele, enquanto ela saía do restaurante levando todos os olhares junto de si.

Eu deveria fazer uma tatuagem nova.
Uma bem grande, escrita: fodido.

# Capítulo 21

## VICTÓRIA

*Em algum lugar no mundo, há um pai e uma mãe, e o pai é um
filho, que tem uma mãe, e a mãe tem uma filha, que se casou
com o irmão de uma mãe, e todos eles apenas tentam se
multiplicar um com o outro, porque é assim que o mundo é. Isso
nunca acaba até que acabe de verdade, aí você começa de novo.*

*THUMBS*, SABRINA CARPENTER

**QUANDO CHEGUEI EM CASA, O SOM DE GRITOS ECOAVA POR TODOS**
os lados.

Evelyn e meu pai estavam no meio de uma discussão acalorada, o que não
era novidade, mas a intensidade daquela briga me fez parar por um segundo no
corredor.

Ouvi meu nome uma ou outra vez e me senti levemente satisfeita.

Respirei fundo, ignorando a dor de cabeça que começava a surgir, e segui
em direção ao quarto dos meus irmãos.

Os trigêmeos estavam no meio da bagunça de sempre, mas seus rostinhos
se iluminaram quando me viram. Eu sabia que, apesar de todo o caos na minha
vida, aqueles três eram meu ponto de paz.

O laço de sangue era importante para mim, e eu nunca, jamais, deixaria
que eles se sentissem como eu me sentia.

Abaixei-me ao lado deles, dando um beijo em cada um, e tentando ignorar a tempestade que se formava lá em cima.

— Oi, meus meninos, vocês estão bem? — perguntei, acariciando os cabelos de Alexander, o mais quieto dos três.

— A gente tá bem, Tóri! — Elijah foi quem respondeu, o mais falante,
com um sorriso sapeca.

— Ontem foi divertido! — Christian acrescentou, baixinho, sempre
animado.

— Ainda é nosso segredo, não é?

Assim que confirmaram com a cabeça, sorri para eles e mantive a leveza na voz.

— Fico feliz que vocês se divertiram, mais tarde levarei vocês ao parque, mas comportem-se, ok? Vou para o meu quarto, mas, se precisarem, é só chamar.

Dei mais um beijo em cada um e me levantei sentindo um aperto no peito. A verdade era que eu me sentia culpada por usá-los para os meus planos, mas, ao mesmo tempo, sabia que eles não entendiam o que estava em jogo. Eles eram apenas crianças inocentes, e eu... bem, eu tinha meus próprios demônios com que lidar.

Quando eles crescessem, mal se lembrariam daquelas travessuras planejadas.

Fui para o meu quarto e me joguei na cama, exausta emocionalmente.

Meu corpo ainda vibrava com a lembrança da noite anterior, mas meus pensamentos estavam longe de qualquer prazer. Odiava a espera. O fazer nada só fazia a sensação de vazio crescer, uma lacuna que eu sabia que nenhum plano maquiavélico poderia preencher.

Passei os dedos no meu vape e, arriscando ser pega, dei algumas boas tragadas enquanto ouvia o movimento da casa.

A gritaria do andar de cima parou.

Escondi o vape embaixo do meu travesseiro.

Nem cinco minutos depois ouvi a batida suave à porta.

Era meu pai. Suspirei, sabendo que a paz que eu buscava não viria tão cedo.

— Entra — falei, bufando, me esforçando para sentar na beira da cama.

Meu pai entrou, o rosto tenso, os olhos cheios de uma preocupação que eu já conhecia bem.

— Victória, preciso conversar com você — ele começou, sem rodeios. — Os meninos... eles jogaram tinta na Francesca ontem à noite. Você sabe de algo sobre isso?

Eu cruzei os braços, meu corpo automaticamente entrando em modo de defesa.

— Por que eu deveria saber?

— Victória, por favor — ele tentou.

— Eles falaram alguma coisa? — rebati, desafiadora.

Ele balançou a cabeça.

— Não, mas eles não levaram a tinta. Então, de onde veio?

A acusação me doía.

Ele *nunca* ficaria do meu lado.

Revirei os olhos, já cansada da direção daquela conversa.

Exausta por sempre ser a inimiga número um.

— Talvez seja bom perguntar para sua esposa insegura. Ela não é a mãe do ano? Como não sabe sobre os acessos dos filhos? — retruquei, deixando minha voz cheia de desdém.

— Victória, não começa. — Papai suspirou, tentando manter a calma. — O evento era importante. O trabalho que fazemos para ajudar bebês que nascem viciados... Francesca é uma amiga querida da família, que ajuda muito no projeto. Você sabe o quanto isso é importante para nós.

— Não sei, nem quero saber — cortei, levantando da cama, começando a andar de um lado para o outro no quarto. — Você se importa com bebês desconhecidos, mas e eu? Eu nunca fui importante para você. Não tem prova nenhuma contra mim, literalmente, eu não fiz nada além de aparecer naquele lugar, mas você vem aqui me acusar. Você *nunca* esteve ao meu lado em nada. Agora, de repente, quer defender essa vaca maluca? Eu não tenho culpa de você ter casado com uma mulher que não suporta a própria sombra.

Ele passou a mão pelo rosto, claramente frustrado.

— Evelyn tem seus problemas, mas ela se esforça. Ela se preocupa com você, com os meninos...

Eu ri, mas foi uma risada amarga, sem humor.

— Claro, ela se preocupa tanto comigo que está sempre tentando me apagar, ou faz questão de que eu sinta que sou invisível nessa merda de família. E você, papai, sempre do lado dela. Não percebe que eu sou só um incômodo? Que ela só finge gostar de mim na sua frente?

Antes que ele pudesse responder, a campainha tocou.

Meu pai trocou um olhar comigo antes de sair do quarto para atender. Fiquei parada, tentando controlar o turbilhão de emoções que estava se formando dentro de mim.

Estava com vontade de chorar.

Estava prestes a quebrar tudo, mas, segundos depois, ele voltou, segurando um buquê de rosas vermelhas.

Um buquê enorme.

Isso me desconcertou.

Por um mísero segundo eu pensei que era de Alexander.

Meu coração flutuou. De 0 a 100 rápido demais.

— Isso é para você — papai disse, entregando as flores com um olhar de desconfiança.

Segurei o buquê, surpresa, mas, ao ler o bilhete, um riso incrédulo escapou dos meus lábios.

*"De um amigo especial."*

Era do Nathan.

Tão previsível, tão infantil.

— Quem mandou isso?

*Não quem eu queria* — pensei.

— Qual é a sua preocupação, pai? — eu perguntei, levantando os olhos para ele, voltando à discussão. — Se eu quisesse realmente estragar o vestido de alguém, teria planejado algo para sua mulherzinha nojenta, não para aquela amiga dela que parece uma múmia. Quantos anos ela tem, mais de cinquenta?

Meu pai me olhou, claramente incomodado com o buquê em minhas mãos, mas não disse nada. E foi nesse silêncio que percebi o quanto estava magoada. Me sentia constantemente abandonada, sempre colocada em segundo plano.

Não importava o que eu fizesse, ele nunca estava ao meu lado.

— Eu sempre vou ser a última para você, não é? — murmurei, a voz embargada, mas cheia de sarcasmo. — Evelyn e sua nova vida, o trabalho, até o projeto de bebês que você nem conhece são mais importantes do que eu. Mas, está tudo bem, eu já me acostumei.

Ele tentou falar, mas eu levantei a mão, impedindo-o.

— Eu só queria, por uma vez, sentir que sou prioridade para você. Que você se importa. Mas parece que estou pedindo demais, não é?

Medi os olhos do homem que deveria me fazer sentir segura.

O silêncio dele me feriu mais do que qualquer palavra poderia.

Ele não disse nada, não tentou me consolar, não tentou me abraçar. Não tentou dizer que eu estava errada. Apenas me olhou, com aquele olhar cansado e cheio de frustração. E aquilo me fez perceber que, por mais que eu tentasse, nunca seria o suficiente.

Eu sempre estaria lutando por um lugar que nunca seria meu.

Virei as costas, ignorando as lágrimas que ameaçavam cair, encerrando nossa conversa. A dor de ser constantemente colocada em segundo plano me esmagava, e eu sabia que aquela raiva que sentia de Evelyn era só a ponta do iceberg. Eu estava cansada de ser tratada como um acessório.

Tanto para meu pai, quanto para minha mãe.

As rosas de Nathan, que em outro momento poderiam ter trazido algum conforto, agora só me lembravam de como eu desejava que fossem de Alexander.

Queria que pelo menos ele se importasse, que ele me visse como eu o via. Mas, no fundo, sabia que aquilo era uma ilusão.

Se meu pai não podia me ver, se Nathan era só uma distração infantil, então eu teria que continuar jogando meu jogo, sozinha, como sempre.

E faria isso com um sorriso nos lábios e uma faca nas mãos, pronta para cortar quem estivesse no meu caminho.

# Capítulo 22

## ALEXANDER

*Você acha que eu sou estúpido? Você acha que eu sou um louco de merda tendo você na minha mente?*

GENIUS, SIA, DIPLO E LABRINTH

**O ENCONTRO COM VICTÓRIA NO RESTAURANTE ESTAVA SENDO** repassado em meu cérebro como a porra de um filme ruim enquanto eu dirigia para casa.

As palavras dela, sempre tão calculadas e afiadas, me deixavam em um estado de alerta no qual era impossível relaxar.

Ainda tentava me convencer de que eu tinha algum controle sobre a situação, mas a verdade era que, de uma maneira doentia, havia uma ansiedade desgraçada em saber qual a próxima jogada naquele tabuleiro.

O que ela faria comigo? Como conseguiria me dobrar mais?

Era só a porra de uma ninfeta maluca de dezoito anos e, ainda assim, ela era uma força da natureza.

Victória era, com toda a certeza, a representação do motivo de os furacões sempre terem nome de mulher.

Meu celular tocou novamente interrompendo meus pensamentos.

Olhei para a tela e vi o nome de Samuel lá mais uma vez.

Respirei fundo.

Não dava para continuar ignorando seus telefonemas por mais tempo.

Reuni o que havia de coragem e me aproveitei dele não poder ver minha cara.

— Oi, Sam — atendi, tentando soar normal.

— Em que porra de lugar você se enfiou que não atendia, Alex? — A voz de Samuel estava carregada de frustração e preocupação.

— Desculpa, Sam. Tive uma manhã complicada. — Sabia que minha desculpa soava fraca, mas não havia muito que eu pudesse fazer naquele momento. — O que aconteceu? Você parece aflito.

Houve uma pausa do outro lado da linha como se Samuel estivesse tentando encontrar as palavras certas.

Aquilo me deixou tenso também. E se ela tivesse cometido uma loucura e contado sobre nós?

Travei o maxilar, esperando enquanto a ansiedade começava a comer meu peito. Quando ele finalmente falou, a exaustão em sua voz era palpável.

— Alex, eu não sei mais o que fazer. — Meu melhor amigo soprou o ar e sua voz tremeu. — Os meninos estão sempre aprontando alguma coisa, Victória nunca se dá bem com Evelyn, e a situação em casa está ficando insuportável. — Ele soltou um suspiro pesado. — Evelyn está tendo dificuldades em aceitar que Victória vai ficar aqui por um tempo. Ela tenta, sabe? Mas tudo o que faz parece piorar as coisas. Eu quero ser um bom pai, é fácil com os meninos, Evelyn me ajuda e… Você sabe. Mas quanto mais eu tento me aproximar da Victória, mais distante ela fica.

Apertei o volante, sentindo o peso da situação de Samuel como se fosse minha.

Sam sempre fora um amigo leal, alguém em quem eu podia confiar, e ouvir o desespero em sua voz me incomodava profundamente.

— Cara, paternidade nunca é simples — respondi, tentando oferecer algum consolo. — Você não teve tempo de desenvolver isso com a Victória, e mesmo eu, morando sob o mesmo teto com Nathan desde sempre, passo por fases difíceis com ele. Às vezes, parece que quanto mais tentamos, mais eles se afastam. É complicado.

— Eu sei, mas… porra, parece que estou sempre falhando. — Sam parecia exausto, e eu podia imaginar o quanto aquilo estava pesando sobre ele.

Se eu tivesse uma filha como Victória não dormiria uma noite inteira. Nunca.

— Sam, você não está falhando. — Minha voz era firme. — Você está tentando, e isso já é mais do que muitos fazem. Victória é uma garota complicada, mas ela é sua filha. Isso leva tempo. Às vezes, precisamos aceitar que não podemos consertar tudo de uma vez. Você só precisa continuar tentando.

Samuel ficou em silêncio por um momento, provavelmente refletindo sobre minhas palavras. Eu sabia que ele se cobrava demais, especialmente quando se tratava da família. Ele era excelente em arrumar a vida dos outros, mas quando se tratava da própria vida, as coisas sempre pareciam sair do controle.

— Você acha que o Nathan está dando em cima da Victória? — A pergunta de Samuel foi direta, e senti meu corpo enrijecer.

— Não sei de nada, por quê? — Minha resposta saiu mais defensiva do que eu pretendia.

— Victória recebeu um buquê de rosas hoje. Um buquê enorme. E o único nome que me veio à cabeça foi o do Nathan. — Ele hesitou, como se não quisesse acreditar naquilo. — Ele sempre está grudado nela no trabalho, e ontem à noite, notei como os dois pareciam próximos. Eu amo o Nathan como um filho, Alex, mas não gostaria de vê-los juntos romanticamente.

Meu estômago revirou com aquela ideia.

A imagem de Nathan e Victória juntos me incomodava profundamente, mais do que eu estava disposto a admitir em voz alta.

Sabia que meu filho estava encantado por ela, e ver como ela o dispensou com aquele ar de superioridade só aumentava minha irritação.

— Concordo com você, Sam — disse, tentando esconder o ciúme que crescia dentro de mim. — Eles são jovens e é melhor que se vejam como irmãos, amigos… nada mais.

Houve um momento de silêncio entre nós, como se estivéssemos firmando um pacto silencioso. Sam estava confiando em mim para ajudar a manter Nathan e Victória afastados, e eu sabia que não podia falhar com ele.

— Obrigado, Alex — Samuel finalmente disse, com a voz um pouco mais calma. — Eu só… não sei mais o que fazer às vezes, sabe? Mas poder contar com você facilita.

— Sempre que precisar, Sam — respondi, sincero. — Você sabe que estou aqui.

— Quer fazer algo hoje? Aquela amiga de Evelyn, Francesca, nos chamou para jantar. O convite se estende a você.

— Não… Não me leve a mal, ela parece ser legal, mas entendi o que Eve tentou na noite passada. Diga a ela que agradeço a preocupação, mas eu não quero uma mulher, não quero uma esposa, e não vou recomeçar uma família.

— Tem certeza?

— Tenho quarenta e cinco anos, Sam. Meu tempo já foi.

— Você é um idiota às vezes, mas ok, não vou forçá-lo. Se mudar de ideia, me liga. Até.

Desliguei o telefone com um nó no estômago.

Cheguei em casa, e a sensação de estar preso em uma teia que eu mesmo havia ajudado a tecer era esmagadora.

Sabia que estava prestes a ceder completamente, e isso me assustava, mas era a única forma de manter Victória longe de Nathan, e agora, ocupada o bastante para não deixar Samuel com mais cabelos brancos.

Peguei o celular e digitei o contato dela.

**"Invente uma desculpa para seu pai. Hoje você não dorme em casa."**

A resposta veio quase instantaneamente:

**"Qual o plano?"**

**"Você não quer um encontro? Prepare-se para isso."**

Sabia que estava me afundando cada vez mais, mas não havia como voltar atrás. Eu já havia cruzado a linha, e agora, o único caminho era seguir em frente, mesmo que isso me destruísse no processo.

Mesmo que o futuro se mostrasse completamente desastroso.

# Capítulo 23

## VICTÓRIA

*Mas, se você topar, te dou meu telefone, pra lista de contatos de quem come e some. Podemos ser romance em cena, beijo em câmera lenta, posso ser mais um esquema, é só você chamar.*

ROMANCE EM CENA, LUÍSA SONZA

**ESTAVA CLARO QUE MEU PAI NÃO SABIA DE NADA, E NEM SE ESFOR-**çava em saber.

Eu tinha jogado o nome de uma amiga qualquer, uma que ele não conhecia, e ele aceitou sem questionar quando falei que sairia com ela.

Antes de sair, ainda ouvi os gritos abafados de Evelyn na cozinha.

Mais uma briga com ele, provavelmente por algo trivial.

Era bom vê-la irritada, mas quando ela começava, eu preferia sair de cena. Não valia a pena escutar suas lamúrias.

Ignorei o olhar dela de desaprovação por conta da minha roupa e fui ver a única família que me importava. Os trigêmeos tinham tomado banho e estavam jantando enquanto assistiam à televisão.

Assim que me viram, ergueram os olhinhos brilhantes e abriram sorrisos. Eu me senti estranhamente querida, como se ali, naquele momento, eu fosse a irmã perfeita.

Alexander, Elijah e Christian, mesmo com tão pouca idade, eram meu refúgio.

Christian, com seus olhos enormes e brilhantes, foi o primeiro a falar:

— Eu te amo, Tóri! — Segurou minha mão com seus dedinhos mal-lavados, ainda pintados de azul. — É tão bom que você mora com a gente agora.

Um sorriso surgiu no meu rosto, mas por dentro eu senti um aperto no peito.

Esses pequenos seres eram a única coisa que fazia aquele inferno chamado "família" parecer real para mim.

Eu os beijei na testa, deixando um beijo especial em Alex, o mais calmo e mais atento.

— Aonde você vai? — ele perguntou, não gostando muito de perceber que eu ia sair.

— Vou me divertir um pouquinho, mas volto. — Bati o dedo de leve em seu nariz. — E eu também amo vocês. Se comportem, ok? — respondi, sentindo uma pontada de culpa. Eu deveria passar mais tempo com eles, mas naquele segundo não dava. Eu tinha um marido para conquistar.

Despedi-me deles, prometendo que brincaríamos mais no dia seguinte, e fui terminar de me arrumar enquanto esperava a mensagem de Alexander chegar.

Estava acertando o delineado quando meu celular vibrou. Acreditei que aquilo era um sinal do universo, como se ele soubesse exatamente quando me encontrar pronta, esperando.

Ajeitei o espartilho, sentindo-o apertar ainda mais minha cintura, e dei uma última olhada no espelho. O vestido preto curto, as botas de salto fino e o colar de pérolas que herdei da vovó estavam perfeitos.

Mas, por mais que eu me esforçasse, uma voz no fundo da minha mente sussurrava da forma mais venenosa possível, que ainda não estava magra o bastante, bonita o suficiente.

*Você devia ter resistido ao McDonald's* — pensei, apertando os lábios.

Desde aquela loucura, não consegui comer mais que 150 calorias por dia. Meu vape estava na bolsa, a salvação para essa fome que me consumia e que eu sabia que não poderia ceder, assim como a escova de dente para emergências e balas de menta.

A infelicidade daquele pensamento me atingiu de uma forma tão brutal que não consegui encarar meu reflexo no espelho do elevador, mas foi só abrir a porta do carro de Alexander que tudo isso sumiu da minha mente. Ele tinha um buquê em mãos, duas vezes maior que o que recebi de Nathan, e um sorriso frio que me desafiava.

Não consegui conter a garotinha apaixonada que entrou no carro como se tivesse ganhado a casa da Barbie, desejada o ano todo, do Papai Noel.

— Deixe-me adivinhar, você soube das flores que recebi? — provoquei, enquanto recebia meu presente e me inclinava para sentir o cheiro das rosas.

— Seu pai me ligou — respondeu, seu tom morno, quase desinteressado.

Teria acreditado se seus olhos não me observassem tão atentamente.

Alex não era tão bom mentiroso assim.

Ele estava mesmo interessado. Isso me surpreendeu.

— Vocês viraram duas velhas fofoqueiras? — zombei com uma pontada de desprezo. — E o que ele queria? — perguntei, já imaginando a resposta.

— Que eu te afastasse do meu filho.

Minha gargalhada foi sincera. Meu riso ecoou pelo carro como se fosse a piada mais engraçada do mundo. ·

Ele realmente achava que tinha algum controle sobre essa situação?

— E ele sabe de sua nova tática, de se sacrificar no lugar do seu filho para me foder? — Continuei sorrindo, vendo Alex incomodado, já sabendo a resposta.

— Não, e por mais que seja óbvio, *não conte ao seu pai.* — Ele olhou para mim com uma seriedade que quase me fez sentir medo.

*Por enquanto* — pensei, mas guardei isso para mim.

Encarei os olhos cinzentos de Alexander com uma admiração que ele nunca entenderia e, mais uma vez, orgulhosa da minha escolha, notei seus pequenos detalhes.

O maxilar marcado, os lábios bonitos, o nariz simétrico... Também reparei melhor em sua roupa, no perfume que parecia fresco só até te envolver a um ponto de se aproximar mais para continuar sentindo, tornando-se quente, masculino, uma bela tradução do homem que eu queria como futuro marido.

Era assustador como, com o pouco que tinha na mão, eu realmente tivesse dado o golpe certeiro.

— Aonde vamos? — perguntei, minha voz carregada de expectativa, querendo ouvir mais dele.

— Jantar, e depois... — O modo como ele suspirou e apertou os lábios me irritou profundamente.

Não pude evitar o ímpeto de interrompê-lo.

Queria gritar quando ele fazia isso, como se quisesse fingir que não estava envolvido, que não queria tanto quanto eu.

— Não comece com isso de fingir que não gosta. Mesmo que eu adore quando você me trata como se eu fosse uma vagabunda, uma das coisas desse acordo é que, chega de máscaras. Você não é uma vítima completa, Alexander. Se recomponha, faça o favor. — Fui estúpida, sabia, mas não me arrependia.

Ele franziu o cenho, aquela expressão que eu tanto adorava.

Era óbvio que, dentro de sua cabeça, ele lutava contra todas aquelas ideias ridículas de certo ou errado.

E ele estava dividido, era claro.

— Você está fingindo algo aqui? — ele tentou.

— Eu, não, mas você? — rebati, num riso debochado, desafiando-o com o olhar.

Alexander parecia prestes a responder, mas decidiu fechar a cara e a boca, talvez para esconder o que estava sentindo.

Naquele segundo, eu não acolheria seu ego ferido.

Eu não passaria a mão na cabeça dele, porque, sinceramente, não tinha o que falar. Ele não tinha sido realmente obrigado a estar ali, nem a me comprar flores, nem a me foder quando me viu.

Ele só estava sendo humano, seguindo seus instintos, e ele era atraído por mim.

O que poderíamos fazer contra isso? Nada.

Ele por não resistir, eu por querer que fosse exatamente assim.

O ignorei completamente e comecei a tirar fotos de mim mesma com o buquê, como se nada mais importasse além daquele momento de diversão pessoal.

Quando chegamos ao restaurante mais afastado, em um ponto alto, onde dava para ver as luzes da cidade lá embaixo, Alexander desceu primeiro do carro, sua postura rígida, quase impaciente.

Eu permaneci, sem nenhuma indicação de que abriria a porta, tirando meu tempo. Vi sua expressão confusa e o assisti dar a volta no carro.

Alex abriu a porta para mim, mas não por gentileza.

Sua pergunta veio quase como um rosnado:

— Algum problema?

Desci do carro com um sorriso no rosto e disse cheia de sarcasmo:

— Sim, você precisa me tratar melhor do que seu filho trataria, ou então o meu pai vai ver você falhar na missão. Isso inclui abrir portas, me dar a mão, elogiar, você sabe…

A raiva brilhou em seus olhos.

Alexander me ofereceu a mão e quando a peguei para sair do carro, ele me puxou para perto de si, apertando nossos dedos entrelaçados com mais força do que o necessário.

Eu apenas sorri, achando graça da situação.

Nós entramos no restaurante e fomos conduzidos a uma mesa mais privada, afastada dos olhares curiosos.

Era claro que ele queria manter tudo longe dos olhos dos outros, e, se fosse assim, tudo bem. Eu também gostava de um pouco de privacidade para brincar.

Alexander não falou comigo, se adiantando, assim que vieram anotar o pedido, meu futuro marido passou por cima de mim e pediu um refrigerante e uma dose generosa de whisky antes de escolhermos os pratos.

Eu quase ri de sua escolha, mas, quando as bebidas chegaram, peguei o copo de bebida dele sem hesitar virando um gole.

— Você não tem idade para beber em público — ele disse, tentando manter a autoridade na voz, claramente irritado.

— E daí? — Dei de ombros, desafiando-o a me impedir.

Ele precisava se acostumar com a realidade de que eu estava no controle e que o provocava porque sabia que ele cederia mais cedo ou mais tarde. Essas eram as regras que faziam tudo ser tão divertido. Sem elas, nosso jogo não faria sentido.

Esperei-o decidir o prato do jantar, indiquei a salada menos calórica do cardápio e o encarei como se ele fosse minha refeição principal.

Nós nos encaramos em silêncio por tanto tempo que, quando a refeição foi servida, avancei com minhas peças.

— Já cansei de esperar, Alexander. — Minha voz mais baixa saiu mortalmente autoritária. — As regras precisam ser estabelecidas, ou então tudo isso vai perder a graça — declarei, olhando-o diretamente nos olhos.

Ele franziu o cenho, a tensão aumentando entre nós de forma esmagadora.

Sentia meu coração batendo em cada mínima parte do meu corpo.

— O que você quer? — perguntou, relutante em ceder.

— Quero dormir junto de você às sextas, sábados e domingos. Quero viagens, encontros surpresa durante a semana, flores, joias, e... — dei uma pequena pausa dramática e percebi que ele engoliu em seco — ... sexo pelo menos sete vezes na semana.

Ele balançou a cabeça, discordando.

— Não vou dormir com você. Não quero essa proximidade toda.

— Hipócrita.

Eu ri, inclinando-me sobre a mesa, apoiando os cotovelos e cruzando os dedos sob o queixo.

— Que opção você acha que tem?

Ele ficou em silêncio por um momento e, para minha surpresa, se rendeu.

— ok, que seja.

Senti uma onda de satisfação me inundar.

Mesmo que eu precisasse estar naquela posição, meu plano estava funcionando. Ele era meu. Só meu. Mesmo que não quisesse admitir.

— Certo, já que você está sendo tão agradável, que tal um joguinho para você esquecer que está bravo comigo? — sugeri, o sorriso vitorioso ainda em meus lábios.

— Que tipo de jogo? — questionou, desconfiado.

— Perguntas e respostas, nada muito complicado, mas quero saber o que você é além da minha pesquisa, assim como acredito que você vai me odiar um pouco menos se me conhecer melhor.

— Ou não.

Dei mais uma risada, pegando mais uma vez seu copo e bebendo um grande gole de sua bebida com os olhos nele.

— Você começa — ordenei.

— Você planejava isso há muito tempo?

— Isso o quê, exatamente? — Devolvi seu copo e cruzei as pernas, me sentando como uma rainha em meu trono.

— Foder minha vida.

— Alexander… Seu ponto de vista me ofende. — Suspirei, impaciente. — Há muito tempo eu penso sobre isso, mas há uns dois anos eu tenho planejado e tem sido um prazer a cada instante.

Estalei os lábios, ainda sentindo o gosto da bebida dele na língua.

— Minha vez… — Rocei o pé contra a perna de Alex por baixo da mesa. — O que você pensou sobre mim quando me viu pela primeira vez no seu escritório? — Tão memorável o sabor daquela noite na minha mente.

Não havia um pingo de arrependimento.

Alexander suspirou, dando-se por vencido, e pegou os talheres, enchendo o garfo com um pedaço do seu enorme bife.

— Que Samuel tinha me dado o melhor presente de aniversário em anos. — Saiu como um murmúrio e ele lotou a boca de comida, envergonhado.

Sorri abertamente, satisfeita com a resposta.

— Cada segundo dos últimos anos acabaram de valer a pena, obrigada.

Ele negou com a cabeça, achando um absurdo.

— Como você conseguiu fazer aquilo? — ele tentou de novo.

— Já te disse, meses de planejamento — respondi, sem nenhum vestígio de vergonha.

— Ok, minha vez — ele se rendeu. — Por que você me escolheu para infernizar?

Fingi estar interessada no meu prato, demorando a responder, gostando de enrolar um pouco, queria ver até onde ele iria.

— Vai quebrar suas próprias regras? — ele provocou, impaciente.

Eu o encarei, sentindo que era o momento de ser mais sincera.

— Você vai pensar que sou louca, não que já não pense, mas... Lembra daquela viagem que fizemos quando eu tinha doze anos?

Ele negou com a cabeça.

— Meu pai só sabia correr atrás da nova família, fiquei eu e Nathan brincando na piscina e nós quase nos afogamos. Você nos tirou da água, cuidou de mim, mas... O modo como cuidou de Nathan, como estava presente para ele... Ninguém nunca esteve disponível assim para mim.

O modo como ele abriu os olhos ainda mais, surpreso, entregou que ele realmente não esperava por uma resposta daquela.

— Ok, isso foi... estranho, e problemático, e muito inesperado — ele admitiu.

Eu continuei, meu tom mais sério:

— Ver você nos anos seguintes só piorou. Comecei a sentir... coisas. E, de repente, você parou de aparecer.

— Eu tinha que trabalhar — ele disse, quase como uma desculpa.

Achei graça, mas havia algo mais profundo por trás daquela risada.

— E eu me vinguei. Com dezesseis anos. — Ergui as sobrancelhas, tentando pegar seu copo, de novo.

— Dormindo com meu filho. — Ele puxou o copo, me impedindo.

Fiz que sim com a cabeça, com um meio-sorriso no rosto, como se tudo aquilo fosse uma grande piada para mim.

— Isso tudo é uma brincadeira para você, não é? — Alex perguntou, tentando entender minha mente.

— É o que você pensa?

— É... Acho que você é uma agente do caos, que gosta de atormentar a paz, de se sentir no controle.

— E eu gosto, mas não é tão simples... — Abaixei o olhar.

Se ele soubesse do que eu fugia, do quão feias eram as coisas do lado de dentro...

— Explique — autoritário demais, Alex cuspiu a palavra, mas eu suspirei, negando.

— Não, eu já falei demais. É sua vez. Me conte, por que nunca te vi com uma namorada em todos esses anos?

Ele respirou fundo antes de responder:

— Eu não sou bom em relacionamentos. — Ele acreditava naquela mentira.

— Não é verdade.

— Você não tem como afirmar isso. — Era um ataque, e me dobrei, entrando no jogo.

— Bom, você é inteligente, rico, e fode bem. Essa não é a base para uma boa relação?

Ele balançou a cabeça, rindo de lado.

— Não. A base para uma boa relação é a confiança. E eu não confio em mulher nenhuma.

Eu o encarei, surpresa com a resposta.

— Ah... Então você foi corno? — Seus olhos escuros e sérios mudaram rápido demais. — Ops, desculpe, o álcool solta um pouco minha língua e perco um pouco a mão.

Frustrado, ele suspirou, olhando para o lado.

— Não. Eu não fui corno.

Houve um silêncio constrangedor entre nós, algo que eu não esperava. Ele estava sendo mais honesto do que eu imaginava e isso me desarmou por um segundo.

— E onde está a mãe de Nathan? — perguntei, mas sabia que tinha tocado em um ponto sensível.

Ele desviou o olhar claramente desconfortável.

— Qual sua cor favorita? — Alex se esforçou para mudar de assunto, tentando escapar daquela conversa.

— O cinza dos seus olhos — respondi, sem hesitar. — Você já percebeu que gosta um pouquinho de mim?

Ele riu, negando.

— Nem fodendo.

Eu sorri em desafio.

— Não achei que você fosse ser tão teimoso, sabia?

— Não sou teimoso.

— É. Mas vou te dobrar de novo, e de novo, e de novo. — Comecei a dobrar o guardanapo entre os dedos. — Até que você diga as três palavras que eu tanto quero ouvir.

Ele se espantou, seus olhos se fixando nos meus.

— Não espere isso de mim.

— Ah, amor, eu espero. Espero isso e muito mais.

O jantar continuou, mas eu mal toquei na comida, além do que tinha sido obrigada. Os pedaços de frango junto do álcool no meu estômago doíam demais. Eu sabia que precisava me livrar daquilo.

Quando Alex pediu a conta, pedi licença e fui direto para o banheiro do restaurante.

Para minha sorte, o banheiro de paredes amareladas e com luzes internas estava vazio. Corri para a pia, me aproveitando disso, e enchi o estômago de água.

Assim era mais fácil.

Voltei rápido para a primeira cabine e fechei a porta.

Dois dedos na goela, um pouco de tosse e tudo resolvido.

Eu odiava aquilo.

Odiava como me sentia.

Odiava o antes, o durante e o depois.

Mas Alex me esperava lá fora e, depois de escovar os dentes e a língua, retocar o batom e mastigar duas pastilhas de menta, como se nada tivesse acontecido, encarei a perfeição no espelho.

Estava na fase dois do jogo mais intenso da minha vida.

E iria vencer.

# Capítulo 24

## ALEXANDER

*Me tranque e jogue a chave fora. Ele sabe como tirar o*
*melhor de mim. Não sou uma força para o mundo ver.*
*Trocaria a minha vida toda só para ser. Não diga a ninguém*
*que eu te controlo. Eu te destruí só pra te possuir. Eles não*
*sabem que eu te amo porque você é leal, meu bem.*
**ONE OF THE GIRLS**, THE WEEKND, JENNIE, LILY ROSE DEEP

**ESTAVA TENSO ENQUANTO DIRIGIA SENTINDO A PRESENÇA DELA** ao meu lado. Victória parecia estar com um ótimo humor, algo que apenas intensificava o meu desconforto já que, além de todas as merdas, ela havia bebido comigo.

Também me preocupava o fato de que ela sempre tinha uma carta na manga, sempre pronta para me desestabilizar. Aquele breve interesse pelo meu passado... Eu não queria abrir nada, e não gostava que ela tivesse interesse nessa parte da minha vida.

— Então... — ela me chamou de volta à realidade, o tom de voz carregado de malícia. — Como vai ser dormir na sua cama? Aposto que é grande, e macia, e que amanhã você vai acabar viciado em cheirar seus travesseiros com o cheiro do meu perfume neles.

Engoli em seco, tentando ignorar a imagem que ela evocava na minha mente.

— Tenho uma surpresa para você — respondi, tentando o meu melhor para enganá-la. — Mas, para isso, você vai precisar fechar os olhos.

Ela arqueou uma sobrancelha, desconfiada.

— Surpresa? Ok, você conseguiu minha atenção. — Ela se virou no banco, fechando os olhos devagar. — Flores, um bom jantar, agora isso? Achei que você não queria sair comigo, mas agora tenho minhas dúvidas.

Continuei dirigindo, aproveitando o breve silêncio que se seguiu.

Sabia que não duraria muito. Victória nunca ficava em silêncio por muito tempo.

— Sabe, sempre achei interessante como você criou Nathan sozinho — ela disse, interrompendo meus pensamentos. — Como conseguiu fazer isso? Com um trabalho como o seu, criar um garoto tão bem sem ajuda deve ter sido um desafio. Eu lembro que raramente havia uma babá...

A pergunta me pegou de surpresa e, por um momento, esqueci de todos os nós entre nós.

— Foi difícil no começo — admiti, mantendo os olhos na estrada. — Mas a responsabilidade não me dava escolha. Nathan era minha prioridade, e não havia outra opção além de ser o melhor pai que eu podia.

Ela balançou a cabeça ainda com os olhos fechados.

— Apesar de querer, sempre tive medo de ter filhos, parte de mim acredita que eu acabaria sendo uma mãe terrível. Mas aí vejo você e... bom, talvez eu pudesse aprender algo.

A sinceridade esmagadora dela quase me desarmou. Quase.

Não soube responder. Não quando começava a perceber que, por trás daquele diabo de saia, existia um ser humano.

Dez minutos depois, com ela cantarolando as músicas da minha playlist, finalmente, chegamos ao destino.

Parei o carro e disse a ela:

— Não abra os olhos ainda. Confie em mim.

— Isso está começando a ficar esquisito... Seu filho está em casa? — ela indagou, hesitando, mas sem abrir os olhos.

Saí do carro e caminhei até o lado dela, abrindo a porta.

Toquei sua mão para ajudá-la a sair, guiando-a com cuidado.

— Por que estamos andando tanto?

— É uma surpresa. Não seja desagradável. — Coloquei a garota para dentro do elevador e segui até o andar certo, vendo a insatisfação no rosto dela, que por um milagre, continuava de olhos fechados.

Aquilo era confiança?

Tentei não me apegar ao pensamento.


Desbloqueei a porta e a coloquei para dentro. O hotel tinha preparado tudo exatamente como pedi: velas, flores e uma vista de tirar o fôlego.

Era impossível ela não gostar.

Parei ao seu lado, esperando para ver sua reação.

— Pode abrir os olhos agora.

Ela abriu devagar e o choque inicial no rosto dela me deixou satisfeito por um breve segundo. Porém, em segundos, a satisfação logo se dissipou conforme vi a expressão dela mudar de surpresa para algo muito diferente.

— Você está brincando, não é? — A adolescente frustrada tomou conta. A voz baixa, mas cheia de fúria contida.

— O que foi? Não gostou?

Ela se virou para mim, os olhos brilhando de raiva.

— Não era isso que eu queria, Alexander. Você realmente acha que pode me manter fora da sua vida, longe da sua casa, e me trazer para um hotel barato?

— Não é um hotel barato, Victória — disse, minha voz também subindo um pouco. — Estou tentando dar o que posso. Não vou te levar para a minha cama. Não vou te levar para a minha casa. Não posso te colocar dessa forma na minha vida.

Ela riu, mas sem humor, e saiu andando pelo quarto, olhando a decoração com desprezo.

— Você não vai fazer nada do que eu quero, é isso? — Começando a se dar conta, ela pegou uma das velas, girou o vidro, observando-o, e o tacou com tudo contra a parede. — Mentiroso do caralho!

— Ei! — gritei, mas Victória começou a quebrar tudo, jogar as coisas no chão, se rebelar feito uma adolescente maluca.

— Eu vou embora! — ela berrou contra minha cara quando a segurei.

— Para de ser louca!

— Louca? Realmente, eu estou louca de vontade de ter uma conversinha com meu pai e foder você antes de voar para morar com minha mãe de novo. — Ameaçadoramente, ela me empurrou.

O choque de ver aquela cena e entender que ela falava a verdade me paralisou.

Victória se virou, como se fosse sair, furiosa como um vulcão em erupção, mas o pânico tomou conta de mim. No último segundo, antes que ela pudesse ir, a agarrei pelo braço e a joguei na cama.

Ela lutou, gritou, me xingou.

Fui surdo aos seus insultos.

Subi em cima dela, imobilizando-a, sentindo o calor do corpo dela contra o meu, o coração batendo rápido.

— Você não pode fazer isso, Victória — eu disse, minha voz rouca, cheia de desespero.

Ela me encarou com desafio nos olhos, um sorriso se formando nos lábios.

— Quer apostar? — Neguei com a cabeça, então o diabo sorriu. — Então me dê um bom motivo para não fazer isso.

Eu não resisti mais.

O desejo, a raiva, o desespero... tudo se misturou em um único impulso. Sem pensar, me inclinei e capturei seus lábios nos meus.

O beijo era feroz, carregado de tudo o que eu sentia, e não havia mais como voltar atrás.

Queria puni-la, queria tomá-la, queria conseguir odiá-la por completo.

Mas o que começou como uma luta de poder, logo se transformou em uma entrega, em uma aceitação de que, por mais que eu tentasse, não havia como fugir do que estava acontecendo entre nós.

Encaixei-me entre as pernas dela, sentindo o calor do corpo de Victória contra o meu. Ela mordeu meu lábio em um protesto silencioso, mas isso só aumentou a urgência descabida entre nós.

Soltei seus braços e abracei seu corpo.

Suas mãos desbravaram cada espaço permitido de mim.

Raiva e desejo, frustração e paixão.

Parecia que ninguém ia vencer aquele jogo.

Nosso beijo nunca era suave.

Havia uma voracidade fodida toda vez que nos tocávamos, uma necessidade que beirava o desespero.

Meus dedos se entrelaçaram no cabelo dela, puxando com força, apenas para sentir a resposta imediata: uma mordida mais forte, seguida de um riso baixo que soava como um desafio.

Quando ela começou a arrancar minha roupa, seus movimentos eram rápidos, quase desesperados. Victória sofria ainda mais do que eu.

Senti o tecido ceder sob as mãos dela, os botões da camisa voando sem preocupação com o estrago. A agressividade dela me atingiu em cheio, e aquilo só me deixava mais consciente da força que ela tinha, uma força que me atraía e assustava, tudo ao mesmo tempo, naquela merda de loucura que nos envolvia.

Suas unhas arranharam meu peito e ela segurou meu colar.

A chave em suas mãos.

Rápido, envolvi a mão dela e afastei nossas bocas.

— Não. — Minha voz saiu rouca contra sua boca, aquilo era algo proibido.

Ela tentou puxar a chave e ergui o peito, impedindo.

Victória me empurrou, girando nossos corpos e se sentando em cima de mim.

Seus olhos brilhando, a boca inchada e vermelha, o desafio impresso em cada centímetro de sua face.

— Você tem sorte de eu gostar de você — raivosa, orgulhosa, ela disse erguendo o tronco, me olhando como se eu fosse a porra de um súdito.

E eu era.

Ignorando a chave, suas mãos foram para suas costas. O espartilho saiu fácil e, sem hesitar, ela se livrou do vestido. Não de qualquer jeito.

Ela sabia muito bem o que fazia, como se desembalasse um presente muito caro.

Assistir foi um deleite.

Minhas mãos sobre o lençol se enterraram no tecido.

Tocar nela naquele segundo parecia pecado, mas quando a lingerie que eu sabia ter sido cuidadosamente escolhida para mim apareceu, tudo o que me restou foi cair em tentação.

E, porra, eu não queria parar de cair.

Dentro dela. Por ela. Com ela.

O conjunto preto, adornado com cinta-liga, foi a cereja do bolo.

Fiquei completamente duro, de uma forma quase dolorosa, entre suas pernas. A visão dela sobre mim daquela forma, dos seios perfeitos mal-escondidos no sutiã transparente, do colar de pérolas... cada mísero detalhe fez meu coração parar por um segundo.

Beleza e perigo, lado a lado, um risco nada calculado. E eu não podia, não conseguia, mais parar.

Adorava vê-la daquela forma.

Sua força, seu poder de sedução, seu poder.

A mistura que formava a mulher Victória me encantava, hipnotizava.

Como ela podia ser tão irresistível e tão perigosa ao mesmo tempo?

Victória se curvou.

Enchi o pulmão de ar, atingido por seu perfume, e segurei a respiração.

Ela se aninhou no meu pescoço.

Fechei os olhos, palavrão nenhum seria capaz de exprimir o que eu sentia.

Beijando-me e mordiscando a pele, Victória incendiou minhas veias.

Meus dedos se afundaram na roupa de cama conforme ela queimava até as cinzas qualquer resistência que eu tentava manter enquanto descia para minha cintura.

Cometi o erro de abrir os olhos e olhar para baixo.

Peguei-a me encarando conforme abria minhas calças.

— Filha da puta — xinguei, fechando os olhos de novo.

Ouvi seu sorriso. Senti sua determinação ao tirar minha roupa com agilidade. Percebi, sentindo o calor da respiração contra meu caralho, que estava completamente à mercê dela.

Victória era mesmo o diabo.

Ela deveria continuar furiosa e me chupar como havia feito antes, rápido, intenso, brutal.

Mas, dessa vez, ela parecia querer me punir.

Abri os olhos de novo, ansioso, e a encontrei com meu pau entre as suas mãos, parecendo apenas estar esperando minha atenção.

Sua língua veio primeiro, lenta, brutal, lambendo cada rastro da minha excitação, de baixo para cima na glande, arrancando um arrepio intenso do meu corpo. Seus olhos verdes, obcecados, presos nos meus.

Deitei a cabeça com mais força contra o colchão sabendo que estava vendendo minha alma para aquele diabo loiro determinado a me quebrar.

Engoli o primeiro gemido, voltei a encará-la e usei todo o controle que tinha para controlar minha respiração que começava a ficar ofegante.

Victória não tinha pressa.

Lambeu-me vez após vez, e quando eu achei que não poderia ficar melhor, sua boca envolveu por completo a cabeça do meu pau.

Chupando-me devagar, sentia sua língua trabalhando, brincando com cada contorno. E, como se não bastasse, ela me sugava, não só como a porra de uma puta profissional, mas esperta, inteligente, bem na uretra, me fazendo esquecer meu nome.

Ela sabia exatamente como me tocar, como provocar, com seus lábios, mãos e língua. Me perdi na sensação, o prazer se tornava quase insuportável mesmo aquilo sendo só a ponta do iceberg. Tive certeza disso quando ela parou de brincar.

Sentir seus lábios descendo até quase a base do meu pau, junto do calor da sua boca envolvendo cada centímetro de pele, me arrancou um gemido baixo, rosnado, perigoso.

Foi inevitável. Perdi o controle.

Minha mão foi para sua cabeça.

Meus quadris se ergueram.

Forcei-me contra sua garganta e amei ouvi-la engasgar.

Seus olhos me desafiaram. Eu quase gozei só de ver aquela cena, mas ela ergueu a cabeça e cuspiu contra mim.

Suja, cheia de saliva no queixo, ainda linda pra caralho.

O que eu podia fazer?

Tomando conta da situação, sentindo aquela coisa estranha e forte que estar com ela liberava em mim, eu a puxei para cima pelos ombros.

Ela não teve como correr, nem como lutar.

Pequena e frágil, eu a coloquei de costas contra o colchão e antes que ela tivesse tempo de protestar, montei sobre ela, beijando sua boca antes de voltar a fodê-la.

Ergui suas mãos acima da cabeça, segurei seus pulsos com apenas uma mão, e assim que afastei nossos rostos, encarei seus olhos brilhando de tesão e sorri.

— Você gosta que eu te trate como uma vagabunda, não é? — Ela concordou, movendo a cabeça, com o corpo tenso. — Ótimo. Eu adoro te tratar como a minha vagabunda.

Ela conteve um sorriso e não reclamou quando me ajeitei sobre seu peito.

Esfreguei meu cacete melado de saliva e tesão entre seus peitos e, sem tirar os olhos do meu rosto, Victória colocou a língua para fora.

Eu ri.

Não seria mais tão limpo. Tão calmo. Tão simples.

Rocei a cabeça do meu pau contra sua língua, seu queixo, seus lábios e, quando ela abriu a boca, eu a invadi.

Fodi sua boca ouvindo os protestos de sua respiração.

Forcei-me contra ela até que seu nariz tocasse meu corpo.

Gemi feito um maldito, perdendo o controle enquanto a desgraçada, mesmo com lágrimas nos cantos dos olhos, não me pedia para parar.

Ela lambia, chupava, sugava em uma fome absurda, em uma devoção nunca vista antes.

Que porra de mulher era aquela?

Eu não sabia.

Eu não tinha certeza se queria saber.

Eu só não conseguia ficar sem ela.

Não queria ficar sem ela.

E me lembrando de como chegamos ali, de quem ela era, de onde tinha vindo, fui dominado pelo calor da raiva, da porra do tesão que sentia em ver seus lábios em volta do meu pau, da ansiedade que sentia por saber que acabaria enterrado em sua boceta perfeitamente pequena e macia.

Movimentei-me com mais força, mais intensidade.

Senti-me como um animal.

Não consegui tirar os olhos dela e quando enchi sua boca de porra prestei atenção em cada movimento dela tentando engolir tudo.

*Caralho, não, não, não.*

Victória deu conta.

Aquela desgraçada engoliu tudo e, quando me afastei dela, ainda lambeu os lábios e, me provocando, soltou:

— É só isso?

Dei um tapa em seu rosto e soltei seus braços, me curvando para beijá-la.

Meu gosto na sua boca não era nada além de excitante pra caralho.

Suas mãos vieram em volta do meu pescoço, suas pernas em volta da minha cintura. Meu pau continuava tão duro quanto antes, mesmo com a descarga do gozo.

Aquele era o maldito efeito dela me provocar o tempo todo.

Fazendo Victória dar um grito baixo de espanto contra minha boca, eu a ergui. Levantei-nos da cama e, mesmo com o vidro espalhado pelo chão, com a luz do quarto apagada, a levei para a janela.

Pressionei suas costas contra o vidro, beijando sua boca como um selvagem e, imitando-a, desci por seu queixo, dando a primeira mordida.

— Acha que pode ser a porra de uma menininha mimada e não ser punida? — Ela riu, mas logo que acertei seu pescoço e a mordi, ela me acertou com suas unhas.

Era para ficar marcado mesmo.

Enquanto a mordia e beijava o caminho dos ombros, com uma das mãos, invadi sua calcinha ridiculamente pequena. Tentei meter meus dedos nela logo de uma vez, mas quando o tecido atrapalhou, a única solução foi arrebentá-lo.

Victória riu, mas quando meti dois dedos em sua boceta que parecia pingar de tanto tesão, foi arrebatada. Primeiro ela arfou, apertando meus braços com força e batendo a cabeça contra o vidro, e conforme me movimentei dentro dela, seus gemidos baixos começaram a ganhar o quarto.

Aproveitei que o tecido da lingerie era fino e revelador, e com a intenção de provocá-la, abocanhei o seio mais próximo da minha boca.

O mamilo excitado ficou ainda mais arrepiado quando o suguei.

Victória por si só abaixou o tecido me entregando o ouro.

Devorei a perfeição que ela era.

Mamei, faminto.

Deixei a pele branca de sua bunda, rosada; e a rosada de seus mamilos, vermelha.

Dentes, lábios, língua.

Meus dedos. Sua boceta tão melada que o movimento fazia barulho.

E os gemidos dela, altos o bastante para o andar todo ouvir.

Parecia o céu e ainda não era o suficiente.

Ela odiou quando parei com tudo e a coloquei no chão.

Foi divertido vê-la abrir a boca para reclamar, mas ao me ver ficar de joelhos, foi como vê-la em um recorte precioso.

Victória não acreditava que eu me curvava diante dela e, mais do que isso, a erguia para ficar com as coxas em meus ombros, e, como ela fez antes, encará-la obcecado.

A única coisa que fiz antes de começar foi avisá-la:

— Só vou deixar você gozar se me implorar.

O que fiz com ela em seguida não foi humano.

Uma das minhas mãos subiu até seu seio já castigado e o provocou mais ainda. Tentei envolvê-lo todo em uma mão e brinquei com a pressão dos dedos ao redor da carne macia.

Já em sua boceta, primeiro eu a cheirei como a porra de um predador. Depois a lambi de cima a baixo, sentindo seu gosto, o quanto estava úmida, o quanto estava inchada.

Victória colocou a mão no meu cabelo e envolveu os fios com os dedos.

Seus gemidos ofegantes começaram.

Se minha boca não estivesse ocupada, eu teria sorrido antes de tomar seu clitóris gentilmente entre os lábios e brincar com a língua contra ela.

Queria torturá-la.

Queria fazê-la implorar por toda a humilhação que me fazia passar.

E consegui conforme ela me puxava contra si e gemia meu nome baixinho.

— Alexander, por favor...

Ouvir meu nome em sua boca daquele jeito me deixou louco.

Se eu não quisesse empatar o jogo, largaria tudo para fodê-la.

Mas, naquele segundo, só fui mais fundo.

Aproveitei e, com a mão livre, invadi a boceta dela com dois dedos.

Naquele segundo, tremi de ansiedade.

Queria senti-la me apertando daquela forma, queria deslizar para dentro dela, sentir seu calor, ganhar um a um dos seus gemidos, ser dono de qualquer porra de pensamento dela naquele segundo.

Seu quadril veio mais para frente.

Seus gemidos cresceram.

Acelerei os dedos, apertei mais seu seio, minha boca a chupou com o ritmo mais gostoso que poderia.

Meu nome virou uma prece.

Baixinho, repetido vez após vez, e ela não me avisou, mas deitou a cabeça para trás, abriu a boca e, em um grito mudo, Victória tremeu dos pés à cabeça contra mim.

Senti suas coxas tentando se fechar, a respiração ofegante, o ventre se contraindo.

Eu a bebi como se fosse uma deusa e aquela fosse sua dádiva.

Meu Deus, eu estava perdendo o controle com aquela desgraçada e estava gostando. Que tipo de fodido eu era? Aquilo ficaria para depois.

No momento, eu só queria vê-la daquele jeito, se afastando com as pernas moles, me olhando aflita, com as bochechas vermelhas, parecendo apaixonada, parecendo descrente, parecendo me querer mais do que tudo.

Ergui-me para beijá-la.

Meu gosto contra o dela.

Seu orgasmo, meu prazer.

— Era isso que queria? — perguntei entre o beijo.

— Não. — Ela mordeu minha boca, mesmo ainda precisando se recuperar.

*Desgraçada.*

Peguei Victória pelo pescoço e, com a cabeça dela contra o vidro, me afastei só o bastante para a olhar nos olhos.

O fogo estava lá.

Pronto para me queimar.

— O que você queria afinal?

— Sua cama. Sua vida. Seu corpo. Sua alma — ela soprou aquilo como se fossem palavras bonitas. — Mas o gosto da minha boceta na sua boca parece um bom começo...

Sem pensar duas vezes, levemente irritado, eu a virei de costas, pegando-a pelos cabelos, pressionando seu corpo contra o vidro, meu pau completamente pronto contra sua bunda.

Aproximei-me do seu ouvido e com a voz mais baixa, quase em um rosnado, avisei:

— Vai precisar se contentar com meu pau na sua boceta. Esse é o mais próximo do que você vai ter de mim.

Ela virou o rosto, me olhando sobre o ombro, empinando a bunda.

— Era para ser um problema? — O sorriso diabólico de Victória me enfureceu. — Está esperando um convite?

Sem nenhum pudor, sem nenhum cuidado, sem pensar em mais nada, usei a mão livre para me encaixar nela e me enfiei de uma vez, prensando seu corpo contra a parede de vidro que nos dava a vista de toda a cidade.

Sabia que minha grossura era um problema na hora em que ela gritou, com as mãos espalmadas, procurando algum apoio.

Não dei tempo dela se recuperar nem de abrir a boca para nada.

Segurei seus quadris, ajeitando Victória de uma forma que nossa diferença de altura não fosse um problema, e a fodi forte, sem pausa, fazendo ser dolorido cada vez que seu corpo batia contra o meu.

Era o som dos seus gemidos altos, dela chamando meu nome, implorando por algo que eu não queria saber o que era. Era o som do meu pau contra sua boceta encharcada. Era sua bunda batendo contra meu corpo. Seus peitos batendo contra o vidro.

Aquele conjunto todo parecia parte da minha música favorita.

Gemi junto dela quando o aperto dela contra meu pau se tornou absurdo.

O calor do seu corpo era viciante.

Seu cheiro, do perfume e da boceta, me deixaram em transe.

Era sua bunda perfeita, sua cintura dançando, seus seios pesando em minhas mãos.

Toquei, apertei, mordi, beijei, marquei cada parte dela que pude.

Deixei uma assinatura em cada pedaço disponível.

E, para a minha surpresa, ela gozou antes de mim naquele frenesi todo.

Sentir tudo aquilo sendo pele contra pele me deixou desconcertado.

Mais dois segundos daquilo e eu iria junto dela.

Victória ainda estava sofrendo do orgasmo quando a virei bruscamente e a coloquei de joelhos. Apesar disso, ela entendeu.

Ergueu mais os seios que ficaram para fora da taça do sutiã e colocou a língua para fora, me encarando numa bagunça completa, linda como nunca.

Mal me toquei. Mal precisei.

Vendo-a tão fingida de submissa ali para mim, gozei pesado em seus peitos, em sua boca, em seu rosto, gemendo como a porra de um selvagem.

Quando acabei, parei no lugar, fechando os olhos, sentindo todo o corpo vibrar, formigar e queimar. *Que porra tinha acontecido?*

Não tive mais do que um minuto para processar.

Abri os olhos e encontrei Victória se erguendo, sorrindo satisfeita mesmo com porra por todo o canto.

— Sabe, de tudo, o meu maior medo era de que você fosse ruim de cama.

Aquilo me atingiu o cérebro como um soco.

— Como é?

— É, com quarenta e cinco anos, talvez você pudesse ser meio brocha. — A provocação estampada na cara dela me encheu de ódio. — Ou sua recuperação não ser tão boa, sabe? — Ela riu.

Victória riu da minha cara.

Eu a fuzilei com o olhar, mas ela não ligou.

— Ainda não terminei com você, mas se precisar de um tempo para mais uma... — ela indicou meu pau com o indicador deixando no ar sua gracinha — vou tomar um banho enquanto isso.

Sem hesitar, segui-a até o banheiro.

Quem ia pedir por tempo seria ela.

Usaria a provocação como desculpa, mas sabia que não havia como eu deixá-la sozinha.

Eu não ia esperar.

Não quando tudo dentro de mim gritava por mais dela.

# Capítulo 25

## ALEXANDER

*Mas, mamãe, eu estou apaixonada por um criminoso e esse tipo de amor não é racional, ele é físico. Mamãe, por favor, não chore, eu ficarei bem. Pondo a razão de lado, não posso negar, eu amo aquele cara.*

*CRIMINAL*, BRITNEY SPEARS

— AINDA NÃO TE PERDOEI — ESSA FOI A ÚLTIMA COISA QUE ELA disse antes de adormecer.

Acordei antes dela, e, dessa vez, o despertar trouxe uma sensação que não me era familiar há anos. A última vez que me permiti dormir ao lado de alguém, de verdade, deve ter sido há uns quinze anos.

Sexo? Isso era fácil.

Era transacional, sem vínculo, sem compromissos.

Mas dormir?

Dormir significava vulnerabilidade. Significava confiança, algo que há muito tempo eu havia banido da minha vida. Ainda assim, lá estava eu, com Victória aninhada contra o meu peito, sua respiração tranquila e regular como se estar ali fosse a coisa mais natural do mundo.

Os flashes da noite passada voltaram à minha mente com a força de um soco. Eu não deveria ter permitido que as coisas chegassem a esse ponto. O plano era cansá-la e sair, manter a distância que sabia ser necessária. Mas, de alguma forma, ela me desarmou completamente, e agora estávamos os dois, nus e vulneráveis, envoltos nos lençóis que ainda guardavam os vestígios de tudo o que havíamos feito.

Suspirei, sentindo um desconforto crescer dentro de mim. Não por arrependimento, mas por algo mais profundo, algo que eu não queria nomear. Ela se mexeu contra mim, aproximando-se ainda mais, e, por um segundo, o calor do seu corpo contra o meu foi uma estranha forma de consolo. Me permiti acariciar suas costas, observando as marcas que havia deixado em sua pele. Marcas de posse, de um desejo maldito que me consumia.

— Diabo de saia. Ou de cinta-liga? — murmurei, sem esperar uma resposta.

Ela sorriu, ainda de olhos fechados, como se meu comentário fosse uma carícia.

— Tem a opção sem roupa também. — Sua voz era baixa, rouca do sono, mas carregava aquela nota de provocação com a qual eu começava a me acostumar.

Victória moveu a cabeça apoiando o queixo em meu peito.

Nós ficamos em silêncio, apenas nos encarando, como se houvesse uma conversa não falada acontecendo entre nós.

Uma conversa que dizia muito mais do que qualquer palavra poderia expressar.

Então, parecendo cansar, ela rolou para o lado e saiu da cama.

Não me movi.

O espaço que ela deixou parecia imediatamente mais frio e, por um segundo, me perguntei se deveria dizer algo.

Observei enquanto Victória caminhava nua pelo quarto, seu corpo parecia uma obra de arte perversa que eu não conseguia deixar de admirar.

Porém, algo me incomodou quando ela pegou seu celular e riu.

— O que foi? — perguntei, a preocupação imediatamente substituindo qualquer outra emoção.

— Meu pai está desesperado. — Ela riu de novo, como se fosse a melhor piada do mundo, e largou o aparelho de lado.

— O que você disse a ele? — Minha voz saiu mais dura do que pretendia. Sabia que aquilo não era certo, mas não conseguia evitar.

— Que ia sair. — Ela deu de ombros, como se isso fosse o suficiente para explicar tudo.

— Só isso? — Tentei dar uma bronca, mas ela me calou com um simples levantar de dedo.

— Você não é meu pai, lembra? E ele merece tomar um susto.

— Sam está tentando... Imagino o desespero dele. Quantas chamadas tem perdidas? — insisti, sentindo uma porra de revolta crescendo no peito.

— Algumas dezenas, mas relaxe. Ele sabe que estou bem, notícia ruim chega rápido.

Victória parecia não ter noção do que falava.

Meu estômago se apertou ao pensar no que Samuel deveria estar passando.

Levantei-me da cama em um pulo, começando a vestir minhas roupas, sentindo a necessidade de colocar alguma ordem na situação.

— O que está fazendo? — Victória parecia me acusar de algo.

— Porra, não é óbvio? Eu vou te levar para casa. Não é justo que seu pai passe por isso — afirmei sem espaço para discussão.

Ela se aproximou como um felino. Senti o calor de seu corpo contra o meu. Victória estava nua, vulnerável, mas sua expressão era de aço.

— Você não faz ideia do que é justo. Você é só o amigo dele que, de fato, foi um bom pai. Eu só tive um cara disposto a me dar um sobrenome e uma pensão. Não sei que versão da história você conhece, Alex, mas não é a minha, e não é a real.

As palavras dela me atingiram como um soco no estômago.

Eu tinha a tendência de ver tudo sob meu próprio prisma, de acreditar que entendia a situação por conhecer Samuel na intimidade, mas, com ela ali, era óbvio que não entendia.

Não completamente.

Ela se afastou parecendo irritada, mas logo começou a se vestir e me deixou ali, parado, perdido em pensamentos que eu não queria ter.

O silêncio sepulcral voltou ao quarto.

Eu odiei, mas não tive coragem de quebrá-lo.

Ela não se importou. Quando abriu a boca, para variar, me surpreendeu.

— Qual é o próximo encontro? — A pergunta dela foi quase casual, mas para mim soou como um desafio.

Olhando para ela, vi a determinação em seus olhos.

Sabia que não tinha escolha a não ser continuar.

Estava envolvido demais para sair.

E com a tensão entre nós dominando o quarto, respirei fundo e aceitei, e não apenas por causa do que havia acontecido na noite anterior. Havia algo mais, algo que estava crescendo, que eu ainda não sabia como lidar. Talvez nunca soubesse. Mas, naquele momento, a única coisa da qual tinha certeza era de que estava preso a Victória. E, por mais que tentasse me convencer do contrário, uma parte de mim não queria deixá-la.

# Capítulo 26

## VICTÓRIA

*Por que você tem que ir e tornar as coisas tão complicadas? Eu vejo o jeito que você está agindo como se fosse outra pessoa, isso me deixa frustrada. E a vida é assim, e você cai, e você rasteja, e você quebra.*

COMPLICATED, AVRIL LAVIGNE

**EU PODIA SENTIR O INCÔMODO DE ALEX, MESMO QUE ELE ESTIVESSE** se esforçando para esconder. A discussão sobre meu pai tinha deixado uma tensão odiosa no ar, algo pesado que parecia crescer a cada segundo enquanto caminhávamos juntos até o carro.

Eu sustentei a provocação, mantendo um sorriso leve nos lábios, esperando que ele falasse algo, tentando mudar as coisas, mas ele ficou em silêncio, o que só me irritou mais.

Quando finalmente estávamos dentro do carro, com o motor ligado e prontos para partir, eu não consegui mais disfarçar.

O peso do silêncio era insuportável, ainda mais quando eu me sentia invisível.

Virei-me para ele e ataquei, mais grosseira do que gostaria.

— Fala logo o que você está pensando… Não suporto esse silêncio cheio de julgamento. — Encarei-o, magoada, em um misto de vergonha e cansaço. Odiava me sentir diminuída.

Ele desviou o olhar por um segundo, mas depois encontrou meus olhos, decidido a falar.

— Victória, você é mulher, jovem, e eu entendo isso de querer ser livre, mas desaparecer na madrugada sem avisar ninguém, especialmente quando seu pai não faz ideia de onde você está… Isso é perigoso — ele começou, com a voz firme, mas não agressiva. — Eu tenho 45 anos, e talvez você não entenda o que isso significa, mas já vi coisas demais nesse mundo para ignorar os riscos.

— Você acha que eu sou burra? — retruquei, sem hesitar. — Ou uma garotinha que não sabe cuidar de si mesma? Eu sei muito bem o que estou fazendo. E se meu pai realmente se importasse, teria feito mais perguntas antes de me deixar sair. Ele não conhece nenhum dos meus amigos. Na verdade, ele não conhece nada sobre mim. Ele só se preocupa quando algo pode afetar a reputação dele. O que o deixa chateado é que, se algo acontecer comigo, todo mundo vai apontar o dedo para ele, não tem nada a ver com meu bem-estar. — Não fui tão suave quanto poderia, mas não conseguia, aquele assunto me irritava profundamente.

Ele suspirou, apertando o volante com mais força, como se estivesse tentando manter o controle.

— Eu concordo com você em parte, Victória — Alexander admitiu, me pegando de surpresa. — Seu pai realmente não está acostumado a ser pai de uma jovem adulta. Mas também entenda que ele está tentando. Samuel não teve muito tempo para se adaptar a essa nova realidade. Você não esteve presente por muito tempo…

— Isso é porque ele nunca fez questão de ser um pai de verdade. Pelo menos, não para mim — afirmei, firme. — Não é sobre ele não estar acostumado com a minha presença. É sobre ele nunca ter se esforçado para me conhecer, para entender quem eu sou. Se ele realmente quisesse teria feito algo a respeito. — Fiz uma pausa, observando o rosto dele. — Não é como você e Nathan. Meu pai não quer ser meu pai, mas você pode dar aulas a ele de como controlar um filho para ver se ele aprende alguma coisa.

Ele pareceu pensar por um momento antes de responder, seu olhar suavizando um pouco.

— Eu nunca pensei em controlar Nathan. — Ele foi extremamente compreensivo comigo, a fala de Alexander nunca foi tão mansa. — O que fiz, desde que ele era pequeno, foi tentar ser um guia para o meu filho. Sempre tentei ser alguém em quem ele pudesse confiar. Tive que equilibrar sua criação solo, não deixando faltar nada para ele. Tive que aprender a ouvir, a estar presente, e, principalmente, a ser um exemplo. Nem sempre acertei, mas sempre tentei ser justo com ele. E, acima de tudo, fiz questão de que ele soubesse que, independentemente de qualquer coisa, eu estaria lá para ele, por ele e com ele.

Fiquei em silêncio digerindo suas palavras.

Era evidente que Alexander era um pai muito mais presente e consciente do que meu pai jamais foi. Esse, na verdade, foi o motivo principal para eu escolhê--lo. Se eu tivesse um filho, ele merecia o melhor pai que eu poderia oferecer.

— É, você tem razão... — acabei cedendo, relaxando no banco do carro. — Mas isso não muda o fato de que meu pai falhou comigo.

Ele não respondeu de imediato, mas sua expressão mostrava que ele compreendia. Não era algo que ele pudesse mudar, mas valeu muito Alexander não anular a dor que isso causava em mim.

Ficamos em silêncio até quase chegar em casa, cada um preso em sua cabeça, mas não querendo expô-lo mais que o necessário, avisei:

— Me deixe aqui na rua ao lado do condomínio, assim ninguém vê você. — Apontei para o lugar onde ele podia parar, e ele estacionou.

Respirei fundo e o encarei.

Alex era melhor em realidade do que em qualquer sonho maluco que tive durante aqueles anos de espera.

— A noite foi ótima, Alex. — Raramente o chamava pelo apelido. — Eu realmente não vejo a hora de repetir.

Por um momento, o silêncio voltou a nos cercar, mas, desta vez, não era desconfortável. Era um silêncio carregado de algo mais, algo que queria muito poder, mas não sabia como definir.

Antes de sair, quase sem pensar, inclinei-me e deixei um beijo suave em seu rosto.

— Até mais tarde — falei baixinho, pela primeira vez, sem jeito.

Ele não disse nada, apenas assentiu, mas pude ver que o gesto o pegou de surpresa, assim como a mim.

Desci do carro sorrindo, com um calor esquisito no peito, pensando que, talvez, aquilo sim fosse estar apaixonada por alguém e não pela ideia do amor.

Eu havia subido para a cobertura sabendo que aquilo não terminaria bem.

Todo o ar apaixonado foi engolido pela nuvem cinzenta que apareceu sobre minha cabeça quando apertei o botão do elevador, e, quando cheguei lá em cima, senti a tensão no ar antes mesmo de abrir a porta.

Respirei fundo, tomando coragem, e coloquei a senha na maçaneta, girando-a logo em seguida para encontrar a família toda reunida na sala. Meu pai estava de pé, claramente esperando por mim, e sua expressão de fúria era impossível de ignorar.

— Onde diabos você estava, Victória? — ele praticamente gritou, mal me dando tempo de fechar a porta atrás de mim. — Eu estava prestes a ir à polícia! Você tem ideia de como nos deixou preocupados?

Seu grito fez os meninos se encolherem.

Evelyn me olhou vitoriosa.

Esforcei-me muito para manter a calma, mesmo que meu coração estivesse acelerado, me deixando quente.

— Eu disse que ia sair com uma amiga — respondi, cruzando os braços de forma defensiva. — Não é como se eu tivesse desaparecido sem dar notícias.

— Você sumiu, sim! — ele rebateu, avançando alguns passos na minha direção. — Não atendeu o telefone, não respondeu mensagens... Isso é completamente irresponsável! Você acha que pode fazer o que bem entender, mas, enquanto estiver morando debaixo do meu teto, vai seguir as minhas regras.

— Uau, seu teto e não o lar da sagrada família? — zombei. — E, regras? — repeti, rindo de maneira sarcástica. — Desde quando você tem alguma regra para mim? Desde quando se importa com o que eu faço ou deixo de fazer? Você nunca me deu atenção antes, por que está fingindo que se importa agora?

— Porque sou seu pai e é meu dever me importar! — ele explodiu, sua voz ecoando pela sala. — Você pode estar se tornando uma mulher, mas ainda não tem o direito de sair por aí como bem entende. — Foi minha vez de dar alguns passos para frente, incomodada com seu tom de voz. — A partir de agora, você está de castigo. Não vai mais sair dessa casa até eu dizer que pode, entendido?

Senti a raiva borbulhando dentro de mim, subindo como uma onda que eu não conseguia mais controlar.

— Castigo? — perguntei, sem acreditar no que estava ouvindo. — Você acha mesmo que pode me colocar de castigo? Como você bem lembrou, eu não sou uma criança. Vou sair quando eu quiser e você não pode me impedir.

— Não, você não vai sair! — ele gritou de volta, o rosto ficando vermelho de raiva. — Eu sou seu pai, e enquanto estiver debaixo deste teto, você vai fazer o que eu mandar.

Antes que eu pudesse responder, a madrasvaca resolveu se meter na briga.

Ela veio andando com uma das mãos erguidas como se pudesse nos congelar no lugar.

— Victória, seu pai só está tentando fazer o que é melhor para você. — Com aquela voz irritantemente doce, ela não me enganava. Podia sentir a falsidade por trás de cada palavra. — Você precisa aprender a respeitar a autoridade dele.

Foi a gota d'água vê-la tão à vontade para tentar mandar em mim.

— Cala a boca, Evelyn! — gritei, virando-me para ela com os olhos cheios de raiva. — Você não é ninguém pra mim. Só é uma vaca aproveitadora que deu sorte na vida se casando com um rico idiota!

O choque tomou conta do ambiente.

Por um segundo, todos ficaram em silêncio, como se ninguém acreditasse no que eu tinha acabado de dizer. Mas, então, Evelyn perdeu o controle. Sua mão se ergueu rapidamente e antes que eu pudesse me defender senti o tapa estalar no meu rosto.

O som do tapa ressoou pela sala, seguido por um silêncio ensurdecedor.

Os meninos se abraçaram. Meu pai ficou de boca aberta.

Evelyn ainda estava ofegante.

Meu rosto ardia, mas a dor física não era nada comparada à explosão de fúria que tomou conta de mim.

Sem pensar duas vezes, eu a ataquei.

Meus dedos se transformaram em garras e eu me lancei sobre aquela desgraçada pronta para arrancar seus olhos, arranhando seu rosto, puxando seus cabelos e dando chutes com toda a força que eu conseguia reunir.

Era como se anos de ressentimento e raiva estivessem explodindo de uma vez só, e eu não ia parar.

— Você não vai falar assim comigo, sua desgraçada! — berrei enquanto a atacava, meus gritos se misturando com os dela.

Meu pai correu para nos separar, mas eu não queria parar.

Sentia como se estivesse lutando por cada pedaço da minha dignidade que havia sido arrancado por aquela mulher ao longo dos anos. E aquela era uma batalha que eu não podia perder.

— Chega, Victória! — meu pai gritou, puxando-me para longe dela com força, me erguendo do chão e me empurrando para trás. — O que deu em você? Isso passou dos limites!

— Passou dos limites? — gritei de volta, as lágrimas começando a escorrer pelo meu rosto. — Foi ela quem começou!

— Você provocou, você está fora de controle!

— E você é a porra do pior pai do mundo! Sempre colocando essa mulher acima de mim, sempre me tratando como se eu fosse um problema! Eu te odeio!

As palavras saíram antes que eu pudesse pensar, mas a verdade era que, naquele momento, eu sentia cada uma das traições dele como facas cravadas no meu peito.

Sem olhar para trás, saí correndo da sala, as lágrimas queimando meu rosto. Eu precisava sair dali, precisava de ar, precisava de qualquer coisa que não fosse aquela casa, aquele inferno.

Bati a porta, apertando o botão do elevador desesperadamente, deixando para trás os gritos, a dor e a raiva que me sufocavam.

Eu não sabia para onde estava indo, mas sabia que precisava fugir.

Fugir de tudo, de todos... e, principalmente, de mim mesma.

# Capítulo 27

## ALEXANDER

*Eu quero que você perceba, quando eu não estiver por
perto, que você é especial pra caralho.*

CREEP, RADIOHEAD

**EU HAVIA ACABADO DE SAIR DO BANHO, A ÁGUA AINDA ESCORRIA**
pelo meu corpo, enquanto pegava a toalha, mas por mais gelada que tenha sido
a água, a noite anterior parecia gravada a fogo na minha mente.

O jeito que o corpo de Victória se encaixava perfeitamente no meu, como
se tivesse sido feito sob medida, como se só estivesse esperando minha ação...
Ela transitava da garota sedutora e provocante para uma criatura odiosa em questão de segundos, fodendo minha cabeça, mas, justamente por isso, não conseguia decidir se queria afastá-la para sempre ou mantê-la presa ao meu lado.

A toalha mal havia tocado meu corpo quando ouvi o telefone tocar.

Por um segundo, eu quis que fosse ela, com aquele sorriso presunçoso e a
voz que me provocava até o limite, mas quando olhei para a tela vi que era
Samuel.

Quis me esconder. A vergonha queimou meus nervos.

E se ela tivesse dado com a língua nos dentes?

E se ele estivesse pronto para acabar com a minha raça?

Fechei os olhos, suspirei e atendi, sabendo que qualquer coisa que ele tivesse a dizer não seria fácil de ouvir.

— Alex, preciso falar com você. — A voz de Samuel estava tensa, quase
desesperada.

— O que houve? — perguntei, já me preparando para o pior.

— É sobre a Victória — ele começou, a hesitação evidente, como se as palavras estivessem pesando na língua dele. Engoli em seco ouvindo-o respirar
fundo. — Ela saiu ontem à noite... provavelmente passou a noite com Nathan.

— Ouvir o nome do meu filho, e não o meu, acalmou tanto meu corpo que minha pressão quase abaixou. — Quando voltou, estava toda marcada, como uma... — ele parou, claramente lutando para se segurar, mas não conseguiu evitar o desabafo — como uma vagabunda.

Fechei os olhos, respirando fundo.

Ele não sabia, não fazia ideia.

E a culpa me atingiu como um soco no estômago.

Eu deveria ter pensado nisso, deveria ter previsto como Samuel reagiria ao ver a filha daquele jeito.

— Sam, calma — disse, tentando manter minha própria voz firme, enquanto me afastava do espelho. — Victória não esteve com Nathan.

— Como você tem tanta certeza? — ele retrucou, a raiva em sua voz deixando claro que ele estava longe de ser convencido. — Porque tenho quase certeza de que sim, até porque, o modo como ela voltou para casa só contribuiu para que a desgraça acontecesse... — Ele hesitou novamente e eu senti um calafrio percorrer minha espinha.

— Que merda aconteceu? — O forcei, irritado, com o coração acelerando.

— Victória e Evelyn... Elas brigaram. Não foi só uma discussão. Evelyn deu um tapa na cara dela, e as duas se engalfinharam. — A voz dele estava quebrada, quase implorando por alguma explicação. — Tive que separar as duas, Alex. Foi um inferno, as crianças assistiram tudo... E, depois disso, Victória saiu de casa.

Minha mente girava enquanto eu tentava processar a informação. Victória e Evelyn... Claro, eu sabia que a relação entre as duas era tensa, mas uma briga física? Aquilo estava além do que eu poderia imaginar.

— Sam, porra, isso é sério — tentei manter a calma, mesmo que por dentro eu estivesse tão abalado quanto ele. — Mas, me escuta, violência nunca vai resolver nada... Vocês precisam conversar, precisam encontrar uma forma de lidar com isso sem perder a cabeça.

— Eu sei, mas ela simplesmente me ignora, eu não sei mais que porra que eu faço! — ele explodiu, a frustração evidente. — Ela me desafia a cada palavra, não me respeita como pai. E, agora, depois dessa briga, eu estou com medo do que possa acontecer.

Houve uma pausa enquanto Sam lutava para se recompor.

Sentia sua raiva, sua frustração, mas também percebia a dor e o medo.

Ser pai era algo complicado, não havia manual de instrução, e se você perdia o timing, como Samuel tinha perdido com Victória, talvez só um milagre faria com que as coisas fossem boas no futuro.

— Alex, eu não sei o que fazer — meu melhor amigo finalmente admitiu, quase desesperado. — Eu sinto que estou perdendo minha filha, ou pior, que nunca a tive, e não sei se há alguma forma de fazer isso funcionar.

— Sam, você não está perdendo sua filha — tentei fazê-lo pensar mais racionalmente. — Ela deve estar passando por algo difícil, e, sim, ela está te desafiando, mas não é tarde demais para resolver isso. Victória precisa saber que você está lá por ela, mesmo quando as coisas ficam complicadas.

— Mas e quanto a Evelyn? — ele perguntou, a confusão evidente. — Como posso manter a paz entre as duas?

— Vocês precisam sentar e conversar — respondi, sabendo que era mais fácil falar do que fazer. — Evelyn e Victória têm que entender que isso não pode continuar. Mas, Sam, agora você precisa encontrar Victória. Ela está machucada, física e emocionalmente, e precisa saber que você ainda está lá para ela, apesar de tudo.

— Eu sei. — Ele suspirou, a exaustão evidente na voz. — Mas para onde ela pode ter ido? Ela saiu de casa e não atende nenhuma das minhas ligações.

— É agora que você se descobre pai de um ser que não dá para controlar, amigo — disse, já me levantando para me vestir.

— Odeio essa parte... — ele sussurrou, claramente à beira das lágrimas. — Mas obrigado, irmão. Não sei o que faria sem você.

Desliguei o telefone, o peso da responsabilidade se acomodando nos meus ombros. Não era só Sam que contava comigo; eu estava assumindo a responsabilidade de resolver essa bagunça antes que tudo ficasse fora de controle.

Em um fio de esperança, tentei ligar para Victória.

Uma, duas, três vezes, sem resposta.

Mandei mensagens, mas elas ficaram sem retorno.

A preocupação e a raiva começaram a crescer dentro de mim. Ela me colocava nessa posição impossível e, mesmo assim, eu não conseguia deixá-la de lado.

Por fim, tomei a única decisão possível.

Peguei as chaves do carro e saí de casa determinado a encontrar Victória antes que algo pior acontecesse. Eu não podia deixá-la vagando por aí, sozinha e vulnerável. Por mais que fosse loucura, por mais que me custasse, eu precisava fazer isso.

Eu precisava trazê-la de volta.

# Capítulo 28

## VICTÓRIA

*Eu tenho uma pele grossa e um coração elástico, mas sua
lâmina pode ser muito afiada. Eu sou como um elástico,
até que você puxe com muita força. Sim, eu posso romper
e mover-me rapidamente, mas você não me verá cair,
porque eu tenho um coração elástico.*

**ELASTIC HEART**, SIA

**A RAIVA ME CEGOU.**

Andei batendo os saltos com muita força no chão em uma tentativa falha de expelir a raiva que queimava dentro de mim. Fui burra.

Quando a raiva se dissipou quase que completamente, todos os outros demônios vieram me dar olá. A fome, a exaustão emocional, a sensação de ser sempre insuficiente. Tudo se acumulou, até se transformar em uma dor constante, pulsante e desesperadora sobre meu coração.

A ferida sobre ele nunca cicatrizada o suficiente antes de ser reaberta por completo.

Era injusto.

Minha caminhada sem rumo acabou me fazendo enterrar os saltos na areia atraindo olhares curiosos e julgadores.

Não me importei.

Arranquei os sapatos e, ainda com as meias finas, mergulhei os pés na areia e fui em direção ao mar.

Cada pequeno passo cheio de desespero.

Quase tropecei na minha agonia e, cansada, acabei com os joelhos no chão quente, encarando as ondas, ridiculamente infeliz.

Uma boneca de colar de pérolas e roupas caras, quebrada, largada na areia. Uma bela definição do lixo que eu me sentia.

Fiquei sentada ali, sem energia, sem esperança.

Cansada demais para me levantar, com medo de seguir em frente, absurdamente decepcionada para ir embora.

Meu rosto ainda parecia arder no lugar em que Evelyn havia me batido, mas aquilo não doía nada se comparado à decepção com meu pai.

Pai. Ele merecia mesmo aquele título?

Repassei a cena mil e uma vezes em minha mente. Busquei as conversas anteriores, as minhas tentativas de expor meu ponto de vista, a minha necessidade de ter algo além do Samuel advogado que tratava tudo como se fosse uma empresa.

Eu não era a porra de uma empresa.

Eu era a garota que precisou de um pai presente, de uma mãe mais atenta, de cuidado, de carinho... Mas não, não era isso que me era dado. Um cartão de crédito com limite alto curava tudo, segundo minha mãe. Presentes caros três vezes ao ano criavam boas memórias, segundo meu pai.

E nada daquilo era realmente suficiente para mim.

Chorei quieta, amarga, imaginando que toda aquela areia invadia meu cérebro, tamanho o meu cansaço, e enquanto estava lá, perdida em todas as discussões furiosas com meu pai, como se fosse um fantasma surgindo do nada, Alexander apareceu.

Ele não disse nada de imediato, apenas se sentou ao meu lado e ficou ali.

O silêncio nunca me pareceu tão reconfortante, até que Alex colocou o braço sobre meu ombro e suspirou, com os olhos voltados para mim.

— O mar chama quem precisa dele. — A voz dele era baixa, quase um sussurro. Uma lágrima mais grossa rolou pela minha bochecha e ergui a mão para secá-la.

— Não quero voltar para casa. — Minha voz saiu meio estrangulada.

— Eu sei que não quer — ele disse, compreensivo demais. — Mas talvez devesse.

Eu o encarei, surpresa com a simplicidade da resposta.

— Não posso voltar. Não agora. — A fraqueza escorrendo pelas palavras. — Eles não me querem lá. Nunca me quiseram de verdade. E eu também não quero voltar. Fui burra achando que essa parte do meu plano daria certo.

Ele respirou fundo, mas não vi nenhum rastro de desaprovação em seu rosto.

— Victória, isso é... complicado. — Ele hesitou, escolhendo as palavras com cuidado. — Eu entendo como você se sente. Mas fugir não é a solução, ainda mais para alguém como você.

Eu ri, uma risada amarga e sem humor.

— E o que você sugere? Que eu volte para aquela casa e finja que nada aconteceu? Finja que não sou um problema que eles querem esquecer?

— Não é assim... — ele começou, mas eu o interrompi, deixando minha raiva explodir.

— Não é assim? — Me virei para ele, ficando de lado, com os joelhos na areia, sentindo meu corpo tremer. — Você não entende, Alex. Não entende como é ser tratada como uma criança, sem direito algum, como um estorvo que só traz dor de cabeça. Meu pai... — minha voz falhou de novo e eu tive que respirar fundo para continuar — ele nunca me enxergou de verdade. Não sabe nada sobre mim. E Evelyn... — quase cuspi o nome — ela é uma vadia que só quer me ver longe, porque tem medo de perder o espaço que conquistou. Aposto que, com a inseminação que gerou os trigêmeos, ela queria uma menina, assim meu pai teria outra garotinha para realmente colocar no meu lugar.

Ele ficou em silêncio por um momento, absorvendo minhas palavras.

— Eu não estou defendendo o que aconteceu, e nem discordo dos seus pontos — ele disse finalmente —, mas, talvez, se você voltar, possa mudar as coisas. Mostrar a eles que você é mais forte do que imaginam. O modo como você se sente, o que pensa, tudo isso importa, e seu pai merece ouvir e merece uma chance de resposta. Não vai ser fácil, Victória, mas... Eu posso ir com você, se precisar.

— Duvido que eu tenha chance de resolver isso, mas... se está disposto mesmo a ir comigo, o que vai dizer a ele quando perguntarem como você me achou?

— Eu me viro — Alex respondeu, firme. — Nenhuma mentira será pior do que fingir que não dormi com você.

Suas palavras me atingiram com força.

Tentei encontrar algum sinal de hesitação, de mentira, mas ele estava sério, determinado.

Bufei e me sentei de novo ao seu lado, apoiando os braços nos joelhos.

— Não era para você me ver assim... — falei, abaixando a cabeça, derrotada. — Fraca, toda desarrumada. Não é justo. Você não deveria estar aqui. Vai embora.

Ele ignorou minha tentativa de afastá-lo e, em vez disso, sua mão veio até minha nuca. Ergui o rosto para ele, pronta para mandar Alexander se afastar, mas ele me calou com seus olhos cinzentos.

Foi devagar, como se o mundo estivesse girando em câmera lenta, que o rosto dele veio para o meu. Nossas bocas se encontraram calmamente, com um gosto diferente na língua, de um jeito tão carinhoso e cuidadoso, que quase duvidei da realidade.

Por um segundo, pensei que ele estava doente da cabeça.

— Está maluco? — perguntei quando recobrei o senso, afastando-me, mas incapaz de conter o que aquilo havia feito dentro de mim.

Senti uma vergonha imensa.

— Igual a você — ele respondeu com um meio-sorriso. — Estou tentando te manipular com as armas que tenho.

Ele estava brincando? Alexander estava relaxado o bastante ao meu lado para brincar daquele jeito e me beijar em público?

Eu o encarei por um momento, incerta do que dizer ou fazer.

Não queria me sentir tão machucada, exposta, pequena e todas as outras coisas que me tornasse tão vulnerável perto dele.

— Eu volto para casa... — comecei, hesitante — se você entrar no mar comigo.

Nós nos encaramos por um momento e, me surpreendendo, Alex suspirou e começou a arrancar a camisa, jogando-a de lado como se fosse a coisa mais natural do mundo.

— Era para você negar. — Aquilo foi quase uma bronca, mesmo sabendo que não faria diferença enquanto ele se levantava.

— Te imaginei sendo muita coisa, só não uma covarde — ele rebateu, estendendo a mão para mim. — E não é pra você se acostumar com essa minha versão legal.

Eu o olhei por um segundo, não acreditando que aquele era o mesmo Alexander que me xingava na noite passada.

— Vou me lembrar disso — murmurei, aceitando sua mão.

Quando me levantei sabia que algo estava mudando.

Algo que eu não podia controlar.

Algo que me assustava.

Mas algo nosso.

E eu tinha medo disso.

# *Capítulo 29*

## VICTÓRIA

*As coisas que parecem tão simples, de repente, estão tão longe do alcance. Gostaria que eles pudessem ver, será que entendem que sou uma garota normal? Às vezes eu sou preguiçosa, fico entediada, tenho medo, me sinto ignorada, me sinto feliz, me sinto boba, me engasgo com as minhas próprias palavras. Faço pedidos, tenho sonhos e ainda quero acreditar que tudo pode acontecer nesse mundo para uma garota comum.*

ORDINARY GIRL, MILEY CYRUS

**NÃO DEIXEI ALEXANDER SUBIR, MAS ASSIM QUE ABRI A PORTA DO** apartamento e o silêncio gritou nos meus ouvidos, quase me deixando surda, bateu arrependimento. Aquela ausência de som externo fez com que a tempestade interna inundasse meu peito.

Ver que, depois de tudo, eles haviam saído, piorou a sensação de abandono. O gosto na minha boca foi mais amargo do que nunca.

Caminhei lentamente pelo corredor, meus passos mal fazendo barulho, mas, na casa vazia, eles ecoavam brutalmente, fazendo ser ainda mais evidente que, por mais esforço que houvesse da minha parte, aquilo ali nunca seria meu lar.

Passei pelo aparador da primeira sala de estar vendo as fotos de família.

Em dezenas delas, eu estava em uma única escondida atrás de vários porta-retratos mais cheios, mais felizes... Segurei o choro o quanto pude e fui direto ao meu quarto, encarando meu reflexo no espelho do banheiro já que a porta estava aberta.

Porra, eu estava deplorável, e pior, Alexander me viu desse jeito.

Mordi o lábio contendo o que conseguia do choro, vendo meu cabelo completamente desgrenhado e embaraçado graças à água salgada do mar.

O que restava da maquiagem estava borrada ao redor dos olhos, me transformando em um ser de filme de terror. Meu corpo estava uma bagunça, mas o que mais me incomodou não foi o que eu via.

Se por fora estava daquele jeito, por dentro estava mil vezes pior.

O vazio que eu tanto me esforçava para esconder, estava lá, escancarado nos meus olhos, pesando sobre meus ombros, engolindo tudo de mim.

Nesse momento, eu quebrei.

Com as mãos na pia, me vendo tão de perto, um soluço fraco tomou meu corpo e foi ganhando força. Uma lágrima desceu. E outra. E, de repente, eu estava em prantos, gritando sozinha, sabendo que ninguém viria para me acalmar, para me abraçar, para me salvar.

As memórias da briga com Evelyn voltaram com força total.

A primeira vez que ela mostrou suas garras foi quando engravidou. Antes disso, havia fingido ser gentil, quase calorosa, como se realmente quisesse me incluir naquela nova vida que ela estava construindo com meu pai.

Foi quando o primeiro teste de gravidez deu positivo que tudo mudou.

Eu não sabia que eles tentavam engravidar, mas descobri do pior modo.

De repente, eu era um incômodo, mesmo aparecendo uma vez a cada dois meses. Ela parecia odiar o fato de eu ser um lembrete constante de que meu pai tinha uma vida antes dela, e ninguém podia negar que Evelyn era muito esforçada para fazer todo mundo esquecer disso.

Lembrei-me das vezes em que fui impedida de ver meus irmãos, de participar das fotos de família no Natal e acabar recebendo um postal onde eu não me encaixava, onde ninguém sentia minha falta.

A dor dessas pequenas exclusões era aguda, cortante, como lâminas afiadas que me deixavam sangrando por dentro.

Não era só não estar nas fotos.

Era não ser parte de algo que, teoricamente, deveria ser meu por direito.

E meu pai... Ele nunca se importou de verdade.

Nunca tentou me proteger desse veneno, nunca se deu ao trabalho de reparar as feridas que Evelyn causava ou que a sua ausência abria.

O que o faria mudar agora?

Depois que sua nova família se formou, ele passou a se tornar um fantasma, um nome em minha certidão de nascimento, mas nunca um verdadeiro pai.

Ele me deu um sobrenome, um cartão de crédito e presentes caros quando queria comemorar algum marco, mas e o que mais?

Onde estava o homem que deveria ter me abraçado quando eu mais precisei? Quando eu era apenas uma criança, perdida em um mundo que se tornava cada vez mais frio? Quando eu precisei de proteção, papai não estava lá.

A verdade nua e crua é que eu não estava naquela casa por causa dele, nem por causa dos irmãos que eu tanto amava. Eu tinha voltado por Alexander.

Ele era o homem perfeito para ser meu marido.

Forte, seguro, capaz de dominar o mundo ao seu redor.

E ele era a vingança perfeita contra meu pai, o golpe final que provaria que eu não era mais uma criança. Que eu era uma mulher, uma mulher que sabia o que queria e estava disposta a fazer qualquer coisa para conseguir.

E ainda que isso fosse o que me movia, fui pega por uma brecha na armadura que não planejei e estava exausta de sentir aquela merda de dor.

Meu corpo doía, minha mente estava em frangalhos.

Eu odiava meu corpo, odiava a fome que sempre me acompanhava como uma sombra. Odiava a dependência do vape que segurava minha sanidade por um fio. Odiava a mim mesma por amar Alexander de uma maneira tão doentia, tão desesperada, como se aquele amor fosse meu bote salva-vidas. E eu sabia que aquilo era autodestrutivo, mas não era como se eu conseguisse parar.

Eu tinha um plano, mas a lembrança da noite passada, o calor de seu corpo contra o meu, seu cheiro, seu gosto, o som de sua respiração pesada em meus ouvidos... Era perigoso que ele fosse ainda melhor do que nos meus devaneios adolescentes.

Eu queria ser forte, queria ser fria e calculista como sempre fui, mas aquela versão de mais cedo dele me quebrava.

Ele ainda era o pai que admirei.

Ele ainda era o melhor amigo do meu pai.

E ele parecia inocente demais de achar que havia alguma salvação para as relações debaixo daquele teto.

A briga com Evelyn, o tapa que ela me deu, sua falsidade, sua tentativa de me apagar, continuavam a me rasgar por dentro, porém, o que mais me doía era a tomada de lado do meu pai. Como se eu não fosse nada mais que um problema a ser resolvido, a culpada de tudo dar errado...

Mas o que esperar de um pai daquele quando minha mãe não era muito melhor?

Eu sempre senti que precisava cuidar dela. Mamãe, na mais carinhosa das definições, era maluca. Ela nunca fez o papel de mãe, nem quando menstruei pela primeira vez e precisei entender as coisas sozinha pela internet, porque ela tinha a semana de moda em Paris e não tinha tempo para me dar nem mesmo um oi ou responder minhas mensagens achando que estava tendo uma hemorragia.

Quando ela estava em casa, nós nunca ficávamos muito tempo em um lugar. Eram viagens atrás de viagens. Professores particulares, nenhum amigo, provas e provas de roupas onde eu sempre precisava melhorar a postura, emagrecer, ser mais alta, usar saltos melhores e me maquiar direito.

Isso, para ela, era importante.

Ela amava ouvir que eu era linda, e que me parecia com ela.

Ela só não conseguia ser nada além disso, de suas festas cheia de gente esquisita, dos seus namorados, diferentes a cada seis meses, ou me proteger.

Caí no chão do chuveiro, a água fria escorrendo sobre mim como se pudesse lavar toda a dor, toda a tristeza. Mas não podia. Chorei até não poder mais, até meu corpo se esgotar de tal maneira que eu não conseguia mais suportar o peso do meu próprio sofrimento, com o rosto virado para cima, esperando que a água fria me deixasse menos inchada.

Eu podia sofrer muito, mas ninguém mais precisava saber.

Minhas feridas não estavam disponíveis para serem compartilhadas.

Quando finalmente saí do banho, tomei uma decisão.

Eu precisava descansar, me recompor.

Amanhã seria outro dia e eu precisava estar pronta para ele.

Contudo, antes de dormir, eu sabia que precisava enviar uma mensagem a Alexander. Algo que o fizesse pensar em mim, algo que o lembrasse que eu ainda estava no jogo.

Com dedos trêmulos, escolhi um presente para ele.

Algo que eu sabia que ele não poderia ignorar.

Enviei a mensagem e, sem esperar resposta, desliguei o celular.

Fechei os olhos, tentando afastar os pensamentos, tentando me convencer de que, no final, tudo ficaria bem, mesmo que naquele momento eu não tivesse certeza de nada.

De alguma forma, eu tinha que sobreviver a tudo isso.

Eu tinha que vencer, não importava o custo.

# Capítulo 30

## ALEXANDER

*De um jeito ou de outro, eu vou te achar. Vou te pegar. De um jeito ou de outro, vou ganhar você.*

ONE WAY OR ANOTHER, BLONDIE

**A NOITE ESTAVA SILENCIOSA, MAS MINHA MENTE ESTAVA BEM** diferente disso.

Estava girando o celular entre os dedos, relendo pela milésima vez a mensagem que Sam havia me enviado:

**"Ela voltou para casa. Está dormindo."**

Eu deveria sentir alívio.

Deveria estar grato por saber que Victória estava segura, que aquela tempestade, ao menos por enquanto, havia passado. Mas a verdade era que minha cabeça estava em outro lugar, um turbilhão de pensamentos sobre tudo o que tinha acontecido, sobre a brecha vulnerável que ela havia me mostrado, pior, sobre tudo o que eu sentia.

Distraído, quando o interfone tocou, eu tomei um susto, sendo obrigado a sair daquele transe inquieto.

Fui atender, esperando qualquer coisa, menos o que estava prestes a acontecer.

— Senhor Hastings? — disse a voz do porteiro, com um tom que indicava surpresa tanto quanto confusão. — Tem uma entrega para o senhor.

Uma entrega? A essa hora?

— Deixe entrar.

A curiosidade me empurrou para fora de casa e, quando cheguei à calçada, o entregador estacionou, descendo com um buquê de rosas-brancas tão grande que eu quase ri de nervoso.

— Para mim? — perguntei, me sentindo um tanto ridículo ao fazer a pergunta.

— Sim, senhor, do senhor mesmo. — O entregador parecia se divertir com a situação, o que só me deixou mais desconfortável.

Tentei encontrar uma gorjeta no bolso, mas acabei derrubando algumas notas no chão, o que só aumentou minha sensação incômoda.

Por sorte o homem logo foi embora e eu virei as costas, voltando para dentro de casa com o buquê nas mãos, parecendo a porra de um adolescente confuso.

Coloquei as flores na mesa da sala e comecei a procurar por um bilhete sabendo que haveria algum recado de Victória ali.

E então o encontrei, simples e direto:

**"Ainda bem que existe você. Sua V."**

Sem testemunhas, sorri ao ler aquilo.

Um sorriso que veio de algum lugar que eu desconhecia, mas antes que pudesse me deixar levar, tentei me corrigir.

*Ela só está brincando...*

Peguei o celular e enviei uma mensagem a ela tentando manter um tom neutro:

**"Obrigado pelas flores, mas não precisava. Eu só fiz o que era certo."**

Guardei o bilhete, ainda obrigando meus pensamentos a se conterem, coloquei o celular no bolso e me forcei a seguir a rotina.

Já era tarde, e eu sabia que Nathan estava em casa.

Era o momento de perturbá-lo um pouco, de saber como meu filho estava para o começo da semana.

Caminhei até o quarto dele e bati de leve à porta antes de entrar.

Nate estava deitado na cama, o olhar cansado, mas ainda desperto.

— Oi, filho. Já jantou? — perguntei, tentando esconder a preocupação que ainda latejava em minha mente.

Sentando-se na cama, ele confirmou com a cabeça.

— Tudo bem, pai? Quem era?

— Recebi flores de uma paciente. — A mentira pulou da minha boca de um jeito vergonhoso. — E você, está bem?

Nate era muito parecido comigo, mas, naquele momento, com os olhos mais fundos, os traços que tinha da mãe acabavam aparecendo.

Odiava quando reparava nisso.

— A faculdade está me matando, pai. — Ele riu, mas havia um peso em suas palavras. — Estou pensando em alugar um quarto no campus para facilitar as coisas durante a semana de provas.

A ideia me pegou de surpresa, apesar de ser algo que já tinha passado pela minha cabeça. Respirei fundo. Alguma hora precisaria lidar com o fato de o meu filho ser um homem adulto e sair de casa.

— Se vai facilitar sua vida, acho que é uma ótima ideia. Você pode voltar para casa aos finais de semana. Vai gastar menos gasolina e conseguir dormir mais...

— É, tem um amigo procurando gente para dividir, mas não sei se é uma boa ideia. Talvez pegar um lugar só para mim seja melhor.

— Prefiro. Inclusive, se quiser, posso procurar um bom apartamento e nós vamos vê-lo juntos, o que acha? — Me aproximei quando ele deitou na cama, obviamente pronto para dormir. Inclinei-me e beijei o topo de sua cabeça em um gesto nosso. A hora do boa-noite sempre foi algo importante para nós.

— Acho uma boa, mas não se preocupe, eu sei que sua rotina anda apertada. Quando vai tirar férias? — meu filho perguntou, abrindo a boca para um bocejo.

— Ainda não sei... Talvez logo, quando você também tirar. Podemos viajar.

— O escritório, pai. Não posso abandonar meu trabalho.

Ri para ele, indo para a porta.

— Seu chefe é meu melhor amigo. — Pisquei. — Eu te cubro. Até amanhã, garoto. Eu te amo.

— Amo você, pai. Boa noite — Nate disse já de olhos fechados e fechei a porta.

Era uma merda saber que se meu filho soubesse o que acontecia entre mim e Victória provavelmente me odiaria.

O fato de Nathan estar crescendo rápido demais também me assustava. Se ele se mudasse e a distância aumentasse isso poderia ser um problema.

No fundo, eu temia que, um dia, ele olhasse para trás e visse apenas um pai que tentou, mas falhou em estar presente de verdade.

Temia, mais que tudo, ver a dor e a tristeza que vi nos olhos de Victória quando falou de Samuel mais cedo, nos olhos do meu próprio filho.

Falando no diabo, foi só abrir a porta do quarto que meu celular vibrou.

O nome de Victória apareceu na tela.

Abri a mensagem e li suas palavras, cada uma delas como um golpe certeiro:

**"Meu pai deveria ter aprendido com você como ser um bom pai."**

E, antes que eu pudesse responder, uma nova mensagem chegou:

**"E não, não estou nem perto de ver você como uma figura paterna, mas é um fato que você é bom nisso, assim como, mesmo estando comigo, ainda é um bom amigo para o meu genitor incompetente."**

Não pude evitar uma provocação.

**"Tem certeza de que não me vê assim?"**

Digitei rapidamente.

A resposta veio quase em seguida, acompanhada de uma foto dela seminua, com a língua de fora, que fez meu corpo inteiro reagir:

**"Só se você me pedir para mamar."**

Ri sozinho no meu quarto, me sentindo seguro o bastante para não precisar esconder que havia gostado daquilo.

Respondi com um simples **"Boa noite"**, consciente de que precisava de distância dela, mas ao me deitar na cama, percebi que estava completamente fodido.

Tínhamos dormido juntos apenas uma vez e eu já sentia falta do calor do corpo dela ao lado do meu. Fechei os olhos, tentando afastar aquelas imagens, mas sabia que era inútil.

Victória estava em minha mente, sua forma gravada na minha pele, e eu não tinha ideia de como tirá-la de lá.

Eu não esperava vê-la tão cedo depois de tudo o que havia acontecido no fim de semana. Na verdade, depois daquela tempestade de emoções, pensei que ela me daria um tempo, talvez para repensar as coisas.

Mas lá estava ela, na fila do elevador, cedo demais, sem dar bom-dia, sem sequer olhar para mim, vestida como uma maldita colegial.

O conjunto de saia curta e camisa parecia feito para me provocar, e funcionava perfeitamente.

Fingi ignorá-la também, mas minha mente já estava em alerta, principalmente quando ela desceu no meu andar, marchando com seus saltos finos à minha frente como se soubesse exatamente para onde estava indo.

A antessala da entrada ainda estava vazia, Tereza não havia chegado, e eu agradeci internamente por isso. Victória continuou pelo corredor e abriu a porta como se estivesse em casa.

Quando entrei atrás dela e fechei a porta, vendo a menina indo até minha mesa, se sentando com as pernas cruzadas lá, uma memória indevida me acertou.

— O que você quer uma hora dessas? — A menina frágil e vulnerável que vi na praia havia desaparecido. No lugar, estava essa mulher provocante, perigosa, com as unhas vermelhas batendo na mesa, como se estivesse calculando cada movimento, cada palavra.

Sentei-me em minha cadeira, ficando de frente para ela, a uma distância curta, querendo saber até onde aquilo iria.

— Quais são seus planos para o fim de semana?

Cruzei os braços, tentando parecer indiferente.

— Não pensei nisso ainda. Estou bem ocupado essa semana.

Ela abriu as pernas ligeiramente mostrando estar sem calcinha. Respirei fundo, vendo Victória inclinando-se para frente, os olhos fixos nos meus.

— Pois pense. — Sua voz saiu baixa e macia. — Eu quero ir à casa de praia. — Mas ela ainda estava dando ordens.

— Como você sabe se eu ainda tenho a casa? — tentei dissuadi-la.

Ela sorriu, satisfeita.

— Nathan me convidou para ir, então ela ainda existe, e você vai me levar.

O ciúme me acertou quando ouvi o nome do meu filho.

Fechei a cara, tentando controlar a reação, mas ela percebeu, claro.

Ela sempre percebia.

— Pare de fingir que não quer mandar em mim durante um fim de semana inteiro — ela continuou, levantando o pé e apoiando o salto contra meu peito. — Se você quiser, eu prometo que ando só de joelhos. Serei a cadela mais obediente que você já viu.

Segui o olhar por seu sapato brilhante, as meias, a pele das pernas torneadas, a parte interna de sua coxa... Porra.

Fechei os olhos e respirei fundo.

Meu corpo começou a responder à provocação antes que minha mente pudesse processar. O tesão queimava, ardia, e ela sabia exatamente como atiçá-lo.

Foi em um segundo muito decisivo que o telefone em minha mesa tocou, me trazendo de volta à realidade. Foi ela quem apertou o botão.

— Bom dia, o senhor Blackwood está entrando. — A voz de Tereza ecoou pelo viva-voz.

O espanto no rosto de Victória foi o mesmo do meu.

Puxei-a para o chão e, rápida, Victória se enfiou debaixo da mesa, e eu puxei minha cadeira para frente, tentando escondê-la o máximo possível. Meu coração estava disparado. Uma vontade absurda de rir surgiu, mas a engoli quando Sam entrou, parecendo louco.

— Alexander, você precisa me ajudar! — Preocupado, andando de um lado para o outro, ele começou: — Silvia não atende nenhuma das minhas ligações; as mensagens? Acho que nunca se deu o trabalho de abrir. Eu preciso conversar sobre esse comportamento de Victória, preciso de ajuda para saber o histórico e... — ele continuou a falar, mas, de repente, as mãos de Victória começaram a me alisar.

Ela acariciou minhas coxas com as unhas, arrepiando cada pedaço meu.

Tentei afastá-la com o joelho, mas ganhei um beliscão. Engoli o xingamento, fingindo prestar atenção em Sam, e ela, descontando minha recusa, foi direto ao meu pau.

Não foi justo. Aquela parte do meu corpo tinha vida própria quando se tratava dela. Meia carícia e as calças ficaram apertadas.

— Eu nunca sonhei que ela seria assim. E Evelyn? Evelyn não facilita. Mesmo com encontros, mesmo comigo tentando ser presente, ser um pai melhor para nossos filhos, ela diz que não é o suficiente, que deveria mandar Victória embora agora que elas protagonizaram aquela cena horrenda na frente das crianças...

Victória fez o favor de abrir minhas calças, me libertando e, no segundo seguinte, veio com sua boca quente, cheia de saliva, assinando meu atestado de óbito.

Agarrei a caneta em cima da mesa e tentei me concentrar nela.

Nas letras da lateral, nos detalhes do ferro.

— Não, e o pior? Não sei como falar com ela. Não sei como me aproximar de Victória. Porra, você nunca deve ter errado assim, Nathan é um menino ótimo. Inclusive, me desculpe pela desconfiança.

— C-claro, não se desculpe — tropecei nas palavras, fingindo estar ali.

Victória devia estar rindo, porque me sugou com uma intensidade desgraçada. Minha vontade era meter a mão embaixo da mesa e foder sua boca sem dó, impedindo que ela respirasse direito, só como punição, mas era perigoso ela gostar, e, mais ainda, Samuel descobrir.

Comecei a suar frio.

Ela me mamou faminta pra caralho, parecendo que o perigo a fazia mais disposta, mais habilidosa. Abri a boca, respirando mais forte, tentando não demonstrar nada na minha feição.

Samuel se perdeu em seu monólogo.

Deus nunca foi tão misericordioso, mesmo que o diabo estivesse me chupando como uma puta profissional embaixo daquela mesa.

Fechei as mãos em punho.

Tranquei os dedos dos pés dentro do sapato.

Tentei de todo o jeito controlar meu coração.

— Alex, estou cansado. — Sam se jogou na cadeira à minha frente. Arregalei os olhos enquanto sua filha enfiava meu caralho inteiro na boca. — Não quero perder minha filha... O que eu faço? — Sam perguntou, a voz carregada de preocupação.

Eu queria responder com algo sensato, mas tudo o que saía eram murmúrios vagos enquanto meu corpo cedia ao que ela fazia.

Meu coração batia mais rápido, minha respiração estava irregular, e eu sabia que estava prestes a explodir.

— Be-em... Voc-cê pode tentar te-erapia — falei arrastado, mas para minha sorte completa, ele estava de olho no celular e, sem olhar para minha cara, disse:

— Preciso atender. Alô. — Quase relaxei demais, quase perdi o controle bem ali. Foi um erro enorme já que ela pareceu ainda mais determinada e começou um vaivém silenciosamente profundo, molhado quando descia e quase um crime de tão seco conforme me sugava ao se afastar.

Houve um clic na minha mão. Quebrei uma caneta de setenta mil dólares e enquanto Sam acenava com a mão, saindo do escritório, eu gozei na boca de sua filha.

Demorou algum tempo para eu me recompor.

Parei com a cabeça contra a mesa, completamente fodido, me dando conta do perigo, mas também da diversão.

*Você não é mais um moleque, porra* — meu juízo gritou.

Assim que voltei ao controle, afastei a cadeira da mesa e puxei Victória pelos cabelos, levantando-a da posição em que estava.

A filha da puta se ergueu limpando os cantos da boca extremamente satisfeita.

— Você é uma inconsequente do caralho! — rosnei, olhando-a com raiva.

# *Capítulo 31*

## VICTÓRIA

*Eu só te ligo às cinco e meia. O único momento que vou dizer que você é minha. Eu só amo quando você me toca, não quando sente algo.*

THE HILLS, THE WEEKND

— OBRIGADA? — PROVOQUEI, O SARCASMO PESANDO NA MINHA língua.

Ele se afastou bruscamente, a irritação clara em seus gestos, enquanto ele se erguia para fechar as calças.

— Você perdeu a noção. Parece que não entende o perigo que acabamos de correr! Você é insana, diabo de saia! — Alexander passou a mão pelo cabelo, claramente frustrado.

Cruzei os braços, desafiadora.

— Ah, não se faça de santo, você gostou do perigo. Não minta para si mesmo. O seu corpo mesmo, não mente.

— Isso não é sobre gostar ou não, porra! — Aumentando o tom de voz, sua raiva podia ser sentida no ar. — É sobre o que poderia ter acontecido se ele tivesse percebido. Você tem a porra do seu plano insano, mas eu ainda tenho minha vida! Ainda tenho minhas prioridades, Victória, e você não vai arruinar nenhuma delas.

— Essa é sua preocupação? Perder a amizade com meu pai?

— E não te foder no caminho! — ele explodiu.

Eu odiei.

— Como é?

— O que acha que aconteceria se ele nos pegasse? Só eu seria punido? Sua situação não está das melhores, Victória, e eu estou tentando… — Ele parou, como se as palavras fossem difíceis de encontrar. — Estou tentando não te machucar mais.

Soltei uma risada seca, sentindo a tensão crescer.

— Eu não preciso da sua pena, Alexander, e, por isso, não preciso que se preocupe com o que acontece comigo. Não é problema seu. Agora, se você é um covarde, um hipócrita que não consegue lidar com o que realmente quer, então não é problema meu. — Encarei seus olhos cinzentos de igual para igual. — No final do dia, não espere que eu seja a garota chorona de ontem, ainda sou a mesma garota que entrou naquela noite no seu consultório, o diabo de saia que você tanto teme. E você não vai fugir de mim.

Ele balançou a cabeça, parecendo desesperado.

— Isso não vai funcionar, Victória. — Sua voz era baixa, quase um sussurro, mas ainda mortal. — Você precisa sair daqui.

Dei de ombros, me afastando e indo para a porta, sentindo a raiva e a dor se misturarem dentro de mim.

— Você não está me salvando, Alexander. Nem tente. Não é esse o papel que você terá na minha vida.

Bati a porta com força, chamando atenção dos rostos na sala da recepção, mas ignorei os olhos curiosos, indo direto para o elevador.

Eu odiei aquela conversa.

Odiei meu dia.

Odiei voltar para casa.

Foi por isso que, quando entendi que se não movesse as engrenagens a máquina não andaria, enfiei um tanto de coisas em uma mochila e saí de casa, deixando meus travesseiros ajeitados embaixo da coberta, fingindo que dormia.

Saí de casa como uma tempestade, o coração batendo furioso no peito. Não olhei para trás, não dei satisfação a ninguém.

Peguei meu carro e dirigi sem um pingo de culpa no corpo até chegar à vizinhança de Alexander.

Estacionei uma rua antes da entrada do condomínio e, sabendo que não precisaria me apresentar, entrei a pé, sorrindo o mais gentilmente que podia para o porteiro sonolento.

Quando parei em sua porta me dei conta de que entrar no condomínio era a parte fácil. Difícil seria entrar sem as chaves.

Resolvi agir, ficar na entrada, vulnerável, esperando que alguém aparecesse, não era uma opção.

Procurei nos vasos de planta, embaixo do tapete, nas dobras das janelas, mas nada... Alexander não tinha uma chave-reserva, o que me sobrou foi caminhar pelo jardim lateral, com as mãos tremendo de ansiedade, pensando em como conseguiria entrar.

A noite estava fria, o vento gelado cortava minha pele exposta, mas eu não ligava, minha preocupação era que, quase nove da noite, Alexander ainda não estava em casa, nem Nathan... Onde ele estava?

Depois de tentar todas as entradas possíveis, fui para os fundos.

Consegui pular a mureta da área de churrasco da piscina e espreitei até a porta de vidro que dava para a sala.

A alegria junto da adrenalina quando vi uma fresta aberta me tomou quase como uma droga.

Abri devagar, o rangido suave do vidro no metal ecoando no silêncio, provando que eu estava sozinha.

Dentro da casa, o ambiente era frio, silencioso, escuro, quase sem vida.

Não havia vestígios de alegria, de caos, de vida real.

Tudo era perfeito demais, ordenado demais.

A sala estava impecável, como se ninguém realmente morasse ali.

Subi as escadas segurando a respiração, e quando cheguei ao patamar de cima, abri a primeira porta.

Encontrei o quarto de Nathan e, desinteressada, logo fechei a porta.

Saí, e, ignorando a porta que sabia que era do banheiro, abri a próxima e encontrei um escritório.

A seguinte era uma porta trancada.

Odiei não saber o que havia ali, mas respirei fundo e fui para a última porta, encontrando o quarto de Alexander, sentindo o cheiro de madeira polida e do perfume suave que parecia impregnado em tudo.

Assustadoramente, ali, cada coisa estava em seu lugar, um reflexo assustador de quem Alexander tentava transparecer: impecável, controlado.

A cama estava feita com precisão militar, os lençóis lisos, sem um único amassado. As paredes eram de um cinza neutro, e os móveis escuros contrastavam com o branco puro da roupa de cama. Tudo ali gritava ordem, como se ele tentasse controlar até mesmo os menores detalhes de sua vida.

Movi-me pelo ambiente observando cada detalhe.

Abri o armário, encontrando roupas perfeitamente dobradas, organizadas por cor e estilo. Fiquei imaginando como seria vê-lo desorganizado, fora de controle, desfeito.

O pensamento me fez sorrir.

No banheiro, encontrei minha própria imagem no espelho.

A maquiagem estava perfeita, o vestido justo ainda no lugar, mas tudo isso parecia fora de contexto naquele espaço tão impecável. A casa, com toda sua perfeição, me fazia sentir como uma intrusa, alguém que não deveria estar ali.

Respirei fundo, pensando que, no futuro, precisaria de uma boa decoradora, talvez reformas mais pesadas, para me encaixar ali.

E eu ia. Extremamente convencida de que aquela casa, um dia, seria meu lar, tratei de pegar minha mala e coloquei meu pequeno plano sujo em ação.

Tirei o vestido, terminei de vestir a lingerie preta que havia escolhido a dedo, e me preparei para o que tinha em mente naquela noite.

Cada mínima armadilha projetada para que Alexander se arrependesse do que tinha me dito mais cedo, de como havia sido tão babaca comigo.

Enquanto esperava, comecei a fuçar nas gavetas da mesinha de cabeceira. Encontrei papéis, documentos, um livro que parecia ter sido lido apenas pela metade. Em outra gaveta, achei uma foto dele com Nathan, de anos atrás.

Eles pareciam felizes, despreocupados.

Fiquei olhando para aquela imagem, imaginando como seria viver em um mundo onde tudo fosse simples assim.

Finalmente, ouvi o barulho da porta da frente.

Meu coração disparou.

Voltei para a cama, deitei de lado, posicionando meu corpo de forma estratégica, sensual, mas, ao mesmo tempo, desafiadora.

Queria que ele visse que eu era uma dádiva, não uma maldição.

Contei os segundos até ele subir.

Por um breve momento, fiquei com medo de ser Nathan. Ele arruinaria tudo se me pegasse ali daquele jeito, mas, para minha sorte, quando a maçaneta girou, foi o corpo de Alexander que ficou parado na porta absorvendo a informação de eu estar lá.

— Boa noite, querido. — Sorri, sabendo que aquela provocação não sairia impune.

Ainda congelado na porta, meio escondido no escuro, Alexander perguntou:

— Como você entrou aqui?

Eu ri, me sentando na cama com movimentos lentos, demonstrando que, até ali, eu não era uma ameaça.

— Ah, você sabe, cobras podem entrar em qualquer fresta.

— E demônios invocados em qualquer chão.

Quase gargalhei com sua frase ríspida.

— Só se invocados, você acertou. — Ergui o rosto, mirando seus olhos, até ele parar na minha frente. — Como foi seu dia?

— O que você está fazendo aqui? — Ele não estava relaxando, não estava amolecendo, mas eu daria um jeito.

Mesmo com a proximidade física de quando eu me coloquei de pé, vi a tentativa de resistir em seu rosto. Não era um problema. Alexander podia mudar o nome para origami na próxima vida, de tanto que o dobraria nessa.

Puxando-o pela gravata, trazendo sua boca próxima à minha, sussurrei:

— Quanto mais você corre, mais divertido fica.

Estava pronta para beijá-lo, mas ele me atacou. O controle que ele tanto amava, desapareceu, mas, no comando, antes que ele percebesse, o fiz deitar na cama.

Ele não reclamou quando o montei.

Nem quando segurei seus pulsos para cima da cabeça.

Ele só parou, em completo choque, quando fechei as algemas em volta dos seus pulsos.

— Que porra...

— Relaxe, amor... — Me levantei, indo trancar a porta. — Se formos rápido demais hoje, você vai perder detalhes importantes. — Voltei para a frente dele e comecei a mostrar os detalhes da minha lingerie. — Me conte, você gostou?

— Uhum... — ele falou baixo, contido, ainda inconformado de estar preso.

Eu sorri.

— Ah, Alexander, não acredito muito nisso. Acho que você odiou, por isso, vou me livrar dessas peças. — E, devagar, comecei a soltar o espartilho e cada mínima peça até estar completamente nua, e ele, inteiramente excitado.

Sentei sobre a cintura dele. Meus olhos presos ao seu rosto, saboreando como Alex se esforçava para dividir a atenção entre meu corpo e face.

Abrindo sua camisa botão a botão, perguntei:

— Não vai me dizer nada?

— Você tinha razão. — Ele engoliu em seco. — Odiei a lingerie.

Satisfeita, cheguei até suas calças, provocando com as unhas parte da pele do abdômen, dos vincos que se perdiam para dentro da cueca.

— Bom saber que não errei. — Desci o zíper dele e me movi apenas para livrá-lo das peças na parte de baixo de seu corpo ficando em pé na frente da cama. — Mas sabe o que eu notei? — Ele ergueu as sobrancelhas, parecendo interessado. — No quanto você se incomoda ao lembrar que perdi a virgindade com seu filho.

Alexander de imediato fechou a cara.

— Cala a boca.

— O quê? Está com medo de eu te contar como foi? Como Nathan tentou ser gentil? Como ardeu? É, talvez ele seja mais parecido com você do que você sonha...

A cara de terror de Alex era muito divertida para mim.

O ódio aqueceu seu rosto, travou sua mandíbula e arrepiou seu corpo, mas não o deixou menos duro. Na verdade, seu pau brilhava de tanto tesão, de tão molhado, de tão sedento por mim.

— Não quero ouvir isso.

Ri baixinho.

— Tão bobinho... Não mandei você não se preocupar? — Virei de costas, olhando-o por cima do ombro, e me abaixei um pouco, exibindo a joia do plug bem presa ao meu corpo.

A boca dele se abriu e fechou, seu corpo se mexeu, balançando um pouco a cama, conforme eu mexia na joia, girando um pouco, puxando para fora lentamente, finalmente me sentindo pronta.

Tirei a joia cheia de lubrificante de lado e engatinhei sobre seu corpo, indo com o rosto para o seu pau enquanto me ajeitava nos joelhos.

Olho no olho.

Desejo, ansiedade e entrega.

Nosso momento.

Nosso microuniverso funcionando.

— Você não precisa mais ficar triste, nem com ciúme. — Segurei seu pau e o masturbei de leve, ainda com toda a atenção nos seus olhos. — Pode não ter sido o primeiro na minha boceta, mas vai ser o primeiro no meu cu.

— Victória, eu... — ele ia tentar falar, mas o encaixei e, aproveitando a ajuda do plug, com o tanto que ele estava molhado, foi só forçar um pouquinho para baixo que a cabeça entrou.

Eu não estava preparada.

Meu corpo pegou fogo rápido demais. Minhas veias pareciam ter veneno corrosivo e era dolorosamente bom.

— Alexander... — gemi seu nome depois de arfar, procurando seu rosto.

Quase me acabei bem ali.

A face dele era meu maior desejo.

Seus olhos estavam vidrados em mim, no ato, e se suas mãos estivessem soltas, eu sabia que não sobraria nada de mim.

Ofegantes, concentrados, eu mal consegui entender quando ele moveu a cabeça para cima e implorou com a voz rouca.

— Para de me apertar assim, porra.

Teimosa, eu só me forcei ainda mais para baixo, escorregando devagar, sentindo centímetro a centímetro dele ser engolido para, em seguida, meu corpo protestar, tentando expulsá-lo.

Ardia, mas era muito bom.

Com o quadril, ele me fez inclinar para frente, e ágil, com os pés apoiados contra o colchão, Alex começou a me foder.

Ajudei, com as mãos para trás, me abrindo, tentando facilitar as coisas.

Meu rosto sobre o dele não ajudava.

A cada investida eu gemia contra sua boca, sentindo meu corpo balançando com o impacto de seus quadris contra mim.

— Me solta — ele pediu.

Neguei com a cabeça,

— Me solta dessa porra agora. — Era uma ordem, mas eu não conseguia obedecer.

Estava presa na nova sensação de um sexo intenso, tremendo por inteiro enquanto tentava ficar sã.

A revolta dele não esperou.

Alexander bateu as correntes da algema contra o ferro uma, duas, três vezes. O som das algemas se arrebentando me fez rir, mas ele não achou graça de nada. Soube disso quando segurei em seus ombros e ele segurou minha bunda, me ajeitando como bem queria em cima de si.

— Não achei que você fosse burra — ganhei uma mordida na bochecha —, mas espero que você goste de ficar em pé, porque vou foder tanto sua bunda que você não vai sentar em cadeira nenhuma.

Não respondi. Não conseguia.

Alexander me bateu, dois tapas pesados, um em cada nádega.

Minha pele queimou. Seu ritmo aumentou.

Juntei minha boca na dele, beijando-o como um pedido de desculpas que ele não recebeu bem. A prova disso era que não havia calma, não havia um pingo de misericórdia. Ele se enterrava no meu cu como se sua vida dependesse disso.

Por um segundo sua mão escorregou para minha boceta.

Alex sentiu o quão molhada e inchada eu estava, mas depois de esfregar meu clitóris quase de forma dolorida, ganhando um grito abafado meu e uma mordida em seu lábio inferior, ele riu.

Abraçando-me, nossos corpos giraram sobre a cama.

Ele ficou entre minhas pernas, erguendo meus joelhos ao máximo, me olhando de cima.

— Não vou tocar na sua boceta hoje, só para você aprender.

Engoli a vontade de choramingar e fiz que sim com a cabeça.

Alex cuspiu.

Eu sabia que aquela era toda a lubrificação extra que eu poderia contar.

Foi uma das coisas mais sexys que eu já o tinha feito fazer.

E, admirado, quase que como um viciado, ele puxou minhas coxas e me fodeu do seu jeito favorito. Forte, bruto e intenso.

Eu o sentia inteiro dentro de mim.

Meu corpo pesado. Meu ventre sentindo falta de algo.

Eu só queria me tocar e discretamente fui abaixando uma das mãos.

Ele me bateu.

— Não — rosnou.

— Por favor — choramiguei, mas isso só piorou as coisas. Ganhei um tapa no seio e sua mão veio para minha garganta.

Alex se afundou em mim.

Eu gemi tão alto que ele precisou apertar os dedos ainda mais em volta do meu pescoço.

— Geme baixinho, gostosa. — Mal vi a hora que sua boca estava contra a minha. — Geme pra mim.

Ele não precisava pedir.

Eu realmente não tinha noção do que havia feito, mas jamais me consideraria burra.

Meu corpo todo parecia amortecido, no limite, e mesmo que ele não estivesse na minha boceta, era como se estivesse em todos os lugares.

Despertar aquele lado de Alexander me fazia extremamente poderosa, incrivelmente satisfeita, e desarmando-o, eu pedi:

— Goza em mim.

Ele sabia que aquilo ali não era nem mesmo metade do que queria dele na cama naquela noite, mas meu pedido contra sua boca, com os olhos entreabertos mirando os dele, foi bem recebido.

— Relaxa. — Era uma ordem, e tentei obedecê-la, mas com Alexander me fodendo mais fundo, mais forte, com a boca contra a base do meu pescoço, acabei perdendo qualquer controle.

Eu só o ouvi xingando.

Seus dentes contra minha carne.

E explodi no orgasmo mais intenso da minha vida.

Quando voltei a mim, ele tinha a mão na minha boca e me olhava assustado. Eu estava chorando, tremendo e gemendo.

— Victória? — Ele parecia se esforçar para parecer são.

— O-oi — falei com a respiração estremecida, ainda chorando.

— Te machuquei?

Neguei com a cabeça.

— Por que está chorando? — Ainda dentro de mim, nossos corpos ainda vibrando no pós-orgasmo, eu sorri e o abracei.

— Não é nada.

— Fale... — A preocupação em sua voz só me convenceu porque eu não queria que aquilo acabasse. Por mim, agora que eu sabia o que me esperava, Alexander e eu não dormiríamos tão cedo.

— Nenhuma mulher chorou ao gozar com você antes?

Ele negou.

— Ótimo. Também tirei sua virgindade. — Respirei fundo, limpei os olhos e me apoiei nos cotovelos, encarando-o o mais séria possível. — Agora, me diz. Quer que a gente tome banho, ou continuamos daqui?

De absolutamente todas as coisas que me relacionar com Alexander envolvia, dormir com ele agarrado a mim era a minha favorita.

A noite passada tinha sido transcendental.

Antes de dormir, foi engraçado ouvi-lo dizer que, se fosse sempre assim, ele poderia me dar a chave por seis meses.

Seis meses... Ele realmente achava que eu ia embora?

Todo mundo acreditava naquela historinha, mas ninguém me conhecia como ele.

Eu não ia embora.

Meu plano era conquistá-lo e ficar.

Enquanto estava de olhos abertos com as mãos dele em volta do meu corpo, algo mudou no ar. Ouvi passos do lado de fora e, antes que pudesse pensar muito, ouvi as batidas à porta.

Sem pensar duas vezes, assustando Alexander, me joguei para o chão e rolei pelada para baixo da cama.

Quando dei conta do que acontecia precisei tapar a boca para não rir.

— Pai... PORRA! — Ouvi Alex se mexer em cima da cama, provavelmente se cobrindo. — Por que você tá pelado? Credo.

— Eu te dei educação. — A voz amanhecida de Alex era linda. — Quando bater, precisa esperar, esqueceu?

— É que você está atrasado, nunca sai depois de mim, e olha que eu só passei em casa para poder pegar umas roupas...

— Eu... — Alexander respirou fundo e soltou um xingamento. — Porra...

— Pai — Nathan ria —, que porra aconteceu aqui ontem? De quem é essa lingerie? — Me assustei quando ele se abaixou para pegar uma das peças, mas por sorte não me viu.

— Não te interessa. Eu fico perguntando com quem você transou?

— É que... Você nunca traz ninguém aqui.

— Foi um acidente. Não vai acontecer de novo.

— Ah, acidente. A boceta entrou voando pela janela e te atacando?

— Nate...

— Achei que gente na sua idade só dormia junto, sabe? Literalmente DORMIA.

— Moleque, se eu não estivesse com a cabeça doendo...

Nathan o interrompeu:

— Aí, passou a noite na gandaia, durou seus bons dez minutos, e agora tá com dor. Quer que eu marque um médico?

O travesseiro de Alex voou e caiu no chão.

— Vai logo trabalhar.

— Vou, mas prometo que começarei a procurar uma casa de repouso com velhinhas gostosas, vai que você se empolga lá?

Mais um travesseiro voou.

— Até mais tarde, pai. Acho que janto aqui.

Nathan bateu a porta, mas eu ainda fiquei ali embaixo.

Eu adoraria ter intimidade com meus pais daquele jeito.

Não era desrespeitoso, só era... legal.

— Suba. — A cabeça de Alexander surgiu do nada e eu rolei para fora do esconderijo. Para minha surpresa, ele me puxou, nos escondendo embaixo do lençol.

Jogando uma das pernas sobre meus quadris, ele encaixou uma das mãos no meu seio e afastou o cabelo da minha nuca beijando ali de um jeito carinhosamente bruto.

— Eu te disse que ia dormir na sua cama — sussurrei, orgulhosa.

— Descontarei isso no final de semana.

Minha mente brilhou. Ele tinha aceitado!

Antes que eu pudesse dizer qualquer coisa, ganhei um tapa na bunda, e ele se ergueu para tomar banho.

Com tudo o que tinha acontecido, eu não iria trabalhar, mas, mesmo assim, Alexander me levou até onde meu carro estava estacionado.

Virei-me para ele, pensando no que diria para me despedir, mas, me surpreendendo, ele me agarrou pela nuca e me beijou.

Não um beijo como se ele fosse me foder ali.

Um beijo mais calmo, denso, quente...

— Até depois — ele soltou ainda com a boca perto da minha.

— Até — foi o que consegui dizer antes de abrir a porta atrapalhada.

# Capítulo 32

## ALEXANDER

*Eu tenho outra confissão a fazer: eu sou o seu tolo.*

*BEST OF YOU*, FOO FIGHTERS

**OPERAR POR DOIS DIAS SEGUIDOS ERA O TIPO DE DESAFIO DE QUE** eu gostava.

A precisão, o foco, a necessidade de apagar o mundo exterior e mergulhar totalmente na tarefa à minha frente.

E eu consegui fazer isso, ou quase.

Cansei de lutar quando, no fundo da minha mente, ela estava sempre presente. Mesmo enquanto segurava o bisturi, a imagem de Victória invadia meus pensamentos.

Seu sorriso provocador, a maneira como me desafiava em cada troca de palavras, o jeito como fazia meu sangue ferver e minha mente se perder.

Mesmo com os riscos, mesmo com todos os avisos de alerta, mesmo com tudo indicando o quanto era errado, eu simplesmente não conseguia evitar.

Quando finalmente terminei a última cirurgia depois de dois dias exaustivos, e estava voltando para casa, querendo minha cama, meu telefone tocou.

Era Samuel.

Meu coração sempre batia errado quando via seu nome no celular.

Eu vinha evitando meu melhor amigo de uma maneira que nunca havia feito antes.

De fato, estava sendo o pior amigo do século, mas, naquele minuto, me recusei a fugir já que tinha uma boa desculpa.

— Sam? — Foi o meu alô.

— Está ocupado? — Ele parecia pisar em ovos.

— Não… Acabei de operar, foram dois dias intensos e eu acho que estou ficando doente. Desculpe por desaparecer dos nossos treinos, até isso eu ando precisando mudar, o horário da academia não está batendo com minha agenda desse mês — menti descaradamente, sabendo que precisava dar uma justificativa.

— Achei que estivesse de saco cheio do meu drama familiar, mas, se estiver, no momento, não me conte. Preciso falar com alguém que tenha bom senso, Evelyn está impossível de lidar. — A voz dele estava carregada de frustração.

— O que aconteceu além da briga? — perguntei, tentando manter a voz neutra, mas já sabendo que qualquer problema que envolvesse Evelyn acabava recaindo sobre Victória.

— Ela quer que eu mande minha filha embora... — Minha mente brilhou em alerta um não gigantesco. — Para Evelyn, tudo o que ela faz é errado, ou um péssimo exemplo para os pequenos. Para piorar, Victória continua sem falar comigo e, sinceramente, eu não sei mais como lidar com isso. Estou cansado, cara. O trabalho anda uma loucura, e chegar em casa e encontrar esse caos... — Ele suspirou, claramente esgotado.

Eu sabia que deveria ser imparcial, mas, com Victória cada vez mais enraizada na minha mente, e com a possibilidade de ela ir embora, era difícil não tomar partido.

— Sam, você já parou pra pensar que talvez a Evelyn esteja exagerando? Victória é jovem, vai errar em muita coisa sim, mas ela tem tentado se ajustar. Talvez Evelyn precise dar um pouco mais de espaço para ela respirar, ou então precise de uma distração. — Sabia que estava defendendo Victória, mas não conseguia evitar.

— Talvez o fato de Evelyn só ficar em casa, ou fingindo trabalhar com o social, como sabemos que ela faz, não seja mais o suficiente... Mas meus filhos começaram a se bater, talvez isso seja o mau exemplo que Victória possa vir a ser.

— Mau exemplo? — Senti a raiva começar a subir, mas controlei meu tom. — Victória não é um perigo para ninguém, Sam. Ela é sua filha e é uma mulher tentando encontrar o lugar dela no meio dessa confusão. Talvez o problema não seja ela, mas a falta de espaço para que ela se sinta parte da família depois de anos sendo um objeto que chegava com data de chegada e partida. Já parou para pensar que sua filha não tem um lar?

Houve um silêncio do outro lado da linha, e eu imaginei Sam ponderando minhas palavras.

— Talvez você esteja certo. — Havia dor na voz dele. Me senti um amigo de bosta, mas não voltaria com minha palavra. — Eu preciso encontrar um meio-termo aqui. Mas, honestamente, está difícil... Eu não sei mais o que fazer. — Tanto desânimo nas palavras de Sam me fizeram sentir a pontada de culpa por saber mais do que deveria sobre o que realmente estava acontecendo na casa dele.

— Calma, nem tudo está perdido. Você precisa relaxar um pouco. Talvez tirar um tempo com Evelyn, os dois sozinhos, longe de toda essa tensão. — Minha sugestão era sincera, mas eu também estava pensando em Victória, em como ela poderia se sentir melhor tendo um pouco de paz.

— Já vou. — Ele não disse isso para mim. — Alex, como está sua agenda? Que tal a gente tomar uma cerveja no final de semana? Faz tempo que não nos encontramos, só nós dois.

Senti um aperto no peito.

A ideia de passar o fim de semana com Sam antes seria tentadora, mas minha mente já estava decidida. Eu tinha um compromisso que não poderia incluí-lo, e a ideia de passar mais tempo com Victória me consumia.

Mentir para ele me fazia sentir ainda pior.

— Eu... tenho um compromisso com outros médicos no final de semana. Não vou poder, Sam.

— Ah, tudo bem... — ele tentou disfarçar a decepção. — E hoje à noite? Evelyn e eu vamos sair, nada fechado ao casal. Você pode vir, conversar um pouco, relaxar.

— Sam, eu realmente não posso. Tive dois dias de operações seguidas. Estou exausto. Tudo o que quero é minha cama. — Deixei minha voz pesar, demonstrando todo o meu cansaço enquanto estacionava na vaga em frente à minha casa.

Ele suspirou, compreensivo.

— Entendo, Alex. Se cuida então. A gente se fala depois.


Quando desliguei, um vazio estranho tomou conta de mim. Eu estava evitando meu melhor amigo, mentindo para ele... tudo por causa dela. Antes que eu pudesse afundar mais na culpa, meu telefone vibrou de novo. Era Victória.

— Eu ouvi a conversa. Eles vão sair. Você vem para cá. Não tem discussão. — Ela desligou antes que eu pudesse responder e, logo em seguida, uma foto sensual dela apareceu na tela.

Eu praguejei baixinho sentindo a tensão subir de novo.

Chegar em casa e pensar em simplesmente deitar e dormir não era mais uma opção. Em menos de dez minutos, eu estava me arrumando de novo, a culpa e a excitação lutando dentro de mim, dilacerando as paredes do meu peito.

Eu era um amigo de merda.

Eu era um amante muito dedicado no momento.

Encontrava-me prisioneiro da vontade dela e contaria essa versão dos fatos se tivesse alguém para ouvir, mesmo que a verdade fosse outra: eu era ainda mais prisioneiro do meu próprio desejo.

Victória tinha conseguido.

Parecíamos ímãs de polaridades opostas. Não importava onde, ou como, daríamos um jeito de nos unir mesmo que aquilo não me agradasse.

Quando voltei ao carro, encarei o reflexo dos meus olhos pelo espelho retrovisor.

— Estou maluco.

E não era a verdade.

Eu só estava viciado.

Victória Blackwood era meu tipo de droga favorito.

# Capítulo 33

## VICTÓRIA

*Eu tô aqui sem rumo, travada e perdida, hoje me deu
medo da vida. Hoje eu senti falta de você, de te amar por
telepatia.*

IGUARIA, LUÍSA SONZA

**LIBEREI ALEXANDER NA PORTARIA POR MENSAGEM E O ESPEREI**
com a porta do apartamento entreaberta não segurando a empolgação quando
o elevador chegou.

— Shiiii. — Coloquei o indicador nos lábios assim que o vi e abri a porta,
puxando-o para dentro, espiando se alguém vinha do andar de cima ou do corredor, já o empurrando a caminho do meu quarto.

Assim que fechei a porta e me virei para vê-lo, meu coração disparou, e
não por medo. Ele havia tomado banho e colocado roupas bem cortadas para
me ver.

Ele tinha se arrumado para mim.

E mais: ele tinha vindo.

Mal me contive, colocando-o contra a parede ao lado da porta, acertando
sua boca com a minha, já com as mãos prontas para livrá-lo da roupa.

Ele segurou minhas mãos por um momento, os olhos buscando os meus,
como se quisesse dizer algo importante.

— Está tudo bem? Não quer conversar? — Sua voz era um misto de dúvida e preocupação.

Eu balancei a cabeça, afastando a ideia.

Conversar?

Como poderia colocar em palavras tudo o que eu sentia, toda a confusão
que estava dentro de mim? Não, eu não queria. Minha necessidade seria supri-
da de outra forma, algo que as palavras não podiam alcançar.

— Por enquanto a conversa vai ser mais sensorial... — Minha voz saiu mais fraca do que eu esperava, mas continuei: — Pense pelo lado positivo, você pode me foder, e, dessa vez, prometo que vou ficar quietinha. Só preciso de você... do seu corpo.

Ele hesitou, ainda segurando minhas mãos.

Por um segundo, temi que ele recuasse, mas, então, ele soltou um suspiro resignado.

— Se estou no inferno, é melhor foder o capeta.

Trocamos um sorriso cúmplice.

Ele soltou meus pulsos.

Meu vestido foi ao chão e não havia nada por baixo.

Alexander me grudou contra a parede, invertendo os papéis, me ajudando a arrancar sua roupa, até que éramos nós dois, nus, no meu quarto.

Os corpos grudados um no outro.

O beijo intenso, silencioso, doce e calmante.

Cada segundo com ele era um minuto a menos de sangramento interno, de dores que eu não conseguia mais alcançar. Ele não era cura, mas anestesiava, distraía, e eu só queria esquecer.

Tomei um susto, dando um gritinho quando ele me pegou no colo.

Ganhei uma mordida no lábio enquanto envolvia minhas pernas em volta de sua cintura.

Nós rimos. Ficarmos quietos parecia um desafio incrivelmente difícil.

Ele me deitou na cama e interrompeu nosso beijo.

O calor da pele dele roçando contra a minha, da sua barba arranhando meu corpo, da sua boca me excitando... Quando dei por mim, sorria, de olhos fechados, completamente arrepiada, inteiramente entregue.

A fome pareceu sumir.

O peso de me achar inchada ou errada quando ele arrastou uma trilha de beijos pelo meio do meu abdômen não estava lá.

Abri as pernas assim como abri os olhos.

Sedenta por Alex em cada mínimo pedaço, e vê-lo na merda do quarto que eu odiava, ajoelhado para mim, com a boca na minha boceta e os olhos nos meus, fez tudo ser incrivelmente melhor.

Pela primeira vez não foi um choque ou uma punição tê-lo me tocando.

E, porra, ele era bom maltratando, mas daquela forma?

Lento, calmo, crescente.

Abri a boca tentando manter nosso som apenas em respirações ofegantes e suspiros profundos, mas, quando dei por mim, com as mãos dele participando, seus dedos me invadindo e as mãos me apertando, arqueei o peito, esticando o pescoço, dei um gemido mais intenso.

— Shiiiiiiu — ele mandou, e eu sorri, buscando o travesseiro para tapar meu rosto.

Alexander, apesar da gentileza, não foi menos intenso.

Se ele não parasse, eu acabaria gozando em sua boca.

— Para... — sussurrei, já sentindo meu ventre contrair. — Eu, vou... — Aquilo só piorou tudo. Sua língua foi ainda mais esperta e eu tentei fechar as pernas.

Ele não deixou, e pouco me importando, se ele queria que fosse daquele jeito, relaxei.

Segurei sua cabeça e o encarei no último segundo.

Os olhos cinzentos me engoliram enquanto tremia contra sua boca e assim que caí, relaxada na cama, ele veio para cima de mim.

— Satisfeita?

Carinhosa, pousei as mãos em seu rosto na altura do meu e neguei, encontrando sua boca, beijando-o por partes.

Primeiro os lábios macios, depois a língua, depois uma bela mistura envolvendo até os dentes. Eu o mordisquei, chupei, suguei.

Senti meu gosto nele. Meu cheiro.

Queria marcá-lo assim na alma.

Alexander me correspondeu em cada mínimo movimento.

Seu pau completamente ereto contra o meu ventre, quente, grosso, pronto para que eu o usasse como bem quisesse.

Amei aquele segundo, a sensação de poder, de ser desejada.

Assustei-o quando, com apenas o movimento das pernas, o passei para baixo.

— Quero que você goze assim, olhando nos meus olhos... — avisei, colocando suas mãos nos meus quadris antes de segurá-lo ereto entre minhas pernas.

Esfreguei a cabeça do seu pau por toda minha boceta antes de encaixá-lo na minha entrada e, quando desci, assisti Alex usar todo o autocontrole para ser silencioso.

Sua feição toda se fechou. O maxilar se apertou. Seus dedos se afundaram na minha carne.

Apoiei as mãos nele, uma no meio do seu peito, a outra um pouco mais para baixo e, encarando-o como uma sereia encara o marinheiro desavisado que ouviu seu canto, fodi com a mente de Alex enquanto começava a movimentar meu corpo, para cima e para baixo no começo, e depois em um rebolado ritmado, como se desenhasse um oito sobre seu corpo.

Seus olhos ficaram mais escuros.

Seu coração bateu mais forte.

Suas mãos me incentivaram a ir mais rápido, mais intensa, mais fundo.

Minha cama não deu conta, dançando no chão, rangendo sob nosso peso.

Nem tudo conseguia ser tão silencioso, mas assim era melhor, ou entre gemidos abafados e palavras balbuciadas, ele ouviria meu coração batendo quase que desesperado por ele.

Uma das mãos de Alex subiu, afastando meu cabelo, me puxando pela nuca. Ele me inclinou um pouco, mas não o bastante para sua boca tocar a minha, ainda assim, os dois estavam vidrados um no outro, bebendo cada uma das reações, e liberto, sem esperar, sem me avisar, por sentir o quanto eu também estava pronta, Alex me puxou para baixo na hora exata em que gozamos juntos.

Os gemidos não foram completamente mudos, mas foram abafados pela boca um do outro.

E, mais uma vez, com toda a força daquilo, lágrimas escorreram dos meus olhos. Não o deixei ver, mas me deitei contra seu peito, ouvindo seu coração, e agradeci mentalmente por ele ter vindo.

Se ele tivesse dito não, teria me quebrado, e eu não tinha mais condição alguma de ficar tentando pegar meus cacos.

A cena improvável de Alexander deitado comigo na minha caminha de solteiro me fez rir baixinho. Estávamos agora um de frente para o outro, com o lençol nos cobrindo até metade do corpo.

O espaço era pequeno demais para nós dois comparado à cama dele, e vi Alex tentando se ajeitar. O barulho que ele causou batendo a cabeça em uma das prateleiras sobre a cama o fez soltar um palavrão baixinho.

— Precisam reorganizar essas prateleiras — ele murmurou, esfregando a cabeça, com um sorriso cansado.

— Ou comprar uma cama maior... — Suspirei malcriada com a memória da possível reforma na cabeça, pensando se aquilo ainda era válido depois da briga toda.

Acendi a luz de led do quarto e ele se assustou piscando os olhos para se ajustar.

— Isso é novo — comentou com uma risada que me fez sentir mais leve.

Ele me puxou para mais perto, nossos corpos se encaixando perfeitamente, meus seios contra seu peito, o calor dele me aquecendo... Eu não podia acreditar que Alexander estava se rendendo assim.

Acariciando meu cabelo, com os olhos nos meus, ele disse, de repente, tão decidido, que quase ri:

— No final de semana separe mesmo suas coisas. Vou te levar para a casa de praia.

Por um instante, senti uma emoção tomar conta de mim.

Ele realmente estava abrindo a porta.

Eu estava ganhando!

— O que foi? — perguntou, sua voz era suave, mas cheia de uma preocupação genuína.

— Você quer ficar comigo. — Seus olhos estranharam. — Perto de mim — me corrigi a tempo. — Além das crianças, ninguém aqui nessa casa fala comigo. — As palavras saíram antes que eu pudesse conter. — É como se eu não existisse, como se voltasse a ser invisível... Mas você, você me vê.

Sorri tão genuinamente que devo tê-lo espantado.

Alexander ficou em silêncio e procurei algo para que ele entendesse.

— O que você achou do quarto?

Ele observou ao redor, e eu sabia que ele estava enxergando mais do que apenas os móveis.

— É bem... infantil, para dizer o mínimo. Não parece com você. Se fosse realmente seu, seria todo vermelho e teria um trono no meio, pelo menos é assim que eu imagino o inferno.

Um sorriso triste se formou em meus lábios e, por um momento, me senti vulnerável.

— Talvez você me conheça melhor do que pensei, mas é isso, isso aqui não é meu. É só a cama disponível da casa, entende?

Talvez ele não entendesse o peso.

Talvez eu nem quisesse que entendesse, eu só precisava de alguém para dizer.

Ele não disse mais nada, apenas me puxou para mais perto, deixando que eu me aninhasse contra seu peito. O cansaço finalmente me venceu, e enquanto o calor dele me envolvia, deixei que o sono me levasse.

Acordamos com o som da porta da frente se abrindo.

O pânico tomou conta de mim.

Meu pai tinha voltado.

Senti Alex se mexer rapidamente, tentando se vestir sem fazer barulho, e meu coração disparou, temendo que tudo o que tínhamos construído pudesse desmoronar em segundos.

Segurei-o pelo braço e fiz um sinal com a mão para que ele se sentasse.

Minha porta estava trancada, mas, por algum motivo, papai tentou girar a maçaneta.

Ouvi o suspiro de frustração do outro lado, mas aquilo não era nada comparado ao meu coração martelando no peito tão rápido.

Odiava acordar no susto, ainda mais com a possibilidade de tudo que eu tinha me esforçado tanto para conquistar podendo ser tirado de mim.

Quando não tinha mais nenhum ruído ali embaixo, me levantei e, como Alex, comecei a me vestir.

Não queria que ele fosse embora, mas que opção que eu tinha?

Queria que ele me chamasse para ir junto, mas não podia jogar tudo para o alto. Um passo de cada vez e logo estaríamos correndo.

Esperei até que o silêncio voltasse a reinar na casa antes de abrir a porta espiando o corredor.

Tudo escuro.

Indiquei com a mão para que ele me seguisse e fui a passos macios até a porta de entrada.

Tomei cuidado com o clique da maçaneta e, assim que vi que o elevador estava ainda aberto do lado de fora, virei para meu parceiro de loucura.

— Vai, rápido — sussurrei, empurrando-o para fora.

Alex me surpreendeu, de novo, me puxando para um beijo rápido, fazendo com que meu coração batesse alto o bastante para que ele pudesse ouvir.

Por sorte, ele correu para o elevador e eu fechei a porta com cuidado.

Voltei para o quarto, me deitando na cama que ainda carregava seu cheiro, e me deixei afundar nas cobertas.

O que sentia por ele não era mais apenas um jogo.

Não era mais apenas uma obsessão.

Era amor. Assustador e incontrolável.

E, por mais que eu não quisesse admitir, ele conseguia ser melhor do que eu imaginei.

# Capítulo 34

## ALEXANDER

*O ciclo se repetiu enquanto explosões surgiam no céu,
tudo que eu precisava era a única coisa que eu não pude
encontrar, e você estava lá quando tudo mudou,
esperando para me contar.*

**BURN IT DOWN**, LINKIN PARK

ERA SÁBADO BEM CEDO, E EU ESTAVA SENTADO À MESA DA COZINHA, tomando um café forte enquanto refletia sobre aquela semana insana. Fugir como um adolescente do apartamento de Samuel, Victória tão… humanamente vulnerável e deliciosamente mulher, *que porra*.

Aquela noite com ela, tão próxima, tão íntima, me fazia questionar tudo. Como ela conseguia ser ao mesmo tempo tão perfeita e tão fodida da cabeça? Admiti, com dor no coração, e apenas para mim mesmo, que gostava dela, e, como consolo, me apeguei à ideia de que isso tinha um prazo. Um tempo para acabar.

Outro pensamento que martelava em minha cabeça era o fato de não estarmos usando preservativo. Eu vinha sendo completamente inconsequente, mas estar dentro dela, pegá-la pele contra pele… Caralho, só de lembrar da sensação, meu corpo arrepiava.

Ainda assim, se não resolvesse isso logo, poderia complicar ainda mais nossa situação. Eu não queria mais um filho. Um filho dela. E não arruinaria sua juventude.

Enquanto ponderava sobre isso, Nathan apareceu na cozinha, quebrando minha linha de raciocínio.

— Bom dia, pai — ele cumprimentou com a voz carregada de preguiça.

— Bom dia, Nate — respondi, dando um gole no café. — Como estão as coisas? Faculdade?

Nathan se sentou à minha frente pegando uma maçã da fruteira.

Seus olhos estavam pesados de cansaço, provavelmente por causa das provas finais que estavam perturbando sua paz.

— Está tudo bem, só me ferrando com Direito Penal, mas não vou trabalhar com essa merda. — Ele deu de ombros, dando uma mordida na maçã.

Hesitei por um momento antes de perguntar o que realmente queria saber:

— E você e a Victória? Como estão? Algum progresso ou...

Nathan pareceu não se importar, como se aquilo não tivesse mais nenhum peso para ele.

— Ela é sempre educada, mas sinto que tem uma certa distância. Não acho que ela esteja interessada. Talvez não seja mesmo para ser.

A resposta dele me trouxe uma onda de alívio, seguida de um soco de culpa.

Eu sabia que estava roubando o interesse do meu próprio filho, mas não conseguia parar.

— Você acha que tem outra pessoa no caminho? — perguntei, tentando soar casual.

— No momento, só a faculdade. — Ele riu, mas havia uma sinceridade na sua resposta que me tranquilizou um pouco.

Respirei fundo, tentando mudar o rumo da conversa.

— Vou passar o final de semana fora, mas você está liberado para dar uma festa aqui se quiser, desde que não bote fogo em nada como da última vez — disse, lembrando de um incidente não muito distante.

Nathan riu.

— Prometo que o andar de cima vai ficar intacto. Não quero repetir a experiência de dormir no sofá por uma semana.

Sorri e dei um tapinha no ombro dele antes de me levantar.

— Se cuida, filho. Amo você.

Pouco tempo depois, eu estava no carro.

Mandei uma mensagem para Victória e compartilhei a localização.

Em vinte minutos estava estacionando o carro um pouco afastado da entrada do condomínio e, assim que ela saiu, a enxerguei.

Victória vestia um vestido branco curto e justo, carregando uma mochila enorme e usando óculos de sol. Parecia despreocupada, caminhando em sapatos baixos como se desfilasse em seus saltos de sempre.

Assim que ela entrou no carro começou com suas provocações.

— Fui convidada para uma festa — disse, com um sorriso malicioso.

— Como é? — perguntei, já sabendo onde aquilo ia dar.

— Nathan — ela respondeu, com um ar inocente que eu sabia ser fingido.

Senti uma pontada de ciúme, algo que eu não queria admitir. Mas, ao mesmo tempo, aquilo me deu uma desculpa para impor minha autoridade, mesmo que fosse uma brincadeira.

— Você não está disponível — falei, tentando manter o tom casual. — E faça o favor de me dar sua calcinha.

Ela riu, achando graça da minha exigência, e tirou a peça de roupa sem hesitar, entregando-a para mim. A calcinha era branca, minúscula, quase inexistente.

Peguei a peça e a guardei no bolso tentando não demonstrar o quanto aquilo me afetava.

— Ótimo — falei, olhando-a nos olhos. — Prepare-se, o final de semana será disso para pior.

Ela arqueou uma sobrancelha, intrigada.

— Está dizendo que ficarei nua o tempo todo?

— Estou dizendo que só vai usar roupa se eu mandar. Agora coloque o cinto.

O sorriso que ela me deu foi de puro desafio, mas havia algo mais: uma conexão silenciosa, um entendimento de que, apesar de todo o jogo, havia algo mais profundo entre nós. Algo que crescia e ganhava mais e mais independência no meu peito a cada momento que passava com ela.

Enquanto dirigia em direção ao nosso destino, não conseguia deixar de pensar no que estava por vir. Não era apenas sobre controle, poder ou prazer.

*Não pense. Não há tempo. Ela é proibida. É só uma aventura* — tentei me conter.

*Merda...* — Me dei conta.

*Eu a quero.* — Acelerei na estrada, ouvindo seu riso.

*Eu a quero muito.*

# *Capítulo 35*

## VICTÓRIA

*Nada parece interessante se não estamos juntos, por que você parece tão entediada quando eu não estou perto de você? Fiz um museu particular pra cada expressão do seu rosto. Pediu pra eu ficar, vestiu a minha camisa, é fácil te amar, isso é tão perigoso. Amo nossas fotos, confiar é mais difícil do que ir embora. Me desculpa, mas eu não quero ter cuidado, quero uma paixão de estragos daquela que fingimos não querer.*

*SURREAL*, LUÍSA SONZA E BACO EXU DO BLUES

**EU NÃO SABIA QUE SONHOS PODIAM SE TORNAR REALIDADE.**

No começo, eu só tinha uma meta: fazer Alexander ficar louco por mim, ou comigo, e coagi-lo a fazer o que eu mandasse.

Era simples, sem falhas. Eu o amaria em segredo. Eu o adoraria o tempo todo com meu corpo enquanto fosse interessante para ele, enquanto fosse o bastante para mim, mas ali, surpreendentemente, Alexander me quebrou. Não de um jeito agressivo. Não de um jeito aterrorizante.

Alexander era paz. Minha paz.

Havia algo quase terapêutico em estar ao lado dele, algo que eu nunca havia sentido ao lado de ninguém. Era assustador como minha mente silenciava e não havia ruídos medonhos em volta.

Para aprofundar aquela sensação, enquanto ele dirigia, sua mão pousou casualmente na minha coxa, me fazendo de bateria para as músicas mais agitadas, me dando carinho quando distraído.

Ele cantava junto com as músicas antigas de rock que tocavam no rádio, solto e, mais de uma vez, me perdi em seus olhos, seus lábios, na maneira como ele parecia tão à vontade comigo.

Era mesmo, muito mais do que eu havia sonhado, mais do que eu achava possível.

Não pude deixar de pensar em como tudo isso parecia irreal, mas eu não me importava. Apenas queria me agarrar a esse sentimento e nunca mais deixá-lo ir embora.

Quando finalmente chegamos à casa de praia, percebi que algumas coisas haviam mudado, mas o luxo e a beleza permaneciam. Era uma construção imponente, isolada, com uma fachada moderna de linhas limpas, grandes janelas de vidro que davam uma vista deslumbrante para o mar e uma piscina que parecia se fundir com o oceano.

O mar parecia se estender infinitamente, quase como uma promessa de liberdade que eu, quando pisei ali aos quatorze anos, soube que queria.

Que precisava desesperadamente.

Entramos na sala, uma extensão luxuosa e arejada, com uma decoração minimalista, mas de bom gosto. Os móveis em tons neutros complementavam a luz natural que inundava o espaço. O som das ondas quebrando lá fora parecia estar em perfeita harmonia com o ambiente.

Era ainda melhor do que na memória que eu tinha.

— E, então, o que você disse para sair de casa? — Alexander perguntou, a voz carregada de uma curiosidade provocadora, e me virei para ele bem embaixo do portal, me fazendo de inocente.

— Eu disse que ia passar o final de semana com uma amiga — respondi, jogando o cabelo para o lado, tentando manter o tom despreocupado. — Uma amiga bem próxima, sabe? — Ele se aproximou e peguei na barra de sua camisa, encarando seu corpo antes de mirar seus olhos. — Daquelas que você não pode recusar um convite.

— Parece convincente... — Sua mão se ergueu ao meu rosto, seu polegar esfregou meu lábio inferior enquanto seus olhos queimavam, fixos em mim. Uma faísca de algo perigoso brilhando neles. — Mas eu acho que preciso garantir que você não tenha planos de fugir.

— Fugir? — Arqueei uma sobrancelha, desafiando-o. — E por que eu faria isso? — Mordisquei seu polegar, já completamente pronta para o que ele quisesse fazer de mim.

Alexander sorriu, aquele sorriso que sempre me fazia sentir um frio na espinha.

— Talvez... — ele fez uma pausa — porque eu tenha a intenção de prender você aqui. — Ele começou a deslizar suas mãos por meu corpo, até a barra do meu vestido, os dedos tocando minha pele suavemente, deixando um rastro ardente. — E acho que você vai gostar disso.

— E você? — Me virei, ficando na ponta dos pés, puxando Alexander, fazendo com que sua mão viesse contra meu ventre e seu corpo me abraçasse por trás. Meu coração acelerou, sentindo sua respiração batendo contra minha nuca. — Não tem nada que você goste aqui?

A mão dele se arrastou para baixo, pegando a barra do vestido, erguendo pouco a pouco.

— Gostar? — Ele riu de uma maneira tão ordinária que me arrepiou toda a pele ouvi-lo falar. — Você é meu veneno favorito, não percebeu ainda? — ele disse bem contra mim, causando pequenos choques no meu corpo. — Estou tentando criar imunidade, bebendo pequenas doses, mas isso está ficando perigoso.

— Perigoso? — soprei, de olhos fechados, sentindo sua mão na parte interna da minha coxa. Seus dedos mal chegaram ao topo e ele teve a prova da minha excitação.

— É, perigoso. — Com a outra mão, Alexander começou a desamarrar meu vestido. Não pensei muito sobre o quão habilidoso ele era com aquilo quando ele, suavemente, resvalou os dedos nos meus lábios.

Forcei os quadris um pouco para baixo, mas ele se afastou.

Abri os olhos e procurei seu rosto. Encontrei os olhos cinzentos presos em mim.

— Não percebe, sua coisinha maldita? Você está me matando. Está me deixando viciado.

Quis sorrir, mas não conseguia.

Estava com a peça do vestido no meio do corpo, seminua, com cada centímetro de pele queimando, com o coração disparado de uma maneira insana, e quando ele encarou minha boca, eu sabia o que viria.

Sua mão livre segurou meu rosto de lado.

Sua boca acertou a minha com uma fome voraz.

Seus dedos finalmente tocaram meus lábios com vontade, espalhando ainda mais meu tesão, me sentia inchada e pronta.

Para ele, nunca seria diferente, tivesse ele me tomado no carro ao me dar oi, ou em qualquer outro momento. Eu sempre estaria pronta para Alexander.

Suspirei contra sua boca. Ele me sugou a língua e sua mão livre foi de encontro aos meus seios.

Aquela parecia ser a parte favorita de Alex. Eu nunca saía sem uma marca.

Sem um lembrete de sua presença.

E eu não podia reclamar, não quando a sensibilidade que já era alta, contra suas mãos, ficava quase que insuportável.

O homem com quem eu queria passar a vida estava me tocando como um instrumento e eu estava com as pernas trêmulas. Sua mão provocou meus mamilos, beliscando-os, esfregando-os, tocando-me por completo, massageando com certa força, traços da brutalidade que estava prestes a sair. Seus dedos na minha boceta também já não eram mais tão gentis.

Alex brincava com meus nervos, provocando meu clitóris ou ameaçando invadir minha entrada.

Tentei girar o corpo, mas ele não deixou, começando a ser cruel, me torturando com seu toque mais pesado, mais lento, mais bruto.

Ofeguei antes de gemer pesado contra sua boca.

Senti seu sorriso.

Seu pau duro contra minha bunda.

Tentei me forçar ao chão.

Adoraria ficar de joelhos para ele, mas Alex me proibiu mais uma vez.

A frustração me tomou.

— Abra minhas calças. — A ordem foi dada raivosa.

Atrapalhada, coloquei as mãos para trás, entre nós e consegui com algum custo abrir o botão e o zíper.

Assim que consegui colocá-lo para fora, senti meus dedos escorregando e não perdi tempo, masturbando-o em seguida.

A mão em meu seio subiu para meu pescoço.

Alex tirou a boca da minha num rosnado pesado.

— Mãos na parede. — Não obedeci. Ele me enforcou, sacudindo meu corpo. Eu ri. — Mãos na parede agora, Victória.

Só o obedeci porque tropecei para frente, e assim que minhas mãos bateram contra os tijolos vermelhos, Alex se afundou em mim.

Naquele pequeno segundo, perdi as forças.

Meus braços amoleceram, mas ele me sustentou pelo pescoço.

Meu corpo foi pressionado contra a parede. Quando dei por mim, estava com as mãos na bunda, me abrindo ainda mais para ele.

— Filha da puta, gostosa — ele rosnou, e eu ri, erguendo o rosto, tentando olhá-lo enquanto sentia todo seu corpo grudado ao meu.

Alex, muito mais alto do que eu, se dobrou para me beijar sem parar de me foder. Não reclamei do ato agressivo, nem de como a parede machucava minha pele. O beijo era cuidadoso, carinhoso e quando gemi contra sua boca, ele se empolgou.

Alex me soltou, me deixando quase tonta com a mudança, me virou e me pegou no colo.

Encaixei as pernas ao redor da sua cintura. Minhas costas bateram na parede, seu pau deslizou tão fácil para dentro de mim que nem ele aguentou, soltando um gemido baixo, quase um rosnado do fundo da garganta.

Queria montá-lo, queria mais, mas ele não parecia disposto a me deixar mandar em absolutamente nada. Seu rosto ficou entre meus seios. Sua boca fez o estrago que quis enquanto suas mãos na minha bunda me apoiavam para que ele me fodesse mais rápido e mais fundo.

Não me contive.

Meus gemidos ecoaram pela sala enorme.

Não duvidava que desse para ouvir da rua.

Alexander pareceu adorar.

— Era assim que queria foder você — ele disse entre dentes antes de marcar minha pele com a boca. — Pode gritar o quanto quiser, a única hora em que você vai fazer silêncio é com meu caralho na boca.

Eu ri, mas logo ele nos tirou dali.

Abracei Alex com força, com ele ainda dentro de mim enquanto nos carregava para fora. Ele se sentou na espreguiçadeira e eu finalmente agradeci.

Queria montá-lo, queria dominá-lo, e, naquela hora, empurrei seu peito para trás.

— Espere. — Suas mãos se fecharam em volta dos meus pulsos. — Esqueci a porra da camisinha.

Pregando uma peça nele, arregalei os olhos, como se tivesse algo errado.

Alexander gelou.

— O que foi?

— Eu... — fingi preocupação.

— Victória, porra, eu te fodi esse tempo todo sem camisinha, não me diga que...

Comecei a rir, movendo os quadris devagar.

— Está com medo? — A cara dele foi impagável. — Não sou criança, amor. Tomo remédio desde os dezesseis, e, como já disse, você é meu primeiro parceiro assim.

— Sua filha da puta — ele me xingou entre dentes, pegando meu cabelo pela nuca, me segurando com brutalidade, dando um tapa leve, mas ardido, na minha cara, enquanto puxava meu rosto logo em seguida mais para frente. — Só vou foder seu cu depois disso, mas antes vou encher sua boceta de porra e te proibir de se limpar, entendido?

Não reclamei, como poderia?

— Bate mais forte, quem sabe eu finja que estou com medo?

O quadril de Alex subiu, mas eu o dominei, cravando as unhas nele, forçando seu corpo para baixo, dancei sobre ele, primeiro subindo e descendo devagar, gemendo baixinho, provocando toda vez que o sentia completamente dentro.

Olhei para ele, vitoriosa.

Alexander tinha o maxilar travado, a respiração pesada, os olhos fixos, obcecados, presos em mim como nunca antes.

Confiando que ele me obedeceria, ergui o tronco, deitando um pouco para trás, querendo que ele admirasse meu corpo, o modo como meus seios balançavam, como seu pau era engolido pela minha boceta e como eu o apertava lá dentro, brincando com seu limite, mostrando que, no fundo, tudo aquilo era resultado das minhas vontades, do meu plano inicial.

Ouvi seus gemidos mais profundos.

Movimentei os quadris com mais vontade, deitando a cabeça para trás, passando uma das mãos por meu corpo, me exibindo indiscriminadamente, sem pudor algum.

Chamei seu nome, xinguei baixo, me masturbei enquanto sentava sobre ele, e, me desafiando, desistindo de assistir com as mãos nas minhas coxas, Alex ergueu o tronco.

Não briguei, com ambas as mãos, segurei seu rosto de forma possessiva e o beijei. O beijei como tanto queria há anos, o beijei com toda a necessidade que tinha dele, com toda a minha obsessão, com toda a minha admiração.

Ele correspondeu, segurando em minha cintura, me incentivando a ir mais rápido, mais forte.

Não o decepcionei.

— Alexander — chamei-o com a voz baixa, macia —, você não vai gozar pra mim?

Ele bateu na minha bunda, agarrou meu corpo e me ergueu.

Não era o que eu queria, mas não tive nem tempo de raciocinar.

Estávamos expostos, praticamente pelados no quintal, quando ele me colocou de quatro na espreguiçadeira.

Meus joelhos contra a almofada, minhas mãos agarradas ao plástico duro, minha bunda erguida e minhas pernas afastadas.

Olhei sobre o ombro a tempo de vê-lo vir para mim, me olhando como se eu fosse sua presa mais difícil de alcançar.

Sorri como o diabo.

Alexander não pediu licença, apenas me abriu, cuspiu em mim e se encaixou na minha boceta, gemendo junto comigo quando se enterrou com força.

Sua mão voltou ao meu cabelo.

Ele puxou com tanta força que ardeu o couro cabeludo, mas não cedi.

Alex me fodeu como uma vagabunda.

Como uma deusa.

Não fazia ideia da diferença.

Quando seus dedos cheios de saliva acertaram meu rabo, eu apenas pedi por mais.

O formigamento ardido começou a tomar meu corpo.

Meus pés, minhas pernas, meu ventre, até meus lábios.

Tudo em mim parecia chegar ao limite e eu não estava escondendo.

Minha boceta cada vez mais apertada, mais quente, mais molhada.

Alex mais sem limite, me puxando, gemendo, chamando meu nome como se fosse um palavrão.

Aquela era a primeira maravilha do mundo.

E, de uma forma ordenada, seu corpo grudou no meu.

Sua mão no meu cabelo puxou com mais força.

Os dedos dentro de mim estavam no limite.

Seu pau foi engolido.

Eu gritei antes de começar a tremer sem controle algum do meu corpo.

Ele gozou forte, em jatos, e senti cada um deles.

Quase perdi as forças, e meu corpo tombou para frente.

Alex tombou junto. Nós dois caindo na espreguiçadeira, rindo, sem forças, parecendo adolescentes.

— Amo você — soltei quando os braços dele me envolveram, depois de ele beijar minha nuca.

Ele não respondeu.

Não precisava.

Naquele minuto, eu me sentia amada.

Alexander cumpriu a promessa.

Na hora do jantar, eu mal conseguia sentar, mas o acompanhei interessada, bebendo uma taça de vinho. Alexander parecia orgulhoso de si enquanto cozinhava para nós.

— Desde quando você sabe pilotar um fogão? — provoquei.

— Desde o dia em que meu filho pediu macarrão com queijo e eu me neguei a fazer o de caixinha.

— Comi muito macarrão com queijo de caixinha — continuei a provocá-lo.

Alex me encarou como se houvesse algum problema.

— Isso deve explicar muita coisa.

Nós dois sorrimos. Dei mais um gole na minha bebida.

— E você?

— Hm? — Ele ergueu os olhos para mim, interessado.

— Qual foi a desculpa que deu para escapar comigo hoje?

— Fingi ter um congresso... — Ele desligou o fogão e começou a servir os pratos. — Agora — a quantidade de comida que surgiu na minha frente me assustou. Alex sentou na bancada, de frente para mim —, precisamos falar sobre algo.

Ergui as sobrancelhas, esperando, dando mais um gole no meu vinho.

— Por quanto tempo você pretende ficar aqui?

Dei um sorriso sem graça, vendo-o começar a comer.

— Por quê? Já quer que eu vá embora?

— Não é isso, é que... — Ele limpou a boca com o guardanapo e me questionou quando viu que nem tinha tocado nos talheres. — Não vai comer? — Sua voz carregada de preocupação.

— Não estou com muita fome agora, talvez mais tarde. — Desviei o olhar, focando no mar noturno.

— Victória, você não comeu nada desde que chegamos — ele insistiu, o tom mais sério agora.

— Eu sei, é só... — comecei, procurando uma desculpa, algo em que ele acreditasse. — Eu fico assim às vezes. Deve ser o calor, não se preocupe.

Ele não pareceu convencido, mas não pressionou mais.

Para minha sorte, o telefone dele, que estava sobre a bancada, vibrou, o nome do meu pai brilhando na tela.

Percebi a hesitação de Alex, e mandei:

— Atenda.

— Não sei... — Antes que ele pudesse correr, peguei o celular e atendi, colocando no viva-voz.

O olhar dele queimou em mim.

— Ei, Sam. — A voz de Alexander era firme, quase mal-humorada.

— *Está ocupado?* — Meu pai notou a tensão.

— Não, acabei de ser chamado para jantar, então preciso descer, mas você precisa de algo?

— É... Preciso desabafar uma coisa. Minha cabeça está fervendo, e agora que Victória não está aqui, não me sinto mal de falar. — Comecei a sentir meu corpo ficar gelado de uma forma diferente. Minhas entranhas estavam congelando. — Ela foi dormir em uma amiga, pareceu um pouco mais mansa quando falou comigo, e mesmo que eu não confie que seja verdade, com isso na cabeça, achei melhor não discutir e piorar as coisas.

Um nó começou a crescer na minha garganta.

Eu nem olhava mais para Alex, e sim para o aparelho em cima da bancada.

— O que aconteceu? — A voz de Alex parecia vir de outro lugar.

— Estava conversando com Evelyn... Ela quer engravidar de uma menina.

Minha única reação foi apertar o botão vermelho, desligando a ligação.

# *Capítulo 36*

## VICTÓRIA

*Eu não quero enlouquecer. Eu não estou conseguindo
passar por isso. Ei, eu deveria rezar?*

*TRAINS WRECK*, JAMES ARTHUR

OUVIR SOBRE A INTENÇÃO DE EVELYN EM ENGRAVIDAR FOI COMO um tiro, direto no peito, sem proteção alguma, sem anúncio.

Minha respiração ficou presa na garganta, e o som ao meu redor se tornou abafado, distante.

Eu não conseguia pensar, não conseguia processar.

Simplesmente saí andando, e cega, meus pés me levando para fora da casa sem rumo. O pânico tomou conta de mim, e era como se o ar estivesse sendo sugado para longe.

Aquele não parecia meu corpo.

Aquela não era a minha cabeça.

Não era possível que aquela fosse minha vida.

*Peso morto, indesejada, ridícula, invisível, insuficiente.* — Minha mente foi bombardeada.

Eu só queria sumir.

Quando percebi, estava do lado de fora, com os pés descalços, malvestida no biquíni, e ainda assim, aquilo não parecia real.

Alexander tentou me alcançar, mas cada toque seu parecia só aumentar o desespero já que era a única coisa real.

Olhava para seu rosto, mas era como se ele estivesse borrado, como se sua voz estivesse saindo embaixo d'água, ou como se eu estivesse afundando em uma areia movediça, e ele, sem entender, tentava me segurar firme, me manter na superfície.

A ideia de ser apagada, substituída por uma nova vida que Evelyn traria, me aterrorizava de uma forma que eu não conseguia expressar em palavras.

Só conseguia sentir o desespero crescendo.

Ela conseguiria, afinal, o que tanto queria.

Finalmente ela me apagaria da única foto restante naquele apartamento sem que meu pai percebesse.

— Victória, se acalma, por favor! — A voz de Alexander finalmente soou clara, as palavras fizeram sentido, mas sua ordem não podia ser atendida. Não conseguia me acalmar, mesmo que ele segurasse meu rosto próximo ao seu, que olhasse dentro dos meus olhos. — Respire, por favor. Fique aqui comigo.

Pisquei duas vezes.

As lágrimas pesando no meu rosto. Não queria aquilo.

Não queria carregar aquilo.

Então, sem pensar muito, eu o ataquei.

Tentei agarrá-lo não com carinho, mas com a necessidade desesperada de escapar de tudo o que estava acontecendo. Queria que ele me tomasse ali, agora, que me fizesse esquecer a dor que crescia dentro de mim.

Queria que doesse, que me tirasse do chão, que me roubasse daquele vazio, daquele abismo perigoso sob meus pés, mas ele não deixou.

Segurou-me, me manteve firme, até que não tive mais forças para lutar.

Foi aí que desmoronei.

— Você não entende! — gritei, tentando me libertar, mas ele não me soltou. — Você nunca vai entender!

— Me explique então. — A voz dele estava calma, mas não havia como explicar. As palavras ficaram presas na minha garganta, sufocadas pela dor e pelo medo.

Desisti de lutar, deixei meu corpo ceder ao cansaço.

Caí de joelhos no chão, mas ele veio junto de mim.

Meus ombros caíram e me permiti ser amparada por ele.

Chorei como não chorava há anos, soluçando contra o peito de Alexander, como nunca chorei na frente de ninguém.

A vergonha me engoliu, mas ela não era maior que o vazio, não naquela hora. O mundo parecia desmoronar ao meu redor. Eu não aguentava mais.

— Eu não estou aqui porque escolhi estar. — As palavras saíram em um sussurro, fracas, quebradas. — Estou aqui porque não tenho para onde ir.

Ele não disse nada, apenas apertou mais o abraço, me mantendo ali, firme, segura contra seu peito.

— Você quer saber quando vou embora? Eu não quero ir embora, Alex. Não quero. — Minha voz era um eco distante do que eu costumava ser. — Não posso... Mas agora que Evelyn vai engravidar, não vai sobrar espaço para mim. Ela vai conseguir o que sempre quis, me apagar da vida dele.

Senti o corpo de Alexander se retesar ao meu lado, mas continuei, incapaz de parar:

— Minha mãe é maluca, Alex. — Soltei uma risada amarga, sem humor. — Ela faz festas, bebe demais. E um dia… um dos namorados dela quase… — Engoli as palavras, não precisava voltar à memória naquele segundo. — Ninguém acreditou em mim. Nem meu pai fez nada para me tirar de lá.

Só o vislumbre da cena me fez tremer de um jeito que não conseguia controlar. Alexander me apertou mais forte, me aninhando em seu colo, como se quisesse me proteger de um mal que ele nunca presenciou para poder evitar.

— E eu sempre estou com fome — admiti, as lágrimas molhando seu peito. — Mas como posso comer se a única coisa que me faz ser vista é meu corpo? Minha beleza? O orgulho de minha mãe dizer que pareço com ela? O carinho no ego do meu pai em me apresentar para os amigos uma filha tão visualmente perfeita? Eu estou cansada de pedir para ser amada, de implorar para ser vista, por uma família que nunca cuidou de mim. Não sou um objeto para ficar sendo jogado de um lado para o outro. Dinheiro não funciona mais. Eu não quero ficar sozinha.

Falar aquilo tudo em voz alta acabou comigo.

Encolhi-me o máximo que podia e me escondi em Alexander ali fora, no meio da noite, em lugar nenhum, chorando por uma vida inteira, por dores que o mundo jamais poderia conhecer, por fraquezas que eu jamais queria expor. Por uma realidade da qual nunca poderia fugir.

Ficamos ali por muito tempo.

Alexander não disse nada, mas não afrouxou por nenhum segundo o aperto em volta do meu corpo. Aquilo foi mais do que o suficiente.

Quando consegui parar de chorar, ergui o rosto para ele e ficamos alguns bons minutos só nos olhando.

— Eu estou aqui. — Calmo, sereno, ele beijou minha testa e limpou meu rosto. — Você precisa descansar.

Só confirmei com a cabeça e deixei que ele me levasse para cima.

Alexander me banhou, me vestiu e colocou na cama.

Quando eu o procurei de madrugada sem sono, ele não negou, mas não foi nada além de cuidadoso.

Não era o planejado, mas foi exatamente do que eu precisava.

Quando deitei contra o seu peito, em silêncio, ouvindo as ondas quebrarem na areia lá fora, tive certeza de que o amava.

Não era mais apenas um jogo louco que minha cabeça havia inventado.

# Capítulo 37

## ALEXANDER

*Você só vai ficar aí parado me assistindo queimar? Mas
tudo bem, porque gosto do jeito que dói. Você só vai ficar
aí parado me ouvindo chorar? Mas tudo bem, porque eu
amo o jeito que você mente.*

**I LOVE THE WAY YOU LIE**, EMINEM E RIHANNA

**EU ESTAVA APAVORADO.**

Tudo na minha rotina tinha controle, delimitação.

Eu tinha a seção de como ser um bom pai, um bom profissional, um bom amigo e um bom filho. Tinha até mesmo uma seção para viver a vida de solteiro e continuar com meu vício.

Desde que aquela garota tinha chegado, tudo desmoronou.

Eu estava transando com a garota que meu filho desejava.

Estava fodendo a filha do meu melhor amigo.

Tinha perdido consultas.

Não ligava para o meu pai há algumas semanas.

Mal pisava em clubes.

Não dormi com nenhuma outra mulher.

E, nas últimas semanas, depois de um exagero sem precedentes, não tinha guardado mais nenhuma garrafa vazia.

Eu, que sempre tive tudo sob controle, agora estava me entregando a algo que não conseguia dominar, e agora tinha total consciência de que estava atraído por ela de um jeito que ia além do desejo físico.

Não tinha nada a ver com o corpo perfeito, com os seios divinos, com o cheiro, o gosto, o sexo… Não era mesmo físico. Era sua mente, a graça, a rapidez do raciocínio, das piadas, das provocações… O modo como Victória transitava entre garota, jovem adulta e mulher era quase confuso, mas me intrigava de maneira absurda, e também havia aquela maldita conexão entre nós, que me puxava para perto dela, mesmo quando eu sabia que deveria manter distância.

Quando poderia ter escolhido afastá-la e não o fiz.

De fato, ela não era apenas aquela garota provocante e manipuladora. Assim como eu não era o santo coagido a ficar com ela.

Queria ficar.

Só era covarde demais para admitir em voz alta.

Nós estávamos na piscina no dia seguinte, descansando de um ataque desprevenido dela logo após o café da manhã.

O sol refletindo na água enquanto ela estava ao meu lado, imersa na leitura do seu *Kindle*. Eu não conseguia tirar os olhos dela. O título do livro que ela lia, *A Maldição do Amor: Um reconto de Hades e Perséfone*, me fez sorrir.

— O que foi? — ela perguntou, notando o meu sorriso. — O que tem de engraçado?

— Nada — balancei a cabeça, tentando disfarçar —, só achei interessante o que você está lendo. Não sabia que você gostava de mitologia.

Ela abaixou um pouco os óculos de sol e me encarou como a porra da mulher mais sensual que eu já tinha visto.

— Ah, não. Não estou lendo por causa disso. Estou lendo porque ele fode ela por mais de cinquenta páginas.

Congelei, mas ela continuou:

— Quer que eu leia em voz alta pra você? Pode te inspirar. Adoraria reproduzir...

Ri, deitando a cabeça para trás.

— Espero que você me conte isso alguma hora.

Victória largou o *Kindle*, seus olhos encontrando os meus.

— E essa chave no seu pescoço? — ela perguntou, inclinando-se para frente. — Nunca vi você sem ela. Qual é o segredo?

Segurei a chave entre os dedos, sentindo o metal frio contra a pele.

Estava ali há tanto tempo que me esquecia dela.

— É uma lembrança — respondi, tentando manter o tom leve. — Mas, assim como você, eu também tenho meus demônios. Prefiro deixá-los trancados, pelo menos por enquanto.

Ela assentiu, como se entendesse, e, por um momento, o silêncio entre nós não foi desconfortável, mas pesado, carregado de coisas não ditas.

Victória voltou à leitura, mas me chamou.

— Alex — ela começou, sua voz séria, cortando o silêncio —, você acha que isso aqui... que nós dois... é algo real?

Nenhum de nós queria olhar um para o outro.

Fixei os olhos no mar.

— Você já disse que não tem para onde ir, mas e se tivesse? Você ficaria?

— Ficaria — ela respondeu, sem hesitar. — Não por não ter para onde ir, mas também por querer mesmo ficar... Mas, e você? Se eu tivesse para onde ir, ia querer que eu fosse embora?

Hesitei antes de responder.

— Eu quero você — admiti, tomando o peso da decisão de dizer aquilo para ela e a encarei. — Mas não posso te dar muita coisa, Victória. Ainda precisamos manter isso entre nós.

Ela sorriu, um sorriso cheio de malícia, mas também de algo mais suave, mais doce.

— Então, eu serei seu segredinho sujo. — Victória se inclinou para me beijar. — Até que você não queira mais me esconder.

Será que um dia teria aquela coragem?

Respirei fundo, ela não notou, mas mesmo que notasse, a compreensão dela era uma novidade muito bem-vinda.

O final de semana passou em um piscar de olhos.

E mesmo com toda aquela montanha-russa de emoções, cada risada, cada toque parecia me levar de volta à adolescência, a um tempo em que tudo era mais simples. Quando eu me sentia vivo.

Mesmo que no dia seguinte as coisas voltassem ao normal.

Talvez eu precisasse me armar com alguns planos de emergência na necessidade de afastá-la, mesmo que fosse a última coisa que eu quisesse.

Quando a deixei em casa na noite de domingo, Victória colocou aquela ideia abaixo.

— Eu... Não sei como dizer isso, mas obrigada. — Sua voz dócil me acertou.

— Não precisa agradecer, eu...

— Eu amo você — ela repetiu as palavras que fingi não ouvir.

Encarei-a em silêncio.

Victória pegou minha mão e beijou os nós dos meus dedos antes de sair. Fiquei ali, parado, olhando para a porta se fechando, sentindo a ausência dela como uma dor física no segundo seguinte.

Coloquei a mão no bolso e senti a calcinha dela ainda ali, o tecido fino e macio entre os meus dedos.

Eu estava em um beco sem saída.

# Capítulo 38

## VICTÓRIA

*Então me diga: você realmente me amou? Você realmente me quis? Agora que eu te vejo mais claramente.*

SMOKE & MIRRORS, DEMI LOVATO

QUANDO ABRI A PORTA DO QUARTO, SOUBE IMEDIATAMENTE QUE algo estava errado. A figura do meu pai, sentada na minha cama, com uma expressão carregada de decepção, foi como um soco no estômago.

Ele estava ali, esperando, e o peso do seu olhar era insuportável.

— Onde você estava, Victória? — A voz dele era baixa, mas firme, carregada de uma frustração que me atingiu em cheio.

Eu sabia que mentir seria inútil, mas não consegui evitar a necessidade de me defender.

— Com uma amiga — murmurei, evitando seus olhos.

Ele se levantou lentamente.

— Vai continuar mentindo? — Sua voz foi aumentando de volume, sua raiva foi crescendo junto. — Não me trate como idiota. Eu sei que você não estava com nenhuma amiga. Qual a porra do seu problema em dificultar as coisas? Não percebe o quão difícil você torna a vida dentro dessa casa com esse tipo de atitude?

Meu coração começou a bater mais rápido.

— Para — mandei, percebendo que perderia o controle.

— Parar? Me dê um motivo plausível. — Era um desafio, mas eu me segurei, não queria explodir. Eu me recusei a ceder ao impulso de gritar.

— Eu não estou dificultando nada, pai. Eu só estou vivendo minha vida…

Ele deu um passo em minha direção, sua expressão endurecendo.

— Vivendo sua vida? Ignorando as regras da casa, mentindo para mim, me desrespeitando a cada passo? Sendo um exemplo horrendo aos seus irmãos?

Aquelas palavras feriram profundamente, mas eu me recusei a recuar.

— Quem é você para falar qualquer merda sobre ser um exemplo? Você nunca se importou com a minha vida, que diferença faz agora com quem eu saio ou deixo de sair? Você nem pediu o número da pessoa com quem eu disse que passaria o final de semana, e sabe por quê? Porque você não se importa comigo. Se amanhã eu amanhecer morta, ou sumir, você vai erguer as mãos com essa vaca dessa sua mulherzinha desgraçada e vão agradecer! — gritei, desafiando-o, praticamente enfiando a cara contra ele.

— Eu me importo, Victória, mas você não está me deixando ser seu pai! — Ele gritou de volta, balançando a cabeça, frustrado. — Se continuar assim, vou ter que mandá-la embora. Eu não posso viver nesse inferno...

Foi como se ele tivesse puxado o gatilho.

Mais um tiro à queima-roupa.

A explosão de raiva e dor que eu estava tentando conter finalmente escapou, e eu comecei a quebrar tudo ao meu redor.

Arranquei os pôsteres velhos da parede, arremessei todos os bibelôs infantis.

Quebrei cada quadro, cada coisa ao meu alcance.

— Eu não sou mais uma criança! Não sou um objeto que você pode simplesmente colocar em uma estante e ignorar! — gritei, minha voz rouca de tanto esforço. Cada palavra era um grito de dor, uma tentativa desesperada de fazer com que ele entendesse. — Evelyn nem precisa mais se esforçar para me substituir. Avise ela logo que eu nunca fui uma ameaça, já que você é um pai de merda que nunca se importou comigo de verdade!

As palavras saíam sem controle, carregadas de anos de mágoa e ressentimento.

Cada acusação era como um pedaço de mim que eu estava jogando fora. Estava cansada de carregar tanto peso.

E ele ficou ali, paralisado, incapaz de responder.

Respirei fundo, tentando encontrar algum resquício de controle quando não achei nada para quebrar.

Olhei para ele uma última vez, vendo a expressão de alguém que não sabia o que fazer, e uma parte de mim desejou que ele tentasse, que me impedisse de sair.

Mas ele não fez nada.

Ele apenas observou, impotente, enquanto eu pegava minhas coisas.

Com as mãos tremendo, joguei o que pude dentro de uma mala, sem pensar, sem me preocupar com o que estava deixando para trás.

Naquele momento, tudo o que eu queria era sair dali, escapar da dor, da decepção, da sensação esmagadora de que nunca fui realmente parte daquela família.

— E não precisa pensar em me expulsar. Não preciso da sua misericórdia. Eu vou embora por conta própria — disse, a voz agora fria, controlada.

— Aonde você vai? — Meu pai parecia ter medo de mim.

— Para a puta que pariu. Ainda tenho meu cartão de crédito, ou você também vai cortá-lo? — debochei dele. — Não se preocupe, pegue a merda do carro que você me deu e enfie na bunda da sua mulher. Não preciso dele.

Com essas palavras, saí do quarto, deixando para trás o som de um quarto despedaçado, de um pai que não sabia como me segurar e de uma filha que, finalmente, havia desistido de tentar ser parte de algo que nunca a acolheu de verdade.

A dor ainda queimava, mas o que restava em mim era apenas o desejo de fugir.

Eu não sabia para onde estava indo, só sabia que precisava sair dali.

# Capítulo 39

## VICTÓRIA

*De filha para pai, de filha para pai. Estou quebrada, mas*
*eu estou esperando. De filha para pai, de filha para pai.*
*Eu estou chorando, uma parte de mim está morrendo. E*
*estas são as confissões de um coração partido.*
*CONFESSIONS OF A BROKEN HEART*, LINDSAY LOHAN

Chorei tanto naquela noite que, de manhã, pedi para me entregarem uma bacia com gelo. O flat onde aluguei um quarto era confortável e, sinceramente, quando mergulhei o rosto na bacia, tive a sensação de que estivesse no quarto do apartamento do meu pai.

Não estava em casa.

Nunca estaria.

E, por um momento odioso, me conformei com aquilo.

O quebra-quebra do dia anterior não me aliviou em nada. Por mais impecável que fosse minha aparência, a maquiagem caprichada e as roupas mais decentes, por dentro eu estava no limite.

Ainda assim, eu fui trabalhar.

Mesmo com a mágoa presa na garganta, vendo meu pai durante o dia pelos corredores, fingi, como ele fazia comigo, que ele era invisível.

Mesmo sufocada.

Mesmo querendo cuspir nele.

Mesmo louca para contar a verdade para todo mundo, eu engoli.

Aquilo começou a pesar nos meus ombros, na minha cabeça e no meu coração conforme o dia passava.

Para a minha sorte absoluta, no meio da tarde, meu celular vibrou.

Eu tinha deixado Alexander de lado depois de tudo aquilo. Não era justo arrastá-lo para a merda mais do que eu já havia feito. No fundo, eu tinha vergonha por ele ter me visto naquele estado. Não queria parecer tão fraca, tão pequena, tão humilhada... Ainda assim, quando a mensagem dele surgiu, meu primeiro pensamento foi devasso.

**"Tem um tempo para mim?"**

Meu corpo aqueceu só de pensar em me livrar daquela tensão.

**"Se prepare que vou sem calcinha, e meu vestido sobe fácil."**

Olhei em volta, cansada do dia, e peguei minha bolsa.

Ia sair mais cedo. Se meu pai precisasse de algo, que pedisse a qualquer estagiário louco por limpar a bunda dele.

Caminhei para o elevador, tentando não chamar atenção, sem me despedir de ninguém, e quando cheguei ao andar de Alexander, cumprimentei sua secretária e segui reto sem ser anunciada.

Meu coração martelou forte, e com um sorriso enorme no rosto, abri a porta com a expectativa no teto, mas congelei ao ver que não estávamos sozinhos.

Havia uma mulher lá, sentada na cadeira de Alex.

Ela tinha uma presença calma, mas o desconforto se instalou em mim de imediato.

A porta bateu às minhas costas.

Meu sorriso se desfez.

— Quem é ela? — perguntei, tentando manter a voz firme, mas já sentindo a tensão crescer.

Meus olhos iam da mulher de cabelos curtos pretos para ele.

Odiei ver o modo como os dois me encaravam de volta, como se eu fosse um bichinho acuado a ser resgatado.

— Alexander. — Minha voz ficou mais pesada. — Que porra é essa?

Não havia desejo ali.

Era outra coisa.

E, naquele segundo, me senti traída.

— Eu acho que você deveria se sentar, Victória — ele disse, sem responder minha pergunta diretamente.

Minha respiração se acelerou e meu coração começou a bater com força nos meus ouvidos. Minha garganta começou a fechar.

Não havia nada ali que fosse familiar, nada que eu pudesse controlar.

— Quem é ela? — exigi, dando um passo para trás.

A defensiva já estava em alta, meu corpo todo se preparando para fuga.

— Ouça, não vá embora... — Ele deu alguns passos na minha direção, mas ergui a mão, furiosa, fazendo-o parar. — Ela se chama Helena, é uma amiga, e é uma terapeuta. — As palavras de Alex caíram como um martelo sobre mim.

A raiva veio rápido e com força total.

Mais do que só traída, exposta.

Minha resposta foi avançar para ele, com o dedo em riste, cuspindo as palavras.

— Você acha que eu sou louca? É isso? — Minha voz subiu, o tom de desprezo inconfundível.

— Não é isso, Victória. Terapia não é coisa de gente louca... — Ele respirou fundo. — Tóri. — Aquela foi a primeira vez que ele me chamou pelo apelido. Eu odiei que ele fizesse isso, era golpe baixo, mas as palavras em seguida me acertaram do pior jeito. — Eu me preocupo com você — ele tentou justificar, mas suas palavras só jogaram mais lenha na fogueira.

— Se preocupa? — cuspi as palavras, sentindo a mágoa se transformar em pura fúria. — O que meu pai disse a você? Eu não tenho nada para falar com ela. E você não vai me consertar. Não sou sua filha, não sou nada além da sua foda proibida, você não tem esse direito!

A terapeuta, que até então estava em silêncio, levantou-se calmamente.

— Victória, eu sou a doutora Helena Sinclair, tenho alguns bons anos de profissão e não cuido de gente louca, o que eu faço é ajudar pessoas com dores internas a encontrar solução. — Sua voz era suave, mas firme, e, de alguma forma, ela conseguiu quebrar a raiva cega que eu sentia, pelo menos um pouco.

Alex ergueu a mão tentando me alcançar.

— Não toque em mim — avisei, mas minha voz já tremia, a fúria se misturando com a dor. — Eu não vou falar nada com você, eu não te conheço.

— Ninguém está aqui para te forçar a nada — ela continuou, aproximando-se com cuidado. — Mas acho que você pode se beneficiar de falar com alguém que não está envolvido diretamente na sua vida. Às vezes, isso ajuda a colocar as coisas em perspectiva.

As palavras dela pesaram.

*O que ela poderia ajudar? Eu estava tão fodida assim?*

Senti a fortaleza que eu havia construído ao meu redor começar a rachar.

Olhei para Alex, a mágoa brilhando em meus olhos.

— Você me traiu. Eu pensei que você... Eu pensei que nós...

— Eu quero te ajudar — ele disse, sua voz carregada de sinceridade. — Mas você precisa se cuidar, precisa querer isso para si mesma.

Eu não consegui mais manter a raiva no topo das minhas emoções.

Estava sobrecarregada, sem casa, sem ninguém, e antes que eu pudesse me conter, as lágrimas começaram a escorrer pelo meu rosto.

Eu estava furiosa com ele, mas também estava furiosa comigo mesma por ser tão vulnerável, por precisar tanto.

Alex se aproximou para tentar me consolar, mas eu ergui a mão, afastando-o.

— Saia. — Minha voz estava quebrada, mas firme. — Apenas... saia.

Houve um momento de hesitação, mas ele acatou o meu pedido.

Eu o observei deixar o próprio consultório, sentindo como se um pedaço de mim estivesse sendo arrancado junto.

Quando ele fechou a porta, o silêncio da sala se tornou insuportável, e então tudo desabou.

Desmoronei na cadeira, as lágrimas vindo com força, soluços sacudindo meu corpo. A raiva e a dor misturadas em um turbilhão incontrolável.

— Por onde começo? — perguntei, minha voz um sussurro trêmulo, quase inaudível.

A terapeuta se aproximou, sentando-se ao meu lado.

Eu não sabia se conseguia confiar nela, mas ali, naquele momento, não tinha mais nada a perder.

— Vamos começar por onde você quiser, Victória. Estou aqui para ouvir, para te ajudar a encontrar o seu caminho.

E então, com o coração em pedaços e a alma cansada de lutar, eu comecei a falar.

# Capítulo 40

## ALEXANDER

ENTREI NO CARRO E, PARA MINHA SURPRESA, VICTÓRIA ESTAVA LÁ, encolhida no banco de trás, com o rosto inchado.

Ela limpou o rosto com as costas das mãos e fungou.

Assisti isso pelo espelho retrovisor.

Suspirei. O ar pesado me atingiu e respirar ficou mais difícil.

— Oi... — Eu nunca pensei que a veria tão perdida. Ela mal olhou para mim ao falar, só encarou a janela. — Você pode me levar para comer pizza? — Sua voz estava quebrada, baixa. Era mais um choramingo do que, de fato, uma sentença. Me deu agonia vê-la esfregando os braços, parecendo perdida.

Naquele momento, percebi que ela estava no limite, que qualquer palavra minha podia quebrá-la ainda mais, então, em silêncio, dei partida no carro.

Não tive nem mesmo coragem de ligar o som no caminho para a pizzaria.

Parei o carro em uma vaga mais distante do estacionamento e desci para fazer o pedido. Ela precisava de um tempo para se recompor, se acalmar, e eu não invadiria mais do que já havia feito.

Quando voltei com a caixa quente nas mãos, ela tinha vindo para o banco da frente, parecendo mais frágil do que nunca, com os olhos fixos no vazio à sua frente.

— Victória? — Chamá-la pareceu arrancá-la do transe, e ela ergueu os olhos avermelhados para mim um tanto quanto assustada.

Não falei nada, mas ofereci a comida, e ela ergueu as mãos trêmulas, pegando a caixa como se pesasse uma tonelada.

Sentei quieto ao seu lado, fechando a porta, esperando.

Assisti Victória encarar a caixa com as mãos no estômago.

Vi novas lágrimas surgindo no seu rosto.

— Vi... — Ia chamá-la de novo, mas ela soprou.

— Eu odeio isso, sabia?

Engoli em seco enquanto ela respirava fundo, aspirando o cheiro quente e saboroso que tomava o carro. Ela soltou a respiração pela boca e, em um movimento lento, abriu a caixa.

Quando viu a pizza na sua frente, riu de nervoso.

— Pizza é minha comida favorita — ela confessou baixinho. — E eu não como isso há uns quatro anos...

— Por quê? — Não consegui me conter.

— Porque eu não merecia comer algo que gostasse tanto, porque... — ela suspirou, apoiando a cabeça contra o banco, se dando uma pequena pausa enquanto olhava para o teto — a comida me assusta. O modo como ela controla minha vida... Se eu como, engordo. Se eu engordo... — ela me encarou — perco a única coisa pela qual sou amada, pela qual sou, pelo menos, vista.

— Há quanto tempo você não come?

— Acho que comi pela última vez na quinta — cansada, ela admitiu, fazendo minha cabeça doer.

Ela não comeu no final de semana inteiro, só me enrolou, e eu deveria ter notado, impedido...

— E quando você come?

— Eu vomito. Ou como demais. Nunca há um meio-termo. Nunca tenho controle. Eu só... me acostumei a ter fome, a sentir dor o tempo todo. Pelo menos eu sinto algo diferente do vazio.

O modo como ela disse aquilo me fez querer abraçá-la, mas não podia interrompê-la.

— E agora? Você vai tentar?

Ela olhou a pizza de novo.

— Eu quero, mas... E se eu não me controlar? E se amanhã ganhar um quilo na balança? E se...

Interrompendo sua linha de pensamentos, me dobrei sobre ela e peguei um pedaço. Os olhos dela brilharam me observando.

— Vamos juntos. Devagar, sinta o cheiro. Mastigue, sinta o gosto, comemore.

— Ok...

Com dificuldade, Victória partiu um pedaço para si e fechou os olhos.

Pouco a pouco, ela fez o que mandei. Na ordem certa. E quando abocanhou o primeiro pedaço, pequeno e intenso, mastigou até não sobrar nada na boca, engolindo com uma expressão de dor.

Mais lágrimas rolaram.

— Meu estômago dói — ela confessou.

— Ele está vazio e machucado. Nós vamos cuidar disso, eu prometo, mas, agora, vamos comer.

Em silêncio, eu a acompanhei até que ela conseguisse comer.

Levou duas horas. As pausas foram intensas com a vontade de vomitar que ela sentia, e quando acabou a última mordida, ela soprou:

— Meu Deus, quero muito mais um pedaço, mesmo me sentindo cheia. Eu vou ficar enorme...

— Victória, olhe para mim. — Com carinho, peguei em seu queixo e virei seu rosto. — Um pedaço não vai te engordar. Comer não vai te tornar menos gostosa, acredite. E espero que você enxergue logo que você é muito mais do que o seu corpo. — Ela levantou o olhar para mim, surpresa, como se essa ideia fosse algo que nunca havia passado pela sua cabeça antes. — E não digo isso como uma frase de efeito. A verdade é que você tem muito mais a oferecer... Viver com medo da comida, deixar que ela controle sua vida... Isso não está certo. Não é saudável, não é justo com você.

Ela suspirou, um som quase inaudível, como se estivesse deixando escapar um pouco do peso que carregava.

— Eu sei que não é certo, mas às vezes é difícil pensar em outra coisa quando do tudo na minha vida sempre girou em torno disso... A única hora em que minha mãe ficava perto de mim ou me elogiava era quando seus amigos falavam sobre o quanto queriam uma cintura fina como a minha, ou uma barriga lisa... Tem ideia que metade do meu dia era malhando, bebendo água e, depois, fumando, para afastar a fome?

A raiva que tomou meu peito quase me fez pegar o telefone e gritar com Samuel e com o mundo que a tinha feito acreditar nisso.

Do mundo que fez com que ela, tão jovem, buscasse uma perfeição inalcançável.

— Perfeição é uma mentira, Victória — continuei, tentando alcançar a profundidade do que estava por trás dos olhos dela. — Eu sou cirurgião plástico, porra. Acredite em mim. Perfeição não existe. E as pessoas que amam você, de verdade, não ligam pra isso. Eu... — hesitei, mas sabia que precisava ser honesto — eu me preocupo com você. Muito. E me dói ver você assim.

Ela ficou em silêncio por um momento e afastou o rosto, os olhos fixos no resto da pizza que tinha nas mãos, como se estivesse ponderando sobre tudo o que eu havia dito.

Finalmente, ela suspirou e disse um pouco mais confiante:

— Eu vou continuar com a terapia — a voz baixa —, mas preciso que você saiba que eu saí de casa. Não posso mais ficar lá.

Aquela revelação me atingiu com força.

Samuel não tinha me dito nada, talvez com vergonha.

— O que aconteceu?

Ela negou com a cabeça.

— Você ainda é o melhor amigo do meu pai, não quero falar, mas estou em um flat. Também devolvi o carro... Estou sozinha. — Havia tanta dor e incerteza nas palavras dela que precisei engolir minha indignação.

Então, sem dizer nada, apenas dei a partida no carro.

Não discuti com ela, não perguntei aonde ela iria ou o que pretendia fazer. Em vez disso, dirigi direto para minha casa, sabendo que Nathan estava na faculdade, que não haveria perguntas ou julgamentos.

Quando estacionamos, ela olhou para mim, visivelmente exausta, mas grata até os ossos, como se aquele simples gesto significasse o mundo para ela.

Como ela me ensinou, saí do carro e fui até o seu lado, abrir a porta e oferecer a mão.

— Venha, vamos descansar. Você não precisa ficar sozinha.

O sorriso que ela deu foi o primeiro sincero do dia.

Entramos em casa lado a lado.

Naquele momento, sabia que não poderia simplesmente deixá-la ir.

# Capítulo 41

## VICTÓRIA

*Me encontra em todo mundo, procura e me destrincha a*
*fundo. Me diz qual amor não é confuso, minado,*
*inseguro? Ciúme de um fatídico segundo. Sagrado amor*
*profano, impuro amor profundo.*

*SAGRADO PROFANO*, LUÍSA SONZA

**DEPOIS DE UM BANHO QUENTE QUE AMORTECEU TODO O MEU CORPO,** o melhor pijama que eu poderia ganhar era aquela camiseta de banda de rock, duas vezes o tamanho do meu corpo, com o cheiro de Alexander impregnado nela.

Quando voltei para o quarto, ele estava deitado na cama, apenas com uma toalha enrolada na cintura e o corpo ainda úmido. Ele me olhou e, sem precisar de palavras, abriu os braços.

Aproximei-me e mergulhei nele, me aninhando em seu peito, pensando coisas que seriam proibidas de dizer em voz alta naquele momento, como o quanto era absurdo o cheiro de lar que ele tinha.

— Você já sabe que não tem ninguém por mim. Não há uma mãe zelosa ou um pai preocupado... — murmurei, com a voz quase apagada pela proximidade. — Você não precisava mais continuar com isso se não quiser, e também sabe que eu não prejudicaria você, caso queira desistir disso.

Ele ficou em silêncio por um momento, como se ponderasse suas possíveis escolhas antes de finalmente responder:

— Eu sei. — Sua voz saiu tão carregada de certeza que me fez olhar diretamente nos seus olhos.

Havia algo mais ali, algo que ele não estava dizendo.

— Tem mesmo certeza disso? Você já viu o quão problemática sou, não vou te obrigar a ficar se não quiser... — Tentei manter a calma, fitando a tempestade cinzenta em seus olhos.

Alexander suspirou profundamente, passando uma mão pelos cabelos molhados, antes de desviar o olhar.

— Perfeição não existe, Victória — ele reforçou. — Seria hipocrisia demais da minha parte apontar algum defeito seu sendo que sei exatamente como é segurar esse tipo de cruz.

Demorou um pouco para eu entender, mas logo a compreensão bateu.

Alexander também tinha seus segredos.

— Eu também tenho um vício maldito — ele continuou, quando eu não disse nada, quase num sussurro, como se estivesse confessando algo sombrio. — Mas, desde que você chegou... isso tem melhorado.

A carícia dele na minha bochecha aqueceu meu peito, mas minha curiosidade também aumentou.

— Qual vício? — perguntei, a voz baixa e cautelosa.

Lentamente ele se levantou.

Fiquei na cama, esperando, achando que ele queria fugir, mas ele me ofereceu a mão.

— Vem.

Não pensei duas vezes.

Ergui-me e o segui até o lado de fora do quarto, até a frente da porta trancada. Meu coração se apertou quando vi a briga interna de Alexander antes de ele tirar o colar com a chave do pescoço.

Prendi a respiração quando ele se virou para mim.

— Nunca, ninguém, além de mim, entrou aqui.

Não soube o que dizer quando os olhos cinzentos mediam meu rosto.

A chave entrou na fechadura.

Ele olhou para frente.

A porta se abriu.

O quarto escuro se iluminou com um passo de Alex para dentro. Eu o segui nos calcanhares, mas parei impactada com a surpresa.

Nem de longe imaginei que seria aquilo.


Prateleiras em todas as paredes e estantes no meio do quarto eram ocupadas por mais e mais garrafas vazias.

— Alex... — Ainda demorei um pouco para entender, mas quando ele começou a falar, tudo fez sentido.

— Não sou o exemplo de ser humano que você pensa. Desde que fiquei sozinho, só dei conta de tudo porque a coragem de que eu precisava vinha do álcool — ele explicou, a voz pesada com o peso das memórias. — Não só a coragem como a paz. Mas a verdade é que nunca houve paz e o buraco no meu peito também não dava sossego. — Ele olhou em volta, parecendo corajoso o bastante para encarar seu problema. — Essas garrafas são a memória do quanto eu precisei beber para esquecer, e o lembrete mais vivo de que não sou o suficiente. Que preciso... — ele continuou — apagar. Que preciso só sobreviver ao dia seguinte, até ninguém realmente precisar de mim.

Fiquei em silêncio absorvendo tudo aquilo.

Eu nunca imaginei, nem por um segundo.

Uma tristeza descabida pesou no meu coração vendo o que ele carregava, o desespero escondido, a necessidade de achar um modo de sobreviver.

Encarei Alexander com um amor tão pesado dentro do peito, com uma gratidão tão absurda, com uma lealdade tão ferrenha, que não me permiti fazer nada diferente do que ajudá-lo também.

Caminhei pelo quarto, quieta, analisando cada uma das garrafas.

Das mais velhas às mais novas.

— Essa, por que você bebeu? — Não havia julgamento na minha voz.

— Porque não podia admitir que queria você.

Ergui o rosto para ele, surpresa pela honestidade.

— Adiantou de algo?

— Só retardou o processo.

E, sem pensar duas vezes, ouvindo isso, peguei a garrafa, encarando-a com raiva por um segundo, e, em seguida, arremessando-a contra o chão com toda a força.

— Victória! — ele gritou, tentando me impedir de continuar. — Não. — O rosnado dele foi ameaçador.

— Essas memórias não são você. Não fazem você. Você não é sombra de ninguém. Eu não te escolhi por isso. — Minha raiva de quem havia causado aquilo quase se refletiu nele.

— Não. Não posso. Não...

— Não quer? Sua vida vai ser ficar à espreita da felicidade alheia, é isso?

Ele não respondeu e provoquei mais um pouco:

— Quando bebeu por esses motivos todos pela última vez?

— Há algumas semanas... — Ele pareceu envergonhado.

Peguei uma garrafa qualquer e ofereci a ele.

— Pois quebre. Vamos. Eu posso comer. E você pode viver sua vida sem essa merda desse peso. É um acordo justo, não é?

Ele permaneceu imóvel por um segundo, mas, aos poucos, seu rosto se tornou uma máscara de raiva.

Achei que ele ia brigar comigo, mas em seguida Alex lançou a garrafa contra a parede com tanta força que a espatifou em pedaços muito menores que a minha.

E então, com fantasmas que só ele sabia que exorcizava, Alex se libertou.

Assisti-o começar a quebrar tudo, primeiro aos poucos, então em uma fúria que o fazia gritar.

Não o impedi.

Conhecia o sentimento.

Quando dei por mim, chorava.

Ele se virou, também chorando, e veio até mim, furioso, glorioso, me puxando para si, me beijando tão intensamente que não pude sequer pensar em negar.

Não era sobre mim.

Não era por mim.

Mas também era.

Foi automático passar minhas pernas ao redor de sua cintura. Recebê-lo quase doeu tanto quanto foi bom, mas Alexander tinha urgência.

Suas mãos se enterraram na minha carne, me puxando contra si, sustentando meu peso, sedento por uma liberdade da qual eu também queria ser merecedora.

Era quase primal a forma como nossos corpos se chocavam, como os gemidos que escapavam do nosso beijo ecoavam pelo quarto, como ele me mantinha daquele jeito, como se todo o seu controle estivesse por um fio.

Parecia que cada segundo seria o último.

Quando Alexander me deitou no chão, apesar dos cacos de vidro, da brutalidade em como seu corpo reclamava o meu, não havia mais nada.

Era como se o universo lá fora fosse pequeno, silencioso. Como se não existisse.

Abracei-o, juntando seu corpo ao meu com toda minha força.

Queria-o. Precisava dele.

E quando suas mãos se apoiaram nos meus ombros, me mantendo presa no lugar, adorei o som que seu corpo fez contra o meu.

As batidas, o som molhado do sexo, todo o efeito daquele nó, daquele elo que se formava entre nós, forjado na dor, forjado no fogo.

— Seja minha — ele rosnou baixo contra minha boca. — Seja minha — ele pediu mais uma vez, mais alto.

— Eu sou — mal consegui dizer com sua boca castigando a minha, mas sussurrei mais uma vez: — Eu sempre fui.

Alex quase rugiu contra mim quando seu quadril veio pela última vez.

Seu gemido selvagem, sua boca aberta, sua respiração.

Seu cheiro, o suor, o calor.

Senti-lo pulsando fundo dentro de mim. Tão quente, tão íntimo, tão forte que meu corpo obedeceu mesmo sem a ordem dada.

Meu prazer era dele.

Meu orgasmo, meu corpo, minha devoção.

Alexander apenas o recebeu, bebendo de mim, tomando todo meu fôlego.

Encarando-me com os olhos cinzentos e brilhantes como se, pela primeira vez, realmente me visse e não tivesse mais nenhum problema com isso.

O quarto, que antes era um santuário da dor de Alexander, de seu segredo obscuro, estava destruído. Seu solo sagrado, profanado.

Mas a nuvem cinzenta no teto havia sumido.

Ele começava a ser liberto.

Estávamos ainda com as respirações desreguladas, no chão cheio de cacos de vidro, com alguns cortes aqui e ali, mas nada era problema.

Ele sobre mim, o rosto sobre o meu, em uma troca de olhar silenciosamente tempestuosa.

Era inegável. Algo havia mudado.

Havia um vínculo começando a criar raízes não só em mim, mas nele também.

— Talvez eu realmente tenha sido seu melhor presente de aniversário — sussurrei, brincando com ele ao acariciar seu rosto.

Alexander sorriu de uma forma leve, linda, fazendo meu peito queimar.

— Talvez você tenha razão.

Medi seus olhos.

— Você acha que temos salvação? — Minha dúvida era honesta.

Ele ponderou, dando um suspiro pesado antes de beijar minha testa.

— Acho que podemos tentar.

# Capítulo 42

## ALEXANDER

*Quando estamos nos escondendo no escuro, parece perfeito.*
*Todas essas câmeras estão me deixando nervoso. Costumava*
*viver em algum lugar sob a superfície, procurando por um*
*propósito. Onde eu me encaixo? Eu não pertenço? Se eu*
*acordar você terá ido embora? Eu morreria dormindo para*
*viver em seus braços, e eu ficaria preso nesse sonho. Não*
*toque o alarme.*

SLEEPYHEAD, JUTES

**VICTÓRIA ESTAVA ANINHADA CONTRA MIM, SUA RESPIRAÇÃO SUAVE** e ritmada enquanto dormia. Passei os dedos delicadamente por seus cabelos, sentindo a textura macia entre eles, e uma onda de sentimentos que eu evitava há tempos começou a me envolver.

Não tinha mais como negar: eu estava apaixonado por ela.

O que antes parecia ser um jogo, uma diversão perigosa, agora estava tomando um rumo que eu jamais havia imaginado.

O silêncio do quarto, quebrado apenas pelo som de sua respiração, me permitiu pensar com mais clareza.

Como seria se nós realmente fôssemos um casal, sem esconderijos, sem segredos? Se eu pudesse segurá-la assim sem medo de ser visto?

— O que você está fazendo comigo, Victória? — sussurrei, mais para mim mesmo do que para ela.

Era impossível não me martirizar com o que Sam provavelmente pensaria de mim.

Meu melhor amigo, o homem que confiava em mim cegamente, o pai dela… Era trair a confiança dele, mas, ao mesmo tempo, não era exatamente isso que eu estava fazendo.

Eu estava me apegando ao ser humano que ela era, não pela ideia que tinha dela, ou pela ninfeta sedutora que ela tentava ser.

Meu filho também teria sua parcela de desaprovação.

Porra, pensar nos olhos de Nathan refletindo decepção me pegava em um lugar doloroso, mas o que eu podia fazer?

Cada uma das vezes em que a vi vulnerável, dos momentos em que ela deixou cair a máscara da mulher fatal para mostrar a garota assustada e perdida que existia por baixo de tudo aquilo, cada pequena brecha da pessoa que ela era, só me fazia mais e mais interessado.

Eu realmente a queria, não só pelo corpo, pela paixão avassaladora, mas por aquela alma complexa, quebrada e, ao mesmo tempo, incrivelmente forte.

Minha mente fervia.

Cada pensamento que me aproximava dela era seguido por uma onda de dúvidas, receios e questionamentos genuínos.

Eu poderia lidar com isso?

Poderia encarar o julgamento que viria, o peso de estar com alguém tão jovem?

— Talvez... — murmurei para o silêncio, sem terminar a frase.

Minha mão continuava acariciando seus cabelos, como se aquele simples gesto pudesse me trazer as respostas que eu tanto buscava.

A verdade era que, por mais que eu quisesse, não sabia se conseguiria lidar com tudo isso de uma vez.

Queria protegê-la, queria ser a pessoa em quem ela pudesse confiar, mas também sabia que haveria um custo.

— E se fôssemos apenas nós dois? — perguntei ao vazio, imaginando como seria.

Sentindo o calor de seu corpo, o cheiro suave de sua pele, não importava o quanto eu tentasse racionalizar a situação, no final das contas, o que realmente importava era ela em paz nos meus braços.

— Maldição, por que você não pode ser apenas uma mulher qualquer? — murmurei com um leve sorriso triste, ciente de que, no fundo, era exatamente isso que a tornava tão especial para mim.

Talvez, de um modo bizarro, ela realmente fosse o melhor presente que Sam havia me dado.

Acariciei sua bochecha suavemente, sentindo as garras do medo sobre o fio de esperança no meu peito.

Eu não sabia o que seria do dia seguinte, mas segurei a garota nos meus braços naquela noite como se fosse a coisa mais preciosa do mundo.

E ela era.

*Um mês depois*

# Capítulo 43

## VICTÓRIA

*Acho que acabei de me lembrar de algo, eu acho que
deixei a torneira escorrendo, agora minhas palavras
estão enchendo a banheira.*

SOAP, MELANIE MARTINEZ

**O MÊS PASSOU COMO UM PISCAR DE OLHOS.**

A rotina com terapia era mais calma, menos dolorosa. Conseguir comer uma ou duas vezes por dia era um começo. Não pensar em vomitar a cada garfada era um progresso e tanto, ainda que eu usasse a academia todo santo dia.

Ainda que muita coisa precisasse melhorar, eu finalmente sentia que as coisas estavam começando a se encaixar.

Continuava trabalhando na empresa do meu pai, mesmo sem olhar na cara dele, e meu relacionamento com Alexander florescia, pouco a pouco, de uma maneira que eu nunca imaginei ser possível.

Estava quase em paz, quase. E o prelúdio de confusão veio quando, assim que entrei no prédio do flat, vi meu pai sentado ali, esperando por mim.

Meu coração deu um salto no peito e, enquanto falava com Alexander pelo telefone, minha voz falhou um pouco.

— Vou só tomar um banho e te busco, você que… — interrompi sua frase, sem prestar muita atenção:

— Meu pai está aqui, te ligo depois.

Guardei o celular e tentei passar direto, fingindo que não o tinha visto, mas ele se levantou e me chamou:

— Victória — parei, sem olhar para ele, suspirando —, espera. — Ergui os olhos para seu rosto. — Podemos conversar?

Estava tão cansada de brigar, tão exausta de tudo aquilo, mas havia algo na voz dele que me fez ceder.

Fiz sinal com a cabeça para que ele me seguisse.

Entramos no elevador e, assim que o som das portas fechando doeu nos meus ouvidos, o ar ali parecia mais denso, sufocante.

Nenhum de nós disse uma palavra até chegar ao meu andar.

Ele me seguiu e, até abrir a porta do meu canto seguro, me peguei pensando se deveria realmente deixá-lo entrar.

*Não adianta fugir, uma hora isso ia acontecer* .— Me conformando, girei a chave, respirei fundo e mandei-o entrar.

Fui direto para a pequena cozinha, tentando ignorá-lo, tentando afastar a tensão que crescia dentro de mim e fazia meu estômago doer.

Abri a geladeira e comecei a pegar os ingredientes para preparar uma salada com frango.

Não era apenas uma forma de ocupar as mãos, eu realmente gostava de comer aquilo. Algo leve, que não pesasse mais do que as emoções que eu estava prestes a enfrentar.

Não tão difícil de digerir quanto minha mágoa pelo meu pai.

Ele se sentou na bancada, observando o lugar como se procurasse algo para elogiar.

— Aqui é bem... legal — ele disse, a voz tentando soar casual, mas havia um tom de hesitação.

Dei de ombros, sem olhar para ele, focada em cortar os vegetais, e não uma parte dele.

Ele tentou de novo quando o silêncio ficou constrangedor.

— Os seus irmãos sentem sua falta.

Parei por um segundo, segurando a faca com força, mas continuei cortando, tentando manter a calma.

— Pensei que eu fosse um péssimo exemplo para eles — respondi, o tom da minha voz mais frio do que eu pretendia.

Papai suspirou e pude sentir o peso da culpa em suas palavras.

— Eu estava errado, Victória. E sei que errei muitas vezes com você.

A faca parou de se mover, e eu a coloquei na bancada com força.

Virei-me para ele, finalmente o encarando de frente.

— Como vai o plano de engravidar sua mulher? — As palavras pularam da minha boca sem pensar nas consequências. — Em quantos meses posso mandar o cartão felicitando pelo nascimento da minha substituta?

O impacto foi evidente.

Ele pareceu perdido por um momento, como se não soubesse como responder.

— Co-como você sabe sobre isso? — perguntou, surpreso, tropeçando nas próprias palavras.

— Evelyn só disse em voz alta para você depois de preparar o terreno, mas, por um acaso, você sabe mesmo com quem está casado? — Minha voz estava carregada de sarcasmo, mas havia dor. Dor essa que, por mais que eu tentasse, insistia em latejar na minha garganta.

Nós nos encaramos dentro de mais uma camada de silêncio.

Aquilo começou a me irritar.

— Você nunca percebeu, não é? — Ri com desdém, chamando-o de burro nas entrelinhas. — Como ela sempre arranjava algo para que você cancelasse suas pouquíssimas visitas a mim? Como você nunca pediu desculpas por cancelar os compromissos em cima da hora? — continuei, a raiva transbordando. — Ela me tratava bem só até casar e engravidar. E eu fiquei triste vendo os meus irmãos tão pouco, mesmo quando ela dizia que agora você tinha uma família completa... Eu amava aquelas crianças, mesmo que a mãe delas fosse terrível comigo — disse com os dentes quase cerrados. — Evelyn sempre falou mal da minha mãe pelas suas costas, sempre evidenciou o quanto a família antiga era um problema para você, e era verdade, não era?

Ele começou a abrir a boca para responder, mas eu o cortei:

— Você já notou que não há uma foto minha no seu escritório? No mundo de fotos que você tem no apartamento, eu só estou em uma que fica escondida no aparador. — O modo como seu rosto se moveu me disse tudo: ele nunca se deu conta disso. — Estou cansada de fingir que tudo está bem, que nós dois somos importantes um para o outro. No momento, você é só o nome que assina a minha certidão, que paga a fatura do meu cartão de crédito, mas você não é um pai. Nunca foi. E eu não vou mais sofrer pelo erro dos adultos que deveriam cuidar de mim.

Minhas palavras o surraram mais forte do que um soco bem dado no rosto. Papai começou a chorar. Não pude negar que também tive vontade, mas meu orgulho não permitiu. Me segurei ao máximo, mesmo que minha garganta estivesse prestes a arrebentar por dentro.

Ele tentou se justificar, a voz embargada:

— A separação com a sua mãe... não foi fácil como parecia, Victória. Eu queria estar mais perto, mas o trabalho, o novo relacionamento, tudo tomou o meu tempo. E eu não sou um bom pai nem para os trigêmeos — encolhendo os ombros, papai parecia perdido —, mas... estou disposto a tentar. Eu estou disposto a ser melhor. — Ele tentou se controlar em uma pausa, suspirando. — Você pode me perdoar?

Eu balancei a cabeça, tentando afastar a sensação de que estava sendo levada por um vendaval de emoções.

— Não precisa pedir desculpas agora. Não depois de provar que nem na sua casa eu tenho espaço.

— Você tem, mas já percebi que não posso te pedir para voltar... Ao menos, você pode ficar em um apartamento nosso, não precisa ficar aqui.

Pensei na proposta por um segundo, mas algo dentro de mim ainda não estava convencido.

— E o que você quer em troca?

— Uma chance? — Papai, com os olhos mais verdes que os meus, parecia sincero. — Vamos tentar de novo. Por favor, amanhã tem aquela maratona, lembra? Se você quiser correr comigo, eu ficaria feliz.

— Vou pensar — respondi, tentando manter a voz firme, mas a vulnerabilidade estava lá, à espreita.

Ele se levantou e, para minha surpresa, andou até mim e me envolveu em um abraço. Por um momento, quase deixei as lágrimas caírem, mas me segurei.

Quando o acompanhei até a porta, me senti completamente atordoada, como se o chão tivesse sido retirado de debaixo dos meus pés.

Fechei a porta atrás dele e me encostei contra ela deixando um suspiro pesado escapar. A minha luta interna entre o alívio e a dor era quase insuportável.

Eu não tinha mais fé nele.

Mas a garotinha sedenta por amor que vivia dentro de mim? Essa tinha.

# *Capítulo 44*

## ALEXANDER

*Eu não sou as suas rodas. Eu sou a estrada. Eu não
sou o seu tapete voador. Eu sou o céu.*

*I AM THE HIGHWAY*, AUDIOSLAVE

**A ANSIEDADE ESTAVA ME CONSUMINDO.**

O fato de Samuel estar esperando por ela me deixou inquieto, com muito medo. Medo de ligar ou mandar mensagem para Victória e ele ver. Medo de câmeras de segurança terem pegado algo que não deveriam entre mim e ela. Medo de alguém ter nos visto e feito alguma fofoca. Se bem que, se isso acontecesse, era mais provável ele bater à minha porta, e não à dela.

Enquanto eu esperava, com mais de uma hora de agonia, uma batida à porta me tirou do transe.

Estranhando, para minha completa surpresa, lá estava ele, meu melhor amigo, completamente acabado.

— Sam? — Minha voz saiu carregada de preocupação.

Ele deu de ombros, um meio-sorriso cansado no rosto.

— Preciso de uma cerveja. Podemos conversar?

Assenti, engolindo a frustração por não poder sair e encontrar Victória como tínhamos combinado.

A amizade vinha primeiro, sempre veio.

Levei-o para a sala e servi uma cerveja, enquanto, disfarçadamente, mandei uma mensagem para Victória:

**"Seu pai está aqui. Te ligo mais tarde."**

Samuel sentou-se no sofá, exalando uma exaustão que eu não via há tempos. Quando se virou para mim, seus olhos estavam pesados de uma tristeza que me atingiu em cheio.

— Ela mudou para um flat faz um mês mais ou menos. — A voz dele era quase um sussurro. — Achei que ameaçá-la com expulsão de casa acalmaria a situação, mas o fogo dentro dela a fez pegar as coisas e sair.

— Victória? — perguntei, embora já soubesse.

— Sim. — Ele passou a mão pelo rosto. — As coisas estão bem piores do que eu pensei que seriam. — Seu suspiro pesado entregou que tinha mais coisa errada, e que ele estava guardando tudo há muito tempo. — A convivência com Evelyn está sendo cada dia mais difícil, o distanciamento de Victória, os meninos exigindo atenção quando não tenho cabeça... É como se tudo estivesse desmoronando.

Senti-me como o maior traidor do mundo.

Samuel estava ali, desabafando, enquanto eu mantinha segredos que poderiam destruir a única amizade que sempre valorizei.

— Sinto muito, Sam. — Minha voz era honesta, mas a culpa estava encravada nas minhas palavras. — Eu deveria ter estado mais presente. O trabalho, a mudança do Nathan para o campus... Acabei me perdendo.

Samuel balançou a cabeça tomando um gole da cerveja.

— Você continua um bom amigo, e precisa viver sua vida, Alex. Precisa mesmo. — Ele suspirou, e em seguida me olhou com um misto de curiosidade e cansaço. — Você ia sair?

Engoli em seco, sem saber se era a hora certa para falar sobre Victória.

— É, eu conheci alguém, mas... — hesitei, pesando cada palavra — não tem futuro, Sam. Não é alguém que eu planeje apresentar para você ou para ninguém. É complicado.

Samuel riu, mas sem humor.

— Complicado parece ser a palavra do ano. — Ele balançou a cabeça. — Evelyn ainda quer engravidar, você acredita?

Assenti, já sabendo onde aquela conversa iria parar.

— E você? O que você quer?

Ele soltou um longo suspiro, parecendo mais velho do que nunca.

— Não quero mais um filho, ou filha, e isso tem causado muitas brigas. Evelyn não entende, acha que ter uma menina vai torná-la completa, que vai salvar nosso casamento — ele fez uma cara descrente —, mas não vai, porra. Não vai. Não tem nada a ser salvo, estávamos bem, foi só... — Ele sabia da implicância da esposa com a primeira filha. — Não quero passar por tudo isso de novo. Tenho quarenta e seis anos. Não tenho mais disposição.

A culpa em mim só crescia.

Eu era parte do problema que ele não sabia que existia.

— Estou te atrapalhando, não é? — Sam disse, já se levantando. — Você merece aproveitar. Espero que esse namorico evolua, Alex. Você realmente merece.

— Pode ficar, não se preocupe... — Me levantei também.

— Não, preciso ir para casa, se tudo der certo, vou correr com Victória amanhã. Se você não estiver ocupado, poderia acompanhar.

Meu estômago revirou, mas eu mantive a calma.

— Estarei lá. Até posso levar Victória, se o flat em que ela estiver for no meio do caminho, assim você não se preocupa com isso. — A mentira pesou no meu peito, porém Samuel me deu um sorriso agradecido, e foi então que percebi como nossa amizade estava se desgastando, como tudo estava à beira de um colapso.

Aquela mentira acabaria conosco e, assim que ele saiu, liguei para Victória.

— Como foi aí? — perguntei, tentando manter a voz neutra, mas a preocupação me corroía.

— Ele recebeu algumas bofetadas verbais, mas está disposto a tentar.

— E você, está?

— Ainda não sei... Vou correr com ele amanhã. — A voz dela soou cansada, mas havia uma ponta de esperança.

— É, eu sei. Serei eu a levar você.

— Então, se prepare, estou naquele estado meio furioso, talvez o exercício matinal antes da corrida seja a solução para meu péssimo humor.

Eu sorri, mesmo sabendo que a situação era tensa.

— Você é terrível.

— E você adora — ela respondeu, com um tom de provocação que me fez relaxar, mesmo que por um momento.

Estava mergulhado na situação deles até o pescoço e não sabia mais como sair. Victória tinha se tornado o centro do meu mundo, da minha rotina, escalando minha lista de prioridades com uma facilidade invejável.

Talvez fosse isso que me fascinava tanto nela.

— Vejo você amanhã — me despedi, tentando me livrar daquele pânico que fazia meu corpo começar a ficar frio. No dia seguinte era perigoso que eu fosse a porra de um boneco de neve embaixo do sol escaldante.

Desliguei o telefone e subi para o quarto depois de jogar o que sobrou das cervejas na pia, ainda assim, não consegui afastar o peso no meu peito.

O que quer que estivesse prestes a acontecer, sabia que mudaria nossas vidas para sempre.

# Capítulo 45

## ALEXANDER

*Minha amada tem humor, ela é a risadinha no funeral.*
*Ela sabe que todos desaprovam, eu devia tê-la venerado*
*antes.*

*TAKE ME THE CHURCH*, HOZIER

**CHEGUEI PARA BUSCAR VICTÓRIA DEPOIS DE UMA NOITE** maldormida.

Esperava que a ver facilitasse as coisas, que aquele sentimento pesado sumisse, mas assim que ela entrou e bateu a porta, eu soube que tinha algo diferente nela.

Ela estava tensa, mal me beijou, quase não falava comigo, e a energia que emanava dela era quase física, dura, palpável.

Seu nervosismo fazia o ar tremer.

Tentei deixá-la em seu canto, mas, de repente, enquanto dirigia, vi uma vez ou outra ela bufar e tentar se ajeitar ao banco como se estivesse desconfortável.

— Está tudo bem? — perguntei mais baixo, cuidadoso, mas ela só confirmou num ruído.

A mão dela veio para minha perna e não foi inocente.

Pensei que era algo automático, mas, de repente, ela soltou o cinto, explodindo.

— Encosta esse carro, agora! — Quase causando um acidente, desviei da rota e me enfiei em uma rua paralela à principal parando o carro na primeira vaga.

Assim que puxei o freio, me virei para ela, procurando o que tinha de errado, mas ela não me deu tempo para pensar. No segundo em que parei o carro, ela se lançou sobre mim, os lábios colidindo com os meus com uma intensidade que me deixou sem fôlego.

Ela veio para o meu colo com uma destreza absurda.

— Não. — Tentei segurá-la e falhei.

Suas mãos ágeis já estavam desabotoando minha camisa, puxando minha roupa com uma urgência que eu nunca tinha visto antes.

— Victória, espera… — tentei protestar, mas minha voz morreu assim que senti seu corpo roçando no meu, a provocação ardente em seus olhos.

— Eu avisei. — Venenosa, ela mordeu minha boca. — Preciso de você — Victória sussurrou, a voz rouca de tesão. — Preciso do único calmante que funciona. — Sua mão deslizou por meu peito, seus olhos queimando de desejo, e quando ela acertou minha bermuda, comprovando que havia uma parte do meu corpo que era controlada pela vontade dela, sorriu.

— Vamos nos atrasar… — tentei mais uma vez, mas minha voz estava longe de ser convincente.

— Eu não me importo. — Seu corpo roçando no meu e minha mão na sua bunda não ajudou em nada. — Ou você vai me deixar com vontade?

Eu não podia resistir.

Não a ela, não desse jeito.

Com um movimento rápido, ela se posicionou no meu colo, suas pernas envolvendo minha cintura enquanto suas mãos exploravam cada centímetro que podia encontrar da minha pele.

O carro parecia pequeno demais para conter a intensidade do que estávamos fazendo, mas não importava. Ali, naquele momento, ela era tudo que eu queria, tudo de que eu precisava.

Agradeci por meus vidros serem escuros por completo, porque quando coloquei o pau para fora e ela arrancou os shorts de corrida por uma das pernas junto da calcinha, enchi as mãos em sua bunda e a trouxe para mim.

Com a maior naturalidade do mundo, ela me encaixou e desceu com força, procurando uma brutalidade que eu podia e queria entregar.

Não a decepcionei.

Estapeei Victória na bunda, no rosto, e segurei em seu rabo de cavalo baixo com força, quase raiva, e afastei seu rosto do meu só para poder olhar para baixo, para assistir nosso encaixe, vendo meu caralho completamente marcado por ela.

— Isso, rebola mais forte. — Era uma ordem e olhei em seus olhos para pedir com toda a honestidade que tinha nas minhas veias: — Quero ficar enterrado na sua boceta, sentir cada centímetro seu me massacrando enquanto gozo tão fundo que, quando você estiver correndo naquela merda, estarei escorrendo em você, te marcando como minha enquanto todo mundo olha a filha da puta gostosa que você é.

Ela não se agarrou no banco.

Victória se agarrou nos meus ombros.

Suas unhas furando minha pele mesmo sobre a camisa.

Segurei seu quadril baixo em um abraço matador com apenas um dos braços e, com a mão livre, depois de soltar seu cabelo, toquei seus seios por baixo do tecido do top, brincando com quanto de dor e prazer que ela aguentava.

Victória começou sua mágica, rebolando como eu tinha pedido, me apertando cruelmente. Molhada, quente, uma bruxa com quadris mágicos.

Tomei sua boca sem cuidado.

Engoli seus gemidos e, quando achei suficiente, desci a mão por seu corpo, encontrando um vão entre nós, indo ao ponto certo.

Esfreguei seu clítóris devagar, descobrindo-o inchado e tão molhado que chegava a estar escorregadio.

Ela tremeu por inteiro.

Não aliviei.

Os movimentos ficaram mais rápidos, mais curtos.

Ela gemeu mais alto.

Eu mal me importei de o carro balançar e de alguém nos ver.

Eu só queria que aquela tortura que parecia fazer meu corpo quase entrar em chamas acabasse. Queria gozar nela. Queria tomar tudo o que aquela mulher tinha para me dar.

— Alex! — Meu nome foi gritado entre dentes antes de ela chegar ao seu limite e eu agradeci quando não precisei de cada fibra do meu corpo para me segurar.

Mantive o corpo dela grudado ao meu até a última gota ser engolida por sua boceta. A abracei até seu corpo parar de tremer.

Não pude evitar deixar uma trilha de beijos nela, onde minha boca alcançava, enquanto respirava como a porra de um maratonista profissional.

Dois segundos depois, ela bateu no meu ombro.

— Obrigada.

Seu corpo escapou do meu.

Victória se jogou para o banco do lado e começou a recolocar os shorts.

Senti-me um adolescente, inconsequente e fora do controle, mas o silêncio não era mais um peso enquanto eu tentava diminuir o tempo do GPS e ela arrumava o cabelo.

— Não se preocupe, eu digo ao meu pai que perdi a hora. — Ela piscou para mim, como se fosse a coisa mais normal do mundo assim que estacionei.

Arrependi-me de descer do carro porque, todo o efeito da foda de cinco minutos foi embora. Lá estava ela tensa de novo, de cara fechada, e eu não podia fazer nada, nem mesmo dar a mão para ajudar.

Ela e Sam se encontraram e partiram para a inscrição.

Fiquei à distância, ao lado de Evelyn, que não perdeu a oportunidade de tentar me envolver em uma conversa que eu preferia evitar.

— Isso tudo é ridículo, não acha, Alex? — Ela revirou os olhos, incomodada com o sol. O desdém era bem claro em sua voz. — Sam provavelmente já contou para você sobre minha vontade de aumentar a família. Uma menininha seria uma benção.

Olhei para ela, sentindo a irritação crescendo dentro de mim.

— Uma benção de verdade seria Sam conseguir consertar as relações que já existem — respondi, sem esconder o tom de crítica.

Evelyn se encolheu ligeiramente magoada pela minha resposta.

— Você não conhece Victória, Alex — ela tentou justificar.

— Talvez eu não a conheça completamente, mas se você realmente quer o bem do Sam lutaria para que ele fosse um bom pai para todos os filhos, não só para os que você deu a ele.

A mulher que um dia me adorou, naquele momento, parecia repensar se gostava ou não de mim, ficando em completo silêncio, ferida.

Ficamos ambos quietos, esperando o início da corrida, mas minha mente estava longe dali.

Quando a maratona começou, observei Victória com atenção.

Ela estava pálida, respirando de forma irregular, mas se esforçava para manter o ritmo.

Algo não estava certo. Era ansiedade?

A preocupação começou a se infiltrar em mim, mas tentei afastá-la.

Ela era forte, estava acostumada a exercícios de alta intensidade, mas... Será que ela tinha comido? Porra, se Victória tivesse ido para aquela maratona sem comer teríamos uma bela briga.

Continuei a acompanhar, correndo ao lado, querendo vê-la melhor.

Ela estava fechando os olhos?

Fiquei apavorado, mas usei tudo de mim para me conter.

— Vamos, Sam! — gritei uma hora, erguendo a mão em punho, fingindo o entusiasmo por meu melhor amigo.

Ele agradeceu e, concentrado na corrida, não notou a filha ao seu lado, quase verde.

Quando ela finalmente cruzou a linha de chegada, com Sam logo atrás, não havia alívio. Todos comemoraram. Os dois eram mesmo competitivos ao extremo, mas não tinha nada o que vibrar. Só havia desespero.

Vi quando seu corpo fraquejou, os joelhos dobrando.

Corri até ela antes de qualquer um, pegando-a nos braços antes que desabasse no chão.

— Victória, olha para mim. — Minha voz era urgente, meu coração disparado. — Você está bem?

Ela abriu os olhos, tentando focar em mim, mas estava fraca.

— Estou enjoada... — sussurrou, e eu me segurei para não perder o controle.

Samuel se aproximou, preocupado.

— Vou levá-la para casa. — Ele tentou tirá-la dos meus braços, mas não deixei, me intrometendo, em um tom firme.

— Tragam uma água primeiro. Ela precisa se hidratar. Tem algo de glicose aí? — perguntei para o pessoal da organização que se reunia a nossa volta. Discretamente, encarei seus olhos fechados e chamei baixo: — Está me ouvindo? — ela confirmou com a cabeça de leve. — Me diz que você comeu.

— Tentei, mas acabei vomitando, enjoada pelo nervosismo.

*Porra.*

Achei um lugar para colocá-la deitada.

Por sorte, havia paramédicos no lugar e eu acompanhei tudo.

Mediram sua pressão, cuidaram do básico e, aos poucos, seus sinais normalizaram.

— Vou levá-la... — Samuel tentou mais uma vez para o desespero de Evelyn.

— Não precisa, não é nada. E os trigêmeos têm festinha hoje, não podemos perder, Sam.

— Ei, Samuel, pense aqui comigo. Eu sou médico, sua filha está estável, mas vou cuidar dela e mando notícias. — Não era um pedido, era uma ordem. — Você não precisa de mais confusão agora, e outra, quando ela estiver melhor, você pode levá-la para comemorar.

A atenção do casal estava em mim.

Evelyn concordou, incentivando Sam a relaxar e, para minha sorte, Victória também fez sinal com a cabeça, aceitando.

— Obrigado, Alex. — Sam me olhou com gratidão.

Eu era um canalha.

— Qualquer coisa, eu te ligo. Não se preocupe.

O casal virou as costas e, assim que saíram de perto, carreguei Victória até o carro no colo, o coração ainda acelerado.

— Eu posso andar... — ela tentou protestar, mas a ignorei, a preocupação fervendo dentro de mim.

A cabeça estava a mil, as dúvidas me corroendo.

Saí dali e dirigi até a primeira farmácia que vi.

O medo me tornando imprudente ao descer quase esquecendo de fechar a porta. Victória ainda estava mole no banco do carona e mal deu importância.

Ali dentro, o medo tomou conta de mim.

Não podia ignorar a possibilidade que crescia em minha mente.

Eu deveria ter pegado algumas coisas, mas tudo o que carreguei para o caixa foi a porra de um teste de gravidez.

# Capítulo 46

## VICTÓRIA

*Lutamos com unhas e dentes, acorrentamos nossos corações em vão. Pulamos sem nunca perguntar o porquê, nos beijamos, eu caí no seu feitiço, um amor que ninguém poderia negar. Nunca diga que eu simplesmente fui embora, não posso viver uma mentira, fugindo para salvar minha vida, eu sempre vou te querer.*

*WRECKING BALL*, MILEY CYRUS

**AQUELA IDEIA ERA ABSURDA.**

— Alexander, eu tomo remédio, não tem...

— Faça logo, por favor. — Ele não era rude, mas também não parecia muito gentil.

Só de birra, deixei a porta do banheiro aberta e urinei sobre a porcaria do teste olhando para ele.

Alex estava sentado em sua cama. Preocupado até os ossos, com os cotovelos apoiados nos joelhos e as mãos juntas enquanto encarava o chão, vendo algo que só sua mente conseguia reproduzir.

Dei descarga, lavei a mão e, carregando aquilo, me juntei a ele.

Odiei me sentar ao seu lado.

Odiei seu quarto.

Odiei aquela dúvida.

Ele estava frio, seu quarto parecia um frigorífico, aquela dúvida, ridícula.

Eu não estava grávida! Todo santo dia eu tomava o anticoncepcional, e, sinceramente, não tinha nada de errado com meu corpo.

Minha barriga continuava tão lisa quanto antes e minha cabeça ainda era um caos. Eu sabia o que uma gravidez podia causar, mas não havia absolutamente nada...

— Porra. — Meus olhos caíram no exame. A palavra **grávida** lá. Bati a mão na boca com algum impacto, tentando segurar o choque.

— O quê? — Alexander também espiou e, assim como eu, ficou mudo.

Li a palavra dezenas de vezes.

Imaginei-me gritando e mandando alguém corrigir aquilo.

No entanto, depois de alguns minutos em silêncio, não aguentei.

— Não pode ser... — murmurei, mas a voz falhou. O mundo ao meu redor ficou embaçado, distante.

As letras no teste eram claras e irrefutáveis.

Era real.

Soltei o teste no chão como se ele tivesse me queimado, minhas mãos tremendo, os olhos se enchendo de lágrimas. Levei ambas as mãos à boca tentando conter o grito que queria escapar.

Eu não acreditava.

Não podia acreditar.

Alex se abaixou, pegou o teste do chão e o encarou em silêncio antes de se sentar ao meu lado de novo, tão chocado quanto eu.

Queria desaparecer.

Queria chorar.

O medo de que ele me abandonasse, de que tudo entre nós desmoronasse, era esmagador. Eu não queria um bebê ainda! Não era a hora!

Olhei para Alex, buscando qualquer migalha de atenção, mas ele ainda estava encarando o exame.

O silêncio me sufocou, ficando insuportável.

— Alex? — chamei, a voz frágil, cheia de medo e incerteza. Aquela distância ia me matar. Eu precisava saber o que ele estava pensando, precisava de qualquer coisa.

Toquei seu braço.

Ele finalmente me olhou, mas o que vi nos olhos dele não me confortou. Eu não sabia o que ele estava sentindo.

— Victória... — a voz rouca, baixa, quase quebrando — não conte ao seu pai. — As palavras saíram de sua boca como uma ordem.

A primeira lágrima escorreu pelo meu rosto.

Estava prestes a desmoronar completamente, mas antes que eu pudesse dizer qualquer coisa, a porta do quarto se abriu.

— Ô, pai, você sabe onde está o meu...

Nathan entrou, encarou a nós dois ali e eu perdi o fôlego olhando para o chão com a visão turva pelas lágrimas que queriam cair.

O silêncio que se seguiu foi sufocante, pesado demais.

Ergui o rosto.

Nathan olhando para mim com a boca entreaberta, para o pai de cabeça baixa e para o teste em sua mão.

Finalmente ele entendeu.

E nos trouxe o inferno em um segundo.

— Que nojo! — ele cuspiu as palavras, e Alex correu atrás dele em seguida.

— Nate, filho, espera!

Sem opção, não querendo ficar sozinha, corri atrás.

— Mas que merda é essa?! — Nathan explodiu ao entrar no seu quarto e, quando entrei no cômodo, o vi com o rosto vermelho de raiva. — Desde quando você está comendo a Victória? Antes ou depois de saber que tirei sua virgindade?

— Nate, não é isso...

— Então olha na minha cara e diz que essa merda não é um teste de gravidez. — Alex não respondeu. — Porra, que nojo de vocês dois. Você também, sua vadia. — Ele apontou para mim. — Estava saindo comigo e dando para o meu pai ao mesmo tempo. Talvez você quisesse os dois juntos, por que não me avisou?

— Cala a sua boca — cuspi as palavras, mas Alexander ergueu a mão, me impedindo de continuar.

— Nathan, me escute. Não é o que você está pensando, vamos conversar. Me dê cinco minutos.

— Vocês são dois traidores safados! Ela tem idade para ser sua filha também, pai! — ele gritou, sua voz cheia de dor e decepção.

— Mas não sou! — Aquele pirralho não tinha o direito de nos acusar de nada.

— É, mas seu pai já sabe dessa palhaçada?

A coisa que mais doeu foi lembrar do que havia acabado de ouvir:

*Não conte ao seu pai.*

Engoli a tristeza e deixei a fúria tomar conta, estava prestes a voar em Nathan, mas Alexander me impediu, colocando o corpo entre nós. Mal consegui ver seu rosto, mas sabia que as palavras do filho estavam atingindo-o em cheio.

— Filho, por favor, me escute.

— Não! Não escuto! Vocês dois são as piores pessoas que já conheci. Se estão juntos esse tempo todo, enganando todo mundo, então vocês se merecem mesmo. — Nathan atravessou o quarto, dando uma ombrada em Alex que não conseguiu impedi-lo de sair.

— Alexander, reage — mandei, puxando-o pela blusa. — É assim que vai ser?

— Não, eu... — Ele parecia perdido. — Preciso falar com Nathan.

E, no segundo seguinte, ele correu escada abaixo.

Desesperada, eu fui junto, descalça, sem pensar, até a rua.

Nate já tinha entrado no carro.

Já estava no final da rua com o motor roncando alto.

Alex parou na calçada.

Parei atrás dele, com uma mão invisível na goela.

Ele parecia estar se afundando, sem saber como lidar com as consequências do que havíamos feito.

E eu, no auge do meu desespero, sem tempo para pensar, sem filtro, cuspi as palavras que estavam me matando por dentro.

— Parabéns. — Ele se virou. Os olhos cinzentos focando em mim com dificuldade. — Você é um amigo de merda, um pai de merda, e um parceiro pior ainda. — Eu não esperei para ver a reação dele.

Não consegui.

Fugir foi o único instinto que tive.

Corri para longe, sem olhar para trás, sem saber para onde estava indo, só com a necessidade desesperada de escapar daquilo tudo.

Pelo menos as lágrimas escorriam livremente.

Era a única vantagem já que minha mente estava um caos.

Eu não fazia ideia que um ser humano pudesse sentir tantas dores diferentes ao mesmo tempo. Só era uma merda que, a pior delas, fosse a da decepção.

Alexander não seria o meu lugar seguro.

Eu não merecia um.

E, sozinha, eu não sabia mais o que fazer.

# Capítulo 47

## VICTÓRIA

*Vou sair pela loja de presentes, guardando todas as minhas
lembranças, chaveiro e uma pastilha para tosse. Cartões postais
que dizem: Queria que você estivesse aqui. E eu vou dizer para você
não se preocupar, para ter certeza de que você acredita em mim,
mas a parte mais difícil de ir embora é fazer parecer tão fácil.*

**EASY**, DEMI LOVATO

**O IMPULSO DE PEGAR O VAPE FOI IMEDIATO, QUASE INSTINTIVO.**
Minhas mãos tremiam, e o desespero crescia dentro de mim como uma
tempestade iminente, pronta para arrebentar tudo, porém, no último segundo,
antes de levar o aparelho aos lábios, algo em mim quebrou.

Um nó apertou minha garganta e, com um movimento brusco, joguei o
vape pela varanda do quarto.

Observei, atônita, enquanto ele caía em direção ao solo, desaparecendo na
escuridão da noite.

E, então, saindo do transe que consegui prender minha mente por todo
aquele tempo, o desespero veio de verdade.

Meus joelhos cederam e me vi sentada no chão frio com as mãos pressio-
nadas contra o rosto.

O pânico era sufocante.

Não havia ninguém para quem eu pudesse ligar.

Não havia Alexander, não havia amigos, não havia família.

Não havia ninguém.

A solidão se instalou em mim com um peso insuportável.

Estava sozinha, completamente sozinha.

A realidade me atingiu como um soco.

Um bebê.

Meu Deus, um bebê!

Havia um bebê crescendo dentro de mim.

Toquei minha barriga, tentando senti-lo, tentando entender.

Ele estava lá, em algum lugar. Isso me assustou *pra caralho* e não conseguia controlar.

Minha cabeça estava em um caos absoluto.

Um bebê poderia amarrar Alexander a mim, poderia forçá-lo a ficar, mas essa era a maneira errada de pensar, não era?

Eu não queria que ele ficasse por obrigação.

Queria que ele me escolhesse, que quisesse estar comigo, com o nosso filho.

Mas e se ele não quisesse?

E se ele me abandonasse?

E se não tivesse coragem de me defender, de lutar por nós?

Despenquei no chão.

A incerteza corroía meu coração e comecei a duvidar de tudo.

Será que eu estava preparada para ser mãe?

Será que eu seria capaz de amar esse bebê como ele merecia, de dar a ele o que eu nunca tive?

O pensamento de criar um filho sozinha, sem ninguém ao meu lado, me aterrorizou tanto quanto a dor de imaginar Alexander me deixando, de ver nos olhos dele que ele não me queria mais.

Era insuportável.

Eu não sabia o que fazer, não sabia para onde ir.

A única coisa que eu sentia era um vazio crescente, uma sensação de estar à deriva, sem rumo, sem esperança.

Presa em um quarto qualquer, sem casa, sem lar, sem nada e sem ninguém, com uma pequena vida que dependeria de mim para conhecer aquele mundo cruel.

Não era justo.

— Eu não sei o que fazer... — sussurrei para o vazio, minha voz quebrada, desesperada.

Fiquei deitada ali por tanto tempo que não consegui medir, afundando-me nos meus piores pensamentos. As lágrimas escorriam pelo meu rosto, silenciosas, amargas, em uma quantidade digna de causar um dilúvio.

E a única certeza que eu tinha era de que, no fundo, por mais que eu tivesse fé, eu era a pessoa de ninguém.

Nem minha.

Nem de Alexander.

Talvez nem daquele bebezinho.

# Capítulo 48

## ALEXANDER

*Caminho por essa rua vazia na avenida dos sonhos despedaçados, onde a cidade dorme e sou o único, e eu caminho sozinho.*

**BOULEVARD OF BROKEN DREAMS, GREEN DAY**

**EU ENTREI EM PÂNICO.**

Qual poderia ser a reação de um ser humano comum quando o seu pior pesadelo bate à porta e descobre seu segredo mais sujo?

Desde o momento em que aquela porta foi aberta na minha cabeça, desde o minuto em que peguei aquele teste na farmácia, parecia que tinha saído do meu corpo, que estava assistindo a um filme, mas largado na calçada depois de tudo, quando meus joelhos bateram no chão quente e a dor real, física, me atingiu, a verdade me acertou na cara como um boxeador furioso.

Victória estava grávida de um filho meu.

Nathan sabia.

E eu tinha falhado com os dois.

Voltei para dentro de casa ainda com o corpo trêmulo.

A chave do carro estava no quarto.

O teste de gravidez, largado no chão.

Peguei o objeto causador de uma possível guerra e engoli em seco.

Victória tinha razão; eu era um merda.

E apesar do medo, do pavor, e todos os outros sentimentos ruins que tentavam tomar o controle do meu cérebro, enfiei o celular no bolso, o teste em cima na mesa de cabeceira, e saí para resolver um problema por vez.

Liguei 68 vezes, mas Nathan me ignorou completamente.

Não me dei por vencido, usei o rastreador que nunca tinha precisado usar antes e descobri sua localização.

O prédio do dormitório tinha quatro andares e oito apartamentos em cada andar.

Bati em cada uma das portas até encontrá-lo.

Quando ele escancarou a porta e me viu, instantaneamente sua expressão se fechou. Ele tentou bater a porta na minha cara, mas recuperado de parte do choque, meti a mão contra a madeira e o impedi.

— Nós precisamos ter uma conversa. — Minha voz saiu firme como nunca antes. Ele não teve coragem de me impedir de entrar.

— Não tenho nada para conversar com um pedófilo. — As palavras dele quando me deu as costas foram demais. Peguei-o pelo braço, obrigando-o a olhar para mim.

— Nathan! — o repreendi. — Preste atenção no que está dizendo. Eu ainda sou seu pai.

Seu olhar cheio de raiva e mágoa me atingiram, mas o sustentei.

— Conversar sobre o quê? Sobre como você é uma pessoa horrível?

Respirei fundo, tentando manter a calma.

— Não. Sobre como acabei me fodendo, aos quarenta e cinco anos, apaixonado por uma garota de dezoito que, para piorar, era interesse amoroso do meu filho e ainda é a filha do meu melhor amigo que eu nem me lembrava da existência! — desabafei pela primeira vez e ele calou a boca, me analisando, querendo pegar alguma mentira.

— Você tem cinco minutos. — Puxando o braço, ele se virou para mim.

— Eu não sabia que ela era ela antes de ficar com ela — confessei. — Descobri no meu aniversário, e já tinha acontecido.

— E você não pensou em parar? — ofendido, ele tentou.

— Você acha que eu não tentei, porra? Acha que eu não sei que ela é mais nova que meu próprio filho e que isso é estranho, e errado, e... — passei as mãos pelo cabelo, realmente rindo da minha desgraça — acha que eu não teria acabado com isso pela sua felicidade? Para proteger Samuel? Porra, Nate, eu estou enganando seu padrinho! O meu irmão! — Me virei para mesa, me apoiando nas costas da cadeira de madeira com as mãos.

— Então por que não parou?

— Porque não consegui! — admiti em voz alta e o encarei. — Porque me sentia vivo. Porque me apaixonei...

— Você está falando sério? Pai, porra, é a Tóri.

— É, é ela... E sou eu, filho. — A dor na minha fala finalmente o atingiu.

Os ombros de Nate cederam um pouco.

— Como você acha que o tio Sam vai reagir quando descobrir? Já pensou nisso?

— O tempo todo. E era por isso que estava tentando levar as coisas escondidas, porque, se acabasse, não teria ferido ninguém. Ainda assim, agora que você sabe... Não posso mais esconder. — Me aproximei dele e segurei em seus ombros, próximo o bastante para um soco ou para um abraço. — Nate, eu te amo, você é meu filho e sempre será minha prioridade. Sempre. Mas estou exausto de tentar ser bom para todo mundo, menos para mim. É a primeira vez em anos que... — *não bebo, não me dopo, não me afundo no meu vazio* — me sinto feliz. Por favor, não me peça para deixar isso de lado.

— Pai... Que merda.

— Eu ainda sou seu pai. Sempre serei. Nada disso vai mudar. Mas eu também preciso viver, também mereço ser feliz. E eu só quero que você entenda isso.

Nós nos encaramos por um longo tempo em silêncio, mas ele finalmente soltou um suspiro pesado, como se estivesse cedendo à verdade.

— Ela está grávida mesmo? — Sua voz saiu baixa, quase como um sussurro.

Eu assenti, sentindo o peso da realidade.

— Está...

Ele balançou a cabeça, pensativo, e então olhou para mim com uma expressão mais mansa, dócil.

— Nunca vou odiar você, pai. Se você está feliz, se é o que é, siga em frente. Só, por favor, não me esconda mais nada.

— Não vou — prometi, acariciando seu rosto.

— E eu... Eu acho que preciso estudar sobre isso de me tornar irmão mais velho sendo tão velho.

Ambos demos uma risada de alívio que começou a crescer.

Puxei Nathan para um abraço. O mais forte de todos.

E ali, com o alívio de não perder meu filho, eu chorei.

— Eu te amo — murmurei, com a voz rouca de emoção.

— Eu também te amo, pai — ele respondeu, finalmente relaxando nos meus braços.

Quando voltei para casa, sentindo todo o peso dos próximos passos, tentei ligar para Victória pelo caminho todo. Ela não atendeu.

Conhecendo-a, eu sabia que falar não seria o suficiente.

Eu precisaria andar de joelhos, mas ela merecia isso.

Eu tinha sido um merda.

Ela merecia mais do que isso.

# Capítulo 49

## VICTÓRIA

*Jogar tudo nosso no lixo, eu tento, mas eu não consigo. Ferida que virou meu vício. Depender de um amor doente. Um dia cê foi meu presente... Me diz aonde essa briga vai parar.*

*ONDE É QUE DEU ERRADO?*, LUÍSA SONZA

**FIZ A MUDANÇA PARA O APARTAMENTO NOVO EM QUESTÃO** de horas.

Não havia muito o que levar, apenas algumas malas e uma dose cavalar de decepção.

O peso do segredo que carregava era insuportável.

A mágoa que sentia quando me lembrava dos olhos de Alexander naquela tarde queimava como uma ferida aberta, e ignorar suas mensagens e ligações era a única forma que encontrava de lidar com aquilo.

Por mais que tivesse vontade de atendê-lo e xingá-lo de todos os nomes, ele merecia o meu silêncio. Merecia o nada, assim como eu tive o mesmo dele quando mais precisei.

O nervosismo me tirava o apetite e, apesar de saber que precisava me alimentar, a comida me parecia repulsiva.

A ideia de ser abandonada, tratada como lixo, por ele, me consumia.

Na segunda de manhã, quando meus olhos ainda não haviam se fechado, decidi ir trabalhar.

Ficar naquele apartamento minúsculo, sozinha com meus pensamentos, não era uma opção.

A cada minuto, minha mente alternava entre a possibilidade de ser mãe solteira ou a de interromper aquela gravidez, eu tinha medo de tomar uma decisão inconsequente.

Eu nem sequer sabia de com quanto tempo estava, mas já sentia o peso de decisões que pareciam grandes demais para lidar naquele momento.

Passei o dia meio distraída, presa dentro da minha cabeça, sem fazer questão de esconder que não estava bem. Foi quando o telefone da mesa tocou, arrancando-me dos pensamentos sombrios.

Atendi com um suspiro, já sem paciência, mas a voz do outro lado fez meu coração acelerar.

— Victória, será que pode vir até aqui? É urgente. — Era meu pai.

Revirei os olhos, sem conseguir esconder o cansaço.

Bati o telefone na base sem uma resposta.

*O que ele quer agora?* — pensei, mas, mesmo assim, me obriguei a levantar e caminhei em direção ao escritório dele, já ensaiando uma mentira para meu estado.

*"Olá, papai. Não, está tudo bem. Estou com uma virose. Sim, me hidratei. Não, não sei do tio Alex. Sim, eu já me mudei e amei o apartamento. Posso ver os meninos no final de semana?"*

Ensaiei as respostas automáticas enquanto caminhava até sua sala, e sem conseguir manter um sorriso falso no rosto, quando empurrei a porta e entrei, o choque foi imediato.

Meu coração afundou no peito quando vi Alexander sentado em uma das poltronas livres na frente da mesa do meu pai.

Eles estavam lá, juntos, e a visão me fez sentir como se o chão estivesse se abrindo sob meus pés.

— Olá, Victória. Você pode se sentar, por favor? — A voz de Alexander me atingiu como um raio.

Eu queria fugir, porém, meus pés o obedeceram.

Odiei-me, mas, definitivamente, não dava para fugir.

# Capítulo 50

## ALEXANDER

*Às vezes nós voamos, às vezes nós caímos. Às vezes, parece*
*que nós não somos nada. Sonho na luz, danço no escuro.*
*Você preenche os espaços dentro do meu coração.*

**WE GO DOWN TOGETHER**, DOVE CAMERON E KHALID

**EU A VI CAMINHAR COMO SE O CHÃO FOSSE DESMORONAR SOB**
seus pés.

Cada passo incerto, a insegurança refletida nos olhos abatidos.

Ela tinha razão, eu havia vacilado, mas… foda-se.

Ela entenderia. Ou, pelo menos, eu esperava que sim.

— Sam — chamei sua atenção e o obriguei a erguer os olhos dos contratos que lia. — Por favor, me escute.

Ele não entendeu, tirando os óculos de leitura, tentando parecer interessado.

Respirei fundo e o encarei.

Ele conhecia parte da história.

Ela nem fazia ideia.

— Você acompanhou meu casamento. E você foi a primeira pessoa para a qual eu liguei naquele doze de fevereiro, você se lembra? — perguntei e ele assentiu, ainda sem fazer ideia do que me levava a falar daquilo.

— Nós morávamos em um apartamento. A vida era mais dinâmica. Marianne era a garota alternativa, alma livre, que mudava de emprego a cada seis meses, e nem de longe isso era um problema. Eu gostava de vê-la se apaixonando de novo e de novo. Parecia que, a cada vez que ela renascia, eu renascia junto. Isso durou até…

— Aquele dia doze — Sam completou. — Alex, por que…

Ergui a mão.

— Me ouça. Por favor. Me ouça — repeti, pedindo paciência.

Os olhos de Victória estavam grudados em mim.

Sentia sua energia, sua respiração.

E mesmo com medo de ela se levantar e correr, continuei:

— Até que cheguei em casa às seis da tarde, uma hora atrasado, e encontrei Nathan encolhido no sofá. Ele tinha de quatro para cinco anos. Vez ou outra ainda fazia xixi nas calças. — Respirei fundo, visitando o garoto assustado que me recebeu quando abri a porta. — Naquele dia, havia feito. O motivo foi o medo pelo filme de terror que encontrou na televisão e não conseguiu tirar. Quando perguntei onde estava a mamãe, ele não sabia dizer. Rodei o apartamento inteiro procurando por ela, mas não havia sombra alguma da existência de Marianne ali. Ela removeu todas as fotos, levou todas as roupas, até mesmo as plantas... Ela só — soprei a palavra — desapareceu.

— Alex... — Sam tentou de novo, e eu o encarei sério, pedindo silenciosamente por paciência.

— No último segundo, achei um bilhete na geladeira. Ela deixava ali que não servia para aquela vida, que não queria ser mãe, que nós nunca éramos suficientes. Que eu nunca a fiz feliz de verdade... Isso é um resumo gentil. E, infelizmente, aquilo entrou na minha mente.

Virei um pouco a cabeça para encará-la.

— Aquilo me envenenou de verdade — me justifiquei. — E eu comecei a beber, ou me amortecer de qualquer maneira legal, que não fosse me inutilizar para quando você — voltei a olhar para Sam, que parecia chocado com a revelação — ou Nathan precisassem de mim. E tentei, muito, ser o melhor por vocês, sempre mais que o suficiente, mesmo que não houvesse mais nada para mim lá.

— Alex, eu não fazia ideia, como que...

— Sam — o interrompi mais uma vez, com a voz carregada de emoção. — Você é meu melhor amigo. É o irmão que a vida me deu. É a família que escolhi. — Vi a confusão e a dor nos olhos dele, mas continuei, precisava continuar: — E você também sabe que, por todo esse tempo, eu vivi no limbo, mas as coisas estão mudando... Eu conheci alguém. — O ar da sala mudou naquele segundo. Samuel parecia começar a entender, seus olhos estreitando enquanto ele processava minhas palavras. Vi a tensão crescer no corpo dele, mas não recuei. — E eu te disse que não sabia se daria certo, que nem chegaria a te apresentar, mas só disse aquilo com medo de perder a nossa amizade, mas você precisa saber. — Então, com uma gigantesca dose de loucura no sangue, admiti: — Samuel, eu amo sua filha.

Foi como se o tempo parasse.

Meu melhor amigo ficou imóvel por um momento, o choque e a incredulidade estampados em seu rosto. Então, com uma rapidez assustadora, ele saiu de trás da mesa e me acertou um soco.

Caímos da poltrona, ele não saiu de cima de mim, me batendo tanto quanto podia. A dor explodiu no meu rosto, mas não reagi.

Sabia que ele precisava disso, que precisava de um lugar para direcionar toda a raiva e frustração.

Victória gritou, tentando nos separar, mas Samuel estava cego de raiva.

Tentei me erguer quando ele se afastou, mas, me xingando, ele me empurrou contra o aparador, quebrando quase tudo que estava em cima dele.

— Para, pai! Para!

— Você está maluco? Está dormindo com minha filha?

Ele partiu para cima de mim de novo.

Só ergui as mãos para me proteger.

Isso não o impediu, e foi só quando ela começou a gritar, atacando o próprio pai, que ele parou, ofegante, os olhos ardendo de decepção.

— Para com isso, para com isso! Eu estou grávida, porra!

Achei que Samuel ia infartar.

Ele desceu a mão, que estava erguida para me socar, contra o próprio peito e deu dois passos para trás.

— Como é? Essa sandice é real? — ele perguntou para ela, a voz carregada de dor. — E você... — ele engoliu em seco — você está mesmo grávida?

Ela confirmou, a voz trêmula, mas firme, e então, com uma força que parecia crescer a cada palavra, ela continuou:

— Eu o amo. Eu o amo como você nunca entenderia, pai. — E, vestida de preto, ela avançou como a morte para perto dele.

— Você é minha menininha, você...

— Cresci, pai. Eu cresci. Brinquedos caros e viagens para parques de diversão não me distraem mais. Ontem foi um carro, depois um apartamento, e amanhã? — Ela riu, uma risada triste, ficando entre mim e meu melhor amigo. — Alexander cuida de mim, mais do que você jamais cuidou, mesmo que isso não seja a obrigação dele.

— Estava procurando um pai nele? Pelo amor de Deus, Victória, vocês... Têm vinte e sete anos de diferença!

— Não. Mas, se eu tivesse pais decentes, ele nunca teria que lidar com toda a merda que tem na minha cabeça — e, cruel, ela continuou, obrigando-o a se afastar quando ela deu um passo na sua direção. — Quantos anos eu deveria ter para que você pudesse me amar, trinta e cinco?

Ela o acertou em cheio.

Era a idade de Evelyn.

— Sam, eu não estou brincando, eu realmente a amo — acrescentei, mas o olhar de ódio dele para mim era quase mortal.

— Cala a sua boca! Eu vou matar você.

— Para com esse teatro de que se importa, Samuel. — Ela jogou uma pedra em sua cabeça e se virou para mim, os olhos verdes abrigando lágrimas enormes.

— Ok, se você quer que seja assim, foda-se tudo. — Ela parecia orgulhosa. — Eu te disse, eu sou sua. Eu te amo. — E, estendendo a mão para mim, ela soprou: — Vamos sair daqui.

# *Capítulo 51*

## VICTÓRIA

*Segredos que tenho mantido em meu coração são mais difíceis de esconder do que pensei. Talvez eu só queira ser seu.*

**I WANNA BE YOURS**, ARTIC MONKEYS

**EU ESTAVA AO LADO DE ALEXANDER, SEGURANDO SUA MÃO COM** força enquanto descíamos no elevador, sem coragem de encará-lo.

Tínhamos mesmo feito aquilo?

A desconfiança da realidade me acertava.

O silêncio entre nós fazia digestão dos nossos cérebros.

Cada segundo parecia durar uma eternidade, mas quando chegamos ao andar de seu consultório, ele me deixou passar à frente.

Como eu sempre fazia, acenei discretamente para Tereza, que estava no corredor. Ela nos olhou com uma expressão de choque, seus olhos se fixando no rosto de Alex, onde o sangue ainda escorria do nariz.

— Victória, espere — ele me chamou, me impedindo de entrar no consultório e, se virando para sua secretária, tentando manter a compostura, perguntou: — A agenda foi remanejada?

— Sim, doutor... O senhor precisa de ajuda? — Tereza parecia preocupada, seus olhos passando do rosto machucado de Alex para mim, buscando alguma explicação.

— Não, isso aqui foi... — ele suspirou, exausto — um acidente. De qualquer forma, você pode ir.

Ouvi a conversa de longe, esperando com as mãos juntas na frente do corpo, encarando meus sapatos. Quando notei que ele vinha, ergui os olhos, observando-o pelo corredor, percebi como Alexander parecia diferente, com o terno sem gravata, o rosto começando a inchar, mas os olhos cinzentos extremamente serenos, como se não houvesse arrependimento algum da decisão que tinha sido tomada.

Ele passou por mim, abrindo uma porta lateral na qual eu nunca tinha reparado, e indicou com um gesto de cabeça para que eu entrasse.

Eu o segui.

Quando a luz se acendeu, uma pequena sala de descanso surgiu, com um sofá escuro e uma pequena copa.

Alexander suspirou e se jogou no sofá, claramente esgotado, ao mesmo tempo em que eu fui direto ao frigobar procurar por gelo.

Com o que precisava em mãos, voltei para ele, me ajoelhando no sofá, bem ao seu lado. Cuidei do inchaço sobre seu olho esquerdo, limpei o sangue de seu nariz com cuidado e, em seguida, olhei para o ferimento, tentando descobrir a gravidade.

Alex me observava em silêncio, deixando-me fazer o que eu queria, sem protestar.

— Você não deveria ter feito isso. — Era sim para ser uma bronca.

— Deveria — ele respondeu com convicção.

— Por quê? — perguntei, levantando os olhos para encontrar os dele.

— Você não me escutaria se fosse de outra forma, e porque, definitivamente, estou cansado de esconder você, de nos esconder. — Ele desviou o olhar para nossas mãos, entrelaçando seus dedos nos meus, e o gesto simples fez meu coração apertar. — Não queria mais viver assim, como dois criminosos, nos escondendo nas sombras.

— Achei que você não quisesse nada disso. — Minha voz saiu baixa, quase um sussurro.

— Não queria — sentia a tristeza em sua voz —, mas precisava. Só um cego não veria tudo o que você mudou desde que chegou.

— Não sou só uma boa distração na sua cama? — Minha voz estava carregada de provocação, mas escondi aquela insegurança gritante com os olhos desconfiados nos dele.

Alex me olhou profundamente, como se pudesse ver cada pensamento confuso que passava pela minha cabeça, mesmo que eu tentasse escondê-los.

— Sinceramente, me responda, quando é que você foi só isso desde o dia em que descobri seu nome?

Eu sabia a resposta, mas não queria admitir.

Um pequeno filme começou a passar em frente ao meu rosto. Lembrei-me de como ele parecia querer ver o diabo, mas não a mim no começo, porém também de como sempre houve aquela atração irresistível.

— Você me odiava — murmurei, lembrando-me dos olhares frios e das palavras duras.

— Mas sempre te quis. E agora, definitivamente, não te odeio mais. Longe disso — ele corrigiu, com um toque de ternura que eu nunca tinha esperado.

— Tem certeza? — perguntei, ainda insegura, mas esperançosa.

— Mais do que isso... — Ele se inclinou para mais perto. — A história que contei lá em cima, você ouviu?

Assenti.

— De tudo o que ela levou embora, a única coisa que realmente pensei sentir falta foi o anel de noivado que estava há anos na minha família. Mas, pensando melhor, eu não poderia usar aquilo de novo com qualquer outra pessoa, mas muito menos com você. — Alexander suspirou.

*O que estava realmente acontecendo?*

Ele mexeu no paletó e meu coração parou por um segundo quando vi a caixinha surgir em sua mão.

A realidade da situação me atingiu como uma onda, me tragando antes mesmo que ele pudesse falar mais alguma coisa.

— Eu sei que te decepcionei, que não agi como deveria, mas quero fazer isso com você. Com vocês... — Seus olhos desceram por um segundo muito longo para minha barriga e, depois, ele abriu a caixinha, revelando um anel de diamante em formato gota realmente enorme.

Eu não podia acreditar no que estava vendo.

Não conseguia falar.

Só sentia minha visão se perdendo graças às lágrimas grossas que vinham uma após a outra.

Peguei a caixinha na mão, sentindo o peso dela, tanto literal quanto emocional.

— Isso significa que... — Minha voz falhou, e ele completou:

— Que eu quero você, para o resto da minha vida, que teremos essa criança e que socarei meio mundo de gente quando perguntarem se você é minha filha.

Eu ri, mas a risada que começou sonhadora, terminou amarga.

Bati a caixinha, fechando-a com força.

— Não sei se quero ter o bebê. — As palavras voaram da minha boca.

— Por quê? — A voz dele estava cheia de preocupação.

— Porque tudo vai mudar... — Não era óbvio?

— Vai. Mas daremos conta.

— Você não sabe, você quase não me escolheu... — As lágrimas começaram a escorrer com o peso da insegurança que eu carregava, revelando meu medo mais profundo. — Eu não tenho mais nada, e percebi que, se você enlouquecer de novo, continuo sozinha.

Ele não brigou, nem gritou comigo.

Alexander escorregou do sofá para o chão e se ajoelhou na minha frente, apoiando as mãos em minhas coxas, tentando me acalmar.

— Pedir perdão é pouco, eu sei. Ativei todos os seus medos de uma vez. — Ele segurou meu rosto e soou muito sincero ao continuar: — Não posso desfazer, Victória. Mas prometo nunca mais deixar nada, nem ninguém, te machucar. Nem mesmo eu.

Ri embrenhada no amargor mais uma vez.

— Essa não é uma promessa fácil de manter. — Meus ombros estavam caídos, mas seus dedos roçaram minhas bochechas, aquecendo minha pele.

— Mas eu farei o meu melhor. Caso eu falhe, você poderá ir embora, mas não irá de mãos vazias, pois você levará meu coração.

Comprimi os lábios, segurando a vontade de tocá-lo.

Havia tanto em jogo...

— E o bebê? Se eu realmente não quiser tê-lo? — Tentei manter a dignidade conforme desviava os meus olhos dos dele com vergonha.

— Qual é o seu medo? — A voz dele era calma, paciente.

— Você vai me achar fútil. — Hesitei, mas ele me encorajou.

— Tente.

Respirei fundo antes de falar, as palavras saindo com dificuldade.

— Tudo me assusta. Absolutamente tudo, mas... eu vou comer e... — fiz uma pausa dolorida — eu vou engordar. Vou ganhar estrias. Meus seios provavelmente vão cair... — Comecei a chorar de novo, as inseguranças me consumindo. — Você vai me achar horrenda, e gigante, e vai deixar de me amar. Eu conheço isso...

— Amor... — Foi a primeira vez que ele me chamou assim, e o som da palavra me fez encará-lo. Por um momento, parei de chorar, absorvendo que era real. Alex tinha me chamado de amor. — Nós teremos uma babá, você continuará na terapia, e vamos achar um meio de resolver qualquer coisa. Para qualquer questão física que você queira resolver no futuro, seu futuro marido é cirurgião plástico. E, como pai, como parceiro, te prometo não ser um merda. Eu estarei lá, Victória. Estarei lá com você o tempo todo, acredite em mim.

— Prove — desafiei.

— Me peça qualquer coisa.

— Meio milhão de dólares agora e mais meio milhão quando o bebê nascer. — Joguei alto.

— Feito. — Ele nem hesitou.

— Um casamento gigantesco em uma fazenda com toda a alta sociedade. Pelo menos dois mil e quinhentos convidados.

— Podemos fazer isso, mesmo achando que não terá cinco pessoas na festa. — Ele riu.

— Quero uma casa nova com o dobro do tamanho da sua.

— Procure o corretor que quiser — ele respondeu com firmeza. — Estou com você.

— E se decidir não estar mais? — Comecei a ter raiva das respostas tão acolhedoras. Por que ele não brigava comigo?

— Não sei, Victória — Alex parecia se divertir —, mas é assim que o amor funciona: ele precisa de confiança.

— E como fazemos isso? — perguntei, com a voz embargada de emoção.

— Pra começo de conversa, você se muda hoje para a minha casa, tornando ela, nossa. E, depois — ele puxou meu rosto para o seu, nossas testas se tocaram e o cinza dos seus olhos, naquela distância, ficou quente —, a gente vive. O que me diz?

— Eu, você e o bebê? — questionei, ainda incerta.

— Eu, você e o bebê — ele confirmou, com um sorriso suave. — Mas, antes, você quer casar comigo?

Meu futuro marido fez a pergunta de um bilhão de dólares.

— Sim. — Mal pronunciei a palavra e sua boca estava na minha.

Eu só queria molhar os pés, mas agora estava nadando no fundo, sem medo de me afogar.

*3 meses depois*

# Capítulo 52

## VICTÓRIA

*Porque todas as pequenas coisas que você faz são o que me lembram por que me apaixonei por você, e quando estamos separados e eu sinto sua falta. Eu fecho meus olhos e tudo que vejo é você e as pequenas coisas que você faz.*

*THOSE EYES*, NEW WEST

**OS ÚLTIMOS TRÊS MESES TRANSFORMARAM MINHA VIDA DE** maneiras que eu jamais poderia ter imaginado.

Nathan havia se mudado definitivamente para a faculdade, deixando a casa todinha para nós. Com isso, mergulhei de cabeça na missão de redecorar cada mínimo canto daquele local, até torná-la viva, até que tivesse nossas marcas lá. Até que se parecesse com um lar.

As paredes, antes tão vazias, agora estavam cheias de fotos nossas, de Nathan, dos dois juntos. Eu jamais gostaria de apagá-lo como tentaram fazer comigo, e depois da gentileza dele no nosso último encontro, eu não teria coragem. Ainda assim, lotei cada pedaço das paredes de novas memórias nossas.

O quarto das garrafas, aquele que antes simbolizava o passado doloroso de Alexander, estava se transformando no quarto do bebê do recomeço. Decidimos não descobrir o sexo, apenas queríamos saber que estava tudo bem com o brotinho.

Minha rotina agora era preenchida com terapia, alimentação cuidadosa, e a manutenção da casa que finalmente sentia como minha.

A solidão que tanto temi nunca chegou, porque Alexander era muito mais do que eu poderia pedir.

Ele estava sempre presente, sempre maravilhoso, e cada dia ao lado dele me fazia perceber que a vida estava, finalmente, no rumo certo, ainda que, mesmo com essa nova realidade, algumas coisas continuassem doendo.

Eu nunca mais falei com meu pai. E Alex também não.

A saudade dos meus irmãos às vezes me sufocava.

E, embora eu tentasse afastar os pensamentos, me pegava discutindo sozinha com meu pai e minha mãe, em conversas que só aconteciam na minha cabeça, mesmo que minha mãe também estivesse fora da minha vida.

Eu a bloqueei, cortei todos os laços, e imaginava que ela nem fazia ideia disso.

Estava perdida nesses pensamentos enquanto mexia no computador, quando ouvi a porta se abrir. Alex chegou do trabalho e, sem dizer uma palavra, me arrancou da cadeira, me pegando no colo e me cumprimentando com um beijo que transbordava saudade.

O sorriso parecia tatuado no meu rosto, e se abriu ainda mais quando, com cuidado, ele me colocou sentada na mesa e se abaixou, beijando minha barriga antes de descer até as coxas.

— A regra das sete vezes na semana ainda vale? — ele perguntou, com um olhar faminto, enquanto seus dedos traçavam um caminho lento e provocador pela minha pele.

Eu ri, divertida, e o fiz levantar, segurando seu rosto entre minhas mãos.

— Só sete? Você está perdendo a habilidade de fazer contas? — provoquei, ainda sorrindo. — Sempre, mas agora não posso.

Ele franziu o cenho, um pouco confuso, até que seus olhos se desviaram para a tela do computador.

— O que é isso? — indagou, apontando para a tela.

— Estava pensando... Sinto falta do escritório, e realmente estou considerando me inscrever para fazer Direito na faculdade — confessei, sentindo um friozinho na barriga.

Ele sorriu, me encorajando, seu olhar se suavizando.

— Você seria a versão *dark* de *Legalmente Loira* — brincou, mas seus olhos mostravam apoio genuíno. — Você seria incrível, amor. Realmente acho que deveria seguir em frente com isso quando se sentir pronta.

— E como foi o seu dia? — perguntei, percebendo que havia algo diferente nele. Uma tensão que parecia berrar para ser dissipada.

— Foi... bom — ele respondeu, mas a hesitação em sua voz não passou despercebida. — Só... encontrei seu pai no elevador.

Eu congelei, o sorriso sumindo dos meus lábios.

— E como foi? — quis saber, tentando manter a calma.

— Foi... uma merda — ele admitiu, passando a mão pelos cabelos. — Ele não me olhou nos olhos, não falou comigo... Era como se eu não existisse. Até tentei dar um boa-noite, mas ele só saiu do elevador.

Era terrível que, de tudo, Alexander estivesse sofrendo pelo meu pai.

— Eu entendo — afirmei, tentando aliviar o peso da sua mágoa. — Não totalmente, mas entendo. — Mudei de assunto, na tentativa de afastar os pensamentos ruins: — Ah, lembrei! Amanhã temos o ultrassom de quase 21 semanas do bebê do recomeço, não esqueça.

Papai foi esquecido. Os olhos de Alexander voltaram a brilhar.

— Eu vou junto. Tereza sabe? — Confirmei com a cabeça. — Ótimo, minha agenda estará livre. Não perderei isso por nada — ele garantiu, antes de me puxar para mais perto e sussurrar: — Eu te amo.

Eu o beijei, e a pergunta que estava rondando minha mente escapou.

— Como você se sente em relação ao meu pai agora?

Fui uma idiota. Não deveria perturbá-lo com isso, mas se eu conseguia empurrar para baixo do tapete, por que ele não podia também?

Ficando em silêncio por alguns segundos, Alexander reorganizou os pensamentos e confessou:

— Não sei, Tóri... Parece que o medo que eu tinha era real. Mesmo sendo o melhor amigo do mundo, na hora em que mais precisei, Samuel virou as costas. Eu entendo a gravidade, mas talvez eu merecesse uma conversa de encerramento, algo decente, sabe? Não só um soco na cara. — Alex suspirou, seus olhos tristes ao recordar aquele momento. — Não é como se eu tivesse usado você e te abandonado. Eu te amo.

Sorri com a reafirmação dele.

— Você é bom, amor — sussurrei, aproximando-me mais, até que nossos rostos estivessem tão perto que eu podia sentir sua respiração quente em mim. — Não merecia ser abandonado. Nenhuma das vezes. — Encarei Alex séria como nunca. — Eu nunca vou fazer isso. Eu nunca vou te deixar.

Ele me envolveu em um abraço forte, e ficamos ali, um nos braços do outro, como se isso fosse o suficiente para curar todas as cicatrizes.

Sua mão acariciava minhas costas com ternura, e eu fechei os olhos.

— Eu nunca vou te deixar — repeti, minha voz baixa, mas firme.

— Eu sei, amor — ele afirmou, a voz embargada. — Eu sei.

Naquele momento, tive certeza de que, se o meu sonho era bom, a realidade estava se provando ainda melhor.

# Capítulo 53

## ALEXANDER

*No meio da noite, basta chamar meu nome, sou
sua para você me domar.*

MIDDLE OF THE NIGHT, ELLEY DUHÉ

**QUANDO ENTREI NO QUARTO NAQUELA NOITE, JÁ PREPARADO**
para me deitar, encontrei Victória de pé em frente ao espelho que ficava na parede contra nossa cama, vestida em um conjunto de lingerie preto, passando creme no corpo com movimentos cuidadosos.

A luz suave da noite destacava cada curva do seu corpo, e eu me peguei admirando-a de longe: a bunda maior, os quadris mais largos, os seios maiores, o jeito como sua barriga estava começando a crescer, a prova viva de que tudo aquilo era real e valia a pena.

De repente, ela percebeu que eu a observava e tentou fugir do meu olhar, envergonhada.

Eu não deixei.

Fui até ela, abraçando-a por trás e repousando minhas mãos sobre sua barriga.

O toque era suave, mas carinhoso.

Sentir nosso filho crescendo ali dentro era algo que sempre me deixava maravilhado.

— Alex… — ela começou, a voz hesitante, quase um sussurro. — Eu não gosto… Meu corpo está mudando. Olha só, já apareceu uma estria.

Ela me mostrou um risco fino e avermelhado no quadril.

O peso da insegurança na voz dela me partiu o coração.

Girei Victória em meus braços, para que ficasse de frente para mim, segurando seu rosto entre minhas mãos.

— Você é a criatura mais linda em que já coloquei os olhos, Victória. — Minha voz saiu mais baixa, profunda, forte o bastante para não abrir discussões. — Cada curva, cada mudança... Não consegue ver que isso só te deixa mais linda? Que me faz te amar mais? Que me faz te querer o tempo todo de um jeito quase doentio?

Ela desviou o olhar, ainda duvidando, mas eu não deixei que aquela insegurança persistisse.

Deslizei minhas mãos pelo seu corpo, meu toque suave, carinhoso, não invadindo, mas deixando minhas digitais, desbloqueando aquela parte dela que me pertencia, descendo ao chão devagar, beijando cada pedaço dela, até a nova marca que a incomodava tanto.

— E isso... — murmurei entre um beijo e outro — isso é só um sinal de que seu corpo está se esforçando ao máximo para gerar uma criança nossa, e porra, como isso mexe comigo...

Ela tentou protestar:

— Você está exagerando, eu só estou grávida...

Calando sua boca, me ergui e a encarei de cima como sabia que ela gostava tanto. Empurrei seu corpo para trás com o meu e foi divertido ver a sombra de medo em seus olhos.

— Você está duvidando da minha palavra, Victória? — perguntei, sorrindo maliciosamente, enquanto começava a despir-me.

Ela soltou um suspiro, os olhos seguindo cada movimento meu, e assim que me viu duro, segurou um sorriso.

— Isso não quer dizer nada. — A filha da puta mal sabia mentir.

Caí sobre ela, tomando sua boca em um beijo devasso, deixando muito claro o que queria.

A resistência da parte de Victória se dissipou em dois segundos, mas eu não seria tão cavalheiro. O mal dela era ganhar gentileza quando o que ela mais queria era tomar uns tapas na bunda.

Peguei Victória pelos cabelos e a puxei para a cama.

Coloquei-a sentada e mordi seu lábio antes de olhar em seus olhos.

— Mama meu caralho com gosto e se prepara, porque vou comer sua boceta, mas vou terminar a noite enterrado no seu rabo.

O sorriso dela no momento seguinte transformou o clima do quarto.

Devassa, gostosa, safada.

Ela me puxou pelos quadris.

— Já que você insiste... — Segurando meu pau, olhando nos meus olhos, Victória me obedeceu como se eu fosse seu deus.

Ela cuspiu em mim, me masturbou, sugou a cabeça, me deixou foder sua boca, e eu assisti àquilo ainda mais obcecado por ela.

Amando ver a mulher desperta, forte, sensual e inteiramente minha, desde a primeira vez que a arranquei daquela merda de caixa.

Eu amava que o boquete dela era molhado.

Ela me sugava, fazia barulho quando quase engasgava, cuspia, lambia...

Não aguentei.

Em um segundo estava me forçando contra sua garganta, no outro, estava jogando-a para trás, forçando-a a deitar, puxando suas pernas para mim ao ficar de joelhos.

A calcinha dela saiu.

Sua boceta brilhando de tão molhada me chamou.

Avancei como um viciado, cheirando, acariciando, lambendo os grandes lábios, chupando os menores e metendo minha língua direto no seu cu enquanto masturbava o seu clitóris.

Os gritos dela foram ouvidos pelos vizinhos.

Não me importei. Podiam chamar a polícia. Eu só sairia dali quando estivesse satisfeito da minha mulher.

Quando percebi que ela estava molhada o bastante em todos os buracos, abocanhei seu clitóris e meti dois dedos em sua boceta e um no seu rabo.

Victória acariciou seus seios, sabendo que eu gostava de ver. Gemeu meu nome. Se forçou contra minha mão.

Eu não ia esperar mais.

Subi na cama, me encaixando contra ela e de uma maneira que suas coxas ficaram erguidas, segurei seus braços acima da cabeça, olhando para ela sem perder nenhum detalhe.

A beleza profana que havia me corrompido.

Que havia me feito servo.

E que me fazia adorar cada segundo daquilo.

Tive certeza de que teria enfrentado o mundo inteiro por ela assim que dei a primeira metida. Meu pau deslizou para dentro dela, quente, escorregadio.

Senti-me feito um animal quando meu gemido rouco tomou conta do quarto junto do dela.

E, uma vez dentro, com nossa troca de olhares, eu soube que não era para parar.

Fodi Victória olho no olho, e mesmo que seus seios balançassem, mesmo que sua pele estivesse arrepiada, mesmo que sua boceta apertada me comesse o juízo, nada se comparava a enxergá-la naquele momento.

Era ela quem me causava tudo aquilo.

Era ela quem me mantinha vivo.

E, se continuasse daquele jeito, gozaria ali mesmo.

Sem explicar ou pedir permissão, eu nos movi.

Coloquei Victória de quatro, de frente para o espelho, e beijei todo seu corpo. Da nuca até a bunda. Cuspi no seu cu e a segurei pelos cabelos com uma mão, enquanto me masturbava com a outra.

Encaixei-me devagar nela, esperando toda a cabeça ser engolida pela porra do anel estreito e, quando finalmente consegui invadi-la, me curvei um pouco, mantendo a cabeça dela erguida, e soprei no seu ouvido:

— Você está proibida de fechar os olhos. Vai assistir eu fodendo seu rabo, gemendo seu nome, viciado na mulher mais gostosa do mundo, que está carregando um filho meu, entendido? — Ela fechou os olhos, e eu puxei seu cabelo com mais força, dando um tapa em sua bunda logo em seguida.

Victória gemeu alto, mas abriu os olhos.

— Isso, assim. Não queira ver o que vou fazer com você se não me obedecer.

Mas era de Victória que eu estava falando.

Ela esperou que eu me enterrasse até minhas bolas baterem em sua boceta para enfiar a cara contra o colchão.

Se esse era o jogo dela, por mim não tinha problema.

Afastei nossos corpos, olhando seu rabo protestar pela invasão, e me deitei ao lado dela, de barriga para cima, apoiando os pés na cama.

— Levanta. Agora. — Era uma ordem e ela encolheu o sorriso tarde demais.

A safada *queria* aquilo.

Ela amava ficar por cima.

Sem cerimônias, ela apoiou os pés no colchão e me segurou, fazendo todo o trabalho sozinha para me encaixar de novo e descer centímetro a centímetro no meu caralho.

A visão dela grávida só deixava tudo muito mais excitante.

O poder de fodê-la naquele estado era sublime.

Era a porra da minha mulher carregando um filho meu.

Segurei em sua cintura.

Ajudei cada um dos seus movimentos.

Perdi-me na sua perfeição. Nos seus olhos.

No poder que ela exercia sobre mim.

Talvez, para a minha sorte ou azar, sempre fosse ser assim.

E eu só entendi que, no fundo, não tinha controle nenhum, quando gozei dentro dela, vendo Victória se tocar comigo quase todo bem no meio da sua bunda.

Eu quase apaguei junto dela depois dos orgasmos.

Não levantamos. Não nos limpamos.

Só ficamos lá, deitados na cama, abraçados, exaustos e felizes.

O mundo lá fora não importava mais, pelo menos por um momento.

Porém, em um jogo cruel, meu telefone do trabalho tocou, quebrando o silêncio confortável.

Aquilo era tão raro de acontecer que pulei da cama assustado. Me estiquei para pegá-lo na mesa de cabeceira e o nome que apareceu na tela fez meu coração apertar.

Demorou um pouco para eu entender.

— É o Samuel... — minha voz saiu esquisita.

Victória se sentou do meu lado de imediato, mais alerta do que eu.

— Atende! — Ela me deu uma direção, a preocupação já tingindo sua voz.

Atendi, e a voz desesperada de Sam encheu o quarto.

— Eu preciso falar com a Victória. É urgente.

Olhei para ela, um pouco perdido.

— Pai, o que houve?

A resposta dele foi rápida, cheia de pânico.

— Evelyn desmaiou e não acorda. Estamos indo para o hospital. A babá está de folga, e os meninos estão no carro comigo... — E então, como um pedido de desculpas, ele disse: — Eu não sabia para quem mais ligar...

Victória olhou para mim, o rosto pálido.

— Vamos para o hospital —, falei, já me levantando da cama.

A conversa se encerrou ali.

A nuvem cinzenta se instalou sobre nossas cabeças e nenhum de nós sabia o que esperar.

Talvez Sam só tivesse ligado no desespero, ou talvez houvesse uma chance de reconciliação no momento de desespero.

Tudo estava em aberto, mas eu não quis me precipitar.

Demorou um pouco até achar Samuel.

Ele estava com o rosto contra a parede enquanto os trigêmeos dormiam nas cadeiras da sala de espera. Eu estava pronto para abraçá-lo. Estava pronto para resolver qualquer coisa da parte médica, ou do apoio emocional, mas assim que ele ouviu nossos passos e se virou seus olhos bateram em Victória.

Primeiro em seu rosto, depois em sua barriga, que começava a aparecer.

Foi um pouco assustador ver sua expressão mudar.

De medo e desespero para um choro de tristeza absoluto.

Ele veio caminhando em nossa direção e, sem olhar para mim, sem nem mesmo notar minha presença, ele a abraçou com uma força matadora.

— Meu Deus, você está linda, e... — ele começou, mas ela o interrompeu:

— O que aconteceu? — A voz dela era firme, mas preocupada.

— Evelyn teve um aneurisma. Vão operar agora — ele explicou, o desespero evidente em cada palavra.

— Sabe quem é o neurologista? Eu posso tentar... — Samuel nem sequer olhou para mim, continuando a falar com Victória.

— Eu sinto sua falta, filha... — ele disse, a voz embargada de emoção.

Ela parecia ver como ele me tratava e se incomodou duas vezes mais.

— Mas, mesmo assim, não consegue aceitar minha felicidade, nem agora que Alexander pode ajudar — ela respondeu, o tom cheio de mágoa contida.

— Eu só queria que você voltasse para casa — ele implorou.

— Eu estou em casa, pai — ela falou, com firmeza, exibindo ainda mais a barriga. — Eu, meu bebê, e meu noivo, o seu melhor amigo, lembra dele? — Ela me indicou com a mão e foi o único momento em que ele me olhou nos olhos.

— Não é tão simples — ele começou, mas ela o interrompeu novamente:

— Então me esqueça. Aqui funciona assim: ou você acolhe todos nós, ou não tem nenhum. Onde eu pisar, Alexander precisa ser bem-vindo, assim como o contrário.

A bomba ia explodir, mas fomos salvos por três cabeças ruivas que nos viram e, quando perceberam que a irmã estava ali, correram até ela, abraçando-a com entusiasmo.

Fiquei ali parado, observando a cena, enquanto um sentimento agridoce me tomava.

Ver Sam abraçando sua filha, mas ignorando a minha presença, doía mais do que eu gostaria de admitir.

Ao mesmo tempo, senti orgulho.

Orgulho de como Victória me defendeu. De como ela não soltou minha mão.

De como não permitiu que eu continuasse invisível.

Tomei uma decisão naquele momento.

Caminhei até eles, me juntando ao grupo, e cumprimentei meus sobrinhos e afilhados.

Sam continuava a me ignorar, mas, desta vez, eu não implorei por sua aceitação.

Apenas fiquei ali, ao lado da mulher que eu amava.

Sua filha.

Aceitando o fato de que a reconciliação com Sam talvez nunca acontecesse. E, por mais que doesse, eu tinha Victória, e isso era o suficiente.

# Capítulo 54

## VICTÓRIA

*Você tinha mesmo que me acertar no meu ponto fraco?*

BAD BLOOD, TAYLOR SWIFT

**ALEX ME ACORDOU COM BEIJOS SUAVES NA MANHÃ SEGUINTE,** seus lábios passeando pelo meu rosto até que eu finalmente abrisse os olhos.

— Amor, seu pai me ligou — ele murmurou, a voz baixa, mas séria.

Eu demorei alguns segundos para processar a informação, ainda envolta na névoa do sono, mas logo me sentei na cama, tentando entender o que ele estava dizendo.

— Hm... O que ele quer? — perguntei, já mais desperta, mas ainda lutando contra o cansaço.

— Ele quer trazer os meninos para ficar com você e... — ele deu uma pausa, chamando toda minha atenção — conversar comigo — Alex respondeu, escolhendo cuidadosamente as palavras.

Depois do fora na noite passada, eu realmente achei que ele nos esqueceria de vez, não que correria para a minha porta.

Sentei-me mais ereta conforme a informação era processada e encarei Alexander completamente desperta.

— E você, o que acha disso? Você quer?

Ele suspirou, olhando para o chão por um momento antes de encontrar meu olhar novamente.

— Sinceramente, também estou magoado. Sei que fui um canalha, mas não posso deixar de me sentir decepcionado. Ele era meu melhor amigo, e eu não esperava que fosse tão difícil assim... Sempre acreditei que, de algum jeito, ele me perdoaria de coisas extremas, assim como eu faria por ele.

Assenti, entendendo exatamente o que ele sentia.

Nós dois nos levantamos com aquela tensão elétrica no ar começando a pesar nos ombros, mas logo senti um movimento suave na minha barriga. O bebê se mexeu, e como sempre, parei levando uma mão até a barriga.

Isso trouxe um sorriso imediato ao rosto de Alex.

Ele se abaixou, passando a mão pelo volume no meu ventre, completamente apaixonado, murmurando com uma ternura que fazia meu coração derreter.

— Vai dar tudo certo, amor. No final do dia, somos nós, nossa família.

Eu sorri.

Nosso bebê do recomeço era a prova viva da verdade que vivíamos, aprovada por terceiros ou não.

Quando meu pai chegou, tocando a campainha, Alex estava ao telefone com Nathan, e ficou alerta, despedindo-se rapidamente, encarando a porta.

— Chegou visita, filho. É. É Samuel. Até depois — ele disse, desligando a ligação e me lançando um olhar cúmplice antes de abrir a porta.

Os meninos entraram na casa fazendo festa, suas vozes animadas ecoando pelo ambiente. Papai entrou logo atrás, visivelmente impressionado com as mudanças na casa.

Ele parecia hesitante, incerto sobre como agir naquele espaço que agora era tão diferente do que ele lembrava. Parecia ter dificuldade até para saber onde parava em pé, mas, por sua sorte, Alexander o cumprimentou e o convidou diretamente para o escritório no andar de cima.

Era claro que a conversa não podia esperar.

Assisti ansiosa enquanto eles subiam as escadas.

Sabia que, se meu pai não abaixasse a guarda naquela conversa, talvez nunca mais tivéssemos outra chance de nos entender.

E, entre ele e minha nova família, depois de tudo, ele não teria chance naquela competição.

Depois de garantir que os meninos estavam distraídos o bastante, instalados na sala de TV com salgadinhos e desenhos animados, subi silenciosamente as escadas, minha curiosidade me guiando até a porta do escritório.

Encostei meu ouvido na porta, o coração batendo forte enquanto tentava ouvir a conversa.

Lá dentro, as vozes estavam abafadas, mas consegui captar o tom tenso de meu pai.

— Um milhão? Uma casa nova em outro estado? Você sempre quis tentar morar no Maine, o que acha de ir agora? Por favor, Alexander, ela é minha menininha, ela... — Ele estava oferecendo dinheiro? — Eu te imploro. — Era um desabafo sofrido. Meu coração se apertou ao ouvir meu pai sendo tão extremo para nos separar, mas a voz de Alex se destacou no segundo seguinte.

— Samuel — o modo como disse o nome do meu pai foi meio duro —, não há dinheiro no mundo que possa comprar o amor que tenho por sua filha — firme, sem hesitação, continuou: — Eu sei que tudo isso te pegou de surpresa, acredite, me pegou também, mas eu quero que você entenda uma coisa: eu amo a Victória. Ela não é só sua filhinha, ela é a porra de uma mulher incrível, que você desconhece. E, goste você ou não, nós nos escolhemos, para o resto da vida. Não há nada de impuro, nada de errado. Não é o convencional, pela diferença de idade e os laços que nos unem, eu sei. Mas é o que é, e não é nada proibido. Além de que, não tem como mudar. Eu não quero que mude... — Sua voz subiu um pouco na última frase, dando ênfase na sua vontade. — Você não consegue mesmo ver o quanto nós estamos felizes juntos?

As palavras de Alexander me arrancaram lágrimas. De orgulho, de emoção.

Quem diria que, finalmente, ele estava lá lutando por algo nosso?

O medo que eu tinha de que tudo desmoronasse começou a se dissipar, substituído por uma certeza crescente de que havia feito a escolha certa.

Mil e uma vezes, eu escolheria Alexander e lutaria por ele com todas as minhas forças.

O silêncio que se seguiu foi longo e denso dentro da sala, e eu me inclinei mais contra a porta, tentando ouvir qualquer coisa que pudesse me dar uma pista do que estava acontecendo.

Finalmente, ouvi meu pai soltar um suspiro cansado.

— Você realmente a ama, não é? — ele perguntou, a voz carregada de resignação.

— Com toda a minha alma, Sam — Alex respondeu sem hesitação. — E estou disposto a lutar por isso, por ela, por nós.

Houve outro silêncio, seguido pelo som de passos pesados.

A conversa ia acabar.

Corri para o andar de baixo e me joguei no sofá ao lado das crianças, enfiando um punhado de salgadinho na boca, com os olhos grudados na televisão, tentando parecer calma quando os dois homens apareceram.

Papai parou de longe, me observando um pouco perdido.

Seus olhos parecendo mais velhos, mais cansados.

— Victória — ele me chamou em alto e bom som. Ergui o rosto para ele.
— Está feliz, filha? — Sua pergunta veio em um tom de voz quase quebrado.

Meus olhos firmes nos dele. Eu não hesitei:

— Mais feliz do que nunca — declarei, com uma convicção que surpreendeu até a mim.

Ele balançou a cabeça lentamente como se processasse tudo aquilo.

— Preciso achar sua mãe... Vou ligar para o advogado dela, ele a encontrará... — Vendo a dúvida nos meus olhos, ele continuou: — Ela precisa saber que vai ser avó.

Senti um calafrio ao ouvir aquilo.

— Você não tem falado com ela? — perguntei, tentando esconder a apreensão na minha voz.

Meu pai soltou uma risada amarga.

— Não conhece sua mãe?

Ela sabe. Ela sempre soube.

A condição que envolvia a mãe sem um diagnóstico só piorava tudo.

Ela realmente não sabia até onde era aquela coisa sem nome que fazia a cabeça dela funcionar diferente, até onde era o desinteresse.

A tristeza invadiu meu coração.

Era ainda mais doloroso saber que, mesmo assim, minha mãe nunca se importou. Meses e meses de mensagens escassas e vazias eram a prova. E eu não sabia se estava disposta a mais disso durante aquela fase da minha vida.

Papai me deu um último olhar antes de sair com meus irmãos reclamando.

Fiquei parada atrás da porta depois que eles saíram, com Alex ao meu lado, sentindo o peso de tudo o que havia acontecido, mas também uma estranha sensação de alívio.

Talvez, finalmente, estivéssemos no caminho certo.

— Está tudo bem? — Alex perguntou, sua voz cheia de cuidado.

— *Você* está bem?

Seu sorriso fraco acompanhado de um olhar gentil me ganhou.

— Sim. Está tudo bem.

— Então estamos todos bem. — Me inclinei para ele, abraçando-o de olhos fechados, aspirando o cheiro de sua camisa.

Enquanto estivéssemos juntos, tudo ficaria bem.

# Capítulo 55

## ALEXANDER

> *Nós poderíamos deixar as luzes de Natal até*
> *janeiro. Esta é a nossa casa, nós fazemos as*
> *regras. E há uma aura deslumbrante, um tom*
> *misterioso em você, querido...Eu te conheço há 20*
> *segundos ou 20 anos?*
>
> LOVER, TAYLOR SWIFT

ERA NOITE DE NATAL, E DEPOIS DE TUDO O QUE HAVÍAMOS PASSADO nos últimos meses, decidimos que este seria um Natal só nosso.

A casa estava cheia de luzes que refletiam nas janelas, criando um ambiente aconchegante e, diante de todo o esforço de Victória, mágico.

As luzes piscavam suavemente, banhando o ambiente em um brilho quente que minha casa nunca teve enquanto era minha.

Agora, nossa, eu entendia o que era ter um lar.

Nathan viria almoçar no dia seguinte, mas, naquela noite, seria apenas eu, Victória, e o amor que compartilhávamos.

Ela estava radiante.

Amava ver a barriga já visível marcada nos vestidos curtos que ela não havia deixado de usar. Presenciar seu corpo mudando a cada dia era como marcar o meu próprio renascimento. Quando aquela criança viesse ao mundo, eu reconheceria o homem que era nove meses atrás.

Havia também uma serenidade nos olhos dela que me fazia ter uma fé absurda de que, finalmente, estávamos no lugar certo, na hora certa.

Sentados juntos e perto da árvore de Natal, não reclamei quando ela sacou o celular, tirando mais uma das suas milhões de fotos.

Era sua mania geracional. Eu só achava graça e participava, com a consciência de que, com a lareira crepitando, a comida cheirando bem no ar e nós dois ali, juntos, nada mais seria igual.

Aquela memória permaneceria viva para sempre.

— Amor, tenho algo para você — falei, quebrando o silêncio confortável, beijando sua cabeça.

Estiquei-me apenas para pegar uma das sacolas embaixo da árvore.

Combinamos que era apenas um presente para cada e, o resto das sacolas, eram coisas do bebê.

Peguei o estojo de veludo vermelho no fundo da sacola e estendi para ela.

O sorriso cresceu em seu rosto.

Victória era uma grávida sensível. Tudo tinha três vezes mais peso.

Triste, ela chorava.

Alegre? Isso não era diferente.

Com os dedos trêmulos e os olhos brilhantes, ela abriu o estojo com cuidado, e seu olhar se iluminou ao ver o delicado colar com um diamante brilhante em formato de coração pendurado em uma corrente de ouro fino.

— Alex... Amor. — Ela engasgou sem saber como reagir.

— Quero que isso seja eterno — indiquei o colar —, assim como o que temos — comecei, a voz baixa, tentando conter a emoção. — Victória, sei que a ordem natural da vida é que eu vá embora primeiro. Mas quero que saiba, do fundo do meu coração, que até o meu último suspiro, e depois dele, quando minha alma deixar este mundo, o amor que sinto por você vai prevalecer. Não importa onde eu esteja, não importa o que aconteça... O que temos é para sempre.

Ela começou a chorar ao se jogar contra mim, me abraçando, beijando minha boca. Eu ri, mas precisei acalmá-la, me emocionando também.

— Eu te amo — ela choramingou, como a justificativa da emoção. — E eu também tenho um presente.

Afastando-se, ela se inclinou e me entregou uma pequena caixinha preta. Quando a abri, vi um relicário delicado, dentro do qual havia uma foto de nós dois.

Ela suspirou, a respiração entrecortada pelo choro.

— Isso é para você substituir aquela chave. — Ouvi enquanto mexia na joia, também sentindo a emoção tomar conta de mim. — Isso é a prova de que você nunca mais precisará de um quarto de memórias tristes, ou garrafas vazias.

— Olhei para ela, vendo o quanto Victória se esforçava para continuar: — Eu te amo mais do que qualquer idealização que fiz de você, e faria tudo de novo se o resultado fosse ter seu coração.

O poder do que tomou meu peito mal me permitiu falar.

O peso daquele relicário na minha mão era maior que o do mundo todo.

Sem pensar, me perdendo de tudo ao nosso redor, eu a puxei para meu colo, pegando seus cabelos, tocando minha testa na dela.

— Victória — murmurei seu nome feito uma prece, a voz quebrando, junto —, você é tudo para mim. Desde que você entrou aqui, não há mais sombras.

— Busquei por fôlego, já com a boca roçando a dela. — Eu te amo. Eu daria minha vida por você.

Ela se inclinou, e nossos lábios se encontraram em um beijo carregado de todas as promessas que havíamos feito um ao outro. E ali, sob as luzes piscantes da árvore de Natal, eu a deitei no chão e tomei seu corpo de novo e de novo.

Intenso, apaixonado, completamente entregue, em uma reverência surreal ao nosso amor.

Nosso amor.

Nossa verdade.

E adormecemos abraçados ali mesmo, no tapete em frente à lareira, envolvidos no calor dos nossos corpos, na esperança de um futuro ainda mais feliz.

Estava tudo calmo.

Eu já tinha despertado, mas estava entre cochilos com Victória deitada no meu braço, mas, em um minuto, o caos se instaurou.

De repente, o som estridente da campainha começou a tocar. Como raramente recebíamos visitas sem saber que estavam chegando, demorou um tempo para entendermos que tinha gente na porta.

E pelo modo como estavam tocando cresceu um senso de desespero em nós dois.

Victória se vestiu apressadamente, só com o vestido da noite anterior, enquanto eu tentava enfiar a cueca e as calças pelo menos, ainda sonolento.

Ela foi mais rápida, se erguendo alguns segundos na vantagem e, com a cara fechada, indo até a porta.

Quando a abriu, o choque foi imediato.

Minha mulher paralisou e corri para tentar entender o que estava errado.

Reconheci a mulher do lado de fora imediatamente.

Ela era a imagem mais velha e polida de Victória, mas havia uma frieza morta em seus olhos que contrastava com a jovialidade natural da minha noiva.

Havia um mundo de sacolas de grife no gramado, nos braços dela e no do homem mais afastado, que tinha cara de poucos amigos.

Os olhos dele se cravaram no meu rosto quase com raiva.

— Feliz Natal da vovó! — a mulher exclamou, animada demais, como se fosse uma líder de torcida e seus pompons, as sacolas. Aquilo parecia deslocado e forçado.

No mesmo instante, Victória começou a respirar de forma irregular, seus olhos vidrados em pânico. Antes que eu pudesse reagir, ela fechou a porta com toda a força, quase gritando.

— Amor, o que foi? — perguntei, alarmado, segurando-a pelos ombros.

— Ela trouxe ele, ela trouxe ele aqui... — ela murmurou, completamente imersa no medo, a voz tremendo.

— Quem? Victória, quem ela trouxe? — indaguei, a preocupação crescendo.

Ela ergueu os olhos para mim, o terror estampado em seu rosto.

— Richard. Ele é o... ele... — Agoniada, ela não conseguia dizer, começando a arranhar a própria garganta.

Foi o suficiente para eu entender.

A raiva e a proteção explodiram dentro de mim.

Primeiro, a defendi de si mesma, abaixando suas mãos e, sem pensar duas vezes, abri a porta novamente, enfrentando a mulher e o homem que ainda estavam ali.

— Ei, isso é jeito de tratar a vovó?! — a mulher exclamou, furiosa. — Eu trouxe presentes! — Aquilo parecia tão ridículo que me deu nojo.

— Pegue suas coisas e saia da nossa casa. Agora. — Minha ameaça foi aberta e eu mirei o rosto do homem com tanta raiva quanto ele havia me dado minutos antes.

— Você não pode me expulsar, eu sou a mãe dela. Victória! Victória! Vem me receber! — ela começou a gritar.

— Não — quase engoli a mulher —, você é só a porra da genitora. Isso não foi escolha dela. E quanto a você — voltei-me para o homem, minha voz gélida —, saia da minha propriedade agora, antes que eu faça algo de que vocês não vão gostar.

A mulher me olhou com desdém.

— Você não me ouviu? Eu sou a mãe dela. E você, quem é? — ela perguntou, tentando manter a compostura.

— O marido. — A palavra atingiu minha odiada sogra. — Então, faça o favor de ir embora e não volte mais aqui. — Não tinha margem para discussão.

Eles hesitaram por um momento, mas o olhar nos meus olhos deve ter mostrado a eles que eu não estava brincando.

— Vamos, Silvia — o homem pediu e a loira à minha frente, se sentindo ofendida, começou a recolher as sacolas.

Não fiquei para assistir.

Fechei a porta atrás deles, o coração ainda batendo rápido, mas agora por outra razão.

Voltei para Victória, que estava tremendo, e a segurei nos braços, sentindo o medo e a dor dela.

— Não precisa se preocupar mais, eles não voltarão — prometi, beijando sua testa.

# Capítulo 56

## VICTÓRIA

*Velha alma, suas feridas estão à mostra. Eu sei que você
nunca se sentiu tão sozinha, mas aguente, levante a
cabeça, seja forte.*

ANGEL BY THE WINGS, SIA

**EU NÃO CONSEGUIA ACREDITAR QUE ELA O TINHA TRAZIDO ATÉ A**
minha porta.

Eu não acreditava na capacidade dela de fingir que estava tudo bem, que todas aquelas sacolas fossem capazes de me distrair da sua ausência, da sua traição.

Os braços de Alex estavam ao meu redor aquele tempo todo e eram a única coisa quente, viva, que me segurava na realidade.

— Amor, por favor, fala comigo... — ele tentou mais uma vez.

— Lembra quando eu te disse que só tinha valor no mundo dela por me encaixar em um padrão de beleza absurdamente cruel? Então... Você acabou de conhecer um dos principais responsáveis disso foder minha cabeça com tanta força. — Suspirei, o peito tremendo, olhando fixamente para a porta, aquela cena passando de novo e de novo, o meu choque de encontrá-los no quintal. — No começo, de todos da turma dela, ele era o mais legal. Sempre por perto, sempre com os presentes mais caros, me colocando em editais fotográficos, já que minha altura era um problema, sempre me elogiando, me colocando em evidência, me bombardeando de atenção.

Ri da minha idiotice.

— Richard me tratava como uma miniadulta. Meu primeiro par de sapatos altos veio dele. A primeira lingerie também. Mamãe não achou nada de errado, e eu, na época, me senti especial. Quando fiz treze anos, ele me deu minha primeira dose de conhaque em um dia frio. Naquela época, eu pensava que ele realmente me via melhor do que eu era, mas depois de uma festa onde mamãe me largou de lado e foi brincar com seu novo baralho de tarot, mais uma de suas pequenas loucuras ridículas, ele me deixou beber todo o champanhe que eu queria e, depois, roubou um beijo. Não de língua, mas eu nunca vou esquecer da textura da boca dele contra a minha. — Com cara de nojo e o corpo arrepiado pela memória, limpei minha boca com as costas da mão. — Ele era só um porco nojento querendo colocar as mãos em mim.

Não sei quando voltei a chorar.

Só sentia todo aquele peso no meu peito e precisava colocar para fora.

Continuei falando, não tendo coragem de olhar Alexander, com medo do que veria lá.

— Comecei a evitá-lo. Comecei a forçar a mamãe a desconvidá-lo para encontros semanais, mas, um belo dia, de repente, ele se tornou o novo namorado dela, pelo menos, naquela temporada. — Minha risada se tornou cruel. — Por seis meses eu aturei aquele desgraçado sempre em casa. Sempre por perto. Algumas vezes, na porta do meu quarto, enquanto eu fingia dormir... E foi em uma das festas insalubres que ele me pegou na cozinha enquanto eu bebia água. Na época, eu tinha quinze anos. Ele fingiu que ia pegar um copo no armário em cima da pia e parou atrás de mim, me pressionando, com uma mão contra meu seio... O modo como ele me apalpou, como cheirou meu cabelo, meu pescoço... — A visão vinha e, com ela, o enjoo me pegou. Quase vomitei. — Não consigo me livrar do toque daquele maldito até hoje! — Com as unhas, comecei a esfregar minha pele, meus braços, com uma raiva dilacerante. Alexander me segurou com força, me impedindo.

— Amor, o que mais ele fez?

— Nada — cuspi a palavra com desprezo. — Não houve ato final. Richard era esperto. No final de tudo, virou a minha implicância com um amigo querido da família, que se sentia rejeitado e afrontado pela minha sugestão de... — tive coragem de olhar para Alex — eles não me deixaram usar a palavra abuso quando não houve a porra de um estupro real, efetivo. Mas, se isso não foi abuso, alguém me tocar sem eu querer, o que mais era?

— O que sua mãe fez?

— Nada. Ela foi a primeira a dizer que eu estava exagerando.

— E seu pai?

— Não sabe, mesmo que na época eu tenha ligado todos os dias do mês, chorando e implorando para ele me mandar passagens e para me deixar morar com ele. Era sempre um "vou ver". A resposta nunca chegou.

Alexander não tinha nada a dizer.

Eu não tinha mais o que contar.

Nós nos abraçamos ali e ficamos em um choro mudo.

— Victória, isso nunca vai voltar a acontecer. Eu prometo.

— Você não pode me proteger de todo mundo... — soltei, amarga, mas ele pegou meu rosto e me fez encará-lo.

— Não duvide de mim, amor. Você não faz ideia do que eu faria por você.

Não o confrontei. Não era hora.

E não que eu desacreditasse do seu amor, mas eu conhecia o ser humano bem o suficiente para saber que existiam limites.

Talvez Alex encontrasse algo no meio do caminho.

Talvez ele não chegasse a tempo.

Talvez eu fosse só uma desgraçada que merecesse.

Ele não poderia controlar.

O telefone tocou bem naquela hora.

O nome do meu pai iluminou o visor.

Alexander suspirou pesado antes de atender.

— Cara, o que vocês aprontaram? Silvia está louca, me ligando a cada cinco segundos, mandando eu resolver, mas estou no hospital e...

Roubei o celular, aproveitando que estava no viva-voz e gritei:

— Avisa aquela maluca que ela e o namorado desgraçado dela nunca vão pisar na minha casa! Eu os quero longe, se possível, no inferno! — e desliguei.

Pronto.

Resolvido.

Ou não.

Aquela semana havia sido um verdadeiro inferno, mas para mim, e não para o meu alvo. A presença constante da minha mãe, insistindo em tentar me encontrar, não me dava paz.

Eram flores, presentes, chocolates, balões, o advogado, os amigos, recados nas redes sociais, cartões de mensagem, e meu pai, cansado, implorando para que eu resolvesse isso logo.

Não era fácil ignorar alguém que fazia tanto barulho na minha vida, e Alexander sabia que, por mais que tentasse me proteger, essa era uma batalha que eu precisaria enfrentar por conta própria.

Foi por isso que recusei sua companhia quando cedi à insistência de minha mãe e aceitei fazer compras ao seu lado.

Seria em ambiente público, o risco de perigo parecia menor na minha cabeça, e também deixei bem claro que, depois disso, cada uma seguiria seu caminho.

No fundo, eu queria entender o que ela tinha em mente.

Queria dar meia dose de compreensão sabendo que ela vivia em uma realidade paralela. Isso se provou ainda mais real quando, no shopping, ela parecia radiante, como se fosse uma criança em um parque de diversões.

A felicidade dela podendo passar o cartão na minha frente era quase ridícula. Parecia que aquilo era rotineiro, que nada havia acontecido, e pior, que o fato de eu estar grávida fosse apenas mais um acessório para exibir.

— Ah, eu estou tão feliz por você, querida — ela quase cantou, segurando uma pequena roupinha de bebê com um sorriso quase doentio. — Esse neném vai ser lindo, mas, sinceramente — como se fosse uma fofoca que eu quisesse saber, ela soprou: — Odiei o seu marido. Ele é um homem lindo, mas... — Ela deu de ombros, como se a aparência fosse a única coisa que importasse.

— Você o quê? — A encarei como se aquilo fosse absurdo demais para fazer sentido nos meus ouvidos.

Ela continuou, ignorando completamente o desconforto estampado no meu rosto.

— E você também não precisa se preocupar tanto com o corpo depois da gravidez. Meu cirurgião é ótimo, ele vai abrir agenda para você a qualquer minuto. — Ela olhou para minha barriga com uma expressão quase indiferente. — Você também não vai amamentar, vai? Meu Deus, seus peitos estão ficando tão enormes. — Ela riu, cruel. — Vão ficar horríveis depois de tudo isso. As estrias já começaram? — O nojo em seus olhos me sufocou. — Ah, sinceramente, isso tudo tem solução. O problema mesmo é ouvir o bebê chorando. É um saco. É quase insuportável, mas você pode pagar uma boa babá e usar fones de ouvido, vai ver que logo se acostuma.

Foi o suficiente para mim.

Não consegui mais ficar em silêncio.

— Mãe — comecei, a voz firme —, eu não sei em que caralho de mundo você vive, mas a minha vida não é mais tão superficial assim. — Minhas palavras cortaram o ar como uma faca, e ela finalmente parou de falar, me olhando com uma expressão de surpresa. — Você pode achar que tudo se resume à aparência, ou conforto, ou dinheiro, ou aos seus amores passageiros, mas eu não sou mais aquela garotinha que você ignorava enquanto cuidava da sua vida. Eu cresci, aprendi, e agora, minha vida é sobre o que realmente importa. E você só precisa se basear nisso tudo, porque, se não fosse tão rica e tão bonita, seria sozinha. Ninguém suporta ficar em volta dessa merda de loucura que você vive. Como pessoa, você é o pior tipo. Sem todo o luxo, você não teria nada, nem a si mesma, de tão vazia que é.

Ela piscou, ainda surpresa, mas algo no meu tom a fez recuar. Pela primeira vez, em muito tempo, ela parecia estar me vendo de verdade.

— Bem... Eu sei que não sou perfeita, mas não precisa ser cruel — ela murmurou, com um leve encolher de ombros. — Estou feliz por você. De verdade. — Havia uma sinceridade inesperada em sua voz, e aquilo me desarmou, mesmo que só um pouco.

— Controle sua boca, ou eu vou embora e você não me vê mais, entendido?

Como uma criança perdida, ela concordou com a cabeça e me seguiu quieta enquanto eu escolhia mais peças neutras para meu enxoval.

Aos poucos, ela tentou.

Elogiou meu anel de noivado, o colar e a minha casa.

Eu não abri tanto a guarda, até que, depois das compras feitas, com ela parecendo prestes a chorar, encarei minha mãe e ela extravasou.

— Eu senti saudade de você, sabia? — A voz dela soou mais suave, quase como se estivesse triste. — E eu sei que você acha que não, mas estou feliz por você, de verdade.

Eu não sabia o que sentir.

Quase sempre me senti forçada a ser mais madura por nunca poder contar com o bom senso dela, mas mesmo vendo mamãe em todas as suas fases, havia algo lá que me fazia crer que ela não era má, apesar das atitudes de merda.

Minha raiva dela diminuiu pouca coisa. A dor continuava lá.

Acho que foi por isso que não a abracei.

— Eu acredito que você sinta, só não vejo isso sendo... real? Não dá, mãe... — Comecei a caminhar, obrigando-a a me acompanhar. — Você precisa se tratar, parar de beber, de se drogar.

— Eu não faço isso!

— Mãe. — Meu olhar duro para ela a fez calar a boca. — Viver como você vive, na sua idade... Você não é adolescente. Você teve uma filha que mal criou, e, para sua sorte, tem mais dinheiro do que uma pessoa consegue gastar, ou seria miserável. Se quiser fazer parte da minha vida e da dessa criança no futuro, você precisa melhorar...

Ela parecia absorver minha bronca, mas aquela conversa privada quase em paz precisou morrer.

No estacionamento, apoiado no carro, me olhando orgulhoso, estava Richard.

— Como você pôde trazê-lo aqui? — cuspi aquilo com raiva. Toda a distância entre mim e ela voltando.

— Ele comprou as passagens... E me trouxe — ela tentou justificar.

Ainda estava presa naquele maldito.

Seus olhos se cravaram em mim com uma intensidade perturbadora, e um calafrio correu pela minha espinha.

Aquilo me apavorou.

— Enquanto estiver com ele, me esqueça.

Minha mãe, como sempre, respondeu de maneira completamente desconexa da realidade.

— Ah, querida, daqui a pouco a temporada acaba e nós terminamos — ela disse isso como se fosse a coisa mais normal do mundo, seus olhos já distantes, como se estivesse pensando em outras coisas. — A moda agora é namorar surfistas vinte anos mais novos. — Ela riu, como se fosse uma piada.

Ela não vivia na realidade. Nunca viveu.

Sem conseguir suportar mais nada daquilo, larguei minha mãe no meio do caminho, entrei no meu carro, que papai havia devolvido, e bati a porta. Minhas mãos tremiam no volante, e meu coração estava disparado.

Tudo o que eu queria era voltar para casa, para a segurança dos braços da única pessoa que se importava de verdade.

Naquele segundo, compreendi o quanto precisava dele para manter minha sanidade intacta.

# Capítulo 57

## VICTÓRIA

*Se isso não me machuca, por que eu ainda choro? Se isso*
*não me matou, então eu estou meio-viva.*
SOMETHING'S GOTTA GIVE, CAMILA CABELLO

**COMECEI A EVITAR SAIR DE CASA.**

Não contei a Alexander o verdadeiro motivo, mas preferia me manter longe de tudo, confinada na segurança das nossas paredes. Fingia estar doente, usava desculpas esfarrapadas da gravidez para não sair, nem mesmo no Ano Novo, quando o convite do meu pai chegou.

Alexander percebeu que havia algo errado, mas, em vez de me pressionar, ele ficou comigo.

Passou o dia inteiro na cama ao meu lado, sem reclamar, atendendo a cada capricho meu, incluindo minha mais recente obsessão: melancia com sal.

Quando o mundo voltou ao seu ritmo normal, meu futuro marido teve um dia cheio de cirurgias, e eu me vi sozinha em casa.

Foi perto do meio-dia que o telefone tocou.

Atendi, e a voz do meu pai soou urgente do outro lado da linha.

— Filha, será que você pode me ajudar? — Sem oi, sem me perguntar se estava tudo bem. Respirei fundo, sendo compreensiva por seu tom de voz urgente. — Evelyn precisa ir ao médico, mas estou preso do outro lado da cidade e não vou conseguir chegar a tempo. Você pode levá-la? Eu sei dos problemas, mas, no estado dela, ela não pode perder a consulta.

Pensei em recusar, mas sabia que Evelyn não estava bem.

Pelo que ouvi nas conversas paralelas, ela estava com algum tipo de paralisia parcial, algo que a deixava mais frágil do que nunca.

Respirei fundo, pensando que não me custava nada e decidi ajudar.

— Eu ajudo. O que mais precisa que eu faça?

O tempo todo eu pensei sobre a fragilidade da vida.

Em um segundo, estávamos brigando por ela querer engravidar. No outro, eu, a pessoa que ela queria banir, estava estacionando na garagem do prédio para poder levá-la ao médico.

Assim que a olhei na cadeira de rodas, com a enfermeira junto, quase não a reconheci.

Evelyn parecia ter envelhecido dez anos em semanas.

Seu rosto, antes tão imponente, agora estava marcado pela fragilidade. Nos seus olhos, o brilho de antes havia desaparecido, substituído por uma tristeza que me atingiu no meio do peito.

Nosso olá foi silencioso.

Ela parecia não querer minha ajuda, mas não tinha mais controle total de sua perna, nem de sua mão esquerda. Algo em seu rosto também estava estranho e notei ser seu olho.

Foi assustador para mim olhar para ela e sentir pena.

Todo o caminho naquele clima pesado.

No hospital, a enfermeira foi sua preferência de auxílio e eu não me intrometi. Se fosse o contrário, eu teria aberto uma cova e me jogado dentro antes de deixar que ela colocasse a mão em mim.

Fazendo o papel que me prestei a fazer, esperei na sala de espera.

O pensamento fixo nas mudanças do último ano.

Na desgraça que tornava minha madrasta uma sombra do que era.

Tudo piorou quando ela saiu do consultório.

Os olhos vermelhos de choro.

O corpo encolhido pela vergonha.

Algo tinha dado errado e o clima de volta para casa ficou ainda mais pesado.

Só quando paramos na garagem que ela quebrou o silêncio.

— Desça — ela mandou para a enfermeira e, assim que ficamos sozinhas, ela se dirigiu a mim, sustentando o queixo erguido, tentando manter algum orgulho. — Eu preciso te pedir perdão. — Sua voz amansou, trêmula.

Fui pega de surpresa com a súbita mudança de tom.

O rosto de Evelyn estava coberto de lágrimas e seus ombros tremiam com o choro.

— Todo dia eu penso que estou sendo castigada — ela continuou, sem conseguir me olhar nos olhos. — Eu odiava que Samuel tivesse uma história antes de mim, que eu precisasse competir por espaço com algo que não conhecia, algo que nunca poderia fazer parte... E sabia que ele tinha você, e por mais que eu tentasse, nunca consegui lidar com isso de forma saudável.

Ela fez uma pausa, e eu pude ver a dor em cada linha de seu rosto, o arrependimento pesando em cada palavra.

— Eu... — ela tentou continuar, mas a voz falhou. Então, respirou fundo e confessou: — Eu sabotei você. Fiz de tudo para afastá-la do seu pai, porque eu queria que ele amasse a nova família mais do que amava a antiga. Queria que ele escolhesse a nós, a mim e aos meus filhos. Mas estava errada, tão errada... E agora vou ficar para sempre assim.

Evelyn desabou em choro.

Minhas mãos estavam apertadas no volante, absorvendo cada palavra. De primeira, uma satisfação absurda por não ser louca, depois, raiva de ela ser tão escrota, mas depois, vendo o estado dela, algo em mim se quebrou.

— Eu nunca competi com vocês — comecei, a voz firme, mas carregada de uma tristeza dura e de uma empatia que eu nem sabia que existia. — Eu só queria fazer parte. — Olhei para ela e a vi como a mulher que, em algum momento, eu realmente havia adorado. — Eu até amei você, Evelyn, mas sua crueldade velada...

Ela soluçou, as lágrimas caindo mais intensamente agora.

— Eu sei, eu sei, eu sei... — ela repetia, quase como um mantra. — Me perdoe, Victória, por favor.

O choro dela era tão desesperado que eu não sabia o que fazer.

Fiquei ali, olhando para a mulher que tanto me machucou, vendo sua vulnerabilidade exposta pela primeira vez. E, naquele momento, percebi que não havia mais espaço para rancor.

Eu não podia, nem queria, carregar aquele peso.

Não queria que meu bebê provasse daquele veneno dentro de mim.

— Eu te perdoo — murmurei, finalmente, com mais convicção do que esperava encontrar em mim. — Mas isso não significa que vamos ser melhores amigas.

Ela riu, uma risada triste e cheia de dor, mas havia um alívio ali também.

— Eu não esperava isso — ela respondeu, enxugando as lágrimas. — Só... só quero que você saiba que eu sinto muito. E que, apesar de tudo, eu torço por você, por vocês.

Assenti, sentindo que, apesar de tudo, aquele era um passo em direção à paz.

# *Capítulo 58*

## ALEXANDER

*Eu acho que você demorou demais para ser bem-vindo,
então vá embora, não volte mais. Eu verei seu rosto no
fogo e o queimarei.*

**LIKE A VILLAIN**, BAD OMENS

**EU ESTAVA ENTRANDO NO CARRO QUANDO O TELEFONE TOCOU.**

Atendi sorrindo, já imaginando que era ela, mas o que ouvi do outro lado congelou minhas entranhas por completo.

Tentei manter a calma, mas o som de seus gritos me atingiu como um soco.

— Alexander, pelo amor de Deus, me ajuda! Me ajuda! — Ela estava em prantos, e eu senti o pânico tomar conta de mim.

— O que aconteceu? Você está bem? — Minha voz saiu trêmula, mas o medo que ecoava nas palavras dela era ainda mais aterrorizante.

— Ele está atrás de mim! — A voz dela era um grito de desespero, e meu coração disparou.

— Amor, se acalme, me explique. — Liguei o carro com uma mão enquanto a outra segurava o telefone com força. — Estou indo te ajudar, mas preciso saber onde você está.

— Eu precisei levar Evelyn ao médico, tivemos um momento... Eu parei para ir à praia... — A respiração dela estava descompassada, interrompida por soluços. — Richard se aproximou. Ele já estava me seguindo, Alex! Aquele desgraçado, estava me seguindo o tempo todo, acredita? Ele veio até mim, ele tocou minha barriga... — ela desmoronou.

Meu sangue ferveu ouvindo Victória em desespero.

Aquele nome soou como veneno em meus ouvidos, e minha visão quase escureceu de raiva, ainda assim, ela precisava de mim.

— Amor, por favor, preciso que você se concentre e me conte. — Acelerei o carro, saindo do estacionamento em disparada. — Eu estou indo te ajudar, mas preciso saber onde você está.

— Eu fugi dele, corri para o carro, mas ele também entrou no dele e está me seguindo. Eu não quero ir para casa, ele vai entrar. — O desespero em sua voz era palpável, e meu coração parecia que ia explodir. — Minha barriga está doendo, eu estou com medo.

Respirei fundo, tentando manter a calma enquanto pensava na melhor forma de tirá-la daquela situação.

— Victória, me escute, preciso que você seja forte agora, ok? Para onde você está indo?

— Eu... Eu não sei. — Ela estava perdida e eu, impotente, mas não podia deixar que ela percebesse isso.

— Então ligue o GPS — instruí, tentando ser o mais calmo possível. — Coloque o endereço que estou te mandando. — Enviei rapidamente a localização de uma estrada afastada que conhecia, minha mente abrindo um plano absurdo e definitivo. — Amor, eu preciso muito que você seja corajosa agora. Eu vou te encontrar no caminho. — Saí cortando os faróis vermelhos, ignorando qualquer regra de trânsito. Nada mais importava.

— Por favor, não desligue — ela implorou, e meu coração se partiu.

— Não vou te deixar — falei, minha voz firme, apesar do medo que me corroía. — Mas me diga: qual é o carro dele?

— Eu não sei... É um sedã preto... — Ela estava claramente apavorada, e o fato de ser um carro tão comum só piorava a situação.

— Ele está muito atrás? — perguntei, acelerando o máximo que podia.

— Não, ele está colado em mim. — Sua voz era um fio, quebradiça pelo terror.

Respirei fundo, tentando pensar rápido.

— Ok, Victória, preste atenção. Você vai começar a dirigir em uma estrada de brita. Ela é íngreme, apertada, a visão é ruim. Preste atenção. Ou ele vai te obrigar a acelerar, ou ele vai tentar te fazer parar, te ultrapassando e freando na sua frente. — Eu sabia que o risco era enorme, mas era a única forma. — Não deixe ele te ultrapassar até a hora que venha algum carro na contramão. Quando isso acontecer, preciso que você acelere.

— Eu vou tentar.

A cada segundo que passava, meu desespero aumentava.

Olhei na chamada e estávamos em vinte e cinco minutos dentro daquela agonia.

Eu sabia que estava correndo contra o tempo e que um segundo de atraso poderia custar tudo.

A estrada se tornou um borrão ao meu redor enquanto eu acelerava, o som do motor rugindo como um aviso e, finalmente, eu cheguei a tempo de ver o sedã preto colado na traseira do carro dela.

— Filho da puta — eu o xinguei, dando farol alto, mostrando que estava ali.

— Amor? — ela choramingou.

— Estou logo atrás de vocês, Tóri. Estou aqui — disse, tentando manter a voz firme. — Só mais um pouco... Porra!

A estrada de cascalho à frente se estendia, sinuosa e traiçoeira.

Estávamos em um trecho afastado, sem ninguém por perto, apenas a natureza silenciosa observando a perseguição.

Richard começou a tentar ultrapassá-la, jogando o carro para o lado na tentativa de forçá-la a parar, mas era uma subida e, para nossa sorte, um caminhão apareceu.

— Acelera, Victória, agora! — eu gritei, vendo o carro dele se mover perigosamente para a frente do dela.

Ela fez o que eu disse.

Meus olhos não desgrudavam dos dois carros à frente, o coração batendo com força no peito.

O caminhão descendo a estrada em alta velocidade pegou Richard tentando ultrapassar na contramão.

Ele girou o volante desesperadamente, tentando desviar, mas já era tarde demais.

O impacto foi brutal.

Metade do carro dele bateu no caminhão, e o veículo perdeu o controle, capotando várias vezes antes de parar virado de cabeça para baixo em meio à poeira levantada. O caminhão continuou a descer a estrada, impossibilitado de parar em uma via tão estreita.

A ligação terminou.

Eu estacionei o carro com um rangido seco dos freios.

A sensação de vazio foi imediata, um buraco negro de pânico que quase me paralisou.

Quando escutei seus gritos, a realidade me golpeou com força.

— Victória! — gritei enquanto corria até ela, cada fibra do meu ser estava tensa com a urgência. Quando cheguei ao carro, ela estava encurvada, o rosto contorcido de dor, lágrimas escorrendo pelas bochechas.

O sangue manchava suas roupas e a visão me deixou em frangalhos.

— O bebê... — Sua voz era um soluço desesperado, e a força com que ela segurava a barriga me fez perceber o quão grave era a situação.

Eu precisava ser racional, embora tudo em mim quisesse gritar e correr para o hospital o mais rápido possível.

No entanto, havia algo que eu precisava fazer, algo que precisava terminar.

A responsabilidade e o ódio me dividiram naquele momento.

— Olhe para mim, Victória. — Segurei seu rosto com as mãos, forçando-a a focar nos meus olhos. — Eu vou cuidar de tudo, mas preciso que você confie em mim agora. Eu juro, não vamos perder nosso bebê. — Minha voz saiu firme, mas havia um desespero escondido por trás de cada palavra.

Ela assentiu, o olhar cheio de medo, mas confiando em mim.

Deixei sua porta aberta, ela ia ver tudo.

Talvez eu devesse impedir, mas, no fundo, talvez quisesse que ela visse do que eu era capaz por ela.

Voltei ao carro destruído.

Meus passos ecoando nas pedras da estrada deserta.

Richard estava jogado no chão, seu corpo quebrado, o cheiro de gasolina invadindo o ar. Ele ainda respirava, mas era óbvio que não duraria muito.

Queria pisar contra seu pescoço, mas não me sujaria mais por causa daquele verme.

O perseguidor ainda segurava o cigarro que fumava, o calor das brasas acesas seria a conexão entre ele e o mundo dos vivos.

Não pensei duas vezes.

Peguei o cigarro, reavivando as cinzas com uma tragada rápida.

A fumaça invadiu meus pulmões, misturando-se com a raiva e o ódio que me consumiam.

Sem hesitar, soprando aquilo para fora, tornando físico, joguei-o onde o combustível se espalhava, virando as costas antes que a explosão ecoasse como um trovão no ar.

O calor me alcançou, mas eu não olhei para trás.

Tudo o que importava estava à minha frente, no rosto de Victória, manchado de lágrimas, mas em um estado de choque absoluto.

A culpa e o alívio lutavam dentro de mim, mas não havia espaço para arrependimentos.

Eu me aproximei dela, pegando seu rosto com gentileza, mas com seriedade nos olhos.

— Amor, por favor, não conte ao seu pai nem a ninguém. Promete? — Minha voz era baixa, quase um sussurro, mas carregada de uma gravidade que ela compreendeu imediatamente.

Ela assentiu, sem palavras, mas o terror em seus olhos dizia mais do que qualquer coisa que pudesse ser dita.

Ela sabia o que eu havia feito. Não dava para voltar atrás.

Peguei-a no colo com cuidado e a coloquei no banco do passageiro do meu carro enquanto dirigia rumo ao hospital com o celular em uma mão; liguei para a polícia, fingindo um abalo que não estava tão longe da verdade, relatando o acidente.

Victória estava ao meu lado, seus soluços baixos, repetindo sem parar:

— Não quero perder o bebê... não posso perder o bebê...

Esqueci-me completamente do ato absurdo que tinha feito.

Minha angústia só aumentava a cada palavra dela.

Eu a amava tanto que a possibilidade de a perder, de perder nosso filho, havia me levado a extremos que nunca imaginei que seria capaz de alcançar.

Quando chegamos ao hospital, eu parei bruscamente na emergência.

Os enfermeiros vieram correndo, tirando-a dos meus braços, enquanto eu tentava manter a compostura. Mas não me deixaram entrar com ela.

Fiquei ali, parado, o mundo desmoronando ao meu redor enquanto a porta da sala de emergência se fechava, isolando-me do que mais importava para mim. Não havia mais explosões, apenas o silêncio sufocante da incerteza, da culpa, do medo de que, apesar de tudo, eu pudesse perder as duas coisas que mais amava.

Não conseguia suportar.

# *Capítulo 59*

## VICTÓRIA

*Tenho medo de tudo que eu sou. Minha mente parece uma terra estrangeira. O silêncio ressoa dentro da minha cabeça. Por favor, me leve para casa.*

ARCADE, DUNCAN LAURENCE

**O VAZIO PARECIA UMA EXTENSÃO DO MEU PRÓPRIO DESESPERO.**
Eu não conseguia pensar em nada além do bebê.

Tudo estava envolto em uma neblina de medo, e a única coisa que conseguia fazer era gritar desesperadamente por Alexander.

— Não me deixa! Não me deixa, por favor! — implorei, minha voz entrecortada pelo pânico, vendo meu parceiro ficando atrás das portas azuis.

As vozes ao meu redor tentavam me acalmar, dizendo que ele não podia estar ali, que ele precisava sair, mas eu sabia que não conseguiria passar por aquilo sem ele.

E, no último segundo, como se atendesse ao meu chamado, ele apareceu. Meu coração quase parou de tanta emoção.

— Alex… — Estiquei a mão em sua direção, mas o pegaram no caminho.

— Senhor, você não pode ficar aqui, entenda. Eu vou chamar a segurança.

— Eu sou médico! Eu sou médico, porra. E eu não vou a lugar nenhum. — Ouvi-lo daquela forma, cheio de autoridade, ele exalava amor e desespero. Depois das últimas horas, tudo o que eu tinha certeza era confirmado. Tudo o que corria em minhas veias, mais do que o medo, era que eu sabia com cada fibra do meu corpo que ele ficaria comigo.

De repente, eu fui deitada. Fechei os olhos ao gritar de dor.

— Calma, amor. — Suas mãos envolveram a minha e abri os olhos como se recebesse uma dose de adrenalina. — Eu não vou a lugar nenhum — ele repetiu, certo daquilo. E só então eu confiei.

Dor e medo caminhavam lado a lado no meu peito, rindo do resto das emoções que se misturavam enquanto eu era preparada para a cesariana de emergência.

O mundo parecia girar mais rápido ao meu redor, mas, mesmo assim, tudo estava em câmera lenta.

Eu ouvia fragmentos de conversas médicas, o som dos aparelhos, mas tudo parecia distante, irrelevante.

Alguém falou que perdi muito sangue.

Senti meu corpo frio, enfraquecendo a cada instante, mas me forcei a manter os olhos abertos, focando no rosto de Alexander, buscando nele a força que eu não tinha.

Ele estava ali, firme, mas eu via o terror em seus olhos.

Era a primeira vez que o via assim, e isso me assustou, mesmo com tudo um pouco confuso.

Ouvi gritarem sobre um nascimento.

— É o nosso bebê? — Minha voz saiu fraca, quase um sussurro, enquanto lutava para não perder a consciência.

— É o nosso bebê, amor. Você conseguiu... — ele respondeu, mas sua voz estava distante.

— São só seis meses... Ele não vai chorar? — Minha fala meio arrastada atrapalhou tudo.

Eu estava sonhando ou Alexander estava chorando?

Finalmente ouvi o choro fraco do bebê.

Era o meu?

A última coisa que pensei em perguntar era sobre o sexo.

— É ela. — A voz de Alexander estava totalmente diferente, num alívio sem tamanho. — É nossa pequena bebê recomeço.

E, então, tudo escureceu.

Quando acordei, a dor da cesárea me atingiu como um golpe, mas foi o vazio que me fez começar a chorar.

Onde estava o meu bebê?

Será que tudo tinha sido um sonho?

Abri os olhos, desesperada, e, para meu alívio, Alexander estava lá, bem ao meu lado, parecendo não ter se movido há dias.

— Como você está?

— Dói — reclamei, fechando os olhos e apertando seus dedos. — Nosso bebê... Richard... — murmurei, a realidade voltando a mim em ondas dolorosas. Abri os olhos. — Você...

— Sim. — Alex hesitou por um segundo, mas então assentiu sem nenhuma sombra de arrependimento em seus olhos cinzentos.

Ele me amava tanto que eliminou o pior pesadelo da minha vida.

Olhei para ele, sentindo uma mistura de amor e gratidão que me tomou por completo.

Alexander não era apenas meu parceiro; ele era meu salvador.

— E nosso bebê? — A pergunta saiu tremida, o medo voltando a se instalar em meu peito.

— Ela está na UTI, mas está estável — ele respondeu, sua voz mais suave agora. — Precisamos ser fortes.

— Ela vai sobreviver? — A voz saiu quase sem força, meu coração apertado pela incerteza.

— Vai — ele disse, com mais convicção do que eu esperava. — Mas ela precisa de um nome para isso.

— Anastacia... — O nome saiu de mim antes que eu pudesse pensar. — Como a princesa russa. — Eu sabia que parecia bobo, mas o significado sempre me tocou profundamente.

Alex inclinou a cabeça, uma sombra de um sorriso nos lábios.

— Preciso que refresque minha memória — ele pediu, e eu percebi que ele estava tentando me dar algo em que me concentrar, algo que não fosse o medo.

— Ressurreição. Significa ressurreição — respondi, sentindo um calor se espalhar por mim ao ver o entendimento em seus olhos. Anastacia seria nosso renascimento, nossa chance de fazer tudo certo.

Ele segurou minha mão, seus olhos fixos nos meus.

— Eu amo você. — Não que eu duvidasse antes, mas ali, não havia nenhuma barreira.

— Eu te disse que esse dia chegaria — eu o provoquei, ganhando um sorriso lindo do meu futuro marido.

— Você me ama? — A pergunta quase me fez rir, mas tudo em mim doeu.

— Para sempre...

— Viverei até os cento e vinte anos para acompanhar parte disso. — Ele beijou minha cabeça e soprou. — Descanse. Seu pai está lá fora e quer entrar.

— E minha mãe? — A curiosidade bateu.

— Na delegacia, com o advogado dela... Seu pai conversou comigo. Acho que eles vão mandá-la para algumas consultas. Diagnósticos precisam ser feitos, mas falamos disso depois, ok? Você precisa descansar.

Não parecia difícil dormir.

Não quando tudo, depois de tanto, parecia estar certo.

# *Epílogo*

## ALEXANDER

*Eu quero voar para longe com você.*
**FLY AWAY, LENNY KRAVITZ**

**UM ANO HAVIA SE PASSADO E, ENQUANTO EU OBSERVAVA O ALTAR** decorado com flores brancas e douradas, uma sensação de paz se instalou no meu peito.

Era como se a tempestade que havia assolado minha vida finalmente tivesse se acalmado, desistindo de fazer tudo aterrorizante e triste, deixando para trás apenas a luz suave de um novo amanhecer.

E, naquela manhã, em uma fazenda, para três mil convidados, eu estava me casando com a mulher que tinha transformado minha existência de maneiras que eu jamais poderia ter imaginado.

Olhei para Nathan, que estava de pé ao meu lado.

Ele era meu padrinho e, em seu colo, sustentava nossa pequena Anastacia banguela sorridente.

Ela, loira como a mãe, mas com meu olhos, dentro do seu ano de vida, era o símbolo de tudo o que havíamos construído juntos, e havia nos devolvido a doçura que a vida havia roubado.

Nathan, agora mais maduro, estava com um sorriso orgulhoso no rosto, e eu sabia que ele amava aquela menininha como parte de si.

A família havia crescido. Ninguém tinha ficado para trás.

Samuel voltou a ocupar o posto de meu melhor amigo, mas agora com um entendimento mais profundo do que isso significava.

Evelyn, sentada na primeira fileira, ainda lidava com as sequelas do aneurisma, mas havia encontrado força para seguir em frente.

Apesar de suas limitações, ela estava presente, aparentemente feliz por nós, mesmo depois de tudo.

Os trigêmeos, como sempre, estavam aprontando alguma travessura, correndo ao redor das cadeiras e trazendo risadas suaves à cerimônia.

E, então, havia Victória.

A mulher que mudou tudo.

Ela estava iniciando a faculdade de Direito, algo que a fazia brilhar de orgulho e propósito. Ela queria seguir uma carreira na área, distante de seu pai, e com sabedoria e maturidade que só a vida dura pode trazer.

Eu a amava mais do que jamais havia imaginado ser capaz, mais do que qualquer coisa na minha vida.

A música começou.

Meu coração acelerou.

Todas as nossas batalhas, todos os desafios, toda a dificuldade conjunta e individual, nos tinham levado até aquele momento.

Vi quando as portas da igreja se abriram, revelando Victória ao lado de Samuel em um vestido sereia que a abraçava perfeitamente, me deixando tão emocionado que turvou minha visão por um minuto.

Eles estavam de braços dados, e o orgulho nos olhos do meu melhor amigo era inegável.

Apesar de tudo, de todas as feridas, eles estavam se reconciliando. E, mesmo com os avanços, aquela nunca seria uma tarefa fácil.

Foquei nela.

Só tinha olhos para ela.

E Victória, sempre tão forte, tão determinada, parecia mais serena, como se finalmente tivesse encontrado seu lugar no mundo.

O medo dela de que o corpo mudasse absurdamente depois da gestação caiu por terra. Tudo o que ela ganhou foi o quadril um pouco mais largo, o que ela passou a adorar depois de um tempo.

O véu caía suavemente sobre seus ombros, e os olhos dela, sempre brilhantes e cheios de vida, encontraram os meus.

Senti o ar faltar em meus pulmões e percebi que estava prendendo a respiração. Ela sorria para mim, aquele sorriso que eu sabia que me pertencia e que eu faria qualquer coisa para proteger.

Quando ela chegou ao altar, Samuel a entregou para mim com um olhar sério, mas emocionado.

Ele sussurrou, com um tom quase inaudível:

— Cuide bem dela, Alex.

Eu assenti. Não havia outra possibilidade para mim.

Ele se afastou, e eu virei para Victória, segurando suas mãos.

Havia tanta coisa que eu queria dizer, mas não havia palavras suficientes no mundo para descrever o que eu sentia por ela.

Mal entendi o texto da cerimonialista, e dei graças a Deus que, quando os votos começaram, Victória foi a primeira a falar.

Sua fala era macia, quente, e mesmo que firme, muito leve.

A maturidade que havia chegado à minha mulher era inspiradora.

— Alexander — só de ela falar meu nome, me arrepiei por inteiro —, eu me lembro da primeira vez em que olhei para você sabendo que seria meu futuro marido — ela disse, com um brilho brincalhão nos olhos. As pessoas riram. Mas eu sabia a verdade. — Cheguei até você tendo certeza de que poderia te dominar, que poderia te forçar a me amar, que poderia te obrigar a ser meu. Como fui boba... Acabei sendo eu a dominada, a devota, sua por inteiro. E, com isso, descobri que o amor verdadeiro tem dessas coisas em qualquer relação: se forçado, ele quebra. Não tem como uma mãe amar um filho por obrigação. Um amigo amar o outro só porque se deve. Irmãos se amarem por ter um laço de sangue. Não... — ela respirou fundo — o amor acontece, e cresce, para quem está disposto. Para quem aguenta. E, no nosso caso, para quem precisa. Por isso, eu prometo te amar com toda a intensidade que existe em mim, prometo te desafiar, te provocar, te zelar, e prometo que, não importa o que aconteça, estarei ao seu lado. Eu daria a vida por você. E eu nunca vou embora. Eu prometo.

Eu senti um nó na garganta, tentando controlar a emoção que ameaçava transbordar.

Queria beijá-la bem ali, mas me contive quando ela me passou o microfone.

— Desde o momento em que você entrou na minha vida, tudo mudou, e eu odiei. — Apesar da emoção, nossos convidados riram. — Eu estava perdido, preso em um caminho de destruição solitário, e você, sem mais, nem menos, chegou colocando fogo em tudo. O caminho se queimou. Minha segurança também. Quem era aquele diabo de saia? — Encarei seus olhos gentis. — Não era óbvio que era o amor da minha vida? — Ela sorriu, me travando por um longo segundo. — Você me deu uma nova chance, uma nova vida... Você fez meu coração voltar a bater, não só a bombear sangue, Victória. Eu morreria por você, e mataria por você, sem me arrepender, sem pensar duas vezes. — Ela sabia. — E prometo, não importa o que a vida nos traga, que eu estarei ao seu lado, porque o que sentimos, o que temos, é eterno. — Respirei fundo. — Você é minha vida, Victória, e eu sou seu. Para sempre.

Quando terminei, os olhos dela estavam cheios de lágrimas, mas havia um sorriso em seus lábios.

Aquele sorriso que eu sabia que era só meu.

Nossos "sins" foram ditos com convicção, e o beijo que selou nossa união foi carregado de promessas e de um amor que não precisava mais ser testado.

Enquanto os aplausos ecoavam pela igreja, e eu segurava minha esposa em meus braços, pela primeira vez em minha vida, eu soube: seríamos felizes. Para sempre.

# *Agradecimentos finais:*

**À MINHA EQUIPE DOS SONHOS,**

Não vou nomear ninguém, mas se eu tive mãos que me levantaram do caixão, essas mãos foram as de todos vocês. Desde as ideias mais loucas, as risadas mais estridentes, a fé no que eu estava criando, até o trabalho impecável e sério que conseguimos fazer juntos.

É bom DEMAIS ser Zoe X com vocês no time.

Amo vocês.

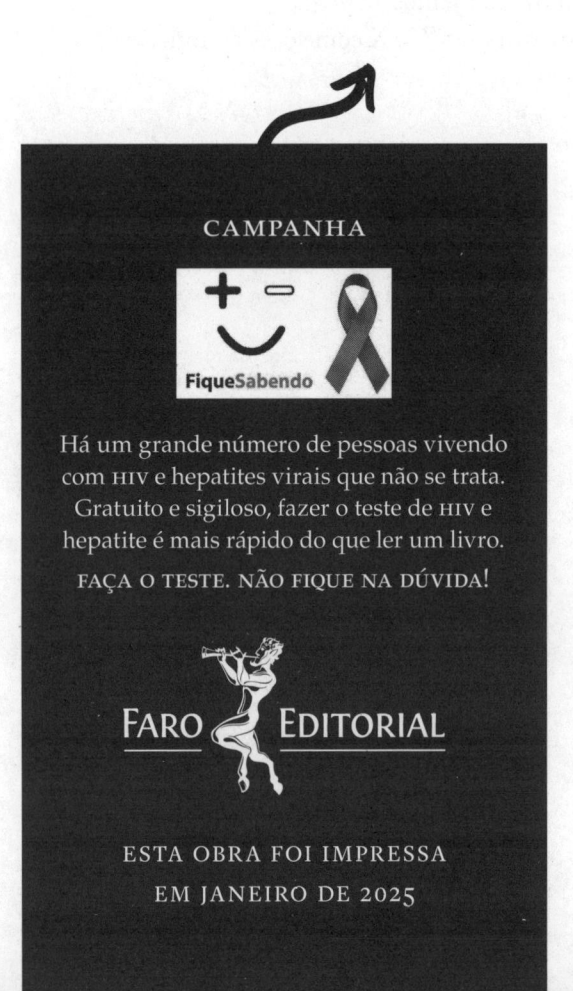